瓷的丝绸之路

冯云龙 著

作家出版社

昌江风光

景德镇陶瓷作坊（张瑞麟摄）

南粤雄关（周金定摄）

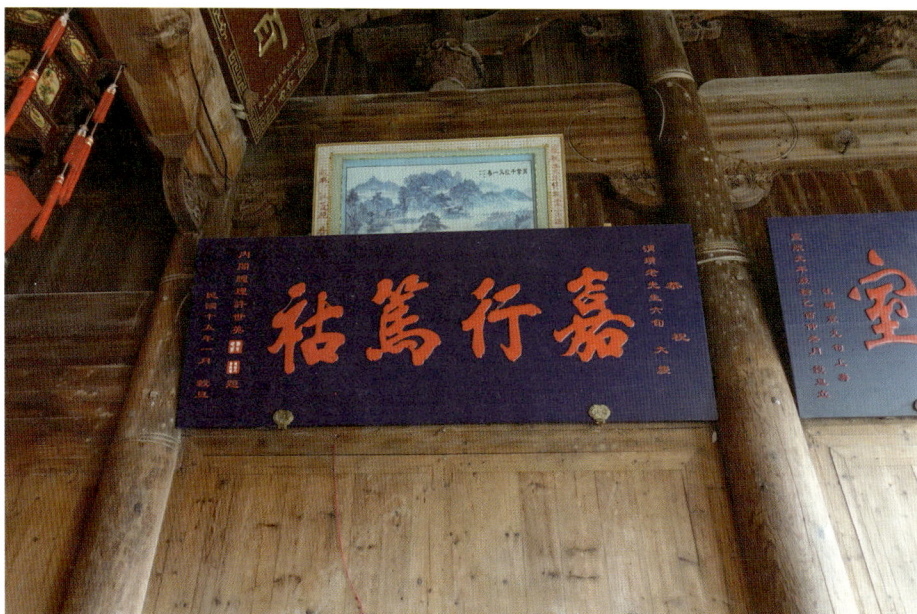

民国总理许世英为磻溪汪渭璜赠送的寿匾

双峰塔（吴国庆摄）

徽州古道

瑶里水碓

狮岗胜览

东埠码头

高岭土圣

沧溪螯英坊

宝积寺

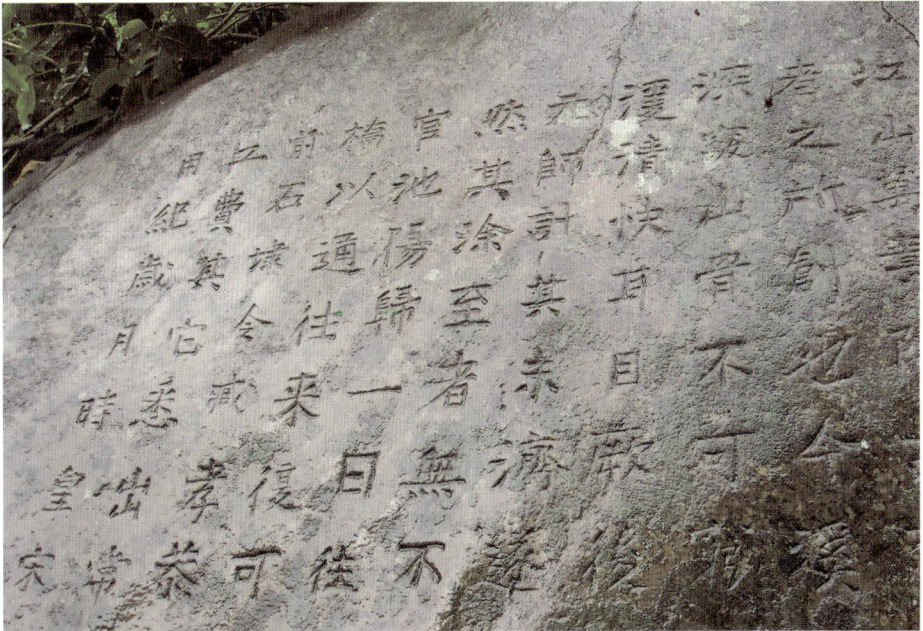

万寿寺摩崖

国家生态文明建设示范市景德镇（赵献国摄）

景德镇龙珠阁（戴四维摄）

大瓷碗（赵献国摄）

景德镇陶溪川文创街区（周金定摄）

瑶里古镇（刘立功摄）

景德镇陶艺工人（张瑞麟摄）

历史文化的文学转述

江华明

这个春天，云龙兄交给我一本厚似砖头的打印手稿，请我从文学的角度帮忙提提意见。印象之中，他是一个精力充沛的文字工作者，多年来，一直忙碌于浮梁县历史文化研究会工作，组织并筹建了景德镇市乡土文学作家协会。为了有效传播，他将地方史志文化转化成文学的形式，有多篇历史文学小说作品问世，我感到由衷欣慰。

我以为冯先生的时间，几乎被他忙忙碌碌的日常琐事和文字追求所填满。料不到转眼几个月空当儿，他又拿出了这部近三十万字的散文集《瓷的丝绸之路》。翻一翻长长的目录，一共九个大章，由五十六个独立而又相互关联的小节组成。

这部书稿经过七年酝酿，三年伏案，四易其稿。一腔雄心壮志，默默倾力，久久为功——这都不是常理和表象，可以推想是精力与汗水的集成。

据权威分析，二十一世纪初，乡村文学的地方史志，已然成为文学的亮丽风景。阿来的《机村史诗》、王跃文的《家山》、迟子建的《白雪乌鸦》以及铁凝的《笨花》，就是很好的例证。作为小说作家，我在2022年成功出版了一部"丝路百城传"系列中的《景德镇传》，这是我在题材和体裁文学书写中的转轨试验，为此我被奉为地方史的研究专家。

而冯云龙先生不同，他原本就有一肚子史料。他在《瓷的丝绸之路》集子"题记"里说："摸一下嘉峪关带着历史余温的瓷片，望一眼绽放在南海一号里的青花，那条绵亘万里、延续千年的'丝绸之路'，也是一条'陶瓷之路'，一条'瓷的丝绸之路'。"他还形象地说："在这条路上，有痴迷于瓷的国王，有奔于王命的官吏，有视财如命的商贾，还有诗人、学子、僧侣及芸芸众生。他们追逐着自己的梦想，一代又一代，演绎着丝路的传奇。"

这部集子紧扣"丝路"主线，从"序章：青瓷与茶"出发，浩浩然骄傲地介绍"丝路原典"和"皇帝视角"，然后就史实娓娓道来，说"御瓷进京""海上丝路""丝路茶香""丝路信仰"以及"丝路乡愁"，最后落脚到"护路使臣"和"丝路记忆"。每章里集中了五到七篇专题散文。作者这么坚定地认为："丝绸之路"成就了"业陶都会"的千年梦想，"瓷"的光环让"丝绸之路"变得更加绚丽多彩。通读整个集子，从字里行间得知，他正在着手以宏大的叙事兑现自己转轨文学的诺言。用文学的手段记录史志，以史志的文学弘扬情怀，这就是冯云龙的文学之梦。

这些散文，既是在书写个人体悟和抒发自我情怀的文艺作品，又是一部非编年史或断代史志。以浮梁历史为述说对象，以地方特产——瓷、茶为中心，以丝绸之路为纽带，以人物故事、人文景观为依托，谱写了浮梁县及县辖景德镇千百年来瓷与茶相关的鲜为人知的精彩故事。很多重大节点上的历史故事和细节，对我而言都是第一次听到。全书在述说上条理清晰分明，各个章节在意义上集中通透。比如在"丝路原典"一章中，他集中了地方上"麇居之地""县治疑云""百流南泻""好学无荒""王侯与隐士""民谚哲学"和"神秘法则"等经典，自豪地书写了文化源头的典籍故事。

这些均显见出一个资深历史文化学者的长项。其散文能融知识性、趣味性于一体，呈现出历史厚重感而避免了史书上的简奥枯燥，具有通俗流畅的文笔，克服了信马由缰的闲谈。

江华明　于景德镇
2024 年 4 月

江华明，中国作家协会会员，景德镇市作家协会主席，江西省滕王阁文学院第二届特聘作家。

目录

序章　　　青瓷与茶　　　　　　　　001

第一章　　丝路原典

　　1.　麇居之地　　　　014

　　2.　县治疑云　　　　016

　　3.　百流南泻　　　　025

　　4.　好学无荒　　　　027

　　5.　王侯与隐士　　　037

　　6.　民谚哲学　　　　049

　　7.　神秘法则　　　　055

第二章　　皇帝视角

　　8.　陈后主的挽歌　　　061

　　9.　隋炀帝的吉祥物　　062

　　10.　唐宪宗的高参　　　064

　　11.　烟清市埠桥　　　　067

　　12.　盛开的"百合花"　　070

　　13.　太皇太后的面子　　073

　　14.　乾隆爷的书灯　　　076

第三章　御瓷进京

15. 陶玉进京　　　　　　　079

16. 徽饶古道　　　　　　　084

17. 石门街咏叹　　　　　　088

18. 永丰一块碑　　　　　　091

19. 诗意东流　　　　　　　096

20. 烟雨雁汊　　　　　　　100

第四章　海上丝路

21. 青花的诱惑　　　　　　106

22. 天外来客　　　　　　　108

23. 驳运大庾岭　　　　　　109

24. 装不尽的河口　　　　　111

25. 三里街　　　　　　　　115

第五章　丝路茶香

26. 前月浮梁买茶去　　　　121

27. 茶酒之论　　　　　　　125

28. 汤翁新梦　　　　　　　128

29. 清宫玉液　　　　　　　131

30. 民国总理的"浮红"缘　135

31. 上海滩的"大东家"　　146

32. 国礼　　　　　　　　　149

第六章　丝路信仰

33. 因为山在那里　　　　154

34. 缘起双峰庵　　　　　170

35. 佛印道场　　　　　　174

36. 祈雨神潭　　　　　　184

37. 归去来兮　　　　　　189

38. 大义旸府寺　　　　　196

第七章　丝路乡愁

39. 瓷源瑶里　　　　　　203

40. 独轮车推来的小街　　207

41. 巨人的肩膀　　　　　212

42. 蜚英坊前　　　　　　221

43. 问史英溪　　　　　　230

第八章　护路使臣

44. 义侠的尴尬　　　　　236

45. 罗生门　　　　　　　242

46. 册封琉球王　　　　　250

47. 活人百余　　　　　　257

48. 督陶与关督　　　　　261

49. 守望台海　　　　　　266

50. 改革悲歌　　　　　　296

第九章　丝路记忆

　　51. 贡生的情怀　　　　　310

　　52. 德艺双馨的大儒　　　312

　　53. 吃螃蟹的人　　　　　317

　　54. 蓝浦托"孤"　　　　　322

　　55. 为了先生嘱托　　　　325

　　56. 使命　　　　　　　　330

后记　　孕育的苦与乐　　　338

青瓷与茶

青瓷与茶，人类创造的两件多么伟大而神秘的作品！其伟大之处在于，从其诞生的那天起，不论是河清海晏的太平盛世，抑或是兵荒马乱的艰难岁月，它们与人类（无论是皇室贵胄，还是黎民百姓）总是不离不弃，相伴左右。其神秘之处在于，它们的出生地——土与草的大家族，本就是自然界里的平凡之物，只是经过水与火的洗礼，在涅槃中得到重生！

青瓷与茶，不仅满足着人类衣食住行的物质欲望，而且还是人类文明思想的寄托，满足着人类的精神需求。平凡孕育着伟大，普通蕴藏着神秘。这大概就是它们的独特之处。制陶，一种奇妙的人类世界共生文化现象。古人类大多依山傍水而居，有人类的地方就有水和土，这是大自然的赐予。人类对火的使用和控制，让陶器的出现成为可能。在反复认识、反复实践的过程中，人类便无师自通地掌握了这种技术。陶器在古代世界各个文明中心都是独立创造和发展的，中国也不例外。

中国人制陶的历史可以追溯到新石器时代的初期。大量的考古发掘证明，刚刚过上定居生活的先民，在知道用火控火的同时就发明了制陶。浙江余姚的河姆渡人，江西万年的仙人洞人，他们采用捏塑与贴敷的技术，制出层次分明的陶器，成为新石器时代的一个重要标志。浮梁县的水家车村、沽演村古文化遗址出土的带有绳纹的硬陶表明，浮梁的先民早在新石器时代就掌握了制陶技术。

瓷器则不同，它虽是由陶器演化而来的，但二者有质的不同。它除了必须具有制陶的水、土、火三个必要条件外，还必须满足另外几个条件，如瓷土、釉土和1200℃以上的高温。然而这三个条件不是一般地方所具备的。大量的考古资料显示，在离景德镇东边四百多公里的浙江上虞等地，就先后发现过瓷窑遗址；在豫、皖、湘、鄂等地东汉晚期的墓葬里，以及江苏高邮的邵家沟，也曾出土过瓷器制品；当然在江西考证出来的实物瓷器则更多。

所谓青瓷，其实是一种表面施有青色釉的瓷器，可谓是瓷器的鼻祖。青瓷色泽虽不炫目富丽，但釉色清澈本真，显示出生命的原色。青瓷色调的形成，主要是胎釉中含有一定量的氧化铁，在还原焰中焙烧所致。青瓷以瓷质细腻、线条明快流畅、造型端庄浑朴、色泽纯洁斑斓而著称于世，是中国陶瓷工艺中的珍品。

早在商周时期，我国就出现了原始青瓷，历经春秋战国时期的发展，到东汉才有了重大突破。三国两晋南北朝后，南方和北方所烧青瓷开始各具特色。南方青瓷，一般胎质坚硬细腻，呈淡灰色，釉色晶莹纯净，常用"类冰似玉"来形容。北方青瓷胎体厚重，玻璃质感强，流动性大，釉面有细密的开片，釉色青中泛黄。

青瓷的历史不仅是跨越中国五千年文明的历史，其温婉静谧、含蓄敦厚的特质，也始终影响着中国人对人性深处率真、美好的追求，体现并诠释了中国传统文化思想里"器道并重"的品格与境界。青瓷在其早期的制作中就与儒、释、道等文化完美结合，共同创造了早期青瓷文化的艺术特色，并且随着社会进程的发展和变迁，逐步演变和固定成为特定的艺术形式和表现内容，流传至今。

同样，中国也是世界上最早发现和利用茶树的国家，并在漫长的生活实践中逐渐形成丰富多彩、雅俗共赏的饮茶习俗文化，因而被称为茶的故乡。史料记载，我们的祖先，三千多年前，就已经开始栽培茶树，开始普及全国，并逐渐传授至世界各地。唐代陆羽《茶经》记载："茶之为饮，发乎神农氏，闻于鲁周公。"早在神农时期，茶及其药用价值就已被发现，并由药用逐步演变成日常生活饮料。唐代是中国茶文化的飞速发展期，从唐代以前的"吃茗粥"，到唐时视茶为"越众而独高"，是我国茶文化的一大飞跃。

在中国人的意识里，文人墨客都是好茶的。陆羽好茶，好出了世界第一部《茶经》，从而开启了茶文化之先河。因为《茶经》，陆羽则成了茶圣。当然，将茶文化推向高潮的当数唐代的一位茶僧。他佛名皎然，俗姓谢，字清昼，湖州长城（今浙江吴兴）人，是南朝山水写实诗人谢灵运的十世孙，是一位嗜茶的唐代著名诗僧。皎然博学多识，不仅知茶、爱茶、识茶趣，更写下许多饶富韵味的茶诗。

陆羽于唐肃宗至德二年（757）来到吴兴，住在妙喜寺，与皎然结识，并成为"缁素忘年之交"。后来陆羽在妙喜寺旁建一茶亭，由于有皎然和时任湖州刺史颜真卿的大力协助，此茶亭于唐代宗大历八年（773）落成。落成时间正好是癸丑岁癸卯月癸亥日，因此名之为"三癸亭"。皎然在《奉和颜使君真卿与陆处士羽登妙喜寺三癸亭》诗中，记载了当日群英会聚的盛况，并盛赞三癸亭构思精巧，布局有序，将亭池花草、树木岩石与庄严的寺院和巍峨的杼山自然风光融为一体，清幽异常。时人将陆羽筑亭、颜真卿命名题字与皎然赋诗，称为"三绝"，一时传为佳话，而三癸亭更成为当时湖州的胜景之一。陆羽与皎然共同探讨饮茶艺术，并提倡"以茶代酒"的品茗风气，对唐代及后世的茶艺文化发展有莫大的贡献。

把茶大量移入诗坛，使茶、酒在诗坛中并驾齐驱的是白居易。唐宪宗元和十二年（817）清明刚过，被贬为江州司马的白居易，收到好友忠州（今重庆市忠县）刺史李宣寄来的新茶，立时心潮澎湃。在仕途蹭蹬的时候，得到好友的关心，白居易心中非常高兴，于是他不顾自己正在患病，写下一首《谢李六郎中寄新蜀茶》诗，叙述他与李宣的深厚友谊，表达对好友赠新茶的感激之情。诗中"不寄他人先寄我，应缘我是别茶人"，既写出他们间的关系非同一般，也说明白居易在品茶、辨茶方面具有独到的造诣。白居易所写的茶诗极多。曾有人做过统计，唐诗中共有茶诗六百八十四首，涉及作者九十七人，而白居易一人就有六十五首，约占总数的十分之一。从他的诗中，我们看到茶在文人心中的地位逐渐上升、转化的过程。

瓷与茶在中外文化交往中扮演着重要的角色。自从十四世纪马可·波罗带回中国瓷器以后，再经由他对神秘东方梦幻般的描述，欧洲上层对源自中国的高雅器皿惊讶不已，于是越来越多的人对中国瓷从迷恋到狂热，已经形成流行于权贵中的一种风尚。渐渐地，他们已经不满足于收藏，他们千方百计，想破解这种秘密。清康熙四十八年（1709），出生于法国西部小城利摩日的昂特雷科莱来到了中国，来到了有着青花帝国之誉的景德镇。这个中文名字叫殷弘绪的传教士，在布教的同时，不停地从教徒那里打探制瓷的秘密，并将其带回法国。终于在十八世纪中叶，在传教士的家乡利摩日城成功烧制出真正的硬质瓷器，轰动了欧洲社会。随后，英国、瑞典、荷兰等国家，都在模仿中国技法方面获得成功，由此掀开了欧洲瓷器历史的崭新篇章。

中国茶的外传与佛寺有关。中国的茶首先是从位于佛教圣地之一浙江天台山麓的国清寺传出。唐宋时期，日本便有多位僧人来到天台山，将茶籽带回了日本。应该说，日本的茶，原本是从中国传入的，日本的茶道，也是受到中国饮茶方式的影响才兴起的。俄国是中国茶传入较早的一个国家。明穆宗朱载垕即位的那一年（1567），中国的茶由两位哥萨克人传到俄国。荷兰也是中国茶传入较早的国家之一。在明万历三十四年（1606）至三十五年（1607），便从澳门运走了第一批中国茶。而中国茶传入英国，最初是由于葡萄牙公主凯瑟琳嫁给英王查理，出嫁时，她把葡萄牙的中国红茶带到了英国，后在伦敦兴起了饮红茶热。清顺治七年（1650），中国茶便成批量地销往欧洲。当时茶叶出口贸易十分繁荣，中国茶在欧洲备受欢迎。

传说，十七世纪，葡萄牙公主凯瑟琳嫁给了英王查理。在盛大的婚礼上，所有的人都被凯瑟琳的姿色所倾倒，王公贵族们纷纷举起世界各地的名酒向她祝贺，但王妃只是微笑着，举起盛满"红汁液"的高脚杯——回绝了。高脚杯里的"红汁液"到底是什么，引起了在场嘉宾的好奇。法国皇后再也忍不住了，她走过去想尝一尝，但聪明的王妃马上看出皇后的来意，没等皇后开口便举杯一饮而尽。随后，拉着查理跳起了欢快的双人舞。法国皇后愤怒极了，回到大使馆，下令卫士一定要把"红汁液"弄个水落石出。卫士化装成英王宫的武士，夜晚混进了王妃的寝宫。只见小客厅里一些人在熬煮什么。卫士经过仔细观察和了解，才知道他们正在烹制中国的"工夫茶"。这个古老的传说，说明中国"工夫茶"魔力确实不小。

1780 年，英国东印度公司从我国广州运出茶籽，播种于印度加尔各答，这是中国茶籽传入印度的开始。1793 年，又有随印度驻华公使来到中国的科学家采办茶籽，种植于加尔各答的皇家植物园。1834 年，印度组织了一个茶业委员会，雇用中国工人种茶，从此，印度才开始大规模种茶。美国人则是在 1776 年独立运动前后开始大量饮用中国茶。

莫非，青瓷与茶，原本就是上苍对这片大地的恩赐？或者，是对在这片土地辛勤劳作人民的丰厚馈赠？

据清乾隆四十八年（1783）《浮梁县志》上记载："新平冶陶，始于汉世，大抵坚重朴茂，范土合渥，有先古遗制。"这个"先古遗制"，就是指保留着先古陶器遗留的制作风格，而接下来的"器质甚粗，体甚厚，釉色淡黄而糙，或微黑"的表述，其中"釉色淡黄"是重点描述，就是指在"先古遗制"基础上的"陶"的改进，够得上"瓷"的粗坯。如果说，唐朝之前的景德镇地区瓷器生产情况还只限于文字记载，那么唐末、五代之后就有充足的瓷器实物证明了。二十世纪五十年代，考古工作者在景德镇市区的黄泥头、白虎湾、胜梅亭、盈田等地发现了很多的五代窑址，挖掘出了大量的瓷器碎片。这些瓷器碎片确切地证明了那个时期这里烧造的瓷器是青瓷和白瓷，而且以青瓷为多。这些瓷器的生产，对于宋代青白瓷的制作，对于元、明、清瓷业的发展有着极为重要的影响。

该志又载："浮梁茶兴于晋，盛于唐。"这是笔者见到过的县志上最早的一条关于浮梁茶的记载。白居易作于元和十一年（816）的《琵琶行》中有"商人重利轻别离，前月浮梁买茶去"。与《琵琶行》几乎是同时问世的，由宰相、地理学家李吉甫撰写的《元和郡县图志》亦云："天宝元年，改名浮梁，每岁出茶七百万驮，税十五万贯。"我想，这是对《琵琶行》中关于浮梁茶市最好的诠释吧。

即便是随意的追索，我们也能从中发现，青瓷和茶都闪耀着人类智慧的灵光，只不过映在青瓷上的是玉色，荡漾在茶里的是粼粼波光。想来，见证了人类不断进步的青瓷和茶，一定常常在月明之夜，为它们自己氤氲不断的灵气与传奇而欢欣雀跃。

我在有着"瓷都之源，名茶之乡"美誉的浮梁，捧着古朴的青瓷茶杯，喝着香茗，品鉴着诞生于一千四百年前青瓷和茶的信物——腰鼓和茶碾。它们仿佛是某个月夜遗落在一座城堡里的两只精灵。

见到那个长长的、厚厚的、颜色青涩的腰鼓的那一刻，我的脑海里立即回想起了二十年前在西安见过的另一幅照片。那是西安博物院珍藏的"三彩骑驼奏乐俑"。照片上，那头双峰骆驼曲颈昂首，头顶上的鬃毛下垂至项后，前颈下的长鬃毛飘逸至胸下。坐在骆驼背上的是一位胡人演奏家，他身下垫着类似波斯地毯的毡垫，头戴尖顶毡帽，颧骨高耸，眉毛粗黑，高挑的鼻梁，眼窝深陷，还有一脸络腮胡须。他身上背的是和眼前这幅照片上一样的"广口而纤腰"的腰鼓！

生活就是这样地不可思议。原以为那只陶俑的年代离我们是那么遥远，就像地球与火星那样远得要用光年计算。何曾想，那唐时胡人的生活和我们这样密不可分。驼铃阵阵，羌笛悠悠。恍惚间，那位胡人正骑着骆驼，沿着丝绸之路，涉过无垠的沙漠，跨越重重山脉向我走来。而此时的我，兴奋的思绪像激流一样沿着眼前这条深邃的窑道走进一千四百年前，走进兰田那个万窑灯火的夜晚……

关于石碾，在我儿时记忆里，是母亲打麻糍时用来碾芝麻馅的工具，这种碾子大多是铁制或者铜制，可用来碾茶的瓷碾我却是头一次见到。它印证了我从史料上见到过的唐人的饮茶习俗。我所见到的这件唐代瓷质茶碾，是由碾槽、碾轴轮两部分组合而成的。碾槽呈长方形，中间是一条窄长的弧形沟槽，碾茶时能使碾轴在沟槽内来回转动。槽身两侧外壁仿佛是用彩笔画成的花鸟及飞天花纹。据专家介绍，它和出土于河南偃师唐代崔防墓中的瓷质茶碾极为相似。

我所认识的瓷腰鼓、瓷茶碾，来自景德镇南郊，来自浮梁县湘湖镇兰田距今一千四百年前的古窑里。其实在浮梁这片熟悉的大地上，出现这样的重大考古发现并不意外。考古专家们曾发掘过数十处五代、北宋瓷窑遗址，如白虎湾古窑遗址、柳家湾古窑址、灵安瓷土矿遗址、匣钵土遗址，寿安的南市街遗址，宁村遗址窑，出土的碗碟等以青瓷和青白瓷居多。

当然，让我印象深刻的还有兰田周边几处距今五六千年的新石器时期的古文化遗址。

水家车，在兰田东两公里；沽演，在兰田北五十公里。从两处新石器时期文化遗址里，出土了大量磨制石锛、陶器残片。陶器纹饰有网纹、绳纹、圈点纹，还发现瓮罐葬及骸骨。这充分说明，早在新石器时期，人们便在这里活动。让我感触最深的是，就在离兰田二十余公里的湘湖镇洞口村天子畈发现的三件宝物，那是被专家称之为"鬲""甗""斝"的三件青铜器，让我认识了现代汉语中很少出现的三个古文字。"鬲"（lì）与鼎的用途相似，主要是用于做烹煮的炊器。青铜鬲是仿照陶鬲的形制或略加变化而制作而成的。"甗"（yǎn）是蒸具。从形制上看，甗可以看成是二器合一的器物，上部为大口盆形的甑，可盛放食物，下部为鬲，用于盛水，在器物底部烧火，则可运用蒸汽蒸熟食物。这种器物，是不是与我们现在的蒸笼相类似呢？"斝"（jiǎ），古代饮酒器，圆口，平底，三足。这是青铜器出现最早的器物之一。

　　我仔细察看了这一带的地形。这里地势平坦，河网密集，中间突出一小山岗，当地人称之为"跑马岗"。这里出土的文物中，有新石器时期的陶器，有商周时期的青铜器，也有从北宋到明清的瓷片。品种丰富，体量大，时间绵延三千多年。在东流燕窝里，专家们发现了有一万五千平方米的商周时期的文化遗址。遗址上，有大量灰坑、房屋基址。所有这些，都展示出先人们在这片土地上的生活方式。透过上面的古文化遗址，我似乎看清了浮梁古代文明发展脉络，听见了兰田人站在先人的肩膀上的行进脚步声。他们带着梦想从万窑坞出发。

　　不知道是上天的精心安排，还是大自然的巧合，景德镇有史记载的最早的一个陶艺家的名字叫陶玉。

　　陶玉，一个多么富有诗意的名字，一个让人充满联想的语词。而让我首先想到的是"风雅"这个词。这是因为，玉在历代名人雅士的笔下，向来就是风雅的代名词。无论是李白的"玉阶生白露，夜久侵罗袜"，还是杜牧的"零叶翻红万树霜，玉莲开蕊暖泉香"；也无论是王安石的"玉斧修成宝月团，月边仍有女乘鸾"，还是杨万里的"玉殿朝初退，金门马不嘶"。这充分表现出诗人们对玉的喜好。人们常用玉来比喻上佳的瓷器。《浮梁县志》就有"武德四年，有民陶玉者载瓷入关中，称为假玉器"的记载。

　　唐初，新平瓷器以其"质薄、色素、莹缜如玉"之魅力，赢得"假玉器"之称，在京城引起了轰动，这种轰动效应引起了朝廷的重视，于是，在新平设立了第一个管理瓷器生产的行政机构"务"。在这种高位推动下，新平人又以长安为起点，踏上了奔赴域外新的征程。从此，景德镇陶瓷之路与"丝绸之路"结下不解之缘。

　　作为唐代浮梁瓷业的领军人物，陶玉沿着盛产优良瓷土的山脉，建成众多的瓷窑。从浮梁的南市街到湖田再到珠山御窑，形成了许多街市，形成了以陶瓷制作销售为主体的都市。陶玉和他的"假玉器"一道被留在了金碧辉煌的昭阳殿，被烙进"丝绸之路"的车辙里。从此，

"新平瓷路"与"丝绸之路"开始了千年的牵手。

浮梁的茶香不仅飘荡在唐诗里，也浸润在了古丝绸之路上。

唐元和十一年（816），被贬谪为江州司马的白居易，送客至浔阳口，有感于如泣如诉的琵琶声，而作成遗韵千年的《琵琶行》，诗中的"商人重利轻别离，前月浮梁买茶去"，也由此成了歌咏浮梁茶的千古绝唱。诗句表明，唐时的浮梁就是一个很大的茶叶市场，且价廉物美，商人利润丰厚。

我曾两次追寻着浮梁瓷与茶的足迹，踏入大漠深处的丝路，寻访它留下的印痕。

二十多年前仲夏的一个黄昏，当我乘坐的飞机在兰州的上空盘旋时，俯瞰下面，我的心立时被震撼了。广漠的戈壁滩一望无垠。沙漠呈现一派金色，无数道沙石涌起的皱褶如凝固的浪涛，一直延伸到远方金色的地平线。而偌大的兰州城，就像是起跑线上的那块跳板。我感叹的是，大自然有着何等的神鬼之力，在它的面前，我们人类显得是多么地渺小。我在想，在那完全靠骆驼、马背的年代，商旅们是如何穿越这绵延数千公里、热浪翻滚的沙海的？而那些沉甸甸的瓷器和体积庞大的茶叶，又是如何被运送到那遥远的西域的？

首次的西部之行，让我收获满满，惊喜不断。

位于兰州市七里河区西津西路 3 号的甘肃省博物馆是我此次西部之行的首站。远远望去，博物馆呈"山"字形，给我的感觉是厚重、雄浑，风格独特，据说，这幢建筑是 1956 年由苏联专家设计的。总体建筑面积 2.1 万多平方米，展览面积 1.3 万多平方米，馆内收藏有历史文物、近现代文物、民族文物和古生物化石及标本约 35 万余件。

二楼有一个"甘肃丝绸之路文明"的大厅，里面集中展示了数百件反映古丝绸之路的文物，包括北方草原文化青铜器、铜奔马及仪仗队、汉唐丝织品、佛教造像、金银器、唐三彩、元青花等丰富多彩的文化遗产。

仿佛有种神示，当我一踏进这个丝路文明的大厅里，我的眼睛立即被一幅巨大的"丝路沿线考古发现"示意图所吸引，我不由得在上面搜索起来。很快，我发现了一只似曾相识的文物，那是一只"影青刻花葵口碗"，底下注着朝代与产地：宋代景德镇窑。

"影青瓷"也叫"青白瓷"，是北宋时期，景德镇窑场烧出的一种介于青、白二色之间的釉色瓷。它是宋元时期以江西景德镇为代表的一类窑系产品，其造型玲珑剔透，胎薄体轻，釉质温润如玉，釉色柔和淡雅，纹饰生动活泼，灵活多样，从而形成了自己独特的艺术风格。

宋代是我国瓷业蓬勃发展的时期，有五大名窑：汝、钧、官（河南）、哥（浙）、定（河北）。河北定窑以白瓷为主，而位于河南省禹县的钧窑则以青、蓝为主。而影青瓷是景德镇立足全国名窑之列的法宝。

惊喜不断发生。在敦煌博物馆展览厅里，在翻阅那部厚厚的《敦煌变文集》时的一个重要发现，让我忘记了乘绿皮火车十四个小时的困顿，忘记了"沙雨"带来的不适。该书第三卷最后一篇，是作者署名为"乡贡进士王敷"的《茶酒论》，一篇赋体的杂文。初读，立即被其通俗简练的语言给吸引住了。文章围绕"暂问茶之与酒，两个谁有功勋"的问题展开辩论。在他们的举证驳议中，奇迹般地出现了这样八个字："浮梁歙州，万国来求"。它的出现，令我欣喜若狂，也让我匪夷所思。这是非同寻常的八个字，是它将"浮梁茶"这一名字深深地烙在了大漠深处。

这次旅行，我感觉到浮梁先民的不简单，因为，在古老的丝绸之路上，在我国三大传统出口产品（丝绸、茶叶和瓷器）中，浮梁占有其二，这是何等荣耀！

浮梁，这块瓷片遍地的土地，也是我熟悉的茶乡。

二十世纪九十年代初，我无数次沿着昌江，沿着206国道和徽饶古道，去探源头，去闻茶香，去抚摸水里的瓷片。我常常独自漫步在磻溪与西湖那满山遍野的茶园里，吮吸着随风飘荡的茶香；踏着云彩登上五股尖，摘下带着甘露的茶叶；去严台，拥抱数百年的老茶树，又常常在昌江岸边，吟哦白居易《琵琶行》、汤显祖《浮梁新作讲堂赋》中的诗句。

我造访次数最多的是高岭。陪客人去，引着朋友去，带着自己的影子去。这个被学界誉为"陶瓷圣地"的地方，对于我而言，给我最大的震撼力在于它的"神奇"。正是这份神奇，让南宋景德镇的瓷业在涅槃中重生，让景德镇的瓷器朝着"白如玉，明如镜，声如磬，薄如纸"的方向迈出了更坚实的一步。

我不由得想起了颜真卿当年在云门教院品瓷、啜茶、咏诗的情景来。身为饶州刺史的颜真卿来浮梁视察。他不仅自己来了，还带来陆士修、张荐、皎然等一大批文人雅士。

马鞍山不高，云门教院也不大，但因为颜真卿等人在那里进行过一次啜茶诗会——被称作是唐代大诗人的一次"兰亭会"而声名远赫。《五言月夜啜茶联句》中的一句"素瓷传静夜，芳气满闲轩"，将浮梁瓷茶文化交融在了一起。

试想，静静的月夜，用洁白温润的瓷杯，沏上一杯好茶，其散发出的缕缕清香，弥漫了整个轩阁，那情境该是多么美妙啊！

茶是生活与灵魂，瓷是哲学和艺术。茶是诗，也是史。所谓一茶一知己，一瓷一世界。

每年一次的景德镇瓷博会，成为"瓷茶一体露芳华"的最佳舞台。我曾多次领略过景德镇陶瓷国际博览会盛况。那是 2021 年的金秋十月，一个丹桂飘香的日子。由商务部、中国国际贸易促进委员会、中国轻工业联合会和江西省人民政府共同举办的第十八届博览会，首次将浮梁茶加入瓷博会的会展中来。

那一届瓷博会邀请了俄罗斯皇家御用陶瓷、德国唯宝、日本丸美等国际品牌参展，30 多个国家的大使组团观礼考察。展会还邀请了世界 500 强企业代表、上市公司高管、知名 A 级景区、星级酒店等业界精英出席。

来自国内各大产瓷区、传统著名窑口等的 800 多位企业家率团参展。两万平方米的展览面积，1500 个展位，在瓷的盛装辉映之下，登台亮相。展品涵盖了艺术陶瓷、日用陶瓷、高技术陶瓷、国内各大名窑代表传承精品、茶器、香器、文器等创意产品，充分体现了"高、新、炫"的特色。

浮茶集团携手四家浮梁茶重点企业共同参展，向世界展示"景德镇给世界的第二份礼物"——浮梁茶的魅力，以及"瓷茶一体"创新发展的风采。展会期间，历史、旅游、茶领域多名知名大V做客浮梁茶展厅，在直播间与网友们互动，探讨浮梁千年茶文化，助推浮梁茶全网传播，总体达到逾两千万粉丝曝光量，之后还联合《茶道》杂志、韩国《茶的世界》等平台进行宣发，推动浮梁茶走向世界。

处于景德镇国际会展中心 B2 馆南侧的"浮梁茶"展厅吸引了众多观众的视线。展厅内，浮梁茶产品琳琅满目，古树红茶、高山绿茶、工夫红茶等，让人沉醉流连；展厅外，游客不时驻足观看浮梁茶介绍视频，了解浮梁茶的悠久历史。

参观回来，心潮澎湃的我，曾赋诗一首《青花与仙芝传奇》，以记心迹：

>她俩
>有一个共同的家园
>名字叫昌南
>虽然大得有些夸张
>竟和祖国 China
>一个模样
>
>她俩
>喝着一样的乳汁成长
>母亲的名字叫昌江

夜幕降临的时候
周而复始的水碓声
像摇篮曲
陪伴着她们进入梦乡
当黎明的第一缕曙光
投到五华山上的时候
那掠过风霜的船工号子
携着她们的梦想
开始远航
……

第一章 丝路原典

忽然记起近年出现的一个网络热词："原典文化"。意指文化源头的经典要籍、思想、文化，也指一种文化、思想、流派最开始、最本源的学说。要义在于未经修饰、诠释和解读。

我想，景德镇，浮梁，作为"丝绸之路"两大重要商品——瓷与茶的重要输出地，它的本源性、原始性不正切合这种要义吗？

经历了七千多年的探索、两千多年的积淀，凝成的瓷、茶两大文化瑰宝，纵然在今天的5G时代，依旧保持着其自身特有的质朴与率真，仍旧融会于我们的言行之中，继续影响着我们的生活和思维方式，依然大放异彩。

1. 麋居之地

公元1985年，仲夏，地上像着了火似的，酷暑难耐，连梧桐树上的知了也懒得叫唤。然而，在景德镇一个古老的弄堂——祥集弄的一幢宅子里，一位身材瘦弱、留着长长头发的中年男子全然不顾。他站在小山似的瓷片堆中，不断地遴选着、比对着，汗水湿透了衣襟，指头从白色的手套里露了出来。

他叫刘新园，江西大学中文系一毕业，就一头扎进了古瓷片堆里。经过几年来的熟悉与钻研，他相继写出了《景德镇湖田窑考察纪要》《高岭土考史》等划时代的论文。现在他正在修复着从御器厂运来的瓷片。

忽然，一阵急促的电话铃声响了起来。电话是浮梁县江村乡政府打来的，说是村民基建时，发现了不少石器。刘新园预感到，一件改写景德镇历史的大事将要发生。随着近年大量的五代、宋、元、明、清瓷窑的发掘，凭着多年来的考古经验，他感觉，景德镇的瓷窑历史必将前移，而且，也必将会有更久远的文明，支撑着这些陶瓷历史的前行。

刘新园来不及脱去满是尘土的工作服，甚至来不及喝上一口早晨泡好的浮梁茶，他和助手立即坐上吉普车向距景德镇市区约六十五公里的浮梁县江村乡沽演村进发。

从远处看，沽演村坐落在一块带状的山麓与河滩之间的平地上。这里四周群山连绵，森林茂密，村前河流宽阔，水量充沛，是一个非常适合人居的地方。

该遗址是村民郑发田在建房挖墙基时发现的。此次发掘，出土石器共计九件。其中石锛四件，石镞两件，石凿、石磨棒、石锥各一件，均为青石质，通体磨光，制作精细。刘新园初步判断为新石器时代晚期的遗物，距今七千多年，这可是浮梁这片土地上首次发现的文化遗址。

无独有偶，不久，刘新园他们又在王港乡水家村水家车发现了一处文化遗址。该遗址发现的遗物里，不仅有磨制石锛，还有带网纹、绳纹、圈点纹的陶器残片。经鉴定，这个新石器时代文化遗址比沽演的还要早，处于新石器时代中晚期。

此后，在浮梁县境，相继发掘出商、周、唐、五代文化遗址、窑址百余处。看见那么多原始村落就沉睡在我们的身旁，令我唏嘘不已。我在想，那些沽演人、水家车人、洞口人、兰田人应该会有先来后到之别，却是不约而同地麇居于此，并且长久在此繁衍生息，足见脚下的这片土地是富庶的、慷慨的。

当然，如果不是地质学家们利用科学手段对岩层、化石和放射元素的蜕变等进行考察，谁也不会相信，一亿年前，我们脚下的这片夹在黄山和怀玉山之间，群峰耸峙、山峦绵延之地竟然是一片汪洋大海。那些沉积在海底厚达一万余米，由泥质岩、火山碎屑岩构成的褶皱，在经过无数次的上升、沉降、海浸、蚀变后，构造成这片世上独一无二的风化残积型地质地貌。

如果站在位于浮梁县东北端的最高峰海拔 1618.4 米的五股尖上俯瞰，你会发现，这片土地上峰高谷深，山势险要，绵延起伏，颇为壮观。海拔一千米以上高峰有十余处。经过地质人员的勘探，地下是无尽的矿藏。这种风化残余型地质和终年被云雾缭绕的山峦，注定为后世的人们准备了一份大礼！

这是大自然的恩赐，是天造地设的天然宝藏。

七千年前，生活在这片风化残余型高岭土矿带的先人们，渐渐定居下来，他们以磨制的石斧、石锛、石凿、石铲和琢制的磨盘，打制的石锤、石斧为主要工具，开始对这块宝藏进行开发利用。他们制造出的陶器纹饰非常丰富，有网纹、绳纹、圈点纹等。从汉代起，人们开始以瓷为业，并且，在这片沃土之上开始了茶叶种植。

即使是今天，我们这些生活在二十一世纪的人们，也能透过那些散落于沃野乡村的文化遗址发现他们的踪影，感受到那些青瓷的温度，闻到瓦罐里面散发出的茶香。

2. 县治疑云

在很长的一段时光里，这片位于鄱阳县东北部的方圆数千平方公里的沃野，其实是一个连名字都没有的荒蛮之地。渐渐地，这里却成了一块人人都想吃一口的肥肉。就拿春秋战国时期的两个江南之国——吴国和楚国来说，为此争来夺去数百年，打得头破血流。

真正引起朝廷的重视是很久以后的唐代的事了。那时候，天下刚刚稳定下来，唐高祖李渊派出一批使臣南下巡抚。出生于京兆泾阳的李大亮，是唐朝一位文武双全的将军和开国功臣，也是大唐王朝定都长安以后派出的第一批安抚使中的一个。在经过数月的巡视后，他向高祖提出一条建议，把一些区域过大的县进行拆分，州县主要官员由朝廷直接任命，以强化中央集权。在奏议中他以鄱阳县为例，称该县地大物博，其东北境之新平乡，山川秀丽，民风淳朴，陶业发达，可谓富甲一方。若将其从鄱阳县中析出，单独置县，对发展当地经济，保障民生大有益处。高祖很快就批准了他的奏议。就这样，武德四年（621），一个新的县份诞生了，它就是新平县。县治设在当时的新定与化鹏两乡之间的沽演村。

"沽演"，原称"姑演"，源于本地"姑源""演川"两个古地名的组合，相当于今浮北的江村乡沽演行政村。当年选择这里做县治，让当代的不少学者感到疑惑：为什么不放在当时市井较为成熟的昌南镇，或者后作为县治的新昌江口一带，而要放在这样一个偏僻荒凉山区？

然而历史是不能机械类比的。从历史版图上看，唐代，沽演是全县的地理中心。从沽演出发至北界还有数十公里的路程。这片广阔疆域在永泰二年（766）析出，与歙州南境合置祁门县。再者，唐时的江村乡是县域重要的茶叶产区和集散地。这里地势开阔，杨春河河宽水满，距昌江河仅五公里，货物流通与人员往来应该不是问题。

沽演作为县治的时间不到五年，历史也过去了一千四百余年，但对于生活在这片土地上的人来说，依然是抹不去的记忆。陈金海，江村中学的一名高级语文老师，用了数年时间，像淘沙一样，对古县治的历史文化进行发掘。他认为，当年的县治应该在今天的沽演村委会新置自然村。他列举了新置附近的一些古地名为证，如"新平驿""盐仓岭""百船汊"等。景德镇学院教授韩晓光根据《尚书》中"大水演演"一词推测，古代的这条"演川"必定是河流丰盈、水势平缓之处，加上这里四周群山连绵，中间地势开阔，村居稠密，不失为一个立县之所。

关于"新平"名称的来历和诞生的时间，史料上的记载是明确的。乾隆四十八年（1783）《浮梁县志》是这样记载的："晋初属扬州，元康元年割扬、荆州十郡置江州，鄱阳郡隶之。陶侃后擒江东寇于昌南，遂改昌南为新平镇，隶江南。"由于陶侃在昌南刚刚平定了一群草寇，于是更名为新平，取新近平定之意。而诞生的具体确立时间，同治十一年（1872）版《饶州府志》载："东晋永昌二年（323）置新平镇。"

然而，对于"新平镇"是一个什么性质的机构，人们却有着不同的看法。有的学者认为它是和先前的昌南镇一样的集镇，一个因陶瓷生产经营而形成的规模较大、市井繁荣的集镇。也有的认为它是一个行政建置，隶属鄱阳县。笔者认为以上两种说法都失之偏颇。

关于"镇"字的含义，辞书上有镇守（指军队驻扎在军事上重要的地方防守）和较大的集市等多种解释。笔者倾向于前者。自古以来，浮梁这个地方就是军事要地。且不说吴、楚、越等争夺了数百年，就是唐代的黄巢、元代的于光、明代的朱元璋和清代的太平军、李鸿章，也莫不视这里为军事要塞。在这里设个军事基地，以镇压所谓的异己与"乱匪"，这是再正常不过的事情。如果是行政区划，是鄱阳县下设的一个乡或者镇的话，那么，唐武德二年（619），就没必要在这里再设一个"新平乡"了。

武德八年（625），在一个名叫韦季的武郎官的奏议下，朝廷下达了撤县的命令，成立不到五年的新平县被撤了，并且重新并入了鄱阳县。这是笔者至今仍没弄明白的事情。据考证，这一年撤并的县份不在少数。也许是与"武德之乱"后，朝廷发动的统一全国的战事有关，因为武德初期，与唐并立的还有十几个割据政权。

或许是朝中的权贵们难以拒绝新平茶香的诱惑，又或者是新平的瓷器让他们难以释怀，新平县被撤九十一年后，也就是唐开元四年（716），廉问使韦玢以"土地沃广"为由，请求复县。李隆基很快批准了这个请求。不过，新的县治没有设在当年的沽演，而是设在了位于昌江中下游的新昌江口。因此，县名自然而然地更名为新昌县。

所谓的新昌江口，就是今天浮梁县浮梁镇新平村东港桥一带。那里是昌江与它的支流东河的交汇处。"新昌"是一个古老的地名，它不仅早于"新昌县"这个名称，而且，它还衍生出本地的另一个重要古地名"昌南"。

清道光《浮梁县志》卷二十二"杂记"载："唐移县治于新昌江口，因名新昌。旋改浮梁。元和中徙今治（今旧城）。景德镇在今县治之南，古因称昌南也。"这段记载明白无误地告诉了我们"昌南"之名的来历。

一直以来，景德镇史学界不少人存在着一种误解，认为景德镇位于昌江之南，故得名昌南。其实，按照现实的方位来说，景德镇老城区根本不在昌江之南，而在昌江之东。所以人们习惯称现在的人民公园一带为河西。而相对于县治来说，无论是新昌江口、旧城，还是今天的大石口，景德镇都处于它的南面。我之所以花这么多笔墨陈述这些古地名，是想在此厘清一下浮梁一些古地名之间的关系。

因为"新昌"而有了"昌南"，又因东晋陶侃在"昌南"擒寇而置"新平镇"，又由此衍生出"新平乡""新平县"，这大概便是这几个古地名的相互关系了。至于"新昌"之名始于何时，则不得而知了。

唐天宝元年（742），新昌县改称浮梁县，故新昌县存在的时间只二十六年。关于更名原因，有人认为，唐代进行了一次全国性的地名普查，而当时的浙江省也有一个新昌县，因重名而改了。关于这一点，笔者心存疑问。查1991年中共中央党校出版社出版的《中国市县大辞典》可知，浙江省新昌县，建立时间为后梁开平二年（908），它岂能与一百六十六年前的新昌县相冲突？这种说法显然站不住脚。笔者认为，最大的可能是水患。

浮梁县属丘陵山区，林深茂密，水资源丰富，同时也易发水患。资料显示，仅是唐代的水灾记录就有三次：贞元十一年（795）六月，浮梁大水漂流数十户；元和七年（812）五月大水，九月又复大水；元和十一年（816）六月暴雨水泛，九月又是大水，共漂没数千户。新昌江口这个地段位置较低，又处于昌江与东河的交汇处，因此时常出现"水漫金山"的情况。

生活在这里的人们，一方面衣食住行一刻也离不开水，一方面又要不断地和水患作斗争。每当山洪暴发，阻塞交通之时，他们便把渡船用绳索编连起来，上面铺上木板，放在渡口，方便居民出行。舟船不够，他们又把从山上砍来的木头，用绳索扎起来，直接漂浮在渡口，人们才得以通行。

频繁的水患不仅改变着人们的行为方式，也改变着人们的思想意识。人们对"洪水泛梁木横新昌江口，人因以济"的场面见得多了，"浮梁"之名就自然而然地生成了。

元和十一年（816），观察使裴戡，对浮梁人长久地生活在这水深火热之中的状况，实在看不下去了，就以"县治水溢"为由，奏请朝廷，将县城迁往新昌江口对岸的孔阜山南麓，那是一块地势较高的地带。

据说，宋代有一位风水师路过这里时，特地跑到对面的青峰岭上一看，竖起大拇指，连连称赞，说把县城放在这里是一个智慧的选择。而这个具有大智慧的人就是观察使裴戡。他作为朝廷遣官，曾巡视天下，阅景无数。当奏议被恩准后，他便四处踏访，寻找新县治的佳境。我不知道他是不是堪舆师，但只要略通堪舆学的人就能看出，他所选择的这块宝地，完全符合风水理论。地势高瞻，明堂开阔，昌江之水自北而西环绕，后倚孔阜山，前瞰青峰岭。可谓是："信临纵目，万拱千奇，皆四周罗列矣。"这样的选择自然会赢得极高的赞誉。

对于浮梁县治的景象，明万历浮梁知县周起元有一段经典描述："据西北高阜，土地肥沃，景气清淑，山林郁苍。左挹双溪，右环西山，前瞰塔峰，后枕孔阜山。"

清同治《饶州府志》赞曰："浮梁山川如画，奇峰秀巘，间见杂出，二水环县，诸峰玉立。上达徽祁，下通鄱县，居二省三郡八县之间。"

是的，昌江流到了这里，水丰河宽，自然景观与人文景观叠加，景色更加迷人。古代的"昌江八景"也大多集中于此。这八景的形式虽然有点流于俗套,但其中的几景蕴含着丰富而浓郁的乡土风情,至今让人难以割舍。

南城柳色。此景位于古南城。这是浮梁地域的第二座县城,存在时间正好一百年,有着完整的城市建筑和防御工事。唐广明元年(880),黄巢再次进军江西时,前锋正逼近浮梁。危急时刻,县令金安将民众迁徙到这里,动员民众在城北十里设置险要工事,并招募义勇,组建地方武装力量。从而阻挡了黄巢部队进入境内,使得境内民众免遭涂炭。金安因保境之功,升左卫将军,进授知歙州军事兼婺(今金华)、饶(今鄱阳)、杭(今杭州)、睦(今浙江建德)四州兵马都统使。县人在县衙边上建有一座金公祠,以资纪念。

岁月无痕,沧桑有迹。明代上海松江的王澂,在任浮梁县令时曾到此凭吊古迹。见这里居民稠密,岸柳摇曳,春色盎然,即兴赋诗一首,名曰《南城柳色》。

> 东风柳色满城阿,粉蝶参差相映多。
> 金缕浪时疏雨过,翠痕深处晓云和。
> 暝连溪畔青青草,晴压江头眇眇波。
> 最是画楼藏却尽,不知何处起笙歌。

这是仅存的一首关于新昌古城的诗作。诗人在对满城春色赞美的同时,也流露出对古城消失的惆怅。

北沼荷香。此景位于城北莲荷塘畔。夏秋之交,芙蕖盛满,香溢艳发,尤为奇丽。荷塘与昌江之间有一条名为"洗心沟"的人工河相连,荷塘和洗心沟的督造者是北宋著名政治家、文学家、时任饶州太守的范仲淹。据《浮梁县志》记载,宋景祐三年(1036),范仲淹贬任饶州知州,到任不久,便来浮梁县巡视,当他了解到县城"邑多火灾,民生日瘁"的情况时,便召集当地官绅谋划,决定利用城北洼地开挖一个占地近五十亩的水塘蓄水，人称莲花塘，而后又开挖一条沟，把塘水引入城内，过锦绣街、道驷桥、学宫，最后注入昌江。这条沟，既解决了居民生活用水问题，又为防火救灾提供了水源。范仲淹给这条沟取名为"洗心沟"，意喻洗涤心胸，纯正风气。这是对浮梁人的一种希冀。后人在塘边建起了"后乐""高风"两个亭子，以纪念范仲淹为浮梁人办下的实事。

西塔夕照。此塔因建在县城之西而得名。这座建于宋建隆二年（961）的大圣宝塔素有浮梁"城徽"之誉。塔共七层，采用空筒式穿壁绕平座结构建造，整个塔身形象简洁，造型美观，设计十分科学，有"江南第一塔"之誉。其塔影远入莲荷塘，夕阳西照，光影逾彻。明人曾鼎诗云："巍峨雁塔倚虚空，铃铎声传十里风。绝顶曾藏金舍利，闲阶倒栽玉芙蓉。光连霄汉行云外，影浸池塘夕照中。步履登临遥望处，江山如画兴无穷。"

山路晴岚。在昌江南岸的显教寺前，沿昌江而下，是一条长约十华里的山麓驿道，直抵景德镇。这是一条以山水奇绝而著称的驿道。显教寺，位于新昌古城址后。相传，南宋著名的爱国重臣、礼部尚书洪皓曾在此结庐读书。道中的浮碧亭，得名于唐代杨巨源《酬崔驸马惠笺百张兼贻四韵》诗"浮碧空从天上得，殷红应自日边来"之句，是历代文人墨客吟咏之处。《广舆记》云："山水奇绝可爱，让文人墨客流连忘返。"然而，在众多的以此景为题材的诗中，我独爱邑庠生张豸生的那首《山路晴岚》。雨霁千峰，逶迤古道，浮碧亭中的憩客，来来往往的辎车和起早贪黑赶路的商人。诗里为我们提供了海量的信息，描绘出古道上的繁忙景象。

双溪夜月。此景出现在县城东、北两条小河交汇的清源观前。每当月夜，圆朗互映，溪光四出。此景深得宋代名士、琼州白玉蟾青睐。他曾赋诗赞曰："昌江佳处为双溪，双溪两峰尤清奇。"并称："当年误别桃源路，至今不见桃源溪。双溪桃源何所异，欲去不去姑题诗。"在浮梁，至今还流传着苏东坡、黄庭坚和佛印三人在此月夜泛舟的故事。

一座古城，承载着千年的历史，寄托着无数瓷国茶乡人的情怀。也就是这份情怀，使得一百一十年前的"县署迁徙"，像是发生了一场强烈的地震，弄得上上下下动荡不安。

民国三年（1914）六月，浮梁县县署内外，街头巷尾，人们议论纷纷，一片哗然。诱因乃是一句出自浮梁知事陈安嘴里的话："将浮梁县署搬到景德镇去。"

陈安，长着国字脸，浓眉大眼，留着短须，不知道的人，还以为是一位武将。其实，陈安是一个善于谋略、工于心计的人。他的这个性格特征，完全是得到他父亲的真传。陈安的父亲陈维皋，浙江绍兴人，精通审计和理财，因游学到江西，受到当政者的重用而落户南昌。陈安兄弟三人，他排行老二。十二岁就能篆刻、书画，精通六书，与其兄陈治被誉为"陈家二妙"。长大后，走上他父亲的路子，做了一位饶州府幕僚。陈安虽然没有受过科班教育，但他处事果敢，才识过人，深得知府张玉叔赏识，先是推荐他进到江西提法司工作，继而又推荐任江宁（今南京）知县。辛亥革命成功时，陈安回到江西，旋即被委以泸溪（今资溪）县知事。

其时，浮梁县两任知事都没能把地方治理好，脏乱差的形象深深地印在了江西巡按戚扬的脑海里。考虑到浮梁是历史望县，又管这个偌大的江南都会景德镇，作为一省之长，戚扬觉得有必要选一个得力干将来挑这副担子，于是，四十余岁的陈安成了他不二的人选。

陈安上任后，雷厉风行，以铁的手腕，将动荡不安的大县治理得井井有条。并且，很快他便有了一个大胆的想法，要将县治迁到景德镇。他知道，浮梁县是千年古县，县治从唐代就设立在那里，文化底蕴深厚。但是，景德镇，一方都市，人口数十万，税收是县治的二十倍。而处理公务和民事的政府，却远在二十华里之外。公务人员来回奔波，不光是没有效率，更主要的是没有用长远的眼光去开发一个都市的未来。

民国三年，陈安向省府呈送了那份关于迁徙县治的报告。巡按戚扬立即到浮梁进行了视察。他非常赞同陈安这种卓有见识的决策，进而马上批准了这项决定。

尽管，陈安在县署里开了很多次大会小会，也曾多次深入乡镇街道走访调查，但县署里还是议论纷纷，意见不一。陈安是一个果敢的人，拿到了省府的批复后，他力排众议，说干就干。他选择了景德镇城区东北角的一个名叫和尚坞的地方作为县署驻地。

市井的议论，最后上升为政务、文人之间的激辩，有的还上书省府，控告陈安的不当行为。

臧湾乡府前村的程起凤和三龙乡凰峰村的汪龙光，是浮梁县清末、民初的一对大才子。当时，流传着一句佳话："东凤西龙，学问无穷；西龙东凤，才堪大用。"

汪龙光（1860—1917），字伯式，号勉斋，三龙凰峰人。少小聪颖过人，光绪九年（1883），经科考升入京师国子监，并在朝廷中任教谕。光绪十九年（1893）载誉返乡。后因社会动荡，汪龙光无意仕宦，想从事实业救国，出任景德镇瓷业公司厂务。

程起凤（1861—1918），字用仪，号葆三，光绪二十九年（1903）进士，曾任城安县知县，兼理宝庆府同知。革命军起，读三民主义而悦之，因号葆三。

汪龙光曾设馆于景德镇，教授生徒。程起凤经常与之聚首于此，论诗文，探时势。可是，就是这样一对莫逆之交，在迁县治的问题上却出现了严重分歧。

程起凤是完全支持陈安迁县治的举措的。他赞同陈安顺应潮流，着眼建设大瓷都理想，更看重他为人处世的风格。从动议搬迁，短短一年多的时间里，他将一个周围约三里的臭水塘改造成公园，禁止了陶瓷各行业中的不法之徒利用会演机会进行赌博斗殴行为，取消了私娼，设立瓷业美术研究社，等等，桩桩件件，均体现出一个负责任担当者的胸怀。

他要将这种"更千年治址，不城而园，力简而民不费"的事迹记录下来，写一篇《浮梁新邑公园记》，以飨读者。

在汪龙光心中却是另外一番考量。浮梁城是一个有着千年历史的古城，这里环境幽雅，市井繁华，城市功能齐全。特别是那座高而厚，呈椭圆形的古城墙。两千五百多年来，八重门，依山而建，给人的感觉不仅仅是安全，还有一种美的享受。为什么要弃掉这样一座厚重的古城不用，硬要挤进一个熙熙攘攘、拥挤不堪的市镇上去办公？汪龙光担忧的还有，县治搬迁后，古城萧条不说，又有谁来保障这满城的文物古迹和文脉不受损害？他大声诘问："时乎！去故而就新，宁忘怀乎！"这种担心不无道理，也就五十年的光景，失去县治光环的古城荡然无存，仅存着一座孤塔、一座县署的仪门成为供人凭吊的古迹。

民国六年（1917），程起凤记录迁治始末的《浮梁新邑公园记》刻在游人如织的莲荷塘畔，为好友汪龙光未能分享到心中愉悦而感到惋惜，次年也撒手人寰。民国八年（1919），陈安被调任临川知事，时值盛夏，冒暑前往，加之平日积劳，背上突发痈疽而逝，时年仅五十二岁。

岁月悠悠，旧情不可留；临江空惆怅，胜地忆旧游。

3. 百流南泻

那天，我站在皖赣交界的闾门边，望着那跳着欢快步子奔腾不息的河水在想，浮梁先民似乎有一种先知先觉，仿佛早已预见，他们手中的那些泥捏的碗罐瓢盆，那些岁月留香的茶叶一定随着这条河，入江达海，流遍全国，漂到异国他乡。要不然，为什么要将这条最窄处不过五米的小河称作江？

昌江，一个寓意多么美好的名字。荀子曰："江河以流，万物以昌。"我以为，冠名"昌江"，恐怕也抒发了浮梁人置身于山明水秀的膏腴之地那番欣慰和自豪，表达了浮梁人向往着江海的胸怀和一往无前的精神。

全程一百八十余公里的昌江，发源于黄山西脉的大洪山，北南纵贯浮梁腹地六十一公里，在先后吸纳了明溪河、建溪河及东西南北四条河流后，像个贵妇人，腆着个肚儿晃悠悠扬长而去，最终流进了鄱阳湖，转入长江。沿江两岸，芳草萋萋，林木葱郁，星罗棋布的村落若隐若现。正所谓："山里江城树里村，人家花里筑花樊。四时花向楼头见，行到花边香隔门。"

昌江的支流多而密，像枫叶的脉络一样，维系着浮梁两千九百平方公里的每个角落。都说瓷是土与水的艺术。在浮梁历代的陶瓷生产中，水的作用发挥到极致。例如高岭土。在高岭山上，至今依然保存着许多大大小小的淘洗坑，那是高岭土像从母体刚分离出来的婴儿，接受第一次洗礼时的澡盆。淘洗后，莹润如玉的高岭土，被矿工们百般地呵护着运到山下的东埠码头，装进了那不甚宽敞的乌篷船。又是水将它们运到景德镇坯房里。当然，不是所有用来制作瓷器的土，都像高岭土这样用水淘洗一下就可以做瓷了，它们需要经历另一套加工程序——水碓。利用水流力量舂釉果，是人类智慧的结晶，也是浮梁人与水的再次亲近。古代浮梁水碓很多，有人做过统计，清代鼎盛时期，整条东河流域共有五千多支碓头。

清代诗人凌汝绵的诗《昌江杂咏》，将昌江水的独特功用描写得淋漓尽致："重重水碓夹江开，未雨殷传数里雷。舂得泥稠米更凿，祁船未到镇船回。"

还有清代郑凤仪的《浮梁竹枝词》两首诗，也真实地描绘出当时水碓和船运的情形。

其一
碓厂和云舂绿野，贾船带雨泊乌篷。
夜阑惊起还乡梦，窑火通明两岸红。
其二
码头柴槎各分堆，伙计收筹记数来。
窑位客行催更紧，后先三日一回开。

"百流南泻昌江浔，涵光吐润出良金。"

浮梁，膏沃的土地，充足的水源，充裕的柴窑，是历代景德镇窑工的风水宝地，也是千年瓷都的摇篮。

4. 好学无荒

1

三十年多年前，余初涉志坛，首次在乾隆版《浮梁县志》"风俗"里看到这段文字时，心里不免有些疑惑，觉得我们的先辈有些夸大其词。文字如下："浮梁山川秀丽，风俗淳雅，衣冠人物之盛甲于江右。"

我们知道，古代士以上者需戴冠，衣冠连称，引申为士族、士绅。而"江右"，指长江下游以西地区，其民系主要分布于江西大部、湖南东北、湖北东南部、安徽西南部、福建西北部等地。若依县志所云，古代浮梁读书为官者人数在"江右"这样广大地区处于领先地位。

果真如此吗？我心里忐忑。

前几年，我在编纂《浮梁历史人物》过程中，将浮梁历史上一些名望人物做了一次梳理之后，才让我对旧志上的描述有了新的认识。

人们在谈论古代一个地方的人物时，往往以科举考试中各个层级录取人数多少为衡量标准，尤其是考取进士的人数。是的，在纷繁复杂的社会里，无论是古代还是当下，"考试"还是唯一比较客观、公允的人才选拔途径。科举制度在中国实行了一千三百多年，一共产生了近十一万名进士。这些进士构成了隋唐以后历代官员的骨干队伍，其中包括一大批政治精英、学术泰斗和文学巨匠。科举文化可以说是家喻户晓，深入人心。据九江学院编纂的《江西历代进士全传》记载，享有"人杰地灵"之美誉的江西，共诞生了11671名进士，占全国进士总数的十分之一。宋、明两朝，江西产生进士人数均名列全国第二。

我们再来看看浮梁历代科举考试情况。据统计，浮梁历史上共考取进士294人，举人904人，其中文举864人，武举40人。此外，还有童科42人，贡生442人。例选192人。

进士中，明代金达殿试第三，为探花。举人中，文举方廷实、计礼、吴廷珪三人取得乡试第一，为解元；武举汪凤翔夺得万历十年（1582）壬午科第一名，并且考中万历十四年（1586）丙戌科武进士；武举汪腾蛟夺得万历二十年（1592）壬辰科武进士。

那么，浮梁学子的成绩，在江西省、在饶州府地位如何呢？

从历代进士总数看，浮梁进士294人，在江西全省84个县中，名列13位，在饶州府七县中列第2位；从明代考取进士人数看，浮梁70人，在全省79个县中名列第9位，前进了四位，在饶州府七县中，浮梁高居榜首，是位居第二的德兴县的一倍。

以上这些数字确实让人有些心动，因为江西历年考取进士的人数仅次于浙江，名列全国第二，江西在此前的"江右"地区无疑是佼佼者。浮梁在考取进士总人数上列第13位，而在明朝列第9位，这在"江右"地区自然也是名列前茅的。难怪我们的先辈有点按捺不住自己的激动心情，赞誉之辞泻于笔端。

浮梁进士考取的年份和乡籍分布很不均匀，甚至出现扎堆现象。浮梁宋、明两代诞生进士最多。特别是宋代，有13个年份每年均在4名以上，尤其是咸淳元年（1265）、咸淳四年（1268）、咸淳十年（1274）3个年份，每年均考取11人。

扎堆现象还体现在宗族与家庭上，同宗、兄弟、父子、祖孙进士连带的多。例如：宋代至清代，界田李氏一族出进士26人。据传，同时在京为官的界田李氏人士9人，外加一名女婿，故有"九子十郎官"之说。臧湾臧氏一族出进士也是26人，其中臧永锡一家祖孙三代9人中进士。咸淳四年，县城汪氏一门兄弟6人同科中进士，臧湾鲍升一门5人中进士。宋景定元年（1260），甚至连位于浮东偏远山区高岭的冯氏，也出现了"一榜三举人"的现象。

父子、兄弟、爷孙进士的还有很多。宋代如金鼎臣、金汝臣、金纯臣兄弟，金君著、金君佐、金君佑兄弟，金作励、金举兄弟，鲍昱与鲍世安、鲍安行、鲍安国父子，程瑀、程宏图父子，李椿年、李大有父子，程筠、程祈父子，胡澄、胡涓兄弟，臧几道、臧论道兄弟。明代如曹煜与曹天佑、曹天宪父子，李大钦、李思谟祖孙。清代如邓梦琴、邓传安父子。

2

浮梁人物的类型较多，从政、治学、业陶、经商、武师、僧道诸业都有。博取功名后的浮梁士子以从政者居多。据不完全统计，浮梁士人中，封王5人，封侯5人，副宰级7人，尚书7人，侍郎8人，郎中23人，御史32人，布政使6人，太守13人，知府19人，知州13人，尹1人，公2人，太子中允5人。

汪澈是南宋绍兴时出生于桃墅的一位次宰，与宰相陈康伯共辅皇室。当金兵进犯时，他力主抗战，反对求和。他奉诏以湖北、京西宣抚谕使身份点精兵与敌军大战于汉水，使敌军溃逃，金主罢兵求和，展现了其强烈的爱国主义精神和舍生取义的民族气节。

李椿年是南宋绍兴时期户部侍郎，是继王安石之后又一个赋税改革家。他所推行的"经界法"较王安石的"方田均税法"，无论在内容、操作程序或改革效果上，都有了进一步的改进和提高。宋高宗、朱熹等人对李椿年推行"经界法"曾做出很高的评价。直到今天，李椿年的"经界法"仍然引起土地界专家学者极大的关注和高度的评价。

宋代，浮梁出现了一批不重仕途而专攻理学的学者，出生于浮北沧溪村的朱宏就是其中代表。朱宏与朱熹是同道，经常在一起切磋研讨，朱熹用"高识笃行，无与伦比"来形容他的学识与人品，并为其书斋题额为"克己堂"，故人称朱宏"克己先生"。享有江西宋明理学旗手之誉的饶鲁称朱宏为"浮梁之灭明"。四方学士都崇尚朱宏的品学，来求学的人很多。《全宋文》中有他的事迹记载。

据浮梁《金氏宗谱》载，英溪金去伪一生淡泊名利，淳熙十年（1183）中进士后，抛弃为官的美好前程而跟随朱熹学习、游历，专心致志钻研与倡导理学。他曾作自咏诗云：

自知富贵若浮云，何用虚名伴此身！
四十挂冠林下去，始知清世有闲人。

明代的昊十九，一位出生于浮梁的陶艺家，他烧制的"流霞盏"，色明如朱砂，如晚霞飞渡，光彩照人。又有卵幕杯，薄如蝉翼，成为旷世珍品。

茶业是浮梁的传统产业，它始于晋而盛于唐。千百年来，勤劳聪敏的浮梁人弘扬光大着这个产业。

汪宗潜，浮北磻溪人，年方二十便开始行走南昌、苏州、杭州等地。后来在武汉、上海开设茶庄。英、俄、德、法等国的洋商，无不把他的茶叶视为珍宝。道光二十二年（1842），上海等五地立为通商口岸后，汪宗潜做出两项决定，茶叶由传统绿茶改制红茶，市场由国内转向国外，茶叶生意再次红火起来。由于他的茶叶以九江为中转站，故赢得"九江王"之美誉。

江村乡严台江氏自古以经营茶叶为生。千百年来，江氏制茶技艺薪火相传，成为浮北知名的"制茶世家"。民国初年，江资甫执掌"天祥茶号"，他制茶技艺精湛，所制的绿茶汤色明亮，兰花香郁，惟清惟馨，高贵典雅，1915 年，他所制的茶叶在巴拿马万国和平博览会上一举夺得金奖。

古语云，一方水土育一方人。浮西礼芳独特的窑柴资源，成就了不少柴商达人。如礼芳著名窑柴商华七公、李沐鸿、李春园等。他们既经营瓷土，又从事窑柴经营，发家致富后，在广建豪宅的同时，也从事不少公益事业，如修桥补路，开山造渠，纂修宗谱，建筑宗祠。

在儿时的记忆里，我们的先辈十分骁勇。现在想来，这大概是听多了"李三保故事"。据笔者所知，出生于浮梁城西李家庄的元代义侠李三保的故事，不仅仅在浮梁家喻户晓，在安徽、江浙甚至东北等诸多地区也广为流传。李三保武艺超强，疾恶如仇，扶危济贫，深得百姓喜爱。

《浮梁县志》对浮梁武界精英有较为详细的记载。最引人注目的莫过于宋代浮北明溪出的一名武状元，他的名字叫朱虎臣。建炎二年（1128），高宗亲临童子科试，见"虎臣才七岁，步射十二矢中九，诵六书，排诸葛亮八阵图"娴熟自如，于是补以承信郎，特赐金带，称其为"武状元"。据统计，浮梁县共有武举人 40 位，其中，明代 11 位，清代 29 位；武进士 2 位，均在明代。其中，浮北桃墅汪凤翔夺得万历壬午科武举第一名，乙酉年再中武举，丙戌科考中武进士。浮北汪腾蛟夺得万历乙酉、戊子、辛卯三科武举，中万历壬辰科举武进士。

浮梁福港还出了一位由宋神宗赐法号的佛印禅师。佛印与苏东坡、黄庭坚有莫逆之交，三人曾聚首浮梁宝积寺谈经论道，世人称之为"三贤"。

3

取得功名后的浮梁士人奔赴全国各地，担任着各级各类官员。他们中不乏品行端正、才学兼备的栋梁之材。他们有的忠纯平实，性情耿直，直言不讳，敢于针砭时弊，甚至批评皇帝奢侈糜烂的生活；有的关注民生，革除弊端，刚正不阿，冒着丢官的风险；有的义无反顾地奔赴沙场，抵御外侵；有的在与敌国谈判时，不卑不亢，表现出坚贞不屈、视死如归的大无畏精神。

程瑀是臧湾府前人，官至兵部尚书，与乐平洪皓齐名。当时金人入侵中原，钦宗命程瑀往河东议割北方三镇给金国求和。程瑀向皇帝奏道："臣愿奉使，不愿割地。"表达了他敢入虎穴、不愿辱国的原则立场。朝廷未允，并令他前去议和。程瑀来到中山（治今河北定州），只和诸将谈守城抗金，绝口不言割地之事。程瑀多次向皇帝反映秦桧、蔡京等人阳奉阴违、专横跋扈的丑陋言行，因而得罪了权臣，多次受到降职处分，但他无怨无悔，一如既往。

高沙的朱貔孙是一个出了名的谏臣，他曾任谏议大夫、吏部尚书。在监察御史任上，朱貔孙曾上书朝廷要求减轻人民负担，惩办邪恶。升任监察御史兼崇政殿说书后，他上书"论权奸误国之罪"，并与宦官董宋臣、猾吏丁大全做坚决斗争。时值元军入侵，朝野甚为恐慌，有人建议迁都。朱貔孙上书皇帝："銮舆若动"，就会使戍边的"将士瓦解"，四方便会"盗贼蜂起"。朝廷接受了他的意见，停止了迁都动议。朱貔孙晚年病逝故里，丞相文天祥闻讯，亲往浮梁祭送，并写下《挽貔孙》诗一首，称赞他："一代文章贵，千年谏议名。"

冯仲昭，浮梁人，宋绍圣甲戌进士，初任晋宁尉，锄奸安良。元符三年（1100）任江东御史，以勤廉著称。在巡视江东时，明察暗访，有奸必除，贪官污吏望风解印。

清慎廉洁、一心为民是浮梁士人的共同特征。闵遴，浮梁县城西隅人，是一位清廉知县，他在出任江苏溧阳知县时，适遇灾荒，他尽心竭力，深入灾区，赈济灾民，使灾民摆脱饥饿死亡的威胁。他为官清廉，办事果断精明，一时奸胥猾吏，望风敛迹。乾隆二十三年（1758），闵遴上书要求回归故里，离职时行李萧然，送行人群都潸然泪下。如今，溧阳县民间还流传着一首民歌：

> 廉洁捐资救百姓，救了溧阳百万人。
> 这样好官有几个，闵氏功德世代深。

邓梦琴、邓传安是两位政绩卓著的父子知府。父亲邓梦琴是汉中名宦，退养回家后，竟然租住在县城民房里。儿子邓传安两任台湾知府，并兼任台北澎道提督学政，为台湾稳定、发展及人才培养做出了极大贡献。回乡时行李空空，只为青峰寺带回三尊石菩萨。

在翻阅史籍时，还发现一些记录着浮梁士人心胸开阔、自强不息、尊崇孝道的故事。

冯诚，浮梁湘湖人，明朝进士，官至湖广按察使。冯诚少年时参加童子科考试时，有一个叫叶懋的人瞧不起他，并且还侮辱他。冯诚没当回事，继续发奋努力，于永乐十九年（1421）考中进士，并出任陕西御史。而叶懋则以贡生的身份担任山西平遥的卫仓官。后来，叶懋因失职被上方查办。这个案子恰好落到冯诚手里。冯诚在审理此案时经过细致调查取证，认为叶懋的过失并未造成大的损失，并且发现这是有人为了谋其位而采取的排挤手段，于是冯诚从轻发落了他。人们敬仰冯诚，称赞他是一个不计前嫌的人。

朱震，浮梁县城北隅人，擅于诗，倜傥风流。熙宁九年（1076），他考取进士，但尚未选官。一个大雪纷飞的下午，他独自在京师的一座名为"樊楼"的周边游览，适逢朝廷在这座楼里宴请外国使臣。有位外国使臣是个中国通，即席赋诗一首贴在墙上，并提议主方人员和诗一首。可是在场的竟然无一人能应。消息传到朱震的耳朵里，等宴席一撤，他立即登楼题诗一首于其后。诗曰：

> 昨夜狂随汗漫游，彤云遮断六鳌头。
> 翻身跳入银宫阙，撼碎榆花遍九州。

有人禀报皇上。皇帝看后大加称赏，"以白衣送铨除"。朱震不应诏，且悄悄地走了，可见其心气之高洁。后授迪功郎，继授工部郎中。

宋代的宋之才，是出生在浮梁县里仁都的一个大孝子。父亲宋历，任韶州（韶关，古称韶州）司户（主民户的官员），留下之才与母亲在家乡居住。一天，宋历在州县巡视时被海盗劫去海上，从此音讯断绝。

那时宋之才尚幼，刚刚上私塾，母亲全氏是一个有德行、知书达理之人，全身心投入在儿子学习上。宋元丰五年（1082），之才考中壬戌科黄裳榜进士，升任秘书省正字（秘书省为掌管图籍的官署。正字为秘书省官员，与校书郎同掌校正书籍）之职时，迎接母亲去东都生活。母曰："天下岂有不能为人子而能为人臣者哉？"意思是说天下哪有连儿子都做不好的人做得好臣子的。之才明白，母亲这是想起父亲了。一阵痛苦之后，当日向朝廷陈情乞求解官，寻找父亲。天南海北地找了一通之后，一天遇见一人从海外归来，说在日本国唐人街有一位市场管理的宋翁，与之才所说的年龄面貌相符。之才立即登船前往。果然，那位宋翁就是自己的父亲。日本国王知道这件事后，挽留他们父子，并许诺封他们父子以官职，但均被之才辞绝。归来后，端明殿学士黄裳（旧与宋之才十分熟悉）禀报皇上，之才官复原职。

浮梁还出了一位受皇帝勒令表彰的母亲。有妇戴氏，从小教育儿子戴星潜心读书，胸怀大志，报效祖国。戴星不负所望，成了明代显赫一时的朝廷兵马指挥司副指挥。明弘治十八年（1505），朝廷追授戴星父母为文林郎及孺人，赞扬他们教子有方的美德，为其立了功德碑。该碑至今仍耸立在浮梁县茶培村引坑坞自然村。

4

"浮梁好儒而驯雅。"《浮梁县志》在总结、归纳其成因时云："唐颜真卿、宋范仲淹为守，政本教化而崇礼让，黜浮华而尚忠厚，风俗焕然一变。"在"汝穀以贻，好学无荒"的文化氛围之下，家长们节衣缩食培养子女读书，学子们勤学苦读，社会热情扶持，尊师重教蔚然成风。

臧湾的臧浑就是成功例子。从臧湾到县城县学有十多公里路程，走一趟要三个多小时。臧浑家庭贫寒，连鞋子也买不起，常常是光着脚丫走路。他就到与浮梁古城隔江相望的青峰寺借宿。这座寺庙是唐代大中七年（853）由一个名叫释普的高僧建造的。寺里方丈不仅给他提供住宿，还提供基本的膳食。臧浑在寺中苦读多年，终于宋熙宁三年（1070）考中进士。成名后，为报答寺庙僧侣们的帮助，他捐资在大雄宝殿的左右两侧建有两个轩。左边取名"壮图轩"，右边的称"留隐轩"。后来这里就成了家庭困苦的学子们挑灯夜读的地方。

关于这段经历，比他晚五年考中进士的状元、吏部尚书彭汝砺十分清楚，他在一首《寄臧浑》中是这样写的：

> 二月驱车出宋都，转头即是十年余。
> 可怜老大犹为客，莫怪寻常不作书。
> 蜡履阮孚人不会，鲈鱼张翰子何如。
> 寄声莫污青峰地，留与先生作隐居。

臧浑卸任后果真归隐这里。臧浑在青峰寺苦读的事迹影响着一代又一代浮梁学子。宋代的程瑀便是其中一员。

程瑀，宋代臧湾府前人，少时家里贫寒。他在县学读书时也住进青峰寺。宋宣和二年（1120）考中进士。金榜题名，官居二品。告老还乡后，他也隐居在这里。读书期间，在壮图轩还写下一首诗，抒发自己对臧浑的崇敬之情，并表明自己的志向。

> 留隐轩
> 先生肮脏与谁同，直道何妨竟不容。
> 欲约故人酬素志，苦求晚节隐青松。
> 图开胜地诗篇重，客倦僧房野兴浓。
> 问舍求田端有日，从他百尺卧元龙。

县志云："浮梁居饶之上游，地广土沃，景淑气清，景德屹然一巨镇，陶器之利遍天下。聚而工贾者常数十万人，故浮梁称望邑。"浮梁人生活在这样得天独厚的自然环境里，"摘叶为茗，伐楮为纸，坯土为器"，以至"富则为商，巧则为工"。浮梁成为富甲一方的望县，景德镇亦成了江南雄镇。

浮梁发达的经济成就了许多富豪士绅，也让尊师重教、捐资助学的传统美德得到弘扬光大。宋、明时期浮梁进士大量涌现，与县学、书院的发展是分不开的。

浮梁县学历史悠久。宋庆历四年（1044），朝迁诏令天下郡县建学，浮梁县学同时建立。县学旧址在县署西北，宋元丰年间，县令张景修徙于东南（今旧城新平学校）。县学既是县里的教育机构，也是科举制度最基层的组织机构，旨在为科举考试培养和推荐应试人才。县学每年录取的生员是有名额限制的。一般生员分为三种。一是廪生，对这些学生，县学按时发给银子和粮食以补助其日常生活。二是增广生，这是计划外按照一定的分数线扩招的。三是附生，这是完全自费的。从某种意义上讲，这个指标也是经济发展的晴雨表。因为这部分生员成绩好的也可以报考，只是名字附在前面两部分生员后面而已。县学生员不但可参加三年一次省里举行的乡试，而且，官府免其粮，以礼相待。

历任知县对县学都极为重视，除了要确保及时、足额提供县学办学经费外，每年两件事是必须亲自到场的：一是主持县学考试；二是为新录取的各级生员送学。

县学师资强大，多聘请名流讲学。如被誉为"东方莎士比亚"的明代戏曲家汤显祖就来浮梁县学讲过学，并写下一篇《浮梁新作讲堂赋》。浮梁县学曾培养出二百多名进士，成了名副其实的人才摇篮。

书院也是浮梁人才的摇篮。南宋至清末，浮梁先后创办书院十五所，其中著名的有新田书院、双溪书院、长芗书院、绍文书院、东山书院、西河书院、南阳书院和北斗书院等。

宋绍兴二十六年（1156）正月，李椿年因为推行"经界法"得罪了权臣，再次被罢了官。他回到家乡后，决定为家乡人才培养做些事情。他先是创办了鄱源教院，后又创办了新田书院。此后，界田村进士大增，又出过近十余名进士。宋淳祐（1241—1252）年间，邑人赵源在县城西隅创办了一所进士庄，用于培养族人。宝祐元年（1253），即进士庄创办十二年后，族人赵介如中进士。咸淳元年（1265），赵氏有赵时励、赵时灼、赵时琥、赵良朋四位同榜考取进士。这不能不说是进士庄的功劳。

神童是自古以来人们津津乐道的话题。早在汉代，在中国最高学府

"太学"里，年龄在十二岁以下的孩子，被称为圣童和神童。唐代，在实行科举考试时特设童科，年龄在十岁以下的，只要通读一本儒家经典著作，经过考试合格的就给予"出身"，不再是平民了。宋代的童子科几罢几复，在复罢过程中，童子科也逐步完善起来。宋代童子科有一个重要特点，就是对奇异童子皇帝往往亲自面试。宋代关于皇帝亲自考试童子的事例很多。姑且不说《宋史·晏殊传》里"七岁能属文"的晏殊，就拿浮梁的神童来说，史籍上记载的就有不少。据《宋史·神宗本纪》载：元丰七年（1084），神宗于睿思殿亲试饶州童子朱天锡，赐五经出身。建炎二年（1128），宋高宗亲试童子朱虎臣，赐金带以宠之。历史上浮梁共诞生童科四十二人，在江西名列前茅，在饶州遥遥领先。

王侯将相何处去，陶源深处有茗烟。浮梁乃瓷都之源，名茶之乡。悠久的历史，发达的经济，淳雅的民风，使得浮梁人才辈出，代不乏人，形成了一个多元化、多层次的人才格局。

5. 王侯与隐士

出则仕，入则隐。出则为经世济民，入则为修身养性。孔子有言："天下有道则见，无道则隐。得时则仕，不得时则隐。"千百年来，深谙此道的浮梁士人，莫过于吴芮与吴迁二人。

1

古老的昌水河从岁月深处缓缓流淌，一直流到公元前三世纪末年，流到那个山峦叠翠的下午。

昌水东岸，码头边，奇峰脚下。一队人马从远处急驰而来，跑在最前面骑着一匹棕色马的，是刚刚被秦始皇帝诏令为番县县令的吴芮。

马队在一簇人群前停了下来。县令荣归故里，春风得意。早已候在那里的乡长、亭长们一下围了起来，作揖行礼，嘘寒问暖，亲切无比。

山峦绵延不绝，林海茫茫，在众山丛中，一峰突兀水边，滔滔的河水从山脚流过。儿时的吴芮，虽然多次路过此地，却从未发现此山如此之峻峭，料想是个观景佳处，便说："我们何不上去一览！"众人齐声应和，只见吴芮催马扬鞭，一跃而上。

吴芮登上高峰，立马远眺，山光水色尽收眼底。山涛阵阵，春风扑面，吴芮心旷神怡，心潮澎湃，便问："此山叫何名称？"亭长答曰："荒野山地，人烟稀少，尚未有名。"

吴芮说："既如此，而今我们立马山巅，何不就叫'立马山'？"

爱将梅锏说："好一个'立马山'。南面之山，形似马鞍，就叫'马鞍山'吧。"吴芮点头称是，又道："你看，这四周五座山峰，蜿蜒腾云，似五龙献珠之祥兆，此地必是块风水宝地。而且，这里河宽水深，将来也必定是一个通江达海之大码头。"

从此，一个横刀立马的矫健身躯，定格在了那个青翠的山峰之上。而"立马山""马鞍山"，也就成为景德镇地区史籍上的两个最古老的地名。

一语成真。两百年后，土著人在那座由"立马山"改称而来的"珠山"下，开始烧造瓷器，渐渐地，这里便成了皇宫用瓷的烧造中心。草鞋码头也成为海上丝绸之路的第一码头。

五代和凝诗云："山色川光南国天，珠峰千仞绿江前，萧萧伫立秋云上，多是龙携出玉渊。"

秦始皇吞并六国之后，力排众议，采用李斯的建议，把全国划分为三十六郡，每郡下设若干县。

独处之人，必有独到之处。吴芮，一个隐居落泊七世的皇家后裔，一个二十出头的乡野后生，如何能被称为千古一帝的秦始皇识得，并将横跨如今皖、浙、赣数省的番县县令的桂冠戴在他的头顶上，难道是其祖显灵？想必有其过人之处。

据史志记载，吴王夫差时，被越王勾践吞灭。夫差的三子鸿逃到吴楚交界的深山隐居，以国号为姓。传六代至吴申时，迁到今浮梁县鹅湖镇鹅湖村定居，以耕读为业。吴芮出生于公元前241年农历五月十三日（《通志》），自幼喜爱读书、聪明颖悟。习武，秉性好义，胸怀大志，且有谋略，性格豪放，仗义疏财，喜交朋友。常常同一些儒士豪客往来，十几岁时，便闻名乡里。尤其是与同乡阊门（今祁门县城，唐永泰二年前属番县地）的梅锅交往密切。梅锅，梅氏始祖梅伯（字珣）三十一世孙，由余干梅港迁黟县阊门（今祁门祁山镇）。约生于战国楚考烈王十年（前253），身材魁梧英俊，虎背熊腰，膂力过人。

吴芮在地方上很有一些声望。置番县时，吴芮被诏令为番县令。

他在番县任职十多年，公正廉明，勤于政事，赈灾安民。他施政有方，爱民如子，大胆革除弊政，轻徭薄赋，减轻百姓负担，带领百姓兴修水利发展生产，改善生活，因而深得民心，被人们尊称为"番君"。

梅锅成为他的手下干将，四处征召。

秦二世胡亥（前230—前207），为了维护其统治，加紧了对人民的残酷压榨，刑政苛暴，赋役繁重，民不聊生，因而激起了广大农民的反抗，各地纷纷密谋起义。秦二世元年（前209），陈胜、吴广领导九百名戍卒在大泽乡起义，点燃了我国历史上第一次大规模农民革命战争的烈火。

吴芮深恶痛绝秦王朝的暴政，决定弃官从民，率领当地百姓加入反秦队伍当中，成为秦朝第一位支持和参与农民起义的朝廷官员。

梅锅紧随吴芮，起兵响应。

有一天，一个叫作英布的人去拜谒吴芮，说是有要事求见。吴芮接待此人后，只看他额头上刺着黑黝黝的图案，便知道这是一个逃出来的朝廷重犯。但此人相貌堂堂、威风凛凛，举止很是不凡，心中暗暗称奇，便让他进到密室说话。

英布，六县人，又名黥布，曾触犯秦律被押送到陕西骊山服劳役。骊山之徒数十万起义反秦，黥布是起义发起人之一。起义失败后，黥布敬仰吴芮声名，率领七千余起义勇士来番投靠吴芮，吴芮喜不自禁。与其交谈天下事，发现其论断有识，颇有见解。后又多次面试他武艺，英布弓马纯熟，身手超群。吴芮更加器重，并把女儿许配给他，招为东床快婿。英布受此殊宠，也对吴芮很是敬重。

吴芮急令台岭（今大庾岭）守将梅锏回来商议。梅锏此时手下已聚精兵三千。两军会合，吴芮信心百倍。

此时的吴芮，辖地数百里，成为当时南方一支主要的反秦武装力量。吴芮以鄱阳为根据地，招兵买马，积草囤粮，制定军法，加强军士训练，建立了一支能征善战的精锐部队。

梅锏与英布共同训练士卒，保卫乡土。

吴芮决定北击秦兵，在河南清波与秦军展开激战。结果击败了秦军左右校，夺回起义军重要据点陈州（今河南淮阳县城）。然后率军过鄱阳湖，占领豫章郡（今南昌）。再兵分两路，呈掎角状向南进军。一路由部将梅锏率领逆赣江而上，开辟大庾岭，南下粤（今广东）；另一路亲自统领入湘。

那时，南方地广人稀，居民多为土著的苗、瑶等族，史称百粤。他们的部落早就对秦王朝不满，想脱离它的统治。吴芮率军南下顺天应人，又采取了战抚结合、以抚为主的战略方针，一路军纪严明。当地部落纷纷归顺，很快占领了今湖南、两广及湖北部分地区。

"加入项羽、刘邦的反秦联盟。"吴芮做出一个超乎寻常的决定。

刘邦攻打南阳的时候，吴芮派部将梅锏率军相助，攻克了析、郦等地。项羽破秦时，吴芮亲率大军力助，并随项羽入关，立下汗马功劳。公元前206年，项羽自立为"西楚霸王"，分封了十八位王。其中吴芮被封为衡山王，定都于邾（今湖北黄冈），排在第一位；吴芮的女婿英布被封为九江王，定都于六（今安徽六安市），排在第三位；刘邦被封为汉王，定都于南郑（今陕西汉中），排在第九位。梅锏被封为十万户侯。

秦王朝被推翻了，但项羽与刘邦的"楚汉之争"爆发了。

吴芮居在南方，守住辖地，对楚汉之争保持着沉默与观望。不时派心腹潜入中原探听实情。当他了解到项羽追杀义帝、残杀战俘的残暴手段后，认为这样做并非一个"仁君"所为。相反，刘邦"善于用人、广纳人才"的胸怀，正是自己所推崇的，因而毅然决然弃楚归汉，带头拥戴刘邦称帝，以安定天下。于是吴芮派梅鋗北上助汉。

刘邦见吴芮来归附，大喜，亲自接见梅鋗，请梅鋗转告吴芮，率部守住辖地，不必参与楚汉之争。

胜利的天平向刘邦倾斜。刘邦很快打败项羽，统一了天下。登基后，刘邦论功行赏，拜相封王，除封其刘姓诸王外，还封了七个异姓王，其中有吴芮。吴芮受封后，设都临湘（今湖南长沙市）。

伴君如伴虎。刘邦为巩固刘氏皇权，私下授意皇后吕雉剪除异姓王，不到半年时间，先后借故杀害了楚王韩信、燕王卢绾等六个异姓王，唯长沙王吴芮幸存。

吴芮于公元前 202 年，奉诏去安定福建，行至金精山（今江西宁都县西北十五里处）生病医治无效，于七月逝世，享年四十岁，归葬于家乡鸡笼石（此地于唐开元二十八年析出建婺源县）。

公元前 201 年，吴芮长子吴臣袭封为长沙王，在位八年后病逝，葬临湘，谥号"成王"。吴臣生三子，长子回，次子正，三子平。此后，长沙王之位连任五代，其子孙中另有九人封侯，这在中国历史上并不多见。有诗赞之：

> 秦时番君吴芮公，大智大勇真英雄。
> 率众起义反暴秦，统一南方立奇功。
> 冷眼静观刘项斗，审时度势附沛公。
> 七个藩王六被诛，唯独吴王得善终。

七位异姓王，唯独留下长沙王。这一现象，曾引起史学界广泛关注。吴芮是刘邦分封的七个异姓王中实力最弱的一个，也是对西汉王朝最没有威胁的一个，因此，在刘邦杀死其余六个异姓王后，唯独留下他，并允许他世袭。但普遍认为，它的存在和发展，与吴芮及其子孙的高尚品格分不开。是泰伯式的"至德"精神感化了刘姓皇室。而这种泰伯的精神文化本质特征就是至德归道。最好的例子是，吴芮当上了长沙王，有着至贵至富的荣耀，但汉高帝刘邦诏令他率军去闽越平乱。患病在身的他没有听从丞相和王太子的劝阻，毅然服从诏令，抱病率军前往。不幸的是，就是在这次征途中，他病情加重，撒手人寰，以身殉职。

人们评价吴芮是一位忠义贤德、文武超群、功绩卓著、甚得民心的英雄。但人们更想知道他成为"不倒翁"的秘诀。因为，他是第一个响应秦末农民起义的秦吏，是项羽分封的衡山王，同时又是被汉帝刘邦加冕的长沙王。

还是班固一语道破天机。他在《汉书》里云："昔高祖定天下，功臣异姓而王者八国。唯吴芮之起，不失正道，故能传号五世，以无嗣绝，庆流支庶。有以矣夫，著于甲令而称忠也！"

2

元皇庆二年（1313）中秋节的这天晚上，吴迁失眠了。他辗转反侧，彻夜难眠。

三十八岁，正值壮年，嗜睡的年华，最不应该出现的是这样的状态。他二十岁进的山，十八年来，著书立说，教书育人，心静如水。

下午，学生家长纷纷给吴迁送来礼物，表示对先生的中秋祝福，这是当地一种尊师重教的传统。每年中秋，家长必带着学生来到先生家，送上一份贺节的礼物，了解学生学习情形。这些礼物，除了可以用作节日食谱，还有一定寓意，如月饼，表示团圆；莲子，表示对老师苦心教育的感谢；芹菜，表示决心更加勤奋学习；红枣，则是希望在先生的教育下早日高中；桂圆，称赞先生谆谆教诲，功德圆满；肉条，希望先生改善生活，健康长寿。官绅们有的也会在这一天到学院走访、慰问老师。

窗外，月光清亮如水。石桥，木塔，十几重茅屋，一口方塘，一条绕村的小河。这个位于浮梁城东二十里地的横塘村，安逸平静，如诗如画。

"南浦春来绿一川，石桥朱塔两依然。年年送客横塘路，细雨垂杨系画船。"

范成大的这首《横塘》诗，好像是为吴迁量身定制的。不，应该说，这里是吴迁仿照这首诗的意境打造出来的桃花源。

吴迁，字仲迁，浮梁县城西隅人，自幼饱读诗书，才智过人，年龄不到十八岁，一举通过乡试。然而，就是这次乡试之旅，让他的思想陷入深深的矛盾之中，也彻底改变了他的人生道路。

为什么蒙古人、色目人就高人一等，凭什么这么一个四万户之众，硬要一个千里之外的异族人来充任"达鲁花赤"（管印）？

元贞元年（1295），这是吴迁唯一参加乡试的一年。按照朝廷规定，乡试每三年一次，共设十七处考点。江西作为十一行省之一，考点设在省城龙兴（今南昌）。考试时间为三天，即八月二十、二十三、二十六。吴迁发现，蒙古人、色目人只用考两场，分别为经问五条、策一道。而自己作为四等公民"南人"排在"汉人"的后面，要考三场。他愤愤不平，感到十分羞辱。自己本来就是汉人，这下好了，把自己的汉人身份都给剥夺了。更可气的是，《乡试规约》中明明有一条"士之选，必由于其乡"（《俟庵集》）。意思是说，读书人必须在自己的原籍接受举荐和应试。这既方便州县审查，也为了防止考生流向录取名额较高的地方。但朝廷对蒙古人和色目人的乡试有特殊规定，他们不仅可以在居住地就近参加考试，而且各省还专为他们设有三十四个录取名额。这把吴迁肺都气炸了。吴迁想，这样的考试不参加也罢，为这样的政权机构服务，简直就是一种耻辱。

其实，这种体制在他出生时就已经定下了。他出生于宋德祐元年（1275），而在此前四年（1271），忽必烈已定国号为元，并迁都燕京。还在褓褓里的吴迁当然不知道，这一年发生了太多的事情。二月，南宋宰相贾似道督师于池州，使人请和于元，被拒。寻大溃，奔扬州，被罢职。元军徇（向众宣示）江西。文天祥率师北上抗元。三月，元军攻建康、扬州、临安。十二月，南宋又遣使于元军前，请和被拒，继复使人以称侄、称侄孙纳币请和，复被拒。真是脸面都丢尽了。吴迁自幼饱读诗书，才智过人。稍长，他出生时和以后所发生的这些事情，对他影响很大，甚至影响其一生。

回到家里，吴迁闷闷不乐。除了看书，吃饭，足不出户，结果，他病倒了。病来自赴考期间，读到的一篇谢翱的散文《登西台恸哭记》。

文章是一位被誉为"宋末诗坛之冠"的爱国志士、诗人谢翱写的。这是一篇声泪交并的泣血之作，作者以登高哭祭的形式，字字呜咽地表达了对民族英雄文天祥殉难的悲恸之情。谢翱曾是文天祥部下。景炎元年（1276），临安城破，文天祥至福建一带聚兵抗元，谢翱毅然率乡兵数百投奔，任咨事参军。在转战各地的战斗行程中，谢翱对文天祥的人格、气节多有了解，怀有深厚的情感。文天祥殉难后，谢翱多次哭悼，本文所记是其中的第三次，即至元二十八年（1291），距文天祥殉国已有八年之久。时间的流逝没有冲淡英雄身上的殷殷碧血。

吴迁原本对文天祥"宁死不做元朝宰相"的思想就十分推崇。文天祥的忠贞爱国思想，散尽家财招兵抗元的义行，"人生自古谁无死，留取丹心照汗青""宁死不做元朝宰相"的磅礴气势，无时无刻不在荡涤着吴迁的心灵。

于是，就在元贞元年（1295）的冬天，他做出了一个大胆的决定：放弃科举，效仿陶渊明，来到城东二十里山里，过起了隐姓埋名的生活。时年二十岁的他，给自己取了个外号"可堂"，意思是提醒自己可要堂堂正正做人。每日读书、吟诗、舞剑、弹琴、写文章，有时也拿着锄头到茅屋边上垦荒种些大豆与蔬菜。

他退隐这里后，村里的十几户人家也跟着他来到这里。他便一边教学，一边著书立说，大家称他"可堂先生"。

他先期编了一些普及通俗读物，如《易学启蒙》《诗传》《众纪书编大旨》《孝经附录》《语孟类次》等，以满足学生的启蒙教育。他的博学多才远近闻名。

有时，他也走出书斋，到外面结交新友。一次，听说他所尊敬的饶鲁先生在石洞书院讲学，便前去听学，还跟随在他身边游学数月。饶鲁评价他"立志坚确，用功精密"，便以平生所得者语之。从此，吴迁知情合一，身体力行，眼界更加开阔，学识更加扎实。

在现实中，进退维谷的吴迁，致力于在诗文中寻找精神上的桃花源，他热衷于研究经史子集，那蒙古人眼中无比枯燥的古代汉文化经典，对他来说是比美酒还醇香的佳酿。他热爱诗歌，喜欢读屈原、李白、杜甫、王维、苏东坡的诗词。他效仿陶渊明，从繁华而喧嚣的县城迁来这里，过起隐居的生活，并把"登东皋以舒啸，临清流而赋诗"挂在门前。

他推崇范成大，不仅因为范氏诗写得好，还钦佩范氏的铮铮铁骨。乾道六年（1170），范成大以起居郎、假资政殿大学士官衔，充祈国信使出使金国，为改变接纳金国诏书礼仪和索取河南"陵寝"地事，范成大在金国"词气慷慨"，相机折冲，维护了宋廷的威信，全节而归，并写成使金日记《揽辔录》。于是，吴迁便将范成大居住的村名"横塘"也搬了过来。

按理说，他自元贞元年退隐这里，已经十八年了，已经习惯了这里的一切，最早的几个学生如今都长大成材了。

是他——知州郭郁——一个奇特的造访者，搅动了他内心的一池春水。

浮梁州知州郭郁是太阳快要落山的时候，带着一份不菲的礼物来到吴迁家里的。

郭郁，大梁（今河南开封市辖）人，皇庆年间（1312—1313）以浙江行省都事来知浮梁州。这个以西汉名臣赵广汉为榜样的州令，不仅从他那里学到了"廉洁、敏捷、干练，礼贤下士"的作风，而且把他的"钩距""话术"在实际工作中发挥得淋漓尽致，成为浮梁历史上一位"能官良吏"的典范。

到任后，经过一段时间的观察，他发现时下的浮梁学风不振，学子们科举考试成绩不佳。一问缘由，得知师资力量薄弱，而一些资深学子不愿出山。郭郁想，元代掌执全国已经有三十余年了，国家总体趋于稳定，政策也有很大调整。浮梁士人的学习状况，让他感到压力很大。

教谕沈忱建言："要提振浮梁学风，可起用一人，吴迁是也。"

于是，郭郁便效仿刘备，三顾茅庐。躬执馈食之礼，请吴迁出山，到州府任庠师。

郭郁的三寸不烂之舌，搅乱了吴迁的心绪。他问吴迁，一个"衣冠人物甲于江右"的古县，从咸淳十一年（1275）至延祐元年（1314）四十年间，科考榜上竟然是空白，这正常吗？

郭州长的话，吴迁自然感同身受。但真正让他打定主意出山的，是坊间听到的一首有关郭郁的民谣："桃李阴阴六万家，下车民不识州衙。甘棠喜有千年政，美玉终无一点瑕。"

吴迁叹声道："这叫民意难违。"

重阳节的第二天，在郭郁第三次造访之后，正值壮年的吴迁，接受了郭郁的邀请，出任州学，离开了待了十八年的横塘。

吴迁出山后，同时担任了州内长芗、双溪两个书院的教授。他的教学，"教有序，训有则，课有程"，深受学生欢迎，他的到来，让两书院生员骤增。在州令和学生的要求下，不久，吴迁从横塘搬回了县城，在邑北一处偏僻的地方建了一幢房屋，取名"瑞莲精舍"。从此，他除了在书院讲课，还在家里办了一个提高班，许多已经考取进士的名公巨卿也接踵而至，和他一起探讨文学辞章。在吴迁的精心教育下，当年，也就是延祐二年（1315），郑合生就考取了进士，一举成名。此后的五年间，又有章毂、方君玉、操太初、徐逊、汪克宽五人考取了进士。从此，全州士风大变，人材一新，而郭郁之政绩也跃居江南诸州邑之最。

这个时期，也是吴迁出成果最多的一个时期，著有《左传义例》《左传分纪》《春秋纪闻》《孔子世家考异》《论语谱论》《孟集注附录》《论孟众纪》等多部著作，教学科研双丰收。明永乐年间诏编的《经书性理大全》多引用他的学说。

吴迁渐渐变老，元朝统治也到了"日薄西山，气息奄奄，其命唯浅"的地步。早已口服心不服的汉人，见元朝气数已尽，他们中的勇敢者领头召集同志，秘密结社，号召广大被压迫的汉人团结起来，推翻元朝的反动统治。他们利用月饼藏书传号令，"八月十五杀鞑子"。大江南北的汉人纷纷举行起义，一时"群雄愤起，天下大乱"。吴迁年逾九十视听不爽，著述不倦，九十三岁而终。

元至正二十三年（1363）的一个晚上，一个叫花子模样的人走进县城红塔脚下的"瑞莲精舍"，此人乃朱元璋。

鄱湖大战正酣。面对陈友谅六十万大军，朱元璋久攻不下，损失惨重，心急如焚。听说浮梁县吴迁有文韬武略，便亲自到吴迁的住处来拜访他，请求赐教战胜陈友谅的良策。

吴迁见朱元璋态度诚恳，大志在胸，便说："世上事物有长必有短，有优必有劣。兵法云：'知己知彼，百战不殆。'陈友谅的将士，多是船民或渔民出身，水中与驾船是他们的长处，所以，他们盘踞在浩瀚的鄱阳湖，利用水上优势与贵军周旋。恰恰相反，贵军的将士多是江北人，骑马射箭是贵军的长处，而水上是贵军的劣势。大帅以短比长，即使以有道伐无道，一时也难以取胜。如果大帅扬长避短，发挥优势，兴的又是仁义之师，那就战无不胜，攻无不克了。"

朱元璋急切问他有何良策。

吴迁说："诱敌深入。先把陈部引上陆地，进入你的口袋，然后合围击之，陈军必败矣！"

朱元璋听后，以手拍头说："先生短短数语，使我茅塞顿开。不过，我担心陈部不会轻易上岸。"

吴迁说："这有何难，只要大帅亲自出马，诱敌深入，他们求胜心切，势必追上岸来！"朱元璋摇摇头，没有立即回答。

吴迁明白他在顾虑什么，立即说："老夫给你举荐一人，可保你成功。"

“谁？”朱元璋要的就是这句话。

“我学生余福。他是本州北乡人。文武皆备，有胆有识，忠义可靠，早有随大帅出征、建功立业之志。有他去助你，可保无虞！”说罢，叫人立即去寻找余福。

这边，吴迁一边款待朱元璋，一边继续聊天。约摸两个时辰，余福领着两个弟兄来到家里。朱元璋一见，惊讶得嘴都合不上了。

来到吴迁这里探访最多的是一个名叫余福的学生。余福，浮梁北乡人，文武皆备，有胆有识。另两位是：张子明，福义都铺席人；宋印，长宁都人。他们都在鄱湖大战中牺牲，分别以千户、百户世袭。

余福出生于元代中期，世居中洲，为躲避战乱，其父母随吴迁一起迁居山里。小时候曾到横塘跟随吴迁读书，书读一遍便知其大意而搁置一边。他认为文章学问不能学以致用，于是改为学剑，效仿汉代吴芮王，保家卫国，建功立业。结果剑艺超群，无人匹敌。他还跟吴迁学习黄石、阴符之书，周围百姓都非常倚重他。元末时局动乱，百姓纷纷进山躲避。皖赣交界及鄱阳湖周边到处都是盗贼聚集的地方。余福抚膝长叹：“大丈夫不能为国家戡乱，难道能忍心坐视一方之困而不拯救吗？”于是，他毅然奋起，组织民团自卫。他管理队伍，则严肃纪律，不叨扰百姓；治饷，则鼓励勤于耕种；治敌，不出则已，出则速战速决。因此，整个昌江流域没有人不知道余福“义帜”的名声。

那天，他正在和张子明、宋印商量事情，忽见吴迁老师派了人来，心想，吴迁老师肯定遇到了什么难事，于是他立即动身。

余福身材高大，仪表堂堂。尤其是那狭长脸颊，大耳隆鼻，胡须浓密，马脸噘嘴。朱元璋一见，大吃一惊，心想，即使同胞兄弟也没和自己这么相像。他立即明白了吴迁的用意。

朱元璋将余福及其两个兄弟带到军营。按照吴迁的部署，将余福作为自己的替身，诱敌深入，结果大获全胜，为统一全国奠定了基础。

余福却在此战役中壮烈牺牲。朱元璋痛惜不已，封为试百户，追授为武略将军，禄位一品，并依礼厚葬余福在其家乡崎滩。其子余凤孙从征承袭，并升为彭城卫副千户，调羽林军千户。

朱元璋按照吴迁的谋略，果然打败了陈友谅。而余福却为保护朱元璋牺牲了自己。

朱元璋班师回南京，又一次去拜访吴迁。朱元璋将余福牺牲的经过告诉了他，吴迁深感痛惜。朱元璋再次请吴迁同去南京辅佐他安邦定国。吴迁借口年老体弱，拒绝了朱元璋的邀请，并说："不久，有位胜我十倍的能人来辅佐大帅。"

朱元璋回到南京不久，果然有浙江青田人刘基来到了他的帐下。朱元璋叹道："吴迁乃卜知未来的神人。"

吴迁，二十岁时，风华正茂，仿佛就看破人世浮华，阅尽人世沧桑，转而追求生命内在质量。这正应了句老话：仕隐两得，进退自如。

6. 民谚哲学

"一里窑，五里焦。"浮梁民谚为"丝路"建设者敲响警钟，"未雨绸缪"何尝不是一种哲学。

没有谁能算出，景德镇瓷窑一共烧掉了多少树木？作为景德镇窑柴的主要供应地，浮梁需要多少山林来维系景德镇窑火？

薪火相传的秘笈，没有记在浩如烟海的古籍里，而是立在了柴民的心坎里。

血腥的传说

就像人要吃饭一样，瓷窑没有窑柴可不行，而且它的"饭量"超大，一次要吃掉两千斤窑柴。按照中等松树折算，等于三百至六百株。有人还做过统计，一座柴窑每年消耗松柴四千立方米。按照蒋祈《陶记》的记载，"景德镇陶，昔三百余座"。若按此推理，景德镇一年要吃掉一百二十万立方米的松柴，这就等于需要十八万株中等松树，这是一组多么恐怖的数字。难怪他在目睹了"山川脉络静静焚毁""土风日荡"的状况后，发出了"一里窑、五里焦"的感叹！

窑柴，即松木块。窑柴的产地主要分布在浮梁县东南西北四乡的通航地区，尤以浮西为甚。浮梁窑柴运输分为三个阶段。一是由柴农用肩挑或车推的办法将柴片运至河边堆码整齐。二是等洪水季节将柴推入河水里，顺流漂至河口处，在那里扎关拦阻。三是待集中到一定数量后，用船或木排运至景德镇。而这三道工序中，数在河口"扎关"是一道技术活，来不得丝毫马虎，一旦出现"沉关"，也就是整个关卡沉入水中那就惨了，数千担窑柴会流向鄱阳湖，全村人一年的收入全打"水漂"。旧时，景德镇经营窑柴的柴行多时有上百家，此外，也有柴农或柴商直接将柴卖给烧瓷器的厂家。柴客，从事窑柴买卖的商人，多数由地方上的权势人物，如地主、乡绅、族长充任。

多年前，我曾不止一次地探寻过这样一个命题：千年瓷都，薪火不断，如此大的窑柴需求是如何保障供给的？经过多年的调查研究，我发现，其实，浮梁柴农，无论是种植、管理还是采伐，都有一套约定俗成的传统做法和规矩，有的还是带有血腥的族规。翻开窑柴采伐史，其实也是一篇充满着爱恨情仇的血泪史。

事情的起因就出在中秋节后的那天晚上。

明代初年，浮梁县瑶里的汪胡村，有一位纨绔子弟，名叫汪大裘，人称裘子。他仗着父亲是族长，平日游手好闲，盛气凌人。一天晚上，他喝酒的时候对几个酒友说："前山的那片松木可有货（树粗且平直，锯成窑柴数量多，价值高）了，你们几个，明早就上山去砍，等我把窑柴运到镇上后，亏不了你们！"

"哥，今年，前山可是封着的，砍不得。"猴子说。

"什么封不封的，老子想砍哪里就砍哪里，没事。有事，我顶着！"

看到这种情形，其他几个话到了嘴边也都咽了回去。

第二天吃过早饭，裘子果然带了五六个青年在村前林子里砍了起来。村里人议论纷纷。有的说："流传几百年的封山传说，看来就要改变了。"有的说："他族长的儿子可以到处乱砍滥伐，我们为什么不能？大家动手啊！"村里人便拿了斧头、锯子争先恐后地往林子里跑。

有人报告了族长。汪族长年事已高，平时，能不管的事就不管。听说儿子做出这种大逆不道的事来，气得直跺脚，立即颤巍巍地来到村头一看，满地都是从山上滚下来的、横七竖八堆在那里的松木段子，并且，有的还在锯，有的在劈。裘子在一旁指手画脚。汪族长肺都气炸了。他立刻叫人把裘子捆了起来，带到族祠里，并通知村里所有在家的男女老少到场。他先叫一位年长的族老读了遍族规，然后说道："山林是我们的命根子，松材是景德镇瓷窑的口粮。如果我们大家不精心保护，有令不行，有禁不止，以后，我们的子子孙孙吃什么，用什么，景德镇那么多的窑靠什么维系？国有国法，家有家规。王子犯法，与庶民同罪，更不要说是我这个族长的儿子。"说完，将一根长长的竹板交到一位年轻人手里，大声喊道："给我重打五十大板，看谁以后还敢这样胆大妄为！"

碍于族长的面子，也害怕汪大裘日后报复，青年人便做做样子，出手不出力。即便如此，双手被捆住的汪大裘依然是不依不饶，他说："好你个王八蛋，你敢打我，走着瞧，看老子明天怎样收拾你！"

族长再次被激怒。他族长的权威、男人的脸面受到严重的挑衅，他忍无可忍，从青年手中夺过板子，朝着儿子迎面打来，谁承想板子砸在了儿子的脑门心。汪大裘"啊"的一声倒在了地上，立时毙了命。老族长见状，也慌了手脚，也瘫倒在了地上，不一会儿就断了气。

因为窑柴，父子两人把命都丢了，可这个"杀子禁伐"的故事却流传了下来。

景德镇瓷器之优质，除了得益于其周边有着丰富的瓷土矿和水源外，还因为有充足的燃料资源。景德镇周边漫山遍野都是茂密的马尾松林。陶瓷需经过 1200℃ 以上的高温烧制，而马尾松富含油脂，燃烧火力强劲，因此成为瓷窑首选燃料。农闲时，当地农民上山砍伐松木，并把它劈成块状码好，晒干成"窑柴"，待来年雨季山洪暴发时，便把窑柴抛于溪水中，由山洪把窑柴冲到东河边装船，再运到窑厂。

陶瓷生产需要消耗大量松木。"陶阳十三里，烟火千万家"，谁能知道，景德镇瓷窑一年要消耗多少松柴？

"山川脉络不能静于焚毁之余，而土风日以荡耶。'一里窑，五里焦'之谚语其龟鉴矣！"旧志的记载告诫我们，林木资源已经遭到严重的毁坏，幼小的树木不能生长，河山都得不到安宁。更可怕的是，过去民间保护自然资源的良好风气已经败坏了！人们应该从谚语中吸取教训啊！

由于没有其他更合适的燃料代替马尾松，浮梁先民便总结出一套维持松木资源巨大消耗的方法。他们知道松树是速生树种，繁殖力很强，可以"飞籽成林"，于是便把杂草和杂柴砍掉，把松子撒在地上。松籽很容易附着泥土，待来年春暖，就可以迅速发芽、长高、成林。松林的形成，主要靠老松树落下的松子繁殖。另有一部分为人工播种育成。特别是小山头和丘陵地带，全是人工栽植、培育而成。其周期大约在十五年。为保护窑柴资源的可持续性利用，历代浮梁山场主人十分注重松林抚育与管理。一方面，在浮梁，千百年来松木一般都专门用作窑柴，而舍不得他用，这是当地祖辈相传的习俗，一直延续到二十世纪六十年代用煤代柴为止。另一方面，他们通常会将松林划分成若干地段，采取"依次封山、轮换间伐"的方式来培植材源，采伐利用。他们订有严格的规章禁律，每个山段都雇人看守，当地称之为"掌山人"。若发现有人破坏规矩、乱砍滥伐，轻者罚款，重者送官，甚至按"族规"严处。这样，他们在采伐一座山的同时，就能培育一座山，松木资源由此实现了循环往复，而景德镇窑火也赖以千年不灭。正是一代代柴人专注力、生命力的凝聚，才使得景德镇成了"火光炸天""红焰烧天"的永恒景观。

一块奉宪碑

以血缘关系为基础的宗法制度，是中国古代社会中最根本、最重要的政治制度，在维系社会稳定、解决民间纠纷中起到极大作用。但是，也有管不了的时候，如乱砍滥伐的问题。在这种情形之下，村民只有选择报官。

在浮梁县兴田乡锦里村存有一块碑。碑高 1.62 米，宽 0.81 米。这块石碑，最初是立于清代嘉庆二十三年（1818）四月二十九日，同治七年（1868）三月二十六日重新修订。碑上刻的是一则关于严禁乱砍滥伐杉松的告示，名曰《奉宪严禁杉松告示》。

据说，当时，有一些不法之人，不守规矩，乱砍滥伐杉松，在村子里和邻村造成不良影响。于是，村中陈、李、周等三姓氏的九位乡亲联名，请求县署出面制止。县署在接到村人的举报后，立即派人调查，并将《告示》镌刻在石板上。《告示》称："远近村落，绿竹苍松，山光树影，秀色可餐。太平盛世，乐其乐而利其利，能使山有其美材，家无惫民，上以供国课，下以利民生。"在充分阐释了绿竹苍松的诸多好处后，《告示》提出几项规定："该都境内，居民人等，所有山业务各守约，尽采耆者，急宜栽种。养者勿许任意残害。倘敢违背合约，首士即行赴县呈禀，以凭究治。"这是一个极为珍贵的历史资料，它让我们懂得，正是历代浮梁人的种植、抚育、管理，这方山林才得以永世不竭，才使得景德镇窑火千年不息。

小小的一块"奉宪碑"，彰显的是政府与村民的环保意识和自觉行为。

一纸合约

如果说，兴田锦里的奉宪碑是以政府公文形式发布的话，那么高岭内村的一纸合约则是由村民自发形成的协议。该合约是笔者近年在高岭内村村民家中发现的，它是一张订于清乾隆间的禁伐木竹协约。宣纸长

27厘米，宽19厘米，墨迹如新。先父曾绘声绘色地给我讲述了其诞生的经历。

冬至这天，太阳的余晖刚刚消散，祠堂锣鼓声就响起了。劳作了一天的人们匆匆地扒了几口饭，便三五成群地搬出各式各样的凳子、椅子朝祠堂走去。镇上的赣剧团要来演出的消息，村里的人半个月前就知道了，而且还知道要演出的是《包工赔情》。不过，大家纳闷：不时不节，演的哪门子戏？

祠堂里，台上锣鼓一声紧似一声，台下座无虚席。眼看演出即将开始，喧天的锣鼓戛然而止，从大幕布里走出一位鹤发童颜的长者来，初看，大家还以为是包公出场，其实是族长冯大寿。族长捋了一下胡须，清了清嗓子，然后大声说道：

"乡亲们，今天为什么演这场戏，可能大多数人还不知道，就是仁德家的那个不争气的儿子顺生犯禁了。顺生不仅擅自将大观培众家山上的毛竹砍了卖钱，而且还雇人将山上的那棵老松树砍倒锯了窑柴，严重地违反了族规。为了保护生态环境，警醒他人，经过族里商议，按照族规，罚顺生银元三块。今天族里请来了这场戏，就是借这个机会告诉大家这个消息。请大家记住这个教训，下不为例。演出开始吧。"

那年春天，为了收集高岭土开发的资料，我蛰居老家一个多星期。父亲过世多年，母亲独守老宅。我白天四处走访，晚上陪母亲拉拉家常。一天，突然在村里一户人家的旧箱子里发现了一张折叠的宣纸。打开一看，上面端端正正地写着：立合议蓄养约。全文如下：

> 为课虚业废，残害不已，公约资生。吾族山多田少，村内前后左右四水各有己业，山场种插茶桐松杉竹木，以及承有祖遗山场蓄养资生，向无残害。近来，有一伙无知之徒，不务正业，惯行盗伐竹木，挖掘苗笋，并失火烧山，以致山荒无存，国课供难，痛恨。为此，合族公议，凡有山业之家，照契派费，立约演戏，遵前告事，加禁扦事，齐心办理。倘再如前，锄挖肆行，盗砍失火烧山之人，

> 凡在约内者，务要公同出力鸣公，不得懈惰。失事亦不得累及首事
> 一人。如有脱卸推诿，罚银三两。空口无凭，立合同议定，各股执
> 壹纸为照，丹罢。

有人拿大米作对比算过一笔账，清代一两银元相当于现在四百五十元人民币。如此看来，三两银元就相当于现在一千三百多元了。对于一个普通村民来说，这可不是一个小的数目。

罚银，警示，演戏，寓教于乐。

间伐，轮伐，禁伐。伐育结合，循环往复。

小小的一张合约，不仅彰显着高岭人的环保理念，还蕴藏着景德镇瓷业薪火相传的秘笈呢。

7. 神秘法则

有人将浮梁"瓷茶文化"两株奇葩的诞生，归功于"吴头楚尾"这样一个特殊地理环境的孕育。他们认为，在八百多年的发展进程中，楚国从立国之初，一个偏居荆山一隅的蕞尔小邦，经过不断扩张，逐步拓展，变成一个横跨长江中下游和淮河流域广大地区的泱泱大国，成为春秋五霸之一、战国七雄之长，一个地方五千余里，"带甲百万，车千乘，骑万匹，粟支十年"的"天下之强国"。

随着楚国一步步走向繁荣强盛，楚人励精图治，发愤图强，创造了光辉灿烂、博大精深的楚文化，为中华民族的传统文化增添了耀眼的光彩。且不说，屈原的千古绝唱《离骚》和我国诗坛上人们熟知的歌曲《阳春》《白雪》《下里》《巴人》都诞生于楚国，仅天文、历象、算数、冶金织帛、髹漆、筑陂、筑城、筑室、道术、辞章、艺事等楚文化的门类和成果，也是令人赞叹不已。还有楚庄王、孙叔敖、屈原、宋玉等一大批杰出的政治家、军事家、思想家、文学家们所创造的精神文化产品，都深刻地影响着后人。楚国独步一时的青铜冶铸工艺，领袖群伦的

丝织刺绣工艺，巧夺天工的漆器制髹工艺，义理精深的哲学，精彩绝艳的辞赋，汪洋恣肆的散文，五音繁会的音乐，翘袖折腰的舞蹈，恢诡谲怪的美术，都是中国文明史上杰出的贡献。即便是全国重要的民间节日端午节，也是从楚地兴起并传开的。

可以说，正是楚国先民筚路蓝缕的进取精神，忠君爱国的思想理念，"抚夷属夏"的开放气度，兼收并蓄的包容意识，"一鸣惊人"的创新能力，才形成了博大精深、源远流长的楚文化。楚人兼采夷、夏之长，积极开展文化交流和民族间的相互学习，正是在开放的基础上形成了自己的文化特色，在融合中保持了自己的文化生机。

商朝末年，周太王的长子太伯、次子仲雍为把王位让贤于三弟季历，两人一起从陕西的岐山出奔到长江下游的荆蛮之地，两人抛却故国一切传统礼俗制度，入乡随俗，断发文身，得到土著居民的敬仰拥戴，成立了"句吴"，即江南第一个国家雏形。太伯将北方的农耕文化、青铜文化、工商文化传播到这里，促进了土著文化与中原文化的交融，形成新的区域文化，即古代文化中后来居上的吴文化。

浮梁县地处长江中下游，吴、楚这两支先进的地域文化在这里，相互吸收、融会，又不断地对立与抗争。浮梁得吴、楚之精髓，扬自己之特色，从而成就了辉煌灿烂、博大精深的瓷茶文化。

翻开浮梁的民俗志、艺文志，到处弥漫着瓷之韵、茶之香。于是，我常常恍然：不知是瓷韵茶香孕育了韵味深长的浮梁人文精神，还是韵味深长的人文精神，成就了独特的瓷茶文化。

浮梁地处北纬 29°09′—29°56′，而古代四方工匠云集的瑶里五华山，与埃及的金字塔、三星堆、诺亚方舟、神农架、玛雅文明圣地、百慕大三角同处在北纬 30° 线上。于是，就有人诧异道：浮梁瓷茶之精灵，莫不是这诡异纬度所致？非此不能解释，何以在这里最早发现了高岭土，缘何在这里诞生了制瓷所必需的釉土以及琉璃瓦原料，为何这里还出产仙芝般的嫩蕊茶……

二十世纪九十年代的一次采访中，当地一位詹姓老人给我讲了一个龙窑的故事。

说是大办乡镇企业那会儿，乡里想在瑶里的群山之中建一座窑炉烧砖瓦，请了多位专家前来选址。经过实地考察，最终选定了绕南村南边那块狭长的山冈。让人意想不到的是，民工几锹下去，竟挖出一块窑砖来，再挖，依然如此。最终发掘出一座长48.2米，宽2米，平均高度0.95米，坡度19.5米的古窑址来。老人说，村里人称它为龙窑，宋代就有了。更惊奇的是，这座窑无论是走向还是方位，都与几位专家圈出来的窑址有着惊人的重合度。

时隔一千多年，宋人与今人为何不谋而合地在同一个地点来修建窑炉？人们对窑址的选择又遵循着怎样的神秘法则？

同样是这位老人的叙述，让我对其中的奥秘更加关注。

说是一年秋天，族长召集村里各股头人开会说："人口在逐渐增多，消费也在不断扩大。田地、山场是有限的，要想过好生活，我们就得在窑上做文章了。"老族长喝了口水，捋了捋胡子接着说："眼下，我们的窑炉虽然数量多，但容量小，难以大批量生产，也难烧成大器。而且，窑炉分散，既浪费人力，也浪费柴草。我想我们应该建一座大型的窑炉。"族人纷纷表示赞同。

但是，在讨论窑址时，大家意见就不一致了。有的说，那里送柴太远了，有的说这里运土不方便。众说纷纭，莫衷一是。

于是大家就一处一处地到实地察看。当他们来到村南约两华里的一块狭长地段时，迎面走来了一位鹤发童颜的道人。族长认识他，他是多年隐居在离村子四五华里的五华山陶隐洞修炼的道士。每天早晚，他都静坐于洞边一块岩石上，采天地之灵气，集日月之精华，夜观星辰兆象，卜占世间祸福。

族长说："道长请留步。我村欲创建一座大的窑炉，请为我们占上一卦，看窑址定在哪里较合适。"

道长掐了掐手指，然后拿出八卦图对着山口指了指，口中振振有词："五行水火土，八巽西南风。"说完，哈哈一笑，飘然而去。

众人丈二和尚摸不着头脑，族长却如梦初醒。原来，道人在提醒他，选择窑址除了考虑水、火、土三个要素外，还要考虑到风向。所谓风助火势，只有自然风吹进来的地方才有利于烧窑。这道山冈除了水、火、土皆占地理优势，而且，窑口正对着的这两座山之间有一个垭口，西南风正好从这里吹进来。于是族长把长袖一撸，说："就这里啦!"

不到三个月，窑建成了。因为窑是依山而建的，形如卧龙，所以人们称之为龙窑。这是一座规模空前、结构精巧的窑炉。老人说，窑建成后，瓷器产量一下提高了不少，瓷器品种也多了起来，尤其是创烧出了一种青白瓷名扬天下。

河水静静流着，我的思绪也随着流水不停地搅动起来。物竞天择，适者生存。这就是为什么宋人和今人同时选择在这里建窑的奥秘所在。

北纬 30° 是创造奇迹及文明的地方，难道是宇宙大智慧给浮梁人的特别赏赐?

我突然想起了旧县志上录下的几则诡异的事来。有一则是这么说的：古时县东北五十里的昌江边上，有一沙丘，其形状如一艘倒扣着的船，面上十分平整洁净。每到收成好的年份，沙丘如常。如果沙丘向岸边移动，这就意味着年成不好，谷物歉收。据说，这种现象由来已久，且非常灵验。

还有一则曰，南宋绍兴年间，邑人、户部侍郎李椿年母卒中都（京城）。李椿年千里徒步，扶柩归葬，哀慕诚笃。正当人们安葬完李母后，天突然下起了蒙蒙细雨。雨水从墓旁的树枝上不停地滴下来，淋湿了人们的衣服，流进了人们的嘴里，结果发现，这些雨水竟然是甜的。为此，县志对此事做了记载，称这是上天被李椿年的孝行所感动而降下的甘露。《江西省志》也郑重其事地记云："甘露降浮梁李椿年母墓树，是其事也。"

　　然而，最神奇的莫过于位于浮梁最南端的那口方池，它竟然与社稷重大变革或重大事件相关联，连见多识广的民国浮梁县知事陈安也感到不可思议。

　　民国五年（1916）初冬的一个下午，陈安知事巡视南乡来到寺前村，向父老询问乡风民俗之事。程叟告诉他，村后有一口龙池，十分灵异。陈安便跟随他一同前往观看。

　　一座小石山矗立道旁，嵯峨嶙峋。旁边一座小桥，桥下溪水潺潺，如此天然盆景，令陈安拍手叫绝。过了小山折而向北，行数十步，便见寺庙三楹，香火氤氲。程叟曰："这座庙可有些年头了，听爷爷说，黄巢义军路过的时候就有了。"陈安想，这大概就是"寺前"这一村名的源头了。

　　果然，寺的前面有一口方池，这就是程叟所说的"龙池"。陈安走近一看，池纵横大约十丈，池水碧绿，除不知深浅之外，并无特异之处。池后有小岩洞，陈安进去一看，洞内有一口圆井。程叟云："别看这井小，却是一年四季都不消涨，以前，每逢大旱的年月，方圆数十里的人都来到这里祈雨。如果在这里能得一条小鱼，或者一只小虾，那就是龙王爷显灵了，祈雨之人还在路上，鞋子就会被雨水打湿了。所以乡农莫不对它敬佩万分。"

　　程叟说，他今年七十多了，曾见过龙池水三次枯竭。竭时连同后面的这座山都在震动，如万马奔腾，远近惊骇。竭后，见池底会露出三个石洞。此洞与洞里圆井相贯通。到了池里水位重新恢复的时候，水呈黄色，味腥。第一次枯竭于清咸丰十一年（1861），未几，文宗皇帝驾崩，太平天国运动兴起；再竭于光绪十一年（1885），未几，法人犯边，失马关，割越南；三竭于宣统三年（1911），未几，武昌起义，清廷告终。

　　程叟言之凿凿，陈安听得惊叹不已。他觉得这真是一丘一壑之微，关乎天下危乱之机！由此，他对宋代大儒范仲淹"川竭必山崩"的现象解释深信不疑，同时，对他的"下涸而上枯"的民本思想也有了新的认识。

入夜，陈安辗转反侧，夜不能寐。他披上棉衣，挽袖捉笔，写下这天的感受，名曰《寺前村龙池三竭记》。如今，这块高三十厘米、宽八十厘米的石碑依然屹立在龙池的边上。

北纬 30° 是创造奇迹及文明的地方，是宇宙孕育人类智慧的天空，是指引我们继续探索前行的动力。

皇帝视角

普天之下，莫非王土。皇帝的视角可以触碰到神州大地的任何一个角落。

两千年冶陶史，一千多年的官窑史，六百多年的御窑史，其实也是一部皇权变更史，一部皇帝的风流史，一部瓷路与丝路文化交流史。

8. 陈后主的挽歌

皇权的威力无所不在。哪怕数千里外的弹丸之地，皇帝的眼睛也能明察秋毫。就拿新平来说，地属九江郡鄱阳东北境，打东汉起就烧造瓷器。经过数百年的历练，到南北朝时，制瓷技术臻于成熟，好评如潮。陈至德元年（583），以荒淫腐败著称的后主陈叔宝一登基，就嫌原有宫殿不够富丽豪华，就在临光殿的前面，建起了临春、结绮、望仙三阁。他别出心裁，在新建的楼阁里，要用光鲜亮丽的磁器墩子——史书上所谓的"陶础"——垫在柱子底下，以显示其豪华与阔绰。得知鄱阳郡新平镇能烧造这样的瓷墩后，于是下了一道诏令，敕令即刻烧造。

接到诏书后，各级官员自然不敢有丝毫的怠慢，层层逼迫。这可忙坏了当地督造官员，苦死了瓷工。在当时的技术条件下，要烧制体积如此巨大且能承受粗硕的屋柱的重力的陶础，谈何容易。但官府不管那么多，派人日夜逼迫，有很多瓷工受到鞭笞，而一些人则被摧残致死。经过多次试验、失败、再试验，终于制出一批形状美观、图案明晰的产品来。郡府官员派得力干将前呼后拥地押送进京，沿途郡府也是如临大敌般戒备森严地配合守护。好不容易运到了京城，哪知道，到现场一试，在巨大屋柱重力作用下，顿时被压得粉碎，凝聚着数万瓷工心力的磁墩功亏一篑。本来，承受不住就算了，何曾想，陈后主仍不心甘，执意重新烧造。各级官吏下达的指令也就更加严厉，瓷工们所受的苦难也就更多了起来。烧制，运送，再次失败。眼看楼阁制造的限期将至，承担建筑任务的官员只好硬着头皮奏允后改用石础。

> 烟笼寒水月笼沙，夜泊秦淮近酒家。
> 商女不知亡国恨，隔江犹唱后庭花。

杜牧的《泊秦淮》记录着陈后主美梦的破灭。陈朝灭亡了，宫殿楼阁也被隋军一把火烧成了灰烬，但是新平镇烧制陶础一事却被《浮梁县志》记了下来："陈至德元年，诏新平以陶础贡，雕镂巧而弗坚。再制，不堪用，乃止。"

新平"陶础"成了陈后主的一曲挽歌。

新平人在经历了"贡陶础"的失败后，为了不再让匠人们遭受残害，苦心钻研技术，提高烧造水平。这也属因祸而得福吧，所烧造的陶瓷比以前大有进步，博得了国人的赞许，赢得了"镇瓷自陈以来名天下"的美誉。

9. 隋炀帝的吉祥物

新平人励精图治的成果，在遭受"贡陶础"挫折二十多年后的隋朝得到了充分展示。

隋朝，是中国历史上承南北朝启唐朝的大统一朝代，虽然享国仅三十七年，但结束了自西晋末年以后长达三百年的分裂局面。尤其是修建了贯通南北的大运河，在史册上留下了浓墨重彩的一笔。

隋炀帝于公元604年登上了帝位，当年冬天去巡游洛阳。他登北邙，望伊阙，认为洛阳"控以三河，固以四塞，水陆通，贡赋足"，是建都的好地方，便召匠作大臣宇文恺、内史舍人封德彝说道："洛阳居天下的中间，朕意要把它改为东京，在此处营造东都。再造一所新的宫殿，就叫作显仁宫。这样，可便于四方来朝拜。"

次年，命尚书杨素任营造东都的大监，杨达和宇文恺为副监，负责东都和显仁宫的建造，要求建筑豪华。为了建筑这座豪华的宫殿，从大江以南、五岭以北的广袤地区去搜寻各种材料，大到十几围粗的大树，小到各种奇珍异草。不用说搜寻艰难，就是运输也异常艰难。

建成后的显仁宫，画栋雕梁，金碧辉煌；琼门玉户，金陛瑶阶，帘栊华丽，香气氤氲。丹园内的奇花异草，红的红过云腹，白的白胜锦缎，一簇一簇，鲜艳可人；曲槛中的怪兽珍禽，娇的能鸣能语，巧的能跳能舞，一禽一兽都能惹人注目。

正因为造这个显仁宫，他们还千方百计要出奇巧，承办的官员知道新平的瓷器好，便以朝廷之命，令新平镇用陶瓷制造狮子和大象各一对。

狮子一直是守护人们吉祥、平安的象征。大象力大无穷，却性情温和；憨态可掬，又诚实忠厚；且能负重远行，被视作吉祥、力量的象征，也被人们称为兽中之德者。而在中国传统文化中，"象"与"祥"字谐音，因此被赋予了很多吉祥的寓意。古人云："太平有象。"象还寓意"吉祥如意""出将入相""万象更新"等等。

期限紧迫，烧造的要求又高。依照当时的技术水平，要制作狮、象大兽，一是要解决原料和制作问题，二是要解决窑的容量和烧成温度问题，这些都有很大难度。但是皇命难违，官府不断督促和逼迫，陶瓷劳工只得日日夜夜劳动，从各个方面进行试验，失败了重干，反反复复，摸索门路，虽吃尽了苦头，受够了鞭笞，但总算把狮、象大兽烧制出来。

鄱阳郡守按民间习俗，举行了一个隆重的仪式，请风水先生点眼开光。民间认为：石狮不点眼只是一个工艺品，点了后才是护国镇邦之宝。后派专人送往洛阳，摆在显仁宫的大厅里，成为万人瞻仰的宝物。

瓷狮、象进了显仁宫，为新平瓷器发展创造了先机。从此，新平瓷器在丝绸之路上崭露头角。

10. 唐宪宗的高参

阳春三月，草长莺飞。但是，鄱阳湖边这般美好的景色，丝毫提不起元崔的精神。他出任饶州刺史两年来，虽然在征税、分配徭役、治安、兴修水利及兴建学校方面得心应手、游刃有余——这不仅因为他是本籍人，熟悉当地百姓需求，更因为他有韩晔司马这样的帮手，可是，有一样事让他如履薄冰，那就是督造并运送御瓷。

自从陶玉送瓷进京以后，朝廷对浮梁瓷器更加重视，还在这里设立了一个专门管理陶瓷生产的机构"务"。作为一州之长，元崔有一个特殊的任务——督造御瓷。这可不是一件省心的活。弄好了，这是"微臣"的职责，弄得不好，丢乌纱帽不说，还有掉脑袋的风险。加上这是他首次押瓷进京，元崔格外谨慎小心，唯恐有任何闪失。尽管眼下这批瓷器经过了半年的筹备，应该说是齐备的了，但是他心里还是没底。他想到了好友柳宗元，想借他的如椽之笔美言一番。

自从永贞革新失败后，柳宗元被贬为永州司马。这是州刺史属下一个有职无权的虚职。但文人自有"文"的活法。生活在永州的十年里，柳宗元在哲学、政治、历史、文学等方面进行钻研，并游历永州山水，结交当地士子和闲人，写下了如《永州八记》等众多美文佳作。有人做过统计，《柳河东全集》的五百四十多篇诗文中，有三百一十七篇创作于永州。

柳宗元与元崔乃是知交，而且与柳宗元同时遭贬的韩晔被安排在了元崔手下任司马，这更加强了元崔与柳宗元的联系。元和八年（813），韩晔带着元崔的信函，带着浮梁瓷器样品，千里迢迢来到永州，劳烦这位大家写一篇呈文。文章很快写好了。这篇呈送给宪宗皇帝的《代人进瓷器状》，其实仅有八十三字。也就是这篇短小精悍的呈文，成了浮梁瓷器再次入驻宫廷、挺进丝路的定海神针。文曰：

> 瓷器若干事，右件瓷器等，并艺精埏埴，制合规模。禀至德之陶蒸，自无苦窳；合大和以融结，克保坚贞。且无瓦釜之鸣，是称土铏之德。器惭瑚琏，贡异砮丹。既尚质而为先，亦当无而有用。谨遣某官某乙随状封进。谨奏。

"状"是一种文体，是下级向上级陈述意见或事实的文书，这个不难理解。但文字略显古奥迂涩，且专业术语较多，笔者试着翻译了一下，大意为：

> 关于瓷器若干事。所贡瓷器，都是技艺精湛的工匠制成的，它秉承了大德之人的风范，工艺精进，改掉了陶器那种粗劣而成为上品。这是用了净白的黏土，使瓷器不但坚实，且无陶釜那种嘶哑之声。它虽然比不上玉器，但很时尚，质量又好，当没有那么多玉器可用的时候，瓷器就成了不可替代的器皿了。

柳宗元在这不足百字的报告里，从瓷器的音、形、色以及工艺、质量、用途等方面做了全面介绍，并与陶器、玉器做了客观的对比，赞赏它是优于陶器而必然取代玉器的必需用品，不啻一篇极有说服力的鉴瓷"内参"和名片。

元崔拿着这张名片，顺利完成了御瓷的呈览任务，而柳宗元也成了宪宗皇帝的一名高参。

《代人进瓷器状》虽然留传下来，但对于它的成文时间、代何人进状、瓷器产地诸问题，不少人却有不同的看法。清乾隆年间，曾做过江西巡抚幕僚的朱琰就曾提出过疑问。在他所撰《陶说》中写道："状不言何器，亦不言何人进。"

其实朱琰的疑问，已经有人做了答复。比如"何器"的问题。成书于唐代，并有柳宗元的好友刘禹锡作序的《柳河东全集》原注中说："公集有《元饶州书》，在元和八年。饶州尝贡瓷器，此必为元作也。"这说明"状"成文于元和八年（813），指的就是饶州瓷器，把时间、何器的问题解答了。

又如"何人进"的问题。1984年，中国轻工业出版社出版的傅振伦先生所著《〈陶说〉译注》中有了答案。傅先生这位陶瓷考古专家、方志学家在译注时对一些疑难问题做过考证。他注曰："考此状是元和八年为饶州刺史元崔所作。朱琰说此状不言何器并不言何人进，失考。"傅文直截了当地指出了朱琰的失误。

关于瓷器产地问题。傅先生在《〈陶说〉译注》中列举历史事实，说明饶州窑所指即景德镇器，因当时景德镇属饶州浮梁县，而且他肯定地说《代人进瓷器状》是"本镇在景德以前的造瓷文献"。据此，对何器、何人、何地都很清楚了。概言之，"状"中所说的瓷器乃是元和八年，由饶州刺史元崔进贡朝廷的景德镇瓷器。

当然，也有人认为，尽管县志上有"新平冶陶，始于汉世"的记载，但一直没有实物支撑，即在景德镇并没有发现唐代窑址，因而怀疑"状"写的是浮梁瓷。

然而，这一切于二十世纪末有了明确的答案，这答案在浮梁县兰田村发现的唐窑里。专家经过分析认为，这次发掘出土的数以千计的文物，时间上溯至中、晚唐，而且，是制瓷业较为成熟时期的产物。据此，将以往人们认为的景德镇制瓷业的起始时间推前百年，印证了柳宗元《代人进瓷器状》一文中的记载。这一发现，成为改写中国陶瓷史的重要篇章。

11. 烟清市埠桥

驼队从大漠孤烟中慢慢走来，像小舟在大海里航行，乘着风，踏着浪。

走在驼峰群中间的那头棕色骆驼十分抢眼。它曲颈昂首，头顶上的鬃毛一直垂到后颈，当风起沙扬的时候，双重的眼睫毛像卫士似的，将沙挡住。主人约摸四十岁，头戴一顶白色毡帽，上身穿着一件红色夹袄，显得十分精神。此人姓晏名鸿，唐代江南昌南镇人，出生于当地有名的制琉璃瓦世家。

昌南镇琉璃业的发展，缘自益州（今成都）郫县一个名叫何稠的人。何稠是一名建筑家、工艺家，一生经历了后梁、北周、隋、唐等多个王朝。他复活了失传已久的琉璃工艺，从此声名鹊起。

"琉璃"一词，最早见于《汉书》，取"流光陆离"之意。我国的琉璃，最先是汉末时由西域匠人带入中原，其制作技艺也渐渐为华夏匠人所掌握。晶莹剔透的琉璃瓦，慢慢成为皇宫建筑不可或缺之物。然而，由于长期的战乱，琉璃这个工艺突然失传了。

公元604年，隋文帝杨坚去世，其子杨广即位，史称隋炀帝。杨广定都长安重建宫殿时，提出要沿袭旧王室的格局，用琉璃瓦来打造自己的宫殿。而当时琉璃制作技艺失传，杨广只好从西域国家进口琉璃，但价格极其昂贵。朝廷把研制琉璃瓦的重任交给了善制工艺品的著名工艺家、建筑家何稠。

何稠在试制琉璃瓦遭遇多次失败后，听说昌南镇擅制瓷器。于是千里跋涉来到这里，想从制瓷的流程中汲取经验。果然，功夫不负有心人，经过反复试验，他终于成功地烧出了一种轻薄、晶莹的"绿瓷"似的琉璃瓦来，从而使我国失传的琉璃生产技术得以恢复。从此，古都长安琉璃瓦建筑盛行起来，大至宫殿、寺庙，小至亭榭民宅，无不使用琉璃做建筑材料，因此，琉璃瓦供不应求。为了鼓励更多的人从事琉璃瓦生产，朝廷颁令，免除全国窑匠的徭役。这一举措使得琉璃瓦市场繁荣，技术含量也在不断提高。

何稠走了，却把琉璃瓦烧制技术留下来。是感恩这片土地，还是出于满足大唐帝国建设的海量需求？也许都有。从此，昌南镇瓷器与琉璃瓦并行不悖。当年何稠所在的市埠桥试验区，成了琉璃的集散地。那里，人员聚集，店铺林立，早市、夜市"买卖昼夜不绝"。各种小贩、货郎走街串巷叫卖声此起彼伏，热闹非凡。

晏鸿的父亲晏光是一个制作琉璃瓦的高手，晏光的徒弟一桌都坐不下。晏鸿从小过着衣食无忧的生活，加上个人天赋高，唐乾元元年（758），二十九岁就博取进士。捷报传来，整个昌南镇都沸腾起来了。他的父亲晏光大宴村民，请戏班唱了三天戏，摆了三天宴席。拜师学徒的也排起长龙。晏鸿的第一份工作是担任利州（今陕甘接合部）下面一县的主簿。五年后升为利州司马。出身于劳动家庭的晏鸿，深知劳动人民的艰辛，他为官的信条是："恤民宁过厚，为天下主，可与民较锱铢耶？"也就是说，为了解除人民的疾苦，即使花光了仓库中的储存也在所不惜。他的言行得到了上方的重视，不久就被选进了行人司任职。"行人"虽是一个跑脚的差事，"册封宗宣，抚谕诸藩"，代表的却是国家行为。这次出使回纥，他感觉收获颇丰。回纥是中国少数民族维吾尔族部落，这里的回纥人是游牧民族地区最早过渡到城市生活的民族之一。这里是丝绸之路的重要节点，这次来的主要目的就是册封西迁回纥可汗，开启了回纥历史新篇章。

近乡情更切。此行两个多月，晏鸿惦记着憩居在长安城里的妻小，更惦记着千里之外老家浮梁的父母。他不停地抖动着缰绳，挥着鞭子，加快返家的进程。可是，当晏鸿进家门后，屁股还没落凳，妻子热泪盈眶地递给他一封家书。他大吃一惊，不知家里发生了什么事，急忙打开一看，人就傻了。"仁兄如晤，族人以敕造琉璃不称，获罪。令尊下落不明，速回。"信虽然没有署名，但他知道是堂弟晏友开的字迹。妻子说是一送瓷器的人送来的。因为奉旨造琉璃瓦贡品，不合格而获罪的事晏鸿以前只是听说过，没想到真的发生在自家的身上。父亲获了什么罪，又逃到了何方，族里的人又将遭受什么样的连累？晏鸿来不及多想，也顾不得身体的疲劳，到行人衙以父母疾病为由告了假，便匆匆地上了路。

从长安到浮梁两千余里，走运河、渡黄河、过长江，翻山越岭，少说也要二十天。等晏鸿走到镇上的时候，家家都是人去楼空，只有三三两两的兵士在那里走动。他知道了问题的严重性。晏鸿穿着一件长衫，斜背着一个包裹，像是一个瓷商从那里走过。他离家也近二十年光景，街上就是有人也未必认得他。他在街上慢慢地走着，在自家门前也没停留，希望能遇见一个熟悉的人。但他的希望破灭了，当他第二次经过家门的时候，发现门口右边石狮上歪斜地写着两个字：梅干。如果不仔细看，还以为是小孩子的涂鸦，但晏鸿心里明白，这同样是堂弟晏友开的笔迹。梅干石是制琉璃瓦的上等原料，老家瑶里的梅干坞才有。于是，他毫不迟疑地向那里走去。

在那个荒无人烟的梅干洞里，兄弟俩见面了。一阵抱头痛哭后，晏友开才说了大概经过。他说，这件事情非常蹊跷，几十年了，光叔领着我们干，从没失过手，这次烧窑，里面有光叔亲自掌火，外面有兵士守更，谁知十天后打开窑一看，在场的人无不大惊失色。往日的那种光洁、鲜亮的釉色不见了，瓦构件釉色五花八门，而且一捏就碎。光叔说，肯定是有人在窑孔上做了手脚，受热不均匀而导致的。光叔知道闯下大祸了，立即叫大家纷纷逃离外乡，由他独自一人承担，是大伙硬拽着，他才和婶子一起逃命去的，如今也不知去了何方。晏友开说，这都是那个"免徭役"给害的。只要上了"免役"簿，就等于立下了生死状，我们这些人整天都是惶惶恐恐的，怕有一丁点闪失。晏友开最后说，大哥，你得想想办法，这样逃下去哪天是个尽头啊！晏鸿点点头，心里明白，给匠籍免役这是国法。要破除这种不合理的制度，唯一的办法就是上书，废除这项法令。他将包裹里的钱币全部掏了出来交到晏友开手中，让他想办法分给那些逃难的族人，叫大家忍受些时日，等待消息。

晏鸿回到京城后，连夜写了一篇《论免徭役疏》。疏中说到，免除徭役对提高窑工的生活待遇、稳定产量、提高产品的质量起到了一定作用，但由此带来的社会危机不容小觑。例如，有的不是窑匠出身的人，为了逃避徭役也混到窑民中来，致使窑民队伍出现鱼目混珠现象。况且，琉璃瓦烧制是一门复杂工艺，有二十多道工序，生产技术含量高。假设一道不慎，满盘皆损。上方验收标准又十分苛刻。一旦失误就要获罪，弄得匠籍之民惶惶不可终日。为此，请求皇上废除该法，免除承籍，还百姓一片安宁。

晏鸿在呈交论疏的同时，还递呈一份辞职报告。他不管结果如何，都要去寻找父母与亲人。没过多久，皇帝恩准了晏鸿的论疏，但没有同意他的辞职请求。

晏族人虽然逃过了一难，但晏鸿觉得这个行业的风险巨大，不愿意他的父亲与族人再继续烧造琉璃。昌南镇以生产琉璃为主业的市埠桥繁华喧嚣的场景一下变得清静下来，历经数百年的浮梁琉璃瓦业从此销声匿迹。有首诗记录了此番情形：

> 晏族琉璃世业窑，新平逸事记唐朝。
> 行人疏免家人役，从此烟清市埠桥。

12. 盛开的"百合花"

元朝至元十三年（1276）正月，景德镇颇不平静。"鞑子要来了，鞑子要来了"的叫喊声此起彼伏。人们奔走呼叫，惶恐不安。能走得动的人都走了，能拿得动的物件都拿走了，留下的都是老弱病残，或是街上无家可归的人。一栋栋房子门户紧闭着，平日拥挤不堪的街道变得死一般寂静。

十五那天，元军吕师夔、武秀部从湖口方向过来，几乎没有遇到大的抵抗便开进了浮梁。吕师夔走在景德镇瓷器街上，将手中的混元剑一挥，砍下了一根竖在路边的旗杆。他很想将那林立的烟囱和随处可见的作坊彻底捣毁，以回击那些淹人唾沫。

吕师夔，安徽寿县人，宋末名将吕文德的儿子，曾任南宋提举江州兴国军沿江制置使，后与江州知州钱真孙投降了元军，因此，遭到宋人的唾弃。

吕师夔的行为立即遭到了万户武秀的反对。武秀这位军官兼行政官员双重身份的蒙古族人，深知在草原生活上缺少的就是工业和手工技术。同时，他和众多的蒙古族人一样，对白色有着一种不同寻常的崇尚，对景德镇这座到处沾满了白土的手工业城市特别敬重。在他的眼里，那些散落在街道上的青花瓷片，宛如盛开在蒙古草原上的百合花，鲜艳、芬芳、传情，和他们推崇的自由、高贵、坚韧的灵魂异曲同工。他吩咐手下，不仅不能做出一丁点损害这座城市的举动，还要想办法让那些关闭着的厂房和门户全部打开来，恢复生产生活。作为汉人的吕师夔虽然不理解万户的做法，但又不得不听从主子的命令。

命令一颁布，原来逃往浮梁乡下躲避的瓷业工人纷纷返回镇上。一时间，烟囱里冒烟，小巷里推车来回穿行，瓷器街也恢复了往日繁华。

攻下浮梁后，吕师夔、武秀移师饶州。人虽然走了，但武秀的心仍在惦记着瓷城景德镇的事，他上书元世祖忽必烈，阐述了这座历史文化名城的历史和洁白如玉的瓷器，他建议建立专门的机构，加强古城的保护与管理。

具有雄才伟略的忽必烈很快批复了这个建议，于元至元十五年（1278），在景德镇设立"浮梁磁局"，并交给它一项硬性任务：生产宝石感的青花瓷。

在忽必烈看来，要打造欧亚商贸共同体，必须创作出一种能产生审美共识的"硬通货"。而这种东西非瓷器莫属。他知道，波斯（今伊朗）有一种青金石，是一种能让整个穆斯林贵族疯狂的宝石。而且，波斯陶器就有彩绘习惯。蒙古与伊斯兰对钴蓝色的喜爱有共通点，所以，将这些共同的元素融合在一起，烧成的瓷器肯定是独一无二的。

为了能让景德镇青花瓷在欧亚大陆上卖得更好，忽必烈下令，将波斯的青花工匠带到了景德镇，将相距五千多公里的两个地区的匠人的手强行地握在了一起。

磁局品级不高，属"秩正九品"，但衙门大，隶属于宫内总管府匠作院。这个机构，除了掌烧造瓷器，还要负责漆造马尾、制作棕藤笠帽等诸多事情。这个为全国各级各官员制作乌纱的差事可谓责任重大。

在元朝这样一个马背上的民族统治的朝代，枢密院的地位极为崇高，它掌管军事机密、边防、军队调遣、武官升迁及宫廷事务，秩从一品。用瓷量非常大。此时的景德镇官窑，实则一大部分都是为他们服务。他们崇尚"色白微青"的一种好似鹅卵的色泽，从图案设计、制作到烧制都有一套独特的规制。并且在印花花卉间印有对称的"枢府"二字，形成了一种被后人称之为"枢府瓷"的卵白釉瓷。

浮梁磁局的设立，使得景德镇人口大增。一些躲避战乱的外地工匠、窑工也涌向这块风水宝地，谋生、经商、学艺。形成了"工匠八方来"趋势。人潮中，当数来自四百公里之外的吉州永和窑的人数最多。传说与一件奇特事件有关。

南宋吉州永和窑是闻名全国的江南综合性瓷窑，产品种类多样，尤其是紫黑釉瓷器很精美，使当地形成了永和镇"辟坊巷六街三市"的繁华景象。相传，永和窑工在装窑时，恰逢丞相文天祥路过，何曾想，等开窑一看瓷器全部变成了玉。时值元军长驱直入地向吉州进发，窑工们怕此事传出去会招致杀身之祸，于是取出瓷玉分给大伙，封上窑门，纷纷逃往景德镇。也有人分析，永和窑工大量进入景德镇，可能与文天祥在吉安"募兵勤王"有关。许多陶工应募抗元，入元以后，因惧怕镇压而逃到制瓷条件极佳的景德镇。

这是一件十分有趣的事情，元军本是景德镇这场动乱的制造者，无意间却成了这方水土的庇护人。景德镇成了全国各地陶瓷精英和窑工的避难所。

景德镇人口数量剧增现象，在县志里得到印证。

据康熙版《浮梁县志》载，南宋咸淳五年（1269），全县有38835户，130753人。而到了元代至元二十七年（1290），全县有50786户，192148人，二十年中净增6.1万人。

资料显示，元贞元年（1295）至泰定元年（1324），在册的从事手工业生产的专业户达四百余户，为至元十五年（1278）的四倍。可见，景德镇制瓷工艺技术高度发展，也是促进县境人口增长的一个重要因素。

为此，元贞元年，在全国新一轮行政改制中，浮梁县升为中州。

元人管理景德镇二十年了，不知是中书省、宰相府的那些头头们的突然省悟，还是景德镇窑业步入快车道的驱使，县改州后，首次委任了一位谙熟陶瓷技艺的赵邦彦任知州。这是一个历史性突破，因为按元朝定制，省以下路、州、县都是由蒙古族人当一把手的，也就是由蒙古族人出任达鲁花赤，而汉人只能是一个事务总管。取消了达鲁花赤，汉人赵邦彦成了名副其实的一把手，这对景德镇瓷业飞速发展再次助推了一把力。一时间，景德镇民窑增多，产量剧增，技术上采用了"二元配方"和生产青花釉里红瓷器，再加上运用印花、画花、雕花等技巧，景德镇陶瓷呈色变得丰富多彩。让景德镇成为全国陶瓷行业的一面旗帜，成为全国瓷器烧造中心，也为明代瓷都的形成奠定了基础。

从此，丝绸之路上绽放出一种形态丰满、色彩鲜艳、气质奔放的艺术之花：元青花。

13. 太皇太后的面子

就像人有身份证一样，瓷器也有其独特的身份信息载体。这种载体，就是印在瓷器上的"款识"。

瓷器的款识种类繁多，有纪年款、堂名款、人名款、吉语款、花样款、寄托款和商标等等。而这些款识中，纪年款是用不同方法标注烧造年代的，它占了中国古代瓷品款识的大部分。比如，宋代景德年间，昌南镇烧造的瓷器，底部往往书有"景德年制"字样。因为烧造这种瓷器使用的是洁白细腻的高岭土，烧成的瓷器颜色滋润，光致茂美，备受世人青睐。从此，景德之名闻名遐迩，而昌南之名逐渐被人淡忘。

明代的景德镇，业已成为全国瓷器烧造中心。洪武二年（1369），朝廷在景德镇珠山麓设御器厂，烧造御器，以供宫廷使用。当时，御器厂有窑二十座，最多时达八十座。据史料记载，从永乐开始，御器厂开始在瓷器上题写皇帝年号款识，也称"年款"，并逐渐成为定制。各时期瓷器款识的不同特点，则成为典型的"皇帝的印记"。如"永乐年制""宣德年制""大明天顺年制""大明成化年制"等等。按理说，这种御器厂生产御器年年有指标，年年有任务，年款也是不会中断的。

可是，在景德镇御器厂偏偏就出现了一个奇特的现象，明代宣德后的正统、景泰、天顺三代，长达二十八年时间里，几乎不见有"年款"的御瓷。这种"断代"现象成了景德镇陶瓷史上的一个谜。对此，许多专家学者曾有过多种推测。

后来，笔者在翻阅典籍时，无意间发现了两条有关景德镇瓷器的珍贵史料。

其一，《大明会典》卷一百九十四载："宣德八年，尚膳监题准烧造龙凤瓷器，差本部官一员，关出该监式样往饶州，烧造各样瓷器四十四万三千五百件。"

其二，《明英宗实录》卷二十二载："正统元年九月乙卯，江西浮梁县民陆子顺，进瓷器五万余件，上令送光禄寺充用，赐钞偿其直。"

这是两条看似没有关联的信息，我的脑海里却浮现出一些断断续续的画面，这些画面让我对景德镇御器款识的"断代"之谜，似乎也有了一个自己的答案。

话还得从明宣宗朱瞻基说起。在中国的皇帝史册上，明宣宗还算得上是个人物。他文武兼备，在位十年，政治清明，人才济济，百姓安居乐业，经济得到空前的发展，与其父仁宗统治时期，被史学家们称之为"仁宣之治"。文化领域也颇有建树，宣宗本人诗词画造诣很深，他亲自参与设计、监造的宣德炉，是中国历史上第一次运用风磨铜铸成的铜器。他对景德镇瓷器情有独钟，甚至爱到了疯狂的地步，宣德八年（1433），他下旨，一次就要景德镇御器厂上解御瓷四十四万余件。这对景德镇这个手工城市而言，无疑是个天文数字。这可急坏了景德镇的督陶官陈秉忠。他找来御窑协理、浮梁陆子顺商议，要他从各个窑厂选派最好的工匠，到高岭选最优质的土，要他亲自监督窑务，并按上面颁发的式样、龙凤纹饰制作。底部一律书上"大明宣德年制"字样。

　　这是一个极其寒冷的冬天。寒风"呼呼"地咆哮着，像是用它那粗大的手指，蛮横地乱抓行人的头发，针一般地刺着行人的肌肤。窑工们匆匆地吃过年夜饭，几口烧酒还没来得及落肚，就又匆匆地来到了御器厂，开始了寒冷而漫长的夜班。他们抱怨，这简直是不可能完成的任务，要在两年不到的时间里，完成这四十多万件瓷器。但转而又想，这是朝廷对景德镇的一种信任，是一份荣耀。更何况，"大河涨水小河满"的道理还是知道的。自己这样长年累死累活地干，到年终，薪俸不是也会高一些吗？

　　正当景德镇御器厂工人如火如荼地干着的时候，从北京传来噩耗，年仅三十八岁的宣宗意外驾崩。时间是宣德十年（1435）正月初三日。更不幸的是，没过几天，刚刚登基的英宗就下了诏书，要求御器厂工人全部停工，所有下派官员全部返京（《明英宗实录》卷一）。犹如晴天霹雳，景德镇上空霎时变得阴云密布。

　　督陶官陈秉忠走了，撂下了个烂摊子。窑工们辛苦两年了，四十四万余件瓷品绝大多数的工序都完成了。可是朝廷一分钱还没付呢，工人拿不到工钱，又如何生活？人们把目光投到了御窑协理陆子顺身上。陆子顺也陷入了痛苦的沉思之中。

　　年仅九岁的英宗朱祁镇，登基后改国号为正统。国事全由太皇太后张氏把持。这时，被逼到了悬崖边上的陆子顺，做出了一个大胆的决定，他要亲自带一批瓷器赴京，他要去会会新皇帝和他的祖母——张太皇太后，他要为民请命！

可是问题来了，皇帝换了，先前做的那些带有"大明宣德年制"款识的瓷坯还能用吗？弄得不好，脑袋就要搬家的！为稳妥起见，他和师傅们商量，用利坯刀将原来底部的款识全部修掉，让其空白，再促釉烧成。

陆子顺一行夜宿晓行，风尘仆仆地来到了北京城。在督陶官陈秉忠的引荐下，陆子顺很快见到了英宗皇帝和太皇太后张氏。令他没想到的是，所带五万件瓷器顺利地被贮进了光禄寺——一个掌祭祀、朝会的重要场所。

太皇太后看着这样一大批光致茂美，却没有款识的瓷器，心里明白，这是景德镇陶人的一片苦心啊，他们给足了自己面子，于是嘱人，照付了全部工钱。后来，成人后的正统皇帝想做些具有自己特色的瓷器，但是，碍于太皇太后的面子，干脆就不落自己的年款。于是就形成了御瓷史上年款的"断代"现象，也就是人们常说的"空白"期。

二十世纪九十年代，在景德镇御窑遗址诸多考古中，曾发现大批宣德、成化纪年官款瓷片和无款青花瓷片。专家判断，这些无款青花靶盏和碗、盘残片，其造型和纹样与宣德器相近，与同时出土的成化青花清幽淡雅色调也有较大区别。由此推断，这批遗物可能是正统之后、成化之前的景泰或天顺官窑制品。这个事实表明，在所谓的"空白"期内，御器厂并没有停止瓷器生产。这种"断代"现象，其实是"明断而暗续"罢了。

14. 乾隆爷的书灯

二十一世纪初，北京城的一个拍卖会上，一个小小的笔筒，竟然拍出了六百六十七万元的高价。

这件拍卖品之所以如此昂贵，是因为与一个人有关。这个人就是清代内务府员外郎、景德镇督陶官兼理九江关务的唐英。

乾隆八年（1743）十二月初一日，督陶官唐英在甲子年到来之前，给乾隆帝奉上"甲子万年笔筒"一对。唐英在《恭进万年甲子笔筒折》中写道："工匠人等以开春正当甲子万年之始，悉皆欢腾踊跃。更逢天气晴和，坯胎、窑火、设色、书、画各皆顺遂，不日告成。奴才即于十一月初二日回关办事，今专差奴才家人赍捧笔筒恭进，伏祈皇上睿鉴。谨奏。"

乾隆九年（1744），为"甲子"年，而"甲子万年"为歌颂皇帝万寿无疆、江山永固的吉语。在这样大吉的日子里，收到这样的礼物，乾隆爷自是龙颜大悦。更让他高兴的是，这对笔筒也确实精致高雅。此笔筒直口，上下两侧饰矾红地描金花卉纹样，腹部可旋转活动，外壁以葫芦、叶藤作连续图案装饰，其壁上、下部分合画成葫芦瓜形开光，其内于白釉地上墨书十个天干、十二个地支，两者配合转一轮，其最小公倍数为六十，即是中国一甲子六十年的中国万年甲子历。背景以蓝彩绘仿轧道卷草纹成锦地，上下绘葫芦缠枝连绵、伴有花卉。底施白釉，并落矾红篆书"乾隆年制"款。此器的制作方法为以口缘连器内壁为一片、器底为一片，器外壁下、上半身各为一片，共四片烧成后组合，将外壁上、下部分套入内壁，将器底盘与内壁底粘合，则器外壁上部可旋转自如，可谓独具匠心。

唐英本就是一位天才督陶官，他不仅了解乾隆皇帝爱瓷如命的习性，而且还是一个真正的陶艺大师。乾隆九年，他就亲自为乾隆制作了一个书灯。书灯分为大小两承盘及座三部分。上层承盘内壁施湖绿釉，为灯盏托盘，放置蜡烛所用，体量最小；中层为蜡盘，口沿施湖绿釉，作镂空修饰，中间以红彩锦花纹作地，绘洋彩番莲纹一周；下层为器座，绘红彩锦地花卉纹。灯盏、蜡盘之间由圆柱连接，中间凸起一道湖绿釉弦纹，亦以红彩锦花纹作地，绘洋彩番莲纹。书灯底部施湖绿釉，中心内凹，书矾红"大清乾隆年制"方框款，为乾隆官窑典型款识。整器造型极富韵律节奏之美，设计极为精心，工艺尤为考究，纹饰复杂细腻，其繁缛程度正体现出乾隆时期瓷器装饰的典型特征。

乾隆朝瓷制书灯，全称为"洋彩镂空番莲纹书灯"，为清宫而作，专供书斋照明之用，为乾隆一朝独有的文房雅具，深得乾隆皇帝所喜爱。在乾隆九年二月初的一个晚上，乾隆皇帝夜读，凝视案头瓷质书灯有感，故而赋诗《咏花瓷书灯》一首，对其赞美，诗曰：

> 谁将大邑瓷，相并九华枝。
> 继昼明为用，无尘静与宜。
> 消闲觅句际，伴影读书时。
> 何必昭阳殿，徒夸金玉为。

昭阳殿是中国古代宫殿建筑名，汉成帝宠妃赵合德曾居住此殿。此借指杨贵妃住过的宫殿。大抵代指古代妃子居住的后宫。《长恨歌》所载："昭阳殿里恩爱绝，蓬莱宫中日月长。"描写的是唐玄宗与杨贵妃天人相隔的凄苦。

诗写成后，乾隆立即命唐英亲自督造而成，使这书灯也成为一件象征"甲子万年"的祥瑞佳器。因而在乾隆一朝的御窑史上，这件书灯虽小，却是一件含义极深的重器。

乾隆一生，"运际郅隆，励精图治，开疆拓宇，四征不庭，揆文奋武，于斯为盛"。但又是一个附庸风雅的皇帝，他热衷诗词，据说一生作诗四万多首。其中三首是写景德镇瓷器的，充分体现他对景德镇陶瓷的喜爱。其中一首名为《咏白玉金边素瓷胎》是这样写的：

> 白玉金边素瓷胎，雕龙描凤巧安排。
> 玲珑剔透万般好，静中见动青山来。

素色的瓷坯，白玉一样的颜色，加上镶着的金边，雕镂龙纹画的凤凰，无不显示出其结构新奇，精巧美观。尤其是工整的画工和栩栩如生的画技，让人感觉，静中的青山迎面而来。

陶玉，一个多么富有诗意的名字。他的名字与他烧制的"假玉器"一道，被嵌在了金碧辉煌的昭阳殿，被烙进了"丝绸之路"的车辙里。

御瓷进京以后，新平瓷器就像开了闸的水一样，源源不断地涌入帝都，流向西域。从此，"新平瓷路"与"丝绸之路"交会在一起，开始了跨越千年的牵手。

15. 陶玉进京

公元 621 年的中秋节，注定是兰田人的狂欢节。

那天晚上，天上的星星特别明亮，瓷盘似的月亮挂在树梢上。位于鄱阳郡东北部的新平县兰田村万窑坞窑场上，五十张油漆一新的圆桌座无虚席。桌上各种山果美食堆成了小山。十多盏松油灯把窑场照得通明，油灯的火苗像小孩放鞭炮似的不时发出噼啪的声响。中间最大的那盏油灯旁边，摆着三大缸陈年桂花酒。

围坐在八仙桌旁的大多是来自兰田各窑口的陶工，他们顾不上脱去身上沾满陶土的工服，也来不及洗去脸上手上的粉尘。也有来自州、县、乡的各级官员和衙役。宴会开始了，坐在第一排中间桌上的县令周彤，端着一碗酒站起身来大声说道："乡亲们，今天是我们县，也是你们兰田村大喜的日子，在陶玉师傅的带领下，在众位乡亲的支持下，经过三个多月的精心准备，我们县里承制的首批御瓷明天就要启程了。这也是本县成立半年来做的第一件大事，可喜可贺！今天，是我们的传统佳节中秋节，是个团圆的日子，请大家端起酒来，为我县首批御瓷烧造成功，也为我们的八十位壮士送行，干杯！"

这时，八十位年轻人齐刷刷地站了起来。他们胸前戴着大红花，手里端着一大碗酒，一个个气宇轩昂，像出征的勇士。

"干！干！"窑场上声音此起彼伏。一双双粗壮大手将大碗高高举起，然后缓缓地放到嘴边一饮而尽。

一时间，五百碗桂花酒就像村前的南河水一样汩汩地流进人们的心田……

这次烧制御瓷项目的取得，得力于一个人，他的名字叫李大亮。

李大亮，京兆泾阳人，是唐朝一位文武双全的将军和开国功臣，也是大唐王朝定都长安以后派出的第一批安抚使中的一个。在经过数月的巡视后，他向高祖建议，把一些区域过大的县进行拆分，州县主要官员由朝廷直接任命，以强化中央集权。在奏议中他以饶州鄱阳县为例，说该县地大物博，位于其东北境之新平乡，山川秀丽，民风淳朴，陶业发达，可谓富甲一方，若将其从鄱阳县中析出，单独置县，对发展当地经济，保障民生大有裨益。高祖很快就批准了他的奏议。武德四年（621），一个新的县份诞生了，它就是新平县。

李大亮对于新平县的功绩还不止于此，他还推荐了一位谙熟陶瓷烧造技术、体恤百姓的县令周彤。

出生于咸阳的周彤，原是朝廷少府寺一名总管百工技巧的监官。他学识广博，干事练达，一到任就奔赴县域各乡巡访起来。

阳春三月，杨柳吐绿。新平县陶瓷主产区之一的南乡——湘湖成为周县令巡视的首站。乡长李尚荣介绍说，湘湖烧窑已数百年了，现在有窑数十座，最出众的要数钟秀里兰田村的陶窑，窑主是一位名叫陶玉的年轻人。

"陶玉?"一听这个名字，县令顿时就来了兴趣，心想：莫非这个人生来就是一个制陶的天才？

乡长所说的陶玉，确是出身于陶瓷世家，从小就对烧造陶瓷特别感兴趣。他肯钻研，不怕吃苦，三十出头，便学得一手好技术。无论练泥、拉坯、印坯、利坯，还是施釉、烧窑、彩绘无一不精。尤其在配料、施釉、制作、烧炼等方面技术独到，烧出来的瓷器十分精巧。

听了李乡长的介绍后，周县令立刻有了一种思贤若渴的心情，他马不停蹄地向兰田进发。

兰田确实有一个很大的窑场，厂蓬绵延数里，窑烟弥漫着天空。南河水从窑场边匆匆流过，鸭嘴船不时上下穿梭，一派繁忙景象。傍晚，周县令一行来到了这里，对这里的景观赞叹不已。

周县令一行来到陶家窑场，发现这里聚集着很多人，他们进进出出，忙忙碌碌，一个个喜笑颜开。有的在杀鸡，有的在宰羊，有的在摆桌子。原来是在准备着一场生日酒宴，陶玉师傅的儿子十周岁了。

听说县令来访，家里的人赶快进窑通报。不一会儿，从窑里走来一位年轻人。乡长说，这就是陶玉师傅！

周县令不由得仔细打量起来：三十岁左右，宽阔的额头上裹着一条蓝色头巾，身穿一套藏青色敞服，中间束着一条腰带，脚下是一双草鞋，黝黑的脸庞，眉宇间绽露出的是一种自信与睿智。

在休息室，陶玉向周县令介绍了陶窑生产情况，随后领着他参观陈列室。陈列室不大，但陈列的瓷器很多，碗、盘、罐等琳琅满目。周县令看得仔细，问得明白。他觉得这些瓷器的釉色很特别，有青绿釉、青灰釉；还有白釉和青白釉。这些釉色给了他一种从未有过的视觉体验。

在少府寺，周彤曾到过一些名窑参观考察，阅瓷无数。像生产白瓷的河北邢窑、陕西耀州窑，制造青瓷的南方长沙窑。他对"北白南青"两大窑系的瓷器特征还是有一个粗略了解的。但眼前这些"白壤、素润、体薄、莹缜如玉"的瓷器让他耳目一新。

正当周县令沉吟的时候，外面走进一位老汉。这个人年近六旬，身体健朗，精神矍铄，手里托着一个长形的圆器。

李乡长连忙介绍说："这是陶玉的岳父霍仲初先生，是本县东山里人。霍先生的陶瓷技艺在新平也是首屈一指的。"

周县令突然好奇地问："老先生那手里捧着的莫非是件腰鼓？"

霍仲初说："大人好眼力。这是刚刚烧成的腰鼓，是半个月前一个北方商人专程来定制的。"

县令非常吃惊，对于腰鼓，他太熟悉了，这是北方民族特有的文化特征和符号。由此看来，新平这个江南偏远之地早就和西域建立起贸易往来了。

霍仲初的窑场在东山里，即今浮梁县瑶里镇，位于县东北与安徽省休宁县交界处，离浮梁县城八十华里。

果然是个好地方。第二天，周县令一走进这座桃花源似的村庄就赞叹不已。这个名叫绕南的村子，依山傍水，古木参天，几十户居民簇拥在一条清澈的河流两旁，廊桥上，三三两两的村民在唠着家常。转过村子，河两岸的坡地上布满窑场、水碓和作坊。

在察看霍窑的产品时，周县令时有所思。在他看来，陶、霍两窑的产品的共同特点是"素白清淡，土质细腻，色泽光洁"。不同的是，陶窑瓷器圆润丰满，而霍窑瓷器细腻精巧。他感叹道：新平真是块"物华天宝、人杰地灵"的风水宝地啊！作为一县之长，他问自己：该为他们做点什么？

回到县署后，经过一番周密思考，一个大胆的计划在他脑海里形成。他要当个推手，要建一座商贸桥梁，要把新平瓷器推向长安，销往全国。他让陶玉准备好一批上等瓷器，又给观风使李大人修书一封，请他帮忙引荐。

周县令的这个想法正合陶玉的心意。陶玉想，新平陶瓷质量上虽然有了长足进步，但江南小县，地广人稀，销量小，产品也难以推销出去。他认为，县令的这个创意是新平陶瓷一次千载难逢的发展机会，一定要认真把握住。他立即组织一帮人，带着从陶窑、霍窑以及其他窑口精选出来的五千件陶瓷出发。他们下昌江，出鄱湖，过长江，越黄河。在跨过千山万水，克服重重险阻之后，终于来到了大唐这个泱泱帝国的首都长安。

令陶玉万万没想到的是，他的瓷器刚在长安街落地，立即受到皇城市民的青睐。他们称这种瓷器为假玉器，纷纷采购，收藏。

这天，刚从外地回来的安抚使李大亮，看了周彤的书信，又细品了陶玉所带的瓷器，欣喜万分。他为周彤的这种务实精神而感动，对新平瓷器也是赞赏有加。他连夜进宫面圣。高祖李渊看完瓷器后说："这新平陶瓷，器容大度，色泽温润，与我大唐风尚甚是契合，何不招进宫来，让爱卿们一起分享！"

这正是李大亮所期待的。

接到李大亮的回复后，陶玉立即启程回家，他要与县令及岳父霍仲初商议烧造御瓷之事，他要书写新平陶瓷史的辉煌。

为了这批瓷器，陶玉和霍仲初足足准备了三个月。在三个多月时间里，兰田的窑火几乎是彻夜通明。窑民们天当被，地当床，无论是瓷土、窑柴，还是釉料、烧制，都是环环相扣，层层把关。在工艺上，陶玉、霍仲初在传统的青釉瓷、白釉瓷的基础上，还大胆地生产了他俩最新研制的青白釉瓷。

谁也没有想到，他们这种另辟蹊径的举措对后世景德镇的陶瓷产生了如此深刻的影响，它改变了人们单一的艺术审美观，改变了市场导向。是它让后来的景德镇瓷器成为丝绸之路上一颗璀璨的明珠，让景德镇窑跻身于全国名窑之列，让景德镇一举成为江南雄镇，成为闻名遐迩的瓷都。

陶玉十分清楚，从新平到长安行程两千余里，途中需经过船运、车载、马驮等多种运输方式的交替使用。防止破损，安全到达是第一位的。有了第一次的经验与教训，这次在包装上，陶玉想出了一个绝妙的办法——"灌豆子"。就是往扎紧了的木匣里灌满泡湿了的豆子。几天后，这些发胖的豆子就会发出芽来，把瓷器挤得结结实实的，即使掉在地上也毫发无损。最终从全县上百个窑口生产的瓷器中遴选出各式瓷器十万件，并挑选了五十名青壮年，加上二十名州县衙役，十名勤杂人员，组成了一支八十人的运瓷队伍。

对新平人那次声势浩大的送御瓷进京的活动，《浮梁县志》做了这样的记载："武德四年，有民陶玉者载瓷入关中，称为假玉器，献于朝廷。于是诏仲初等进御。"虽然只有短短的三十一个字，但确切的时间、地点、人物及事件因果呼之欲出，不能不让人对这个重大事件产生丰富的联想。

16. 徽饶古道

古代浮梁景德镇的御瓷进京，走的是一条由陆路和水路交替运行的路，据考证，其路线主要有三条：

从景德镇出发，走陆路，沿驿道往北走，至浮北桃墅镇，然后入安徽建德县，经永丰镇、东流镇到大渡口，然后船运入长江，经安庆走大运河北上，再到长安、洛阳或开封；或沿长江而下到明都南京，或经镇江转运河北上到北京。

从景德镇出发，走昌江水路至鄱阳县城，然后沿驿道往北走，至鄱阳石门街入安徽建德县，经永丰镇、东流镇到大渡口，船运入长江。

从景德镇出发，走昌江水路至湖口后上行，经九江，过武汉，沿大运河北上西安、开封、洛阳。或至湖口后下行，至明都南京，或经镇江转运河北上到北京。

"路遥遥，水迢迢，功名尽在长安道。"元代陈草庵的《山坡羊·晨鸡初叫》描写的是那些为了求取功名的人们苦苦跋涉在长安道上的情形。其实，这何尝不是历代督陶官们解送御瓷进京的真实写照。

浮梁地处皖、浙、赣三省要冲，自古为驿运重地。从县城出发，有浮祁、浮建、浮鄱、浮乐、浮婺五条驿道。但无论是去长安、洛阳、开封，还是到南京和北京，景德镇御瓷进京的陆路大多是走浮梁至建德这条驿道，也叫徽饶古道。走这条驿道的好处是，它近距离地与我国南北交通动脉长江和运河组合在了一起。

浮建古道是指浮梁到建德县（今属东至县）的一条古道，为解运御瓷的通京要道。而位于浮北的桃墅镇是古代江西省饶州府浮梁县与安徽池州府建德县的一个边关镇，明代曾在这里设巡检司。

道光版《浮梁县志》载，从县城出发，西北距建德县治二百三十里；至江南（长江下游南岸，浙江、苏南、上海等地）水行一千七百五十里，路行一千一百一十里（县志疆域）；至京师，水行五千八百里，路行三千零三十里。具体是，从县城出北门，北行八华里至白石岭，又二十七华里至建师港（今建溪港），西北行四十五华里至储田，西行三十里至撞源港，又二十五华里至桃墅岭入建德县（今东至县）境，县境内有里程一百三十五华里。沿途有肥湾铺、半田铺和桃墅驿站等驿铺。往来车马频繁，明嘉靖二十三年（1544），从景德镇运御瓷去南京即取道于此。挑夫、景德镇马行、驿道上的铺递构成御瓷解运的链条。明代解运御瓷，人力由饶州一府七县供役，由解官领头，站官率领，其中有护兵护送。担子轻的一人挑，重的两人抬，像接力赛一样，一县接着一县传递。

从古到今，独轮车、大板车使用面最广、时间最长。手推独轮车，俗称鸡公车，来回穿梭。民谚曰：瓷茶商贩踏路来，车轮声声响山涧。据牛石村一位七旬汪姓老人的回忆，过了桃墅镇后的路线，一般是：桃墅岭—三河口—花园里—尧渡。陆路运输有官运和民运之分，驿运是官运的主要形式。浮梁的食用淮盐和景德镇解运"御瓷"，均由驿道运输。元代开始有马车运输，明代开始有轿运。至清代，水运和陆运并行。民国初年至新中国成立前夕，县内的交通运输仍以木帆船和畜驮、轿运、土车为主。

御瓷进京，也有从浮婺驿道走的特例。它走的是从婺源至休宁，在新安江源头上船，经富春江、钱塘江到南京的这条路。史料载有这样一个故事：

北宋庆历五年（1045）八月十五日，时任景德镇窑丞（宋代负责监督瓷器生产、运输的官员）齐宗蠖正在押运景德镇瓷器赴京的路上，当齐宗蠖一行行至婺源下槎土名金村段时，负责运送瓷器的随从不慎毁坏了瓷器，这在当时是天大的事情。但齐宗蠖没有把责任推给随从，而是说："我奉命运送这批瓷器，没有完成朝廷的使命，随从是无辜的，我愿以死谢罪。"说完即吞瓷器身亡。这样一个悲壮感人的故事为我们描绘了一个忠于职守、勇于担责的北宋官员的形象，同时也不禁引发了人们的喟叹和唏嘘：为什么这批景德镇瓷器如此重要和珍贵，竟引得官员以命相抵？

长亭外，古道边，芳草碧连天。李叔同站在古道边上，别亲友，把酒言情，多少有一丝何日再相逢的悲壮。在交通运输飞速发展的今天，我们很难体悟得到他诗中所描述的意境。

现在谈论古道，我们惬意中充满了浪漫色彩，殊不知古代的远行是一件令人头痛的事情。且不说山高路险，蛇虫当道，野兽出没，地痞拦路，甚至有时会遇见土匪打劫。还有，跋山涉水，奔波劳累地行进在崇山峻岭中，过了村错了店，风餐露宿于山野之间也是常事。这时最大的愿望莫过于有个亭子可以歇歇脚，有口茶喝解解乏。就是在这样的背景下，一种"捐建凉亭、守亭施茶"的义举悄然而生，并且，与浮梁人传统道德认知中的建学置田、修祠筑渠、架桥铺路这些德行义举处在同等的位置。关于这一点，在明清两朝的府志、县志族谱以及碑刻中，多有诸类记载。现从道光版《浮梁县志》"义行"中摘取几则，可见一斑。

汪逢顺，明代桃墅人，"捐巨资造官溪石梁，修徽池往来峻岭，每岁歉月，就憩亭炊粥济饥，历数十年不替，行旅颂德"。"徽池往来峻岭"即我们所说的徽饶古道，数十年在亭子里炊粥济饥，一般人是难以坚持的。

方济业，明代长安都（今浮梁江村）人，"尝出己资建桥梁，构诸岭亭，砌路万余丈"。

金国荣，清代英溪人，"在浯溪都大岭上建云霞庵，输田十亩五分，付僧烧茶，以济行人"。

朱士见，清代县城北隅人，"康熙间，尝就炼山、仓坞各通衢，捐金辟道、构亭，以便行旅"。

俗话说，建亭容易守亭难。因此，浮梁境内茶亭，在建亭时一般都会设有茶田义产，以田租收入做守亭人生计。未设茶田的，便由守亭人挑着写明字号的箩担定期向周边村民收取少量"茶谷"，再化谷为资。收集的谷物可以存放在熟人家中或店里，只要招呼一声，过路行人会主动帮忙顺带驮运到亭子里面。

浮梁全境皆产茶，一般建亭时都会在附近留出几垄荒地种茶，保障供应。即使是现在，当我们在山间游览观光时，山路两旁也不时会见到零星的野茶树，这多半是古代茶亭的遗存。崇山峻岭间的茶亭一般会配耳房，做守亭住所。守亭人负责每天的茶水供应，兼顾前后路段的清理、维护。

古朴、洁净的茶亭里，对联是少不了的。那些通俗易懂、寓意深刻的对联早已成为浸润在古道上的茶亭文化中的一大亮点。

> 走不完的路程，歇一歇，从容前去；
> 担不完的心事，坐一坐，暂且丢开。

这是浮梁城门程胡桥畔茶亭内的一副对联。它劝慰世人正确认识和对待人生，语句浅显明白，寓意婉转深长。

> 因甚的，匆忙忙，这等步乱心慌，毕竟负屈含冤，要往邑中伸曲直；
> 倒不如，且坐坐，自然神休怒息，宁可情忍理让，请向宅上讲调和。

这是浮梁北乡徽饶大道上"怡芳"亭内的对联。它把一个人受到冤屈、头脑发热、心慌步乱、急于到县城上访申辩的神态和到茶亭歇脚饮茶后逐渐恢复了理智，决定回家平心静气地处理矛盾的过程表现得合情合理，体现了中华儿女以和为贵的高尚情操和息事宁人的处世品德。"茶可清心"的神奇效果得到充分体现，此联不愧为一副有实际教育意义的好对联。

　　地接歙州，值海外竞争，来此间林密山深，片刻何妨驻足；
　　路经梅岭，喜亭前幽雅，到这里途遥日暮，一宵尽可安身。

这是浮梁县瑶里梅岭徽饶大道旁一座"客栈茶亭"门前的一副对联，表现了那位商人在激烈的商海竞争中的忙碌和烦恼。当他来到这个林密山深、环境幽雅的地方，品尝这里的名茶，观赏这里的美景后，便暂时忘记了商场上的忧虑，决定在"客栈茶亭"驻足和安身一宵，以求放松一下自己的心情。

浮梁古道上路亭甚多，一般村口设有水口亭，每隔三五里设凉亭，十里设茶亭。茶亭多由宗族、大户捐建，免费施茶。有的山岭间的路亭，遇夜还会点亮菜油灯，为行人指引方向。亭内备有松火，便于路人夜行照明。

17. 石门街咏叹

石门街，一个多么充满原始与野性的名字。一提起它，我的脑海里就显现出水泊梁山的幻影来。

东汉建安十五年（210），析鄱阳县北境立广昌县，县治就在石门街。一千八百多年的县治经历，是一般的县份所难以企及的。晋武帝太康元年（280），改广昌县为广晋县，同时，还把鄱阳郡治移至此地。此时的石门街，是郡、县同治，成为皖赣边区域政治经济中心和商旅竞趋之地。一时间，陡增的公廨私房、市井城墙，尤其是那高大而坚固的石筑的城门，成了这座重镇的标识，石门街也因此得名。石门街这种繁华喧嚣的状况一直延续了四百多年，直至唐武德八年（625），广晋县被撤，重新并入鄱阳县，这里才清冷下来。

石门街之所以引起我的关注，是它作为饶州府"通京要道"上的重要门户，曾一度是景德镇御瓷进京的重要驿站。当然这一切，缘于一个人和他的一封书信。

不知从什么时间开始，景德镇的御瓷进京须经饶州府的御署检验方可放行。而该署又设在一百多华里远的府城鄱阳。这就是说，检验完成后，御瓷还得沿浮鄱驿道重返浮梁，再北上桃墅去建德，兜了一个大圈子。老百姓对这种劳民伤财的状况似乎习以为常，虽有明眼人看出了其中的端倪，但也是敢怒不敢言，直到明代嘉靖年间退休在家的江浙布政使汪柏给沈守道写了一封信才得以改变。

汪柏撰写了一篇《上沈守道书》。书中写道："窃见比行，诸公皆自鄱阳来浮梁，然后折往建德，迂回五六日。初疑以为行者之谬，既而询其故，乃鄱阳县苦建德之远，欲嫁其祸于浮梁，妄以浮梁近建德为词，以欺台下之听。其实鄱阳去建德三日，皆通衢；而浮梁至建德亦三日，又崎岖山谷，寄宿民间。乃舍其坦途而驱行客于山谷，甚不便也。"

汪柏的建议书，充分证明了从浮梁经桃墅入建德这条进京之路的存在，也表明，御瓷从鄱阳直接入建德始于此。

经考证，改道后的运瓷线路是，先将御瓷经昌江水运到鄱阳的"高门御署"检验，然后从朝天门出城到石门街，接着进入建德县永丰镇，去大渡口。

对于景德镇御瓷的进京之路，日本庆应义塾大学教授饭田敦子，曾于 2006 年夏天来本地进行过调查，并做出如下判断：明嘉靖至隆庆时期（1522—1572），景德镇御瓷陆运路线，有可能是经过鄱阳县的石门街，然后再通过东流县（现东至县的前身）的永丰镇。御瓷陆运主要是用人工即挑夫进行的。一般是两个人扛一箱，每箱内装一百二十件小瓷器，重五十至六十千克。《督抚江西奏议》中，有隆庆时期运了一万四千多件、一百三十七箱御瓷的事例。"解官"（负责押运的官员）是由瑞州府派来的。饶州府当时除了负责烧造费和派出管理御器厂的长官以外，还要向其他的府和县轮流派出"解官"。这些资料无疑为我们提供了一些御瓷进京的具体细节。

2023 年的夏日，我从景德镇出发，驱车一个半小时，行程六十五公里，踏上了这片古老的、充满诱惑的土地。然而，当我行进在那条平坦而宽阔、店铺林立的大街上，或者是游走在那条所谓的古街上时，忽然有一种怅然若失的感觉。石门街，这个在我大脑里萦回了无数次的古地名，与想象中的模样大相径庭，当年"门庭若市车马喧"的景况，逃逸得难以觅见一丝踪影。

在我近乎有点失望的眼神里，石门街镇铁门村原支书盛年河，在镇档案室为我找来了一本 1996 年 12 月编的《石门街镇志》。按照书里指引的航向，我来到了位于石门街集镇上街的一条河边，寻找那座由宋代兵部尚书黄梦松捐建的"尚书桥"。可是，遗址上只留下荒草一堆，几块残石。

盛支书是个热心人，他带我去参观了据说是镇上仅存的一座古石桥。《石门街镇志》记载："檀溪渡，在渡口村西河段，此处河床较宽，水流湍急，清光绪间重修檀溪桥。"传说，檀溪桥最早建于明代，从桥墩、桥梁的石材看也是完全可以相信的。桥下的河底留有明太祖朱元璋金戈铁马过河时的足迹。只可惜，刚下过一场暴雨，汹涌的河水摧枯拉朽，像一群奔腾野马迎面扑来。见不到桥的全貌，遗憾之情陡然而生。盛支书说，桥很高，平日站在桥上往下看，头会发晕。更遗憾的是，原本的麻石桥面上，已经浇筑了一层厚厚的水泥，并且贴上了地砖。说是在新农村建设中为方便车辆的通行，对石桥加以改造。殊不知，这一改造，方便了群众生活，却让一件存在数百年的文物遭受厄运，不能不让人扼腕叹息。我问："难道就没有其他的替代方案了吗？"盛支书一时语塞，最后无奈地摇了摇头。

18. 永丰一块碑

1

出了鄱阳县石门街，我驱车沿着安徽省道向西北方向的东至县进发。其实，这就是志书上记载的古代"徽饶古道"的路线，是景德镇御瓷的进京之路。它的终点是安庆市对岸的大渡口。

车子在皖南山区的崇山峻岭中穿行。窗外，苍松挺拔，青草葱翠。微风袭过，花香四溢，沁入心扉。恍惚间，我穿越到了四百多年前的大明王朝。一串串骡队，载着沉甸甸的瓷器，迤逦在那盘山绕水的山道上。打破高处岑寂的，抑或是带队骡子的铜铃发出的单纯的调子，或许是骡夫呵斥迟缓和脱队牲口的声音，不然就是那骡夫引吭高歌的一曲古调。

皖南是出了名的多山地区，只要翻开《东至县志》一看就知道，昭潭镇南部与江西鄱阳县为界的那些山，数得人简直喘不过气来：鸭子尖、子母岭、万源岭、蚂蚁峡、大坝山、铜锣形、百年埂、黄龙尖、青山嘴岗等等。虽然徽饶古道山高岭多，溪河交错，道路崎岖，行旅艰难，但这丝毫阻挡不了为了生计，不得不一路奔波的人群。他们或肩挑背扛，或手推牛拉，长年累月，乐此不疲。而这一切大多与浮梁县景德镇的瓷器有关。

从石门街到永丰村这一个多小时、四十六公里的穿越中，我所乘坐的这辆大众轿车停在了昭潭镇永丰村的路边。

2

大概是因为"永丰"这个词语直接表达出国人的一种祈盼心理和美好祝愿吧，在中国的版图上，叫"永丰"的地名不胜枚举。不说远的，如陕西商洛、江苏泰兴、湖南娄底的永丰镇，就是与昭潭镇近在咫尺的尧渡镇就有一个。别看现在的昭潭镇永丰村其貌不扬，离县城也有百里之遥，而且，仅是一个辖十八个村民组，六百一十一户，总人口二千二百六十七人的行政村。但如果我们随意浏览一下当地村民家中那发了黄的族谱，或是县史志办那厚厚的书籍，你会发现，这个"永丰"有着其他同名村镇所不能企及的东西。

比如铸钱。据《文献通考》记载："宋铸钱有四监，池州曰永丰。"这就是说，宋代全国铸钱的地方只有四家，永丰便是其中之一。铸钱的最早时间，《宋史》也有明确的记载："永丰监，太宗初年置。"

有资料显示，宋大观（1107—1110）中，永丰监官铸34500贯。二十世纪八十年代，在东至县内发现了"金银见钱关子钞版"和"金银见钱关子库印"，它为永丰监铸钱提供了实物佐证。

"见钱关子"是指南宋时发行的一种兑换纸币。据史料记载，"关子"原为汇票性质的一种信用凭证，逐渐形成流通中的兑换纸币。后来，因为不能如期如数兑现，所以就停用了。据说，这个"关子钞版"是南宋时期，全国印刷纸币的八块版子之一。它的出土引起了全国乃至世界钱币考古界的轰动。

又如商埠。古代铸钱是一个庞大的生产体系，流程多，工艺复杂，拥有众多设备和人员。这个超大型的国有企业无疑是当地一个超大的消费群体，极大地拉动了内需，促进了永丰市场的繁荣和商埠的繁华与扩张。

当然，促成永丰市场繁荣的还有另外一个因素，就是它独特的交通位置。

明代永丰镇是景德镇御瓷进京驿道的必经之地，那里的驿站，为官府的文书传递、官员来往及护送御瓷进京的官吏、骡夫、车夫等提供歇息、住宿。同时，这条驿道也是重要商道，全国各地的商人在浮梁买得茶后，贩运到江浙地区乃至全国，也多经过此地。因此，那时的永丰可谓是店铺林立，商贾如云，车水马龙，一派繁华景象。今天，我们从沿途的一些地名上，也依稀可见当年的痕迹。木田铺、清溪铺、鸟山铺、政坑铺、小梅铺、黄泥冈铺、茅亭铺。这些村庄绵延数十公里，其"驿道经济"影响面之广、之深可见一斑。

人员流动大，社会关系复杂，管理机构应运而生。朱元璋"日战鄱阳，夜宿兰溪（建德县别称）"的传说，表明建德县战略位置的重要。而行政机构的设立，则显示其区域位置的重要性。成化年间（1465—1487），在知府常显的建议下，英宗允奏，永丰镇复设巡检司。关于这一点，清代宣统二年（1910年）编纂的《建德县志》有明确的记载："永丰巡检司署在县南九十里永丰镇。"

当然，永丰最早设立巡检司的时间不是明代，而是比这还要早八百年的宋代。昭潭徐姓始祖徐春就曾出任过巡检使。据《昭潭徐氏宗谱》记载，宋大观二年（1108），徐氏始祖鼎二公（名春，字仁卿，号松云）因讨贼有功，敕授永丰巡检使，从濠梁（今凤阳）迁来昭潭定居。到了明代，巡检司已经制度化、规范化，具有武装性质，职能为捕盗，维护地方治安。关于巡检司的目的与意义，朱元璋敕谕中有明确阐释："朕设巡检于关津，扼要道，察奸伪，期在士民乐业，商旅无艰。"

3

我之所以愿意舟车劳顿一百多公里，来到永丰这个偏远小山村，是因为这里有一块名为《都御史海公德政碑记》。这块立于四百五十年前的石碑，记录着海瑞这位著名的清官不畏强暴、冒命上书，为建德、永丰百姓减轻苛捐杂税的功绩，也记录着永丰人几百年来对清官廉吏的感恩与期盼。

说起来很有意思，当历史处在一段政令不畅、官员贪赃枉法的背景之下时，"驿道"竟然成了一把双刃剑。一方面，它促进了市井繁荣，拉动了经济的发展；另一方面，它又成了一些贪官污吏疯狂敛财的场所，因而增加了沿线民众的负担。

那个时候，景德镇的督陶官们，奉皇命烧造各种瓷器，经永丰诸地直抵安庆，再经水运达南京。还有，由于南方数省社会动荡，战事迭起，朝廷派往江浙闽广的官吏、部队也取道于此。因而，用"车水马龙""络绎不绝"来形容当时永丰的街道市井是最恰当不过的。

然而，大量的人流，尤其是"官流"，给永丰等地带来的困扰却是巨大的。最大的问题是，沿途老百姓要为过往官车提供粟谷、马料，而且是免费的，这些钱物加起来一年要超过万两白银。还不止于此，一些乡间小吏，巧立名目，逢迎攀附，而由此产生的这些费用也要从民间索取，以致造成"闾里骚然，无一聊生者"。

让人很难想象的是，这繁荣的背后竟然是百姓的民不聊生。

好在世界是丰富多彩的，既有昏黑晦暗的冬夜，也有阳光明媚的春天。明代隆庆三年（1569），著名的清官海瑞（1514—1587）以右佥都御史巡抚应天十府。他在视察江南饶州府时，曾在建德县停车暂住。在目击了永丰诸处民情困顿、艰辛以及备受蹂躏的情景后，他十分气愤，上书朝廷，请求下令停罢"星使驿廪，复行旧制"。得到上方应允后，他立即下令："如故违者，治之有差。"永丰百姓听说这件事后，奔走相告，称海瑞是"青天大老爷"。隆庆四年（1570）夏天，村民为感海公恩德，自发捐资，镌刻石碑，以示永记。

撰写碑记的人是退休在家的本籍人士徐绅。徐绅，嘉靖二十年（1541）进士，曾任兰溪（今浙江省境）县令，官至都察院都御史。史载，他是一个"优文学，善行草"的儒官，平素与海瑞交好，并对海瑞的操守、精神、风骨十分敬仰。海瑞这次的义举再次打动了他，于是他写就了这篇《都御史海公德政碑记》。

4

邓师傅是我进入永丰村考察时认识的第一个人。年纪大约四十岁，职业是开挖机，中等身材，微胖。感觉他的性格就像永丰的辣椒一样，热情、大方、开朗。听说我要去村委会，他二话不说，就在前面带起路来。同样热情的村主任，听说我要去察看"功德碑"遗址，立即派了两位年轻人做向导。年轻人正在踌躇之际，邓师傅开了腔："我知道在哪里，跟我去。"随后，他又说了一句："在我家的祖坟山上。"

我纳闷，功德碑怎么会在祖坟山上，难道邓师傅祖上与海瑞有什么关联？不便多问，我跟着邓师傅七弯八拐出了村，来到一个山坡上。果然，在一座旧墓前看见了一个石碑的底座。邓师傅说，多年前，县里的人将碑抬走了，由于这个底座太重，小车装不了就留下了。后来道路扩建时嫌它碍事，村里就让他用挖机挖出来处理掉。他想，石碑是文物，底座自然也是，埋进土里怪可惜的，于是就将它立在自己的祖坟边保护起来。我想，这也是一种功德吧。

家就住古街边的老支书黄火贵，话匣子一开就滔滔不绝。他指着门口一米多宽、烙着深深辙痕的石板路说，自己做孩子的时候，晚上睡在床上，常常被独轮车吱呀吱呀的声音吵醒。碑原先是立在路边的，"文革""破四旧"时，他叫人暗中藏了起来，后来移交给了县文化馆。两块铸币模子（钱范），"文革"时被打破了一块，另一块被文物贩子盗走。幸好，在北京某拍卖行被查获，移交国家文物部门。支书告诉我，要了解永丰的历史，最好去找秦老师，他可是这里的"百事通"。

秦老师名叫秦正泽，昭潭镇中心学校高级教师，安徽省散文家协会会员，在《中国教师报》《语文报》《京民文苑》《安徽日报》等多家报刊上发表过文学作品，是一位卓尔不群的本土文史专家。令我惊讶的是，他不仅对昭潭人文历史烂熟于心，而且对浮梁的宋代高僧佛印、浮梁李氏渊源也颇有研究。读他的文章，如倾听他的叙说。虽然未曾谋面，但微信让我们早已相得无间。

永丰《都御史海公德政碑记》，俗称"海公碑"，亦称"海公德政碑"，明隆庆四年立。长三尺，宽二尺七，厚五寸。如今，它养在了东至县文化馆的深闺里，也永远地立在了永丰百姓的心坎里。

19. 诗意东流

1

柳絮飞花，烟雨蒙蒙，我漫步于御瓷进京必经之地——安徽东至县东流镇之江堤。忽然，一个峨冠博带、风姿俊爽的名士大夫站在了我面前。他手执经卷，面容潇洒，江风挽起一袭洁白袍角。

关于他，应该还有更多的信息。如今都以印刷体标注在他的下方——我所见到的是一尊立在菊江江堤上的汉白玉雕像。

辛弃疾！一生以收复失地为志，却命运多舛、壮志难酬的南宋词人，就在一个月前，我还曾和他相逢在江西铅山县的河口镇——一个景德镇瓷器漂洋过海的重要中转站，那个"仗剑走天涯"的形象至今还显现在我的脑海里。和他的再次相遇，是个意外的惊喜。细看雕像底座上的文字我才明白，原来，辛弃疾在东流，留下了一个遗失的爱情故事。

淳熙五年（1178），风流倜傥的辛弃疾卸任江西安抚使，前往临安就任大理寺卿，取道东流。在繁华的集镇上，结识了一名女子，春风一度。但皇命在身，行色匆匆，只能灞陵一别。第二年，痴情郎再次来到这条街上，欲重温旧梦。众里寻她千百度，却再也没能见到这位女子的身影，不禁暗自叹息起来。他想，即使日后重逢，但人如镜花，事如春梦，旧情不可能再续了，因为韶华已逝。如果她问我，怎生如此多白发，又将如何应答？"旧恨春江流不断，新恨云山千叠。"在这种旧恨新愁的煎熬里，辛弃疾留下了千古名唱《念奴娇·书东流村壁》。看来，这个驰骋疆场的硬汉、豪放派词人首领，竟然也是一个儿女情长的多情郎。

行走堤上，我突然有了一种清新明媚的感觉：东流，一个充满诗意的古镇。

东流的诗意，洋溢在这个烟波浩渺的菊江之畔。

"沧江百折来，及此始东流。"北宋诗人黄庭坚，眺望着滚滚长江曲折而来，并由此向东流去的情景，于是在《丙申泊东流县》中吟出了这样的诗句。

其实，黄庭坚并非诗写东流的第一人。史载，唐会昌（841—846）初，在原"和城县"县治，建有"东流场"，这大概是东流县建置之前的一个行政机构。场名就出自一位佚名者的诗："大江曲折来，到此始东流。"于是，当时的江州彭泽县便有了一个"东流"的地名。南唐保大十一年（953），东流场被升格为东流县。

当然，东流诗意的源头远不止此，它早已流淌在了六百年前的陶渊明菊花诗里。一句"采菊东篱下，悠然见南山"，让陶渊明成了当之无愧的"菊仙"。他在任彭泽县令时，曾寓居在有着菊乡美誉的东流，种菊、咏菊、饮菊花酒成了他人生三大乐事。东流由此有了"菊所""菊邑"等史诗般的名称。

2

我想，东流的诗意，就烙在魅力独具的老街上。

虽然，岁月让无数的老街、名镇褪尽了历史的容颜，但是，徜徉在东流老街上，却宛如在欣赏着一股清泉、一首悠扬而古老的歌谣。"前店后坊，闺阁深藏"，让我感觉老街房屋布局精致完美，"青砖小瓦马头墙，朱角飞檐鱼悬梁"，体现的是徽派建筑精髓。汪家、金家、高家、安家、李家、鲍家、杨家、周家大屋，子母井、炎帝庙、马号巷，四百六十余米街道上，簇拥着八百多幢这样特色鲜明的老宅，令我感叹不已。要知道，这些斑驳、沧桑的古建筑，可是东流镇当年作为景德镇御瓷进京的重要节点的历史痕迹。东流镇当之无愧地挺进了中国历史名镇名录。

在辛弃疾曾经寻找"镜花"的这条老街上，比他早一百年的宋神宗赵顼也曾在这里寻找过春梦。"马号巷"，原名瓦子巷，位于东流老街中段，南北走向，巷道虽不长，但历史悠久，名气不小。传说，一年元宵节，宋神宗赵顼南巡至东流，逡巡在这条街上。他一边观赏着舞长龙、耍狮子、跑旱船、敲腰鼓等风俗表演，一边品尝着米饺、麦鱼和葛公豆腐等美味佳肴。姚太守见皇帝有些乐不思蜀劲儿，而马匹却在露天场子里受冻，于是就命人在巷子里临时搭建了数个马棚，停车系马，后人便称之为"马号巷"。

街上有一幢建筑有些与众不同。光洁的拱门，粗硕的门柱，白色大理石，里面却是雕龙画凤，廊腰缦回，檐牙高啄，美轮美奂。一看就知道，这是一幢中西合璧的房子。引起我驻足观看的是门前的一副对联：百折长河矢志不渝东流彭泽开天地，千年陶冶田园诗韵秀峰天然伴菊江。对联将古镇的诗意做了一次高度的凝练。

3

"大江东流、至德至善。""人文诗尧、至德至善。"

我在东流老街口宣传栏里看到的这两句广告语，是东流诗意与文化高度浓缩的结晶。透过它，我似乎看见了"东流古文化区"这部诗作跳动的灵魂：陶公祠、天然塔、秀峰塔、东流古街，像一个个音符鲜活跳动；菊花节、花灯节、庙会，这些流传千年的诗意力透纸背。

对于这些充满诗意的文化，中共东至县委党史和地方志研究室主任姚北生感触最深。

我和姚北生可以说是一见如故。这大概缘自我们有着相同的经历、做着同样的工作。

造访的时候，他从桌上的书墙内探出半个脑袋来，眼镜滑到了鼻尖上。听我自报家门后，他的第一句话是："我知道你。"也就是这样一句话，一下子把浮梁与东至一百多公里的距离归了零。说是几年前，在东至县花园乡《冯氏宗谱》里，看到我写的一篇序言，一下就记住了我的名字。他像一个出色的品鉴师，诱着、导着，让我尽情地享受着东流古文化区这道文化大餐。

坐落在牛头山上的陶公祠，青砖小瓦、翘角飞檐，四周被菊花、绿树、翠竹环绕着，曲径通幽。大厅里矗立着陶渊明的塑像，恰如诗一般清逸、高雅。

祠正门两边的对联给我留下了很深刻的印象：

逢盛世定不作桃花源记，遇明君哪得赋归去来辞。

两句大实话。它不仅囊括了陶公生前留下的两篇脍炙人口的代表作品，也揭示了诗人对人生际遇的思考。

据说，镇北回龙山上的"天然塔"与镇南牛头山上的"秀峰塔"的建立，是当年人们基于改良风水，振兴文风的初衷，彰显渴望早出人才，以振家邦的良好愿望。伫立塔下，古韵扑面而来。我轻轻抚摸着一块块古朴斑驳的塔砖，心中就不由得涌起厚重的历史感。斗转星移，时光流逝，如今双塔虽经千年风雨侵蚀，但风骨不改，仍孑然耸立，巍峨凌空。依塔放目，现代气息浓郁。不远处新颖华丽的楼群，错落有致，与双塔相得益彰。风格迥异的建筑，带来新的视觉冲击，也不失为别具一格的风光。

4

车子行进在东流至东至县城快速道上，望着夕阳下的滚滚车流，我在想，东流的诗意，回荡在这滚滚的车辙之中。

东流古县，地处长江皖江段南岸之首，为安徽省西南门户。长达八十五公里的长江、四十五公里的驿道，在狭长的县境上结伴东行。

明王朝是我国封建经济高速发展、专制主义中央集权进一步强化的时期，也是我国封建社会交通路线发展的重要阶段。农民皇帝朱元璋，深知交通运输畅通是国家命脉这个道理。他定都南京后，立即下令全国，修复道路，整顿驿传。因此，"各处水马驿站、递运所、急递铺"建设蜂拥而上。

作为南直隶的安徽省，水陆交通自然为重中之重。于是，原本一马平川的东流至大渡口的驿道，土路立即改为石路，全然没了旧路"尘土积三尺，雨雪泥没股"的光景，被修整得无异于今日的高速公路。南来北往的马车、骡车、鸡公车、大板车川流不息。车辙声、马夫骡夫的脚步声、吆喝声以及道路两旁的叫卖声，交织在一起，犹如一曲多彩、美妙的协奏曲。

不由得想起了杜甫《兵车行》的诗句来："车辚辚，马萧萧，行人弓箭各在腰。耶娘妻子走相送，尘埃不见咸阳桥。"

所不同的是，一个是为保家卫国征战沙场，一个是在繁华的丝绸之路上抒写着壮丽的华章。

20. 烟雨雁汊

1

据说，两百年前最浪漫的邂逅就发生在这里。一双走街串巷的大脚丫，一副满满当当的酱货担，竟迟疑地停了下来。那泓粉色的浅笑，骤然间令年轻的胡兆祥热血沸腾。黄酱王子与豆腐西施的爱情故事必然会成为传奇，他们相遇的地点，那个南飞的大雁聚集的地方。从此，徽州胡氏酱业世家，与雁汊甘氏豆腐名坊，珠联璧合，"胡玉美"酱坊园让雁汊的烟火更加飘逸，更加诱人。

烟雨弥漫的雁汊镇，不仅是皖江重镇、东流县的交通要道，也是古代徽州、饶州通往安庆的重要渡口，景德镇所造的御用瓷器，皆由此渡江，流向古都南京，或涌进运河，散遍全国。

太平天国硝烟笼罩在皖江两岸，部队酱菜的海量需求，使得酱坊园的青花瓷缸俨如出征的队伍，也使得雁汉的烟火味风靡世界，诱得太平洋彼岸的巴拿马人，馋得将一块金牌，贴到"振风塔"蚕豆辣酱的包装袋上。

最早从烟火味中品出雁汉诗意的是陆游。这位旅游达人，历时五个多月，足迹遍布现在的浙、苏、皖、赣、鄂、渝六省市，在入蜀途中邂逅大渡口。

那是一个淡淡炊烟、霏霏细雨的夜晚，春风拂面，芦荻微微。在一阵犬吠声中，船丁捧回了一袋珍馐美味。陆游，这个存诗九千多首的南宋爱国诗人，正一边品着清醅酒，一边欣赏着窗外雁汉的景色。虽是停泊在江渚，但这和林中的居所又有什么不同呢？一时间，诗人灵感迸发，立时从行囊中取出纸笔。如行云流水，似云烟变幻。顷刻间，一首《雁翅夹口小酌》书就。然而，陆诗人仍意犹未尽，在其厚厚的《入蜀记》中又补充了与诗句截然不同的文字："过雁翅夹有税场，居民二百许家，岸下泊船甚众。"仅仅寥寥几笔，就给大渡口增添一抹历史与文化的厚重。

然而，我更欣赏的还是岳珂的那首《过雁汉》。岳珂，是岳飞的嫡孙，南宋文学家。他经过雁汉的时候，此地已是一个人如潮涌、蔚为大观的港口。

"骈集千艘岸，喧拿百吏声。黄旗优仕贾，白夺羽困商程。吴楚方忧蹙，研桑谩计赢。坐观还一笑，关市古无征。"我欣赏《过雁汉》，是因为它像是一幅全景图，又像一台显微镜，将雁汉的景致与旅人的心境描写得淋漓尽致。

许多渔船聚集到雁汉处停泊，夜晚星火点点，炊烟渔灯倒映在江面，景色美妙无比，雁汉渔灯的景致吸引了无数文人墨客前来打卡吟唱。

诗以雁汉为背景，通过对船只停泊、百吏喧嚣、官商困境和自己的思考等场景的描绘，表达了诗人对社会现象的观察和对人生境遇的思考。

2

上面的两首诗里，都包含着一个烟火味极浓的词语："税场"与"关市"。宋代，南方的经济异军突起，体量远超了北方，成为国家经济支柱。而为其源源不断输血的，就是那分布在南方各地的"税场"与"关市"。

雁汊镇，不仅是皖江重镇、交通要道，也是通往安庆的重要渡口。景德镇所造的御用瓷器，"必取道由雁汊渡江"。无论是"雁汊"的"税场"，还是后来之"大渡口"，浮梁之茗和景德之瓷，都是其大宗商品和重要的税源。

大渡口真的很大、很宽，尤其是站在这个烟雨朦胧的江堤上，大渡口更显得空旷与浩瀚。隔江相望的曾是安徽省的首府，明代的陪都。从大渡口下行两百余公里便是南京。在这个"六朝古都""十朝都会"的身上，至今依然残存着大渡口的印记。陈后主诏运的"昌南镇陶础"、明主朱元璋诏建的南京城墙里的景德镇白砖，无一不是从这里经过。

经过长途陆路奔波的商旅，到了大渡口，就可以放松身心，享受江水的抚摸。如果遇到恶劣天气，既愁坏了商人，更愁坏了督陶钦差。于是，大公馆应运而生。

我面前的这幢建筑，两层，红琉璃瓦，翘角。主人介绍说，有两百六十多年历史。见我们在昏暗下察看碑文，主人从房间取来一卷拓印，我们喜出望外。正当我们摊开拍照时，七旬老人又掩了起来，半是玩笑半是认真地说："给你们看可以，但是，你们要是有了什么成果，可不要忘记了拿一份来这里补礼。"我内心记住了这并不过分的要求。

碑上记载，此屋建于乾隆二十一年（1756），由安徽巡抚高晋率部捐资。目的是方便朝廷官员及其僚属因为日暮，或者风高浪急不得津渡，到此待渡停骖，安身歇马。俗称"大公馆"。称渡口为大公馆渡口，后人简称为大渡口。

沈世枫便亲历过这样一次待渡过程。

乾隆二十三年（1758）十月六日，身为贵州布政使的沈世枫，途经大渡口。大风，不得达皖城。幸江馆新成，遂止宿焉。

皖江南岸冬夜，白雪皑皑的野外，一片银光。安庆振风塔的风铃声如江涛一浪一浪地唱响，旋律优雅和美。一丛丛芦苇秆挂满冰溜，顾长如剑。在芦苇丛中，一盏盏明灯照亮了大公馆，给江南雪夜孕育着深冬的生机，可比"雁汊渔灯"之景观。热情好客的江南人早已端上饭菜和酒水，在柴火烈焰的炉边，沈世枫搓着渐暖舒展的双手，与借宿的客家推杯换盏，几口酒水下肚，全身暖流升腾，顿时忘却来时的困惑和迷茫，早已忘记了人在他乡。结识新友抒发感怀，或吟诗亦高歌，就连馆外的一群大雁飞过屋顶，也浑然不知。这一夜，大公馆的灯亮了好久，抑扬顿挫的歌和诗赋传到好远好远。

沈世枫在大公馆里酒足饭饱，写下了脍炙人口的《三叠喜雪韵》："咫尺金塘一水遥，噎霾天气客魂销。雪迷野岸寒尤劲，风压江涛晚更骄。新馆落成欣有托，红炉手拨破无聊。明朝小息冯夷鼓，一霎轻浮五石瓢。"

第二天上午，大公馆馆主到沈世枫的房间收拾检点，忽然发现，洁白的墙壁上出现一首《三叠喜雪韵》诗。笔锋飘逸，如行云流水，字体既有大气洒脱之风范，又有小家碧玉之美感。谙通诗文的馆主大悦道："好诗，好诗！"他急忙推开馆门，想挽留住诗人。只是人已远去，雪地里留下的是一串深一步、浅一步的脚印。馆主只好对着空旷的渡口喊道："沈官人好走，一帆风顺！"声音久久回荡在大公馆上空。

馆主非常珍惜这首诗，他特地选来一块上等石材，请来一位石刻大师，将这首诗刻在了碑上，也铭刻了一段文人佳话。

3

给我讲述这段故事的马民新先生，是大渡口镇社区一位"70后"干部。他既是一位文学爱好者，省作协会员，曾在省市报刊及文学公众号上发表了不少文学作品，还是一位地方文化学者，对东至周氏文化颇有研究。初识马民新，他的一口江淮官话，给了我一记闷棍。仅是弄懂"雁汉""皖江""公馆""红楼"四个词语，我就费了一番周折。

在狭窄的老街巷道款款而行，迎面而来的圆角楼、抱鼓石、麻条石，仿佛让我踏入晚清民国小镇。

街巷里餐馆很多，那些挂在门边的林林总总菜单，一下把我拉进雁汉烟火深处。我随手拍下几个菜馆的几道菜名：川友耗儿鱼的"干烧耗儿鱼"，同园仔的"姜鱼""跳磴芋儿鸡"，隆记江湖菜的"干烧鲫鱼"，红厨食府的"酸菜黄焖鸡"，满天星江湖菜的"酸菜鸭血酥肉汤"，拍得我垂涎欲滴，直吞口水。

似乎能听见它的脉动声，或人流汇集的喧嚣声，或大江潮涌的涛声。

"皖江南岸是吾乡。老街的前世今生已嵌入了我的生命。"这是马民新一篇文章里的话。

站在老街中央，远眺耸立在江北安庆城的"振风塔"，马民新说："雁汉人与安庆老省城有着难以割舍的情怀。即使是现在，挑着蔬菜过江去卖的菜农，依然说是'去省城'。"

"别看老街破旧，其貌不扬，却收藏许多名人的故事。张恨水，青年时期曾挑着父亲从山里采来的中草药在这条街上叫卖。因此雁汉沙滩、芦苇荡、鲜鱼肥草，还有自由翱翔的大雁，这些童年记忆中的景物，就常出现在他那些著名的章回小说里。抗战时期的陶行知，曾在老街边上的'省立第十一小学'讲学，就是在这里，通过对农村教育的观察与分析，他提出自己著名的教育理论：'最好的课堂并不是在学校、在教室里，而是在校外、在生活里，一种顺应孩子天性发展的生活教育，才是教育的最终归宿。'"

我感觉，让马民新最称道的是那座位于解放街84号的"红楼"，它与对面的安庆振风塔遥遥相望，默默守候，藏在了岁月里。

一百多年前，孙中山在《建国方略》和《建国方略图》中多次提到安庆，并精心构思安庆与南岸的大渡口建成"双联市"的计划。孙中山认为："安庆附近富农产矿产，接近六安之大产茶地，其南岸又接近皖南、浙西，亦大产茶区地。若能建设完备，则此双联市必将为茶市中心与工业区，与芜湖米市中心同臻极盛。"

1922 年，为策应临时大总统的建国方略，南京临时总统府秘书刘贻燕在大渡口创立安徽省立工业专门学校，以培养急需人才。学校设土木、电气、机械三科，配备了发电设备及相关机械。时任安徽省省长的许世英，带着省府官员来到这里。当看到小镇街头巷尾，店铺林立，人流如潮的景象后，不禁连连夸赞。他兴致勃勃地考察了安徽省立工业专门学校建设情况，并参加教学楼竣工典礼。他在一对点燃的红烛前焚香祭拜。没人知道，此时此刻，这位后来成为民国总理的达人在祈祷什么。祈祷学校多出人才、出好人才，祈祷安徽人民风调雨顺，祈福民国大同、社会安康？

随后，许世英接见了建设工人，给每人分发了两块银元，并发表了热忱洋溢的讲话，希望学校早日竣工，早日开班施教。

然而，事情并没有按照人们设想的方向发展。在国家时局动荡、内忧外患的背景下，学校开办不久，几经改名，几度降级，最后，学校竟然成为侵华日军的大本营。昔日那百舸争流的大渡口，那条景德镇御瓷进京的重要通道，变为一片死寂空间。

据说，眼前的这座"红楼"，是专门学校的代表性建筑，它是首任校长、毕业于英国格拉斯哥大学的刘贻燕先生倾心之作。整体呈欧派的设计意念与格调。屋顶上开有五个天窗，艺术墙体凹凸有致，屋面、支柱都是酱红色彩，中西合璧，古朴典雅。虽然历经风霜洗礼，但在夏日阳光映射下依然活力盎然，大门上方的那只飞鸽依然健硕飞翔……

曾经，我们对"洋器"的认识发生了偏差！以为就是那些充斥近代中国市场的舶来品。其实，源源不断涌进"丝绸之路"的瓷器才是它的本真。

"行于九域，施及外洋。"大洋彼岸超强的磁场，让"天外来客"们冒着极大的风险，甚至付出生命代价，漂洋过海来到中国贩运景德镇瓷器。他们身上"岁无定样"的订单，像魔法一样，令那些"驳运"工们，长年累月，风餐露宿，心甘情愿地把忙碌的身影留在码头上，河道边，驿路中……

21. 青花的诱惑

2005年夏日的那个早上，天气晴朗，风平浪静。家住福建平潭一个小渔村的宋小海跟着父亲一大早就出了海。他撒网捕鱼的地方叫"碗礁"，离家有二十几海里。收网的时候鱼没打上几条，却捞上来一团海蛎。他漫不经心地掰开一看是只瓷碗。他又用毛巾擦了几下，发现这只瓷碗，不仅质地很好，而且这白底青色花纹是那样异常地美丽。他想起了课本里那句"温泉水滑洗凝脂"来。瓷青花的魅力驱使他再次将网撒下，结果，又带上八九个。他想，这些瓷碗虽然不值钱，但是看看舒服、喜欢，就带回去放在家里用吧。

何曾想,邻居们一传十,十传百,都说这些瓷碗年代久远,肯定是个稀罕之物。于是,"海底有宝"的消息不胫而走。渔民们纷纷奔向"碗礁"打捞,也每每有所收获。这时,文物贩子也像苍蝇一样从四面八方蜂拥而至。

开始,宋小海拿出一只碗,文物贩子痛快地给了他五百元钱,他高兴地收下,心想,就是打上两三天的鱼也不一定有这个收获。第二天,文物贩子又来了,开价一千,宋小海抵不住诱惑,又拿出一只。宋小海拿着那厚厚的一沓钱又想,既然这碗这么值钱,何不自己去市上看看。那天,他怀揣着一只碗来到古玩店里,结果,店主给了他五千。后来,他又去了另一家店里,谁知道,同样的碗,店主竟然给了他一万。他蒙了。从此,他再也不轻易出手了。一时间,平潭文物市场像炸了锅似的,一只碗竟然卖了六万元。

此事引起了国家文物部门的重视,他们立即组织专业队伍对事发地进行保护、调查与打捞,并命名为"碗礁一号"工程。谁知道,这一打捞,一共发掘文物多达一万五千多件。专家推测,连同失散、被盗、被毁的,这艘沉船的瓷器估计至少在五万件以上。专家从胎质、釉色以及那带有地中海沿岸风情的花卉图案来判断,这些青花瓷器全部来自三百多年前的景德镇,目的地是欧洲市场。

然而,更大的惊喜来自南海深处。"南海一号"是一艘南宋初期的海上木质沉船,2007年12月,被整体打捞出水,是目前发现的年代最早、船体最大的古代沉船。沉船位于广东阳江海陵岛十里银滩西侧,这里是古代海上"丝绸之路"主航线。这艘船上总共发掘出土文物十八万余件,仅瓷器就达一万三千多件,汇集了宋代著名窑口的陶瓷精品,而由北宋景德镇独创、有着"瓷中之玉"美称的影青瓷,在这里就有她妩媚多姿、永恒的身影。

22. 天外来客

三百年前的亚当·斯密预言，有需求就会有市场。商旅们之所以冒着极大的风险，甚至付出生命代价，漂洋过海运送这些瓷器，自然是太洋的彼岸存在着一种超强的磁场。为这种磁场推波助澜的是十四世纪的一位意大利旅行家、商人马可·波罗。他在中国神奇般地任官十七年，得到了元世祖的宠爱。1269 年他回意大利时，带走了不少中国的器物，其中就有元世祖送给他的产自景德镇的名贵的青花瓷器。马可·波罗给他的国家展示了一个神奇而富裕的东方，一个令欧洲为之着迷的中国。他生活的时代，欧洲还不懂得制造瓷器，因此来自神秘东方的精美瓷器对欧洲王公大臣来说无异于是"天外来客"，十分稀少和珍贵，也让他们感到不可思议。由此掀开了欧洲上层社会对中国景德镇瓷器的喜爱热潮。

相传古萨克森选帝后，曾用四队近卫军与邻邦普鲁士国王交换十二个巨大的中国蓝白花瓶，从而创造出世界外交史上的一桩奇闻。如今，这些价值连城的大花瓶，依然陈列在德国德累斯顿博物院，被称为"近卫花瓶"。

法国路易十四时期，有很多位皇帝、皇后都陶醉在东方情调的中国瓷器艺术之中。路易十四和他的夫人曼特农甚至在中国为自己定做了一座二十二厘米的夫妻瓷塑像。这个路易十四夫妇的瓷塑像，身穿用中国丝绸织锦做成的中国式服装，还有一个表示吉祥的"寿"字，两人手舞足蹈，似乎是在载歌载舞，表现了他们兴高采烈的神情。为了更好地收藏中国瓷器，路易十四开始在凡尔赛宫修建了著名的"托里阿诺宫"。在修建时，这位帝王让设计师按照南京瓷塔的风格来设计这座宫殿，并用带彩釉的陶砖覆盖。在建造完成后，这座具有独特的中国建筑艺术风格的宫殿，让热爱中国瓷器的外国人疯狂了，都络绎不绝地前来观赏，大家为之赞叹不已。"托里阿诺宫"也因陈列路易十四珍藏的中国瓷器而驰名天下。

据《浮梁县志》载："景德镇陶器行于九域，施及外洋，利济天下。"而这些外销瓷有相当一部分是按照订货合同，根据国内外市场的需要而特地生产的，特别是欧洲市场，因此，《景德镇陶录》云："洋器，专售外洋者，商多粤东人，贩去与洋鬼子载市，式多奇巧，岁无定样。"所谓"岁无定样"，也就是每次生产的种类、造型、装饰都要根据欧洲市场的不同需要而特制。

元代，景德镇的青花瓷已较多地销往阿拉伯地区，走的就是由汉代张骞开辟的丝绸之路。瓷商们将沉重易损的瓷器，从内地运至边境，再经新疆进入中亚细亚的沙漠和草原，然后翻山越岭到波斯，再到地中海。沙漠中传来的驼铃声，与山道上推车的吱吱声，形成了千年丝路的交响曲。

明代海禁开放以后，风沙弥漫、路途艰险的丝绸之路，已经不能满足西方市场的需求，商人们不得不打通一种新的通道——海上通道，源源不断地运送瓷器，以填满君主们的欲壑。这种海上通道，被二十世纪六十年代的日本古陶瓷学者三上次男命名为"陶瓷之路"。也有人将这条海上商路称为"海上丝绸之路"。

23. 驳运大庾岭

大海里行船，远渡重洋自然是凶险的。但是，要将景德镇的瓷器运送到海边码头，同样也是千辛万苦。

景德镇是一个内陆小镇，境内除了一条通往鄱阳湖的昌江可以通过中小型木船进行水上运输外，周边都是要越过崇山峻岭的山路。

景德镇瓷器出口多选择广州、宁波、泉州和漳州码头，运送的方式多种多样。有的采用水运＋陆运＋水运模式进行，有的则选择陆运＋水运＋陆运交替使用。经考察，运输的线路主要有三条：大庾岭线、河口线和三里街线。

千年江水，万里茶道，传颂着景德镇瓷器的风流与传奇。

公元 1745 年 9 月 12 日，早晨，天朗气清，离开瑞典两年半的歌德堡号满载着从中国采购而来的商品正向母港歌德堡徐徐驶来。岸上的亲人们已经看到哥德堡号那时隐时现的帆影，开始雀跃着，舞动手里的鲜花，而船上的青年船员搬出整箱的香槟酒，还有一千来米，九百米。突然传来一声巨响，哥德堡号突然撞向海底暗礁。哥德堡号顷刻间沉入了茫茫的大海。八个月前，歌德堡号从广州启航，这是它的第三次中国之行。船上装载着大约七百吨价值 2.5 亿至 2.7 亿瑞典银币在中国采购的商品。二百四十多年后，人们从沉船上打捞出三十吨茶叶、八十余匹丝绸、四百多件完整的瓷器和九十吨瓷器碎片。

这些瓷器大部分具有中国传统的图案花纹，少量绘有欧洲特色图案，显然是当年歌德堡号为特定客户专门订购的"订烧瓷"。专家判断哥德堡号装载的瓷器均为乾隆时期景德镇烧制的外销瓷。后来，人们将这些商品运往市场拍卖后，支付完哥德堡号那次中国之旅的成本，居然还获利一万四千九百美元。

广东的景德镇瓷器贸易史最早应追溯到宋代。宋开宝四年（971），朝廷在广州设市舶司。南宋之后，荷兰人到泉州贩运瓷器到欧洲，价格与黄金相等，且供不应求，广东商人看到了这个厚利，就纷纷到景德镇贩运瓷器到欧洲和西方各国。

景德镇瓷茶从广州口岸出海的历史最长，自宋至清经历八百多年。鸦片战争后，按照《中英南京条约》开放广州、厦门、福州、宁波、上海为通商口岸，汉口茶市衰落，上海迅速发展成为中国对外贸易中心，景德镇的瓷茶逐渐由南下广州转为经长江东出，到上海口岸出海。

大庾岭，北起江西大余县南安镇，南至广东南雄市雄州镇，陆路四十五公里，此连章水入赣江航道，南接浈江入珠江航道。

景德镇瓷器和浮梁茶叶由昌江进鄱阳湖，沿赣江溯流而上，到赣州大余县南安镇码头上岸，再雇挑夫一担一担、挥汗如雨地翻过由唐代张九龄指挥开凿的大庾岭山路，然后在广东北江，顺水船运抵达广州。这一条线路主要销往东南亚，或经马六甲海峡去南亚、西亚、非洲和欧洲。当年哥德堡号上的瓷器与茶叶都是从该路运送的。

宋余靖《渑水馆记》载："故之峤南虽三道，下渑水者十七八焉。"自唐至明清，最盛时梅岭道上每天来往古道力夫不下千人，"商贾如云，货物如雨"（《南安府志》）。运输的货物主要是北上的食盐，南下的瓷器、茶叶等。

由于食盐较重，故按重量计酬的运费高，而瓷器、茶叶轻，运费也低，造成南雄挑夫收入高，而大余挑夫收入低。关于这一点，明代张弼作《梅岭均利记》有证："盖北货过（岭）南者，悉皆金帛轻细之物。南货过北者，悉皆盐铁粗重之类。"

为此，梅岭挑夫经常发生纠纷，甚至械斗，地方官员多次调停纷争都没有结果。明成化十四年（1478）冬，南安知府张弼与南雄知府江璞想了一个绝妙的办法："驳运"。就是在大庾岭南面的驿道中间设立一个中转站，并签订了一份《江西广东两省货物中途驳运协议》。协议规定，南北货物运输均在此互换转运。这样，绵延多年的南安、南雄两地搬运纠纷一下得到了解决，这是一种智慧的力量，是一件为民解忧的明智之举。

24. 装不尽的河口

1

壬寅仲夏，午后，我独自在河口古镇的江边走着。宽阔的河面，清亮的河水，粼粼的波光，让我忘记了那烈日炎炎的天气。河的对面，四五座圆秃的山丘一个挨着一个，像狮子蹲在岸边。远望处，几片云彩在连绵逶迤的武夷山上游弋，天游峰若隐若现，犹如一幅极富诗意的画卷。

我对铅山这个位于江西省上饶市南部的山区小县十分陌生，甚至连它的名字也没弄明白。从史料上看，这个县自古产铅，境内有座铅山，因而取名铅山县，这好理解。但"铅山县"之"铅"为什么不读矿物质上的"qiān",却读了一个八竿子够不着的"yán",令人费解。据说,汉语词典的编辑们为当地人这样一个习惯读法,开了一个特例:"铅"字在作地名时读作"yán"。

铅山之所以引起我的关注,是因为其境内有个与景德镇齐名、拥有"八省通衢"美誉的明清古镇河口镇。据《铅山县志》载,明万历年间,河口镇已是"而百而千,成邑成都,舟车四出,货镪所至,铅之重镇也"。到了清乾隆年间,河口商业繁华更盛。货物来自福建、四川、两广等地,人夹杂浙、淮、扬州等地口音,夜里无数船舶停靠在码头,船上的灯火点亮了信江两岸。清代诗人蒋士铨在《铅山》中这样描述:"舟车驰百货,茶楮走群商,扰扰三更梦,嘻嘻一市狂……"

然而,作为一位来自景德镇的游者,我更想知道的是,河口人,是如何将千回百转的信江变成海上陶瓷之路通衢的。

在一古码头,遇到一垂钓者。年纪七十上下,童颜鹤发,面容清癯,自叙:世居本地,船夫后裔。老人很健谈。他说他爷爷和父亲都是靠撑船为生。他坐过爷爷的船。船长约十四五米,宽约两米五,因船身像鸭子尾巴,当地人称为"鸭艄子"。船头部高而宽,船中有四个舱装货,驾驶室在船尾,第三舱两边有桨柱挂桨,三、四舱交界处有竖桅杆的根,这样顺风挂帆,逆行划桨。别看船小,下水的时候,可以装茶叶两三万斤。

老人告诉我,下水装的多半是茶、纸、铜,还有大米、油与黄豆;上水装来的大多是烟、糖、酒,还有布匹、服饰和煤油。有时也从鄱阳湖的中转站里运来景德镇瓷器。这些瓷器经脚夫挑过分水关后到达闽北崇安县的洋庄村集中,再船运至福建泉州。

从河口至鄱阳湖有一百多公里水程。下水时中途必须住两晚才能到达。返程水小的时候得走五天,水大时要走一个星期,涨水时得停泊滞留。船工一般都结伴而行,几条船一起走。回程上滩时,两人在船上把握方向,同行船只船员协作在岸边拉纤。因此,他们只有抱成团,拧成一股绳,才能吃得了这口饭。

行船也是极不安全的事。信江多处山岩耸峙,水流湍急,船毁人亡之事时有发生。在动荡的年代里,船匪河霸劫船之事也屡见不鲜。大家在一起,一船有事大家帮,篙头、船桨、渔叉都是武器,有的还备有土铳。船夫的生活也是艰苦的,他们拉纤时常常是裸体的,上岸时,也只是用毛巾围一下。

听着老人的叙述,我在想,原来这"装不尽的河口",这"九弄十三街"的繁华,竟是这些船夫们淋着雨水,滴着汗水拉来的!那沉睡在南海沉船里的青花瓷,也肯定被河口镇的船夫们那苦涩的汗水浸泡过!

2

次日清晨,我驱车来到了老人说过的分水关。

太阳初升,云朵仿佛从山洞里袅娜着开始升腾,向山间飘移,渐渐地组成一幅气势磅礴的浩浩长卷。

分水关,古代江西铅山与福建崇安武夷山之间八大雄关之一,也是景德镇陶瓷海上之路必须逾越的重要关口。清同治版《铅山县志》载:"分水关,去县东南八十里,其水一南流崇安,一北流铅山,故名。"《铅山乡土志》亦载:"闽省出入,咽喉属铅。七关扼险,八寨备边,漫有阃府,警报烽烟。武帝征闽,关道始辟。"两千年的风风雨雨,现在,它依然坚韧地站在时光里,如凿刻在悬崖石壁之上的沧桑文字。

虽然山势险峻,道路崎岖,但关口两边的铅山人、崇安人似乎就是为了战胜这些险阻而生的,也从来不把它放在眼里。他们逡巡在这条古道上,成为一支独特的运送瓷茶的大军,当地人称之为"挑崇安担"。一位护路工人告诉我,古时,马过分水关时,主人会用稻草编织成草鞋给它套在蹄上。就在三十年前,在分水关山顶那段崎岖的公路上,有当地村民自发地当起了代驾司机,好让外地车辆平安下关。

分水关下的武夷山市洋庄、下梅村,自古就是闽北茶叶的集散地。"崇安担"们挑着茶叶沿着古道行进四五十公里过分水关,再又行进同样长的路程到达铅山之永平,再将茶叶船运至河口集中,然后经信江到鄱阳湖，过九江、汉口、张家口，越过蒙古到达俄罗斯。因此，河口又有了"万里茶道第一镇"之誉。

车在云雾缭绕的盘山公路上行驶，一个画面突然映入了我的眼帘，令我不得不停车驻足观看。山谷右边，古道、盘山公路、铁路贴着山体蜿蜒起伏；山谷左边，高速公路及高铁飞架而过。五路并行，蔚为壮观。这是一幅生动的历史交通图！

小河悠悠，古道千年。而从公路、铁路到高速公路，再到高铁，仅仅用了几十年！分水关记录着一个任何人都难以估摸的时间变量！

垂钓老人的话，在我脑海里勾勒出一条清晰的路线图来。

满载着景德镇瓷器的小船由昌江入鄱阳湖，进信江逆流而上，抵达上饶铅山的河口镇，再雇人力挑过分水关。到达晋江上游即福建武夷山市洋庄乡大安村。然后，瓷器上船后顺水而下到达泉州、漳州。这一条冲向东南方向的瓷器主要销往东南亚或经马尼拉远销美洲。这也是一条景德镇瓷器的赶海之路。

3

在河口，我读到了朱熹的一首《题分水关》诗："水流无南北，地势有西东。要认分时异，须知合处同。"这首诗不仅从客观上真实地写出了分水关的自然景观，更有意义的是诗中饱含鲜明的哲学思辨观点。

那是朱熹刚参加完"鹅湖之辩"后途经分水关时写下的。多日论战，虽然身心有些疲惫，但决胜之快意犹未尽。他驻跸于这突踞于闽赣两省的漫道雄关，观察两面分水：流入东面为闽水，流入西面为赣水。咫尺天底下，看云卷云舒，听涧水交响，顿感心悟，即成此作。彼时，四十五岁的朱熹的哲学思想也进入了"不惑之年"。针对陆派哲学观点与自己哲学观点的不同，在"一水分二"的峻岭上有感而发。诗中所云的"水流""地势"不正代表着一种哲学之源的关系吗？朱、陆都是理学派的代表人物，他们的哲学思想都是从儒家的土壤中成长起来的。孔孟的纲常伦理是他们的"源"，因为他俩的"源"都相同，并且在发展理学的过程中都不断师承程颢、程颐的思想，所以朱熹在诗中才肯定地说"无南北"。"无南北"溯其源正是"合处同"。不过是认识论上的大同小异罢了。"分时异，合处同"，朱熹道出了"鹅湖之辩"的宗旨。

诗的诱惑，让我对鹅湖书院心驰神往。

书院坐落于高耸云天的鹅湖山北麓。前有石山作屏，突兀峥嵘。左右两侧山势合抱，重峦叠嶂，苍翠欲滴。院内古木参天，曲径流泉，幽静无比。展览室里，朱熹、吕祖谦、陆九渊、陆九龄等大师塑像栩栩如生。

导游介绍说，书院始建于南宋，至清代，历时八百多年。其间几次兵毁，又几次重建。牌坊、泮池、殿宇、厢房、碑刻，风雨如磐，世事沧桑。游历中，我不止一次地想过，是什么力量让这些历久弥珍的宝物得以保存至今？

烈日下，两位年逾花甲的村民匍匐在书院后寝的飞檐上，一边清理着瓦沟里的树叶，一边翘首而望地对我说："这可是当代的清华呢！"我立时明白了，铅山人的尊崇、信念，是书院生存的沃土与力量源泉。

这种信念的力量，又何尝不是"崇安担"们挑着瓷器、茶叶沿着古道行进在四五十公里分水关的力量源泉。

25. 三里街

1

七八条麻石砌成的石阶从商号屋底下伸向水里，十余幢青砖黛瓦的老宅立在江边，两三段凹痕深深但却支离破碎的青石路面裸露在阳光之下，一切显得是那么老旧、沧桑，只有那幢门楼上"马元泰行"四个白底黑字清晰如故。两年前初夏的一个下午，我行走在安徽祁门县城东四华里的三里街上，仿佛穿越到了三百年前的大明王朝，亲历了嘉靖年间的三里街码头的繁华景象。

据《祁门县志》记载，明代，这条全长约三华里的街面上，店面、作坊一百余家。街道上，驴马、独轮车和肩挑背驮的人群川流不息。连接街道与码头的是七八条穿过店铺的石阶。码头上，繁忙时数百条船只和竹簰整装待发。三里街，这种水陆交替的运输方式派生出一种独特的行业——过载行。

过载行本身并无船只。它主要依靠长年累月在运输行业中打造出来的诚信与声誉，在商户与船主之间搭建了一个平台，开展货物转运和旅客搭乘业务。

南来北往的货物中，有徽州人赖以生存的大米、小麦、食油、食糖、黄豆、布匹、烟叶、鸭蛋、索粉（粉丝）、纸张、火炮、中药材，它们都是通过过载行的联络，从昌江下游的江西景德镇、九江及湖北武汉运进祁门；而祁门县及徽州地区所产的茶叶、桐油、柏子油、瓷土、窑柴木竹、箬叶亦由此运出。古时，三里街码头上有名的过载行有舒立大、周允兴、马廷龙、马元泰、马福顺等六七家。他们都有自己专门的货物存放场地和专门搬运工人。

三里街码头也是一个人文荟萃的地方。分别建于明嘉靖九年（1530）的仁济桥和嘉靖二十九年（1550）的平政桥，横陈阊江之上，宛如双虹垂地，光芒四射，因此，"双桥夜月"成了古代梅城十二景之一，以至当地还流传有"先有三里街，后有祁门城"的传说。

享有"小上海"之称的三里街的繁华贸易引起了官府的重视，特别是巨量的茶叶贸易让他们心跳。因此，他们专门在三里街"胡桥头"——来往客商必经之地，设定"厘金卡"，专门征收商业税，税率高达百分之一。

用一衣带水来形容浮梁与祁门两县的关系是最恰当不过的。这不仅因为在唐永泰二年（766）之前，两者本属一家，还因为有一条百余公里的昌江，将它们紧密地联系在了一起。昌江成了他们共有的母亲河、生命线和黄金商道。

两百里昌江上，因码头成街的地方有不少，如景德镇近郊的三阊庙街、鱼山码头、东埠街，但没有一处像三里街码头这样位置突显，因为它是徽饶商道中的一个重要中转站。

2

榔木岭，亦作楠木岭，在安徽祁门县东与黟县交界处。《方舆纪要》是这样记述的："榔木岭，在县（祁门县）东北五十里。《祁门志》云，岭下水分东西，东入钱塘江，西入彭蠡湖，皆有滩三百六十。岭虽平坦，而据地独高也。"

经考证，古代景德镇瓷器，由昌江船运至祁门三里街后，又沿金东河向西逆行，经塔坊、金字牌至横联，再人工挑过榔木岭，到达新安江上游之至凫峰，然后顺流而下，经富春江、钱塘江至杭州。这是景德镇瓷器通江达海的又一条重要通道。

榔木岭，是鄱阳湖和新安江（富春江、钱塘江）两大流域的分水岭，是徽杭水道和徽饶水道交接点。据史料记载，榔木岭这个独特的地理位置，早在唐代就突显出来了。那时，徽州、歙州等地所产之茶大多先运至渔亭，然后挑过榔木岭进入祁门三里街，再通过昌江运到浮梁茶市出售。还有那些布匹、金银首饰、食盐等产品也是从这条水路过浮梁，到景德镇、九江、武汉等地出售的。

3

于我而言，位于昌江上游祁门县境的"闾门"，犹如三峡的夔门，多年来一直在诱惑着我。但不知何故，这个近在咫尺的胜迹，直到去年的一个夏日，我才身临其境。

闾门，位于祁门县塔坊乡中利村。那天，下得车来，我们一行三人在祁门县党史地方志编研室主任孙兆光的带领下，先是走过一片田畴和草地，然后沿着河床高一脚低一脚地往下走。约摸半个小时，便来到了那个闾门的地方。

只见这里，两山夹涧、山岩耸峙。河水虽然不丰，但水流湍急。河边礁石横陈，激流豕突，最窄处仅容一只小舟渡过。

孙主任告诉我们，这里原有一对伟岸的石壁峭立在两岸，形同石门，河水从门下穿过。从此，当地人将由此往上的河流叫阊江，由此而下为昌江。

"阊门"与"祁山"一样，是祁门县两个古老的地名与地标，县名也由此而来。可惜，如今"祁山"依旧，"阊门"却不见了踪影。

据说，脚下的这段礁石密集的险滩长约几百米。难怪乐史在《太平寰宇记》里用这一组词语来加以描述："怪石丛峙，迅川奔注。溪险石巉。跳波激射。摧舻碎舳。商旅经此，十败七八。"

站在阊门这狭窄的空间里，我不禁一声长叹："古人说，蜀道之难难于上青天。我看，在阊（昌）江里行船也是比登天还难啊。"

我的这种感叹，一半源自《祁门县志》里的记载。其曰："无论是东入钱塘江，还是西入彭蠡湖，皆有滩三百六十。"滩多，流急，逆水行舟，其难不是显而易见的嘛。

当然，对此感受最深的当数宋代诗人范成大。他在休宁县任司户参军时，曾乘船从祁门出发，经浮梁到鄱阳。他看见沿江船只满载着瓷器、粮食拉纤艰难上行的情形，写下了一首名为《浮梁》的诗，将自己的感受融进了诗里。诗中写道：

> 大滩石如林，小滩石如蘖。
>
> 微生抛掷过，两桨耆将割。
>
> 一滩复一滩，食顷经七八。
>
> 崎岖幸脱免，已足凋鬓发。
>
> 我家五湖船，镜面贴天阔。
>
> 行迷勿浪远，归欤泛花月。

就在范成大写了这首诗的三十年后，南宋绍熙三年（1192）二月，身为江南东路转运副使的杨万里也乘船来到了这条江上。他是去江西上饶办理案件的。他之所以也是选择走这条水路，为的是体验一下石湖居士范成大"大滩石如林，小滩石如虈"的感受。等走完这段水路后，也写下了《小滩》诗歌一组。

一

溪水无情如有情，落滩告诉不堪听。
前波到此方呜咽，后浪依前作许声。

二

水到滩头似语离，自知无复再归溪。
临流莫洒离人泪，幸自滩声未苦悲。

三

船里征人政念归，居人来看却嗟咨。
居人只羡征人着，世世安生不自知。

写了上面一组诗后，杨万里意犹未尽，过了险滩之后，一路踏歌，又写了一首五律《入浮梁界》，抒发了自己对浮梁美好风光的赞赏。

湿日云间淡，晴峰雨后鲜。
水吞堤柳膝，麦到野童肩。
沤漩嬉浮叶，炊烟倒入船。
顺流风更顺，只道不双全。

笔者曾浏览过杨万里的《诚斋集》，发现这位南宋文学大家、"中兴四中大诗人"之一的杨万里，居然写有七八首关于浮梁的诗。于是，有人觉得，杨万里的浮梁的这种情结并非空穴来风。浮梁县历史文化研究会研究员吴逢辰、杨昔文两位先生，根据县内有关宗谱的记载，推断出：杨万里祖籍在浮梁县洪源镇的画溪村。初听这个推断，我感到有些惊异。

　　一般认为，杨万里是江西吉水人，文学史上就是这么写的。但吴、杨二兄在给我分享的文论中，有根有据，有板有眼。虽属一家之言，但在百家争鸣的视阈下，我想也实属难能可贵。

　　踏访完阊门后，我来到祁门县政协走访。正在伏案撰写《祁门红茶与万里茶道》的文史委原主任、祁门文史专家倪群告诉我，昌江上游，特别是阊门到倒湖之间三十余公里地段，"行船难"是一个千古话题。历任县令都将疏通阊门这段河道作为政绩。后来，人们想出一个办法，开通人工河，绕行三华里，阊门峡一带行船难问题才有了一定缓解。

　　倪主任说，唐代浮梁茶市很大，当时不光是祁门的茶叶，就连相邻的黟县、歙县等徽州地区的茶叶百分之八十都从阊（昌）江这条水道运到浮梁去。

　　当我问及"这条水道行船如此艰辛，销往杭州及华东地区的景德镇瓷器为何还选择这里"时，倪主任的回答让我明白了个中的缘由："行船最忌放空船。送完窑柴后的船只，运回瓷器和大米，效益的最大化无与伦比。"

　　"再说，船运逆行虽难，但这在古代是常事。因为，在农耕岁月，不光是行路难，做任何事都难。我的祖父就是靠撑船营生的。他曾说过，昌江这条水路行船相对来说还是安全的。一般都是小乌篷船。船小，大家结伴拉纤，有时候在岸边拉，有时候在水里拉，水太小了就围堰。祖父还说，撑船再难，比种田还是轻松多的。他长年在水上，一去就是几个月。浮梁到祁门，上行一次十天左右，下水三四天就到了。他常说，和种田比，还是撑排舒坦。"

　　历朝历代，最难的职业莫过于种田，最受累的工种莫过于农民。但是，又有谁离得了田地，离得了农民？我不禁想起了唐代诗人李绅的那首《悯农》诗来："锄禾日当午，汗滴禾下土。谁知盘中餐，粒粒皆辛苦。"在衣食无忧，人人追求健康快乐的今天，我们是不是该常怀感恩之心、悯农之情呢？

"浮梁歙州，万国来求。"一段绵长的河西走廊，不知承载了多少浮梁人的豪情壮志，诞生了多少传奇故事。莫高窟藏经洞，珍藏的不只是经卷，还珍藏着浮梁茶的秘密。

"商人重利轻别离，前月浮梁买茶去。"在利欲和美色之间，商人往往别无选择。琵琶声里，江州司马的眼泪究竟是为谁而流？

饱经千年风霜的浮梁茶，沐浴着新中国成立后的朝阳，焕发出勃勃生机。

26. 前月浮梁买茶去

我常想，一千二百年前，浔阳江头那番如泣如诉的"琵琶语"，为什么让诗人白居易那么动容，以至泪水沾满了衣衫？又是什么样的情愫让那场才子佳人的邂逅至今还撩动着人们的心弦？

琵琶女的一席话，触碰了白居易心中没有愈合的伤口。

一年前（815），白居易坐拥一个不错的"左拾遗"官位。从字面上看就明白，干的就是"捡起皇上遗漏东西"的活，随时提醒朝廷决策的失误。品级虽然不高，也就七八品，但深得皇帝的信任，相当于现在领导的贴身秘书，可以对国家决策大事发表意见，前途无量。可是，白居易觉得光说还不过瘾，还要将自己对时事的针砭写成诗，让同道好友分享，这就坏事了，引起了皇帝的不满，就以"越职言事"为由，将其贬为江州司马这样一个虚职。琵琶女的身世，让白居易想起了自己政治上受到的打击，想起了自己多舛的命运，想起了自己相继离世的亲人。于是发出了"同是天涯沦落人，相逢何必曾相识"的感叹。正是这种感叹，成就了一首流传千古、众口传唱的名篇《琵琶行》的诞生。

白居易的长诗《琵琶行》不仅塑造了琵琶女的艺术形象，而且还留下了不少名言警句，至今人们在交谈或著文时还不时信手拈来。例如："千呼万唤始出来，犹抱琵琶半遮面""大珠小珠落玉盘""此时无声胜有声""同是天涯沦落人，相逢何必曾相识"。

然而，让我记忆深刻的还是"商人重利轻别离，前月浮梁买茶去"两句似有广告嫌疑的诗句。作为喝着浮梁茶长大的孩子，早在上中学的时候，我常想，白居易为什么要写"浮梁买茶去"？直到后来从事了地方志工作，接触到一些历史资料后才明白，这两句看似信手拈来的诗句，其实寄托着诗人对浮梁的深深情结。

唐代的浮梁，是一个远近闻名的茶市，是无数个像琵琶女丈夫那样的商人的目的地。同时，浮梁还是白居易的大哥白幼文工作过的地方，是白居易曾经生活过的地方。

白居易父亲白季庚病逝后，住在洛阳的母亲、弟弟一家人的生活主要依靠在浮梁任主簿的大哥白幼文。《唐诗三百首》中的《望月有感》诗里就记录着他的这段经历：

自河南经乱，关内阻饥，兄弟离散，各在一处，因望月有感，聊书所怀，寄上浮梁大兄……

时难年荒世业空，弟兄羁旅各西东。

田园寥落干戈后，骨肉流离道路中。

吊影分为千里雁，辞根散作九秋蓬。

共看明月应垂泪，一夜乡心五处同。

此诗读来如听诗人倾诉自己身受的离乱之苦。在这战乱加饥馑的年代里，祖上的家业荡然一空，兄弟姊妹抛家失业，羁旅行役，天各一方。回首兵燹后的故乡田园，一片寥落凄清。

关于白幼文的资料很少，我只能从下面这篇白居易的《祭浮梁大兄文》中获取些许信息。

白幼文，贞元十四年（798）春，赴饶州浮梁县任主簿。他的任职，给白氏家庭带来了曙光。元和十二年（817）农历闰五月，在浮梁工作了十九年的白幼文逝世，白居易时在江州任职，没能回去，只好写下了这篇祭文。文中称兄："和易谦恭，发自修身，施于为政。行成门内，信及朋僚。"简简单单的二十个字，为我们勾勒出一个廉洁干练、温和庄重的形象。文称"才及中年，始登下位（低下的地位）。辞家未逾数月，寝床未及两旬"就撒手人寰。大哥生病的时候，没能侍候在左右，出殡的时候，也未能赶到，这让白居易深感愧疚与不安。

让我们到白居易诗海中探寻他不止一次踏上浮梁的踪影。

鄱阳湖上烟波浩渺，水天一线。一艘木帆船正乘风向昌江上游驶去。年方二十七岁的白居易，坐在船头，面带愁容，神志飘逸。薄暮时分，船家把船停泊在江岸，就地做饭休息。月色昏昏，江风习习，一阵阵浪击船舷的声音，其余人均已熟睡，唯有白居易心潮起伏，辗转反侧。关于这一段经历，白居易在《将之饶州江浦夜泊》诗中写道：

> 明月满深浦，愁人卧孤舟。烦冤寝不得，夏夜长于秋。苦乏衣食资，远为江海游。光阴坐迟暮，乡国行阻修。身病向鄱阳，家贫寄徐州。前事与后事，岂堪心并忧。忧来起长望，但见江水流。云树霭苍苍，烟波淡悠悠。故园迷处所，一念堪白头。

诗中出现的"饶州""鄱阳"，实际上指的是一个地方。饶州是历史地名。饶州，因"山有林麓之利，泽有蒲鱼之饶"而得州名。春秋为楚国番（古读 pó）邑，隋平陈后置饶州，州治为今鄱阳县，地处江西省东北部。历史上均为郡、州、路、府、县治所。管辖鄱阳（府治）、余干、万年、德兴、浮梁、乐平、余江七县。

白幼文在浮梁工作的第二年夏天，按照大兄的嘱咐，白居易将母亲和弟弟移居洛阳后，便只身前往浮梁。白居易来浮梁走的是水路。即自长江而下，入鄱阳湖，再沿昌江而上。这首诗记录的是诗人来投奔在浮梁工作的大哥时的情形。在这些诗句中，蕴藏着诗人的无限辛酸，也表现出诗人对于当时人民生活痛苦有着深切的感受。

白居易在一篇《伤远行赋》中写道："吾兄吏于浮梁，分微禄以归养，命予负米而还乡。"从浮梁到洛阳，地隔千里，路远人稀，年纪轻轻的白居易在山路上挑着米，该是多么辛苦啊！赋中这样描述道："出郊野兮愁予，夫何道路之茫茫。茫茫兮二千五百，自鄱阳而归洛阳。"

主簿为主管文书之类的小官，年薪三十担。哥哥白幼文每年必须从这些"微禄"中拿出一部分，让弟弟白居易带回家乡赡养母亲与弟妹。

根据史料记载，白居易在江州工作期间，长兄白幼文曾带领家人去看望过他。元和十一年（816）七月，长兄白幼文带着弟妹一行六七人，自宿州符离县来到江州，看望任江州司马的白居易。此间，白居易外祖父陈润还作了一首《宿北乐馆》诗："欲眠不眠夜深浅，越鸟一声空山远。庭木萧萧落叶时，溪声雨声听不辨。溪流潺潺雨习习，灯影山光满窗入。栋里不知浑是云，晓来但觉衣裳湿。"亲人的团聚和大哥的劝导，让白居易暂时忘掉了官场失意带来的烦恼。

谁承想，半年后，元和十二年五月，白居易在新宅庐山草堂和同僚品茶论诗时，忽闻在浮梁工作了十九年的大哥白幼文在老家病故，悲痛欲绝。但路途遥远，公务缠身，他不能回去祭奠，只好写下一篇《祭浮梁大兄文》，以寄哀思。这篇收在《白居易全集》中的祭文，颂扬了大兄的品德情操，抒发了失去兄长的哀痛。读后，让人肝肠寸断。

"座中泣下谁最多，江州司马青衫湿。"江州司马的眼泪，既是对琵琶女身世的同情，也是对自己官场失意、亲人离世的感伤。

27. 茶酒之论

浮梁的茶香，不仅浸润在唐诗里，还飘荡在了古丝绸之路上。

北京办奥运的那年夏天，我闻着浮梁茶的芬芳，来到了敦煌这个中原王朝的边陲重镇，古丝绸之路的枢纽，踏入那个风沙弥漫的河西走廊的深处。

敦煌莫高窟，以精美的壁画和逼真的塑像闻名于世，何曾想，这个地处大漠深处的东方瑰宝竟然与两千八百多公里外的浮梁有着如此紧密的联系。

一切缘自一百三十多年前的那个早上，一个身材矮小、神情有些木讷的王道士，在清理积沙时，无意中发现了一个藏经洞。洞里藏有大量唐代以前的经卷和笔记小说。也就是从那一刻开始，那里便成了西方探险家们的天堂。他们纷纷涌向这里进行疯狂的掠夺，等到我国的专家学者赶到这里时，剩下的只是一点残羹了。在敦煌博物馆展览厅里，我第一次见到了那部由我国学者王重民、启功等人历时数年编成的厚厚的《敦煌变文集》，拜读那篇作者署名为"乡贡进士王敷"的《茶酒论》。

其实，《茶酒论》不属于那种韵白结合、说唱结合的变文，而是一种语言通俗的议论文体。文章以拟人的手法，围绕"茶与酒，两个谁有功勋"的问题展开辩论。

> 茶曰："百草之首，万木之花。贵之取蕊，重之摘芽，呼之茗草，号之作茶。"
>
> 酒曰："自古至今，茶贱酒贵，单醪投河，三军告醉。君王饮之，叫呼万岁。群臣饮之，赐卿无畏。"

正当茶、酒争执不下的时候，水在旁边出来调解："茶不得水，作何相貌？酒不得水，作甚形容？米曲干吃，损人肠胃；茶片干吃，只粝破喉咙。"意思是说，水对于万物功绩最大，尚不自以为能，茶、酒又何必争功呢？

文中茶与酒各述己长，攻击彼短，辩诘十分生动，且幽默有趣。辩论中，茶显出宁静、淡泊、隐幽，酒更显得热烈、豪放、辛辣，二者体现着人不同的品格性情和价值追求。

当然，我关注的重点不是这些，我之所以将大段原文转录于此，是因为下面这段文字中出现的八个字："浮梁歙州，万国来求。"它的出现，令我欣喜若狂，也让我匪夷所思。原文是：

> 茶为酒曰："阿你不闻道：浮梁歙州，万国来求。蜀川流顶，骑山蓦岭。舒城太湖，买婢买奴。越郡余杭，金帛为囊。素紫天子，人间亦少。商客来求，舡车塞绍，阿谁合少？"

上面的这几句，用现在的话说就是：难道你不知道浮梁歙州，万国来求？就算是蜀川的绝顶，也有人翻山越岭找来。不管是舒城太湖的富豪，还是越地余杭的富贵人家，都为茶而倾倒，称茶为"素紫天子"，这样的尊荣只怕世间都少。来买茶的商人、舟车都塞满了道路和码头，这么多理由，你比比看，谁大谁小。

"浮梁歙州，万国来求。"这是非同寻常的八个字，它将浮梁茶的芳名深深地烙在了丝绸之路上。

"万国来求"，求的什么？笔者从唐代杨晔所著《膳夫经手录》中找到了答案。文曰："饶州浮梁茶，今关西、山东间阆村落皆吃之。累日不食犹得，不得一日无茶也。其于济人百倍于蜀茶。"这段文字，既回答了浮梁茶在古代关西、山东广大地区受欢迎的程度，也回答了受欢迎的原因。它告诉我们，浮梁茶在上述地区，不仅可以生津止渴，而且能够治病救人。

我曾就此请教过专业人士。他们告诉我，因为西北地区，人们常以兽肉为主食，如羊肉、驴肉，牛肉等等，加上本地水质不好，极易造成肠道疾病，而浮梁茶却有着非同寻常的助消化、利尿的功能。当地百姓自古以来对茶叶十分珍视，他们将泡饮数次的茶叶晒干后，还要碾碎泡着吃，最后连同叶渣一同吞下。

其实，茶叶最初被发现就是因为它的药用功能。比杨晔大二十三岁的陆羽在《茶经》中写道："茶之为饮，发乎神农氏，闻于鲁周公。"神农被誉为茶的伯乐及农业神。传说，神农为研究百草特性和功能，在采集过程中，每次都是亲自尝嚼，体验其功效。有一次，他吃下了有毒植物，感到头昏眼花，口干舌麻，全身乏力，于是躺在一棵大茶树下休息。一阵风吹过，树上落下片片茶叶，神农信手放入口中咀嚼，巧合的是，这些树叶居然解了自己中的毒，于是知道"茶"具有解毒的功效。

杨晔，并不是茶业专家，他原本是安徽巢县县令。也许是茶叶的芬芳吸引着他，他才钻进了茶苑里。笔者在史籍上没能发现他为政的一丝记录，但凭借着一本《膳夫经手录》，他毫无疑问地坐上茶叶泰斗的宝座。《膳夫经手录》成书于大中十年（856），"惟所载茶品甚详，分所产之地，别优劣之殊"，足与《茶录》《茶经》相媲美。

"想象！只有想象才能产生诗。"黑格尔把诗放到整个文学艺术发展的长河中，通过与其他文艺种类的比较而得出他的诗学观点。

但是，在现实生活中，诗，并非都来自想象。譬如浮梁茶，它让商人"重利轻别离"也好，"万国来求"也罢，这些并非都来自诗人的想象，而是有它的生活根基。

追溯一下浮梁茶史可知，浮梁茶源于晋，盛于唐。据《元和郡县志》载，浮梁"每岁出茶七百万驮，税十五万贯"。按唐代税率"每十税一"计算，每年卖茶总价达到一百五十万贯。而当时全国茶叶总税四十万贯，浮梁茶税占全国总数的三分之一以上。由此可见，浮梁茶在全国的分量。

从敦煌到兰州，一千多公里，绿皮车要行十四个多小时。列车在茫茫无际的戈壁上穿行，透过车窗，地平线仿佛淹没在蓝蓝的天和一望无垠的沙漠间。

猎奇的心理，追逐者的情怀，让我对窗外的一切变得十分敏锐。会为偶尔晃过的一株沙棘、一泓清泉而欣喜。

火车正在拐弯，首尾相望，整个车身像一弯月牙，又似一张蓄满力量的弓，更如一条巨龙，向着前方冲刺。

火车清脆而单调的咔嗒声，渲染了戈壁的荒凉。一条弯曲而陡峭的古道从山间逶迤而下。

这很难让我与"使者相望于道，商旅不绝于途"的盛景联系起来。

蓝蓝的天空，茫茫的戈壁，长长的驼队，一串串清脆的铃声，在漫长的河西走廊的上空回荡，如上古传来的天籁之音……

诸如此类，更像一个古老的传说。

28. 汤翁新梦

位于抚州城区东北部西濒抚河的汤家山，是"东方戏圣"汤显祖的故里，也是"临川四梦"的诞生地。如今，这条拥有众多明清建筑、蕴藏着深厚文化积淀的文昌里老街，焕发出勃勃生机，成为抚州的"历史档案馆"和"老城博物馆"，是抚州旅游文化的一张名片，吸引众多游客纷至沓来。

历史穿越到了四百多年前，即明万历三十三年（1605），一个春光明媚的下午，在文昌里街一幢老宅里，一个年过半百、眉目朗秀、神思深邃的男子正伏案疾书，此人叫汤显祖，正在修改"临川四梦"的最后一部剧本《紫钗记》。遨游在临川梦里，比起做礼部主事来不知要潇洒多少倍。他不愿依附权势，罢官是必然的，他从此不再出仕，一头扎进创作之中。

这时，书童推门进来，说有人求见，随手递上一封书简，落款是周起元。周起元是他多年的文友，也是江西省一个以"亲贤仁廉"闻名的浮梁县令。而来访者，竟然是大名鼎鼎的太仆寺卿黄龙光。汤显祖连忙放下笔吩咐一声："快快请进！"

黄龙光，这个浮梁籍的工部主事，由于受到魏忠贤迫害，他先是贬谪贵州，后罢官回原籍浮梁，赋闲在家二十多年。他精通经史，尤工诗赋古文，因此在家也没闲着，除了著书立说，就是到各地讲学。黄龙光对长自己二十岁的汤显祖十分钦佩，既赞赏他的铮铮傲骨，更欣赏他的辞赋。受浮梁知县周起元的委托，邀请汤显祖来新落成的双溪书院讲学。

宾主落座后，黄龙光说明来意，便向汤显祖简要介绍了双溪书院的历史和重修的过程，称新的讲堂"发气色于流峙，备体势于规随，于以居贤来章，迄所未有"。

汤显祖弃官回家专事创作有多年了，亏得老友周起元还记得，邀自己去浮梁讲学，便欣然接受。

汤显祖对书院也有一份很深的情结。在贬任广东徐闻县的典史时，倡导兴建了一座书院，并为之取名为"贵生书院"，希望士子们珍爱生命，人只有活着才有意义，为此还写了一篇《贵生书院说》。后来徐闻百姓把它镌刻于石碑上，竖立在贵生书院内，一直保留到现代。汤显祖创办贵生书院的义举，加强了我国南北文化的交流，对徐闻县乃至整个岭南地区琼岛文化的繁荣，都有着深远的影响。这也是他乐意赴浮梁双溪讲学并为之作赋的缘由。

汤显祖深谙茶事，他不仅在剧作中经常提到茶事，还写过许多茶诗，流传颇广。因汤显祖嗜茶，故将其临川的住处命名为"玉茗堂"，自号"玉茗堂主人"，所著二十九卷文集，名为《玉茗堂集》。时人称他所创的艺术流派为"玉茗堂派"，其著名的剧作《南柯记》《邯郸记》《紫钗记》《牡丹亭》，合称为"玉茗堂四梦"。"玉茗"为茶的别称，可见汤显祖爱茶之深。除此之外，汤显祖著有《别本茶经》一书。汤显祖对浮梁茶久有耳闻，听了黄龙光对浮梁茶的介绍后，更增添了他对浮梁行的向往。

浮梁历代书院有不少，著名的有十余所，如创办于南宋绍兴二十七年（1157）的新田书院，创办于南宋庆元三年（1197）的长芗书院等。但办学时间最长、影响面最广的当数双溪书院。

汤显祖更看重的，是双溪书院在办学过程中，积淀的厚重的人文历史。

元代至元十七年（1280），江东（即江西）按察副使奥屯希鲁来浮梁视察，发现这里"士子无所依归"，便发起倡议，"立书院养士储才"。书院建在县治之北原进士庄遗址上。这里可是一块风水宝地，历史上从进士庄走出过多位进士。前面那碧波荡漾的莲荷塘，是范仲淹知饶州视察浮梁时倡建的，是既方便居民生活，又可防火救灾的善举。

首任山长赵介如是南宋末年民族英雄、政治家、教育家江万里的高足。他曾任饶州府通判。入元后，坚决不仕。回原籍后，参与筹建书院，并出任山长。在书院选址上，他主张"不趋城阙而于山林"。他认为"吾邦山水之胜，莫北湖"，"冈峦逶迤，得孔阜之脉；湖溪掩映，有丽泽之象"，是办书院的最佳场所。加上这里处于两溪交汇之处，故取名为双溪书院。赵介如明确提出双溪书院办学宗旨："不事科举而专义理之学"。双溪继承宋代书院的讲学和研究学术之风。坚持书院教育是为了培养人的学问和德行，而不是为了应试获取功名。赵介如治学宁静渊深，根基扎实，既遵循教育法则，又灵活施教。远近学者、士人纷至沓来。宋末词坛上重要的爱国词人刘辰翁（1232—1297）便是其中之一。

汤显祖尤其赞赏刘辰翁在《双溪书院记》中强调的观点：学生要养成"温文尔雅，不好表功，谦逊沉稳"的学习品格。

品茶，赏瓷，游览昌江。汤显祖随黄龙光来到浮梁后，沉浸于瓷韵茶香之中。车水马龙的茶市，流光溢彩的瓷行，激起了他强烈的创作冲动，不足三天，一篇五千余字，洋洋洒洒的骈体文《浮梁县新作讲堂赋》脱稿了。"浮梁之茗，闻于天下；惟清惟馨，系其揉者。浮梁之瓷，莹如水玉；亦系其钧，火候是足。"这位东方莎士比亚笔下的浮梁如同梦幻世界，瓷茶辉映，熠熠生辉。

稿成的那天晚上，汤显祖做了一个梦。梦中，他和知县周起元、太仆寺卿黄龙光三个人坐在莲荷塘边的后乐亭里喝酒、赏月。在悠扬婉转的琵琶声里，他惺忪着眼睛，谈着他新的创作构想。他打算写一部关于浮梁瓷茶的剧作，剧名都想好了，就叫《青花记》。他说，这是他的新梦，他的临川第五梦。

29. 清宫玉液

清咸丰十年（1860），盛夏，上海永乐街丁香花园。李鸿章在池边踱着步。这位淮军首领、晚清重臣刚刚被委以一项重任：在上海招募与组建淮军，对付太平军。

园林很大，里面有草原、山林、丘陵、火山、江河、湖泊等。里面是官邸，不少是中西合璧的建筑。李鸿章后面跟着两个人，一个是轮船招商局总办朱其昂，另一位则是江西浮梁沧溪恒德昌茶叶总公司上海办事处主任朱葛己。别看朱葛己一个小小的浮梁茶号驻上海办事处主任，他可是这里的常客。

"五口通商"后，中国被逼着打开了国门，成为西方列强商品倾销地，破坏了中国传统的经济结构，茶叶和鸦片成为非等量交换的大宗商品，刺激了浮梁这个内陆省份经济畸形发展。

位于浮北的沧溪村是朱葛己的大本营。村子中央的那座三间五架的豪华徽派建筑是他父亲、远近闻名大茶商朱佩泽的杰作。从房屋的中堂、阁楼、厢房和它的前院、门罩的精美设计上，不难看出其家业兴盛程度。正堂上方挂着的"恒德昌"三个字匾额就出自李鸿章之手。由此可见，他们的关系非同一般。

在浮北沧溪，恒德昌茶号的根基十分深厚，深厚得像是冰山一角。沧溪村制茶历史悠久，宋代就有了专门经营茶叶的茶商，明代有了专门的茶号。明末清初，沧溪茶业进入鼎盛时期，全村有茶号六家，居全县各村之首。各大茶号皆有分号分布在全国各地，特别是邻近的安徽、福建、浙江、上海。有民谚说："祁门的店，饶州的茶，老板多是浮梁娃。"

沧溪是江西最早的茶叶股份制企业诞生地。光绪二十五年（1899），朱佩泽和沧溪村民朱贻泽、朱文英等人以参股形式，成立了恒德昌茶号，动员浮北茶农参加，并在上海设立办事处，是江西最早的茶叶股份制企业之一。茶厂有茶工三四百人，年产工夫红茶一千五百余箱，茶叶通过水路由景德镇到鄱阳湖再到湖口，再进入长江，最后到达上海茶叶贸易市场，并远销海外，成为全国早期最大的茶号之一。它通过上海、天津口岸出口，声名远扬。

据新编《浮梁县志》的记载，民国二十九年（1940），沧溪恒德昌茶号，出口茶叶五百五十三箱，重四万一千担，共价七万三千余元，平均价格为一百七十六元，经理人朱贻泽。从该志表检索得知，全县九十家茶号中，恒德昌茶号无论是茶叶出口箱数、重量、销售金额，还是平均价格都排在第一位。

此前，沧溪茶农和浮北其他茶农一样，茶叶自采自制，等待茶贩上门收购而转销往外地，恒德昌茶号创立后，规范采摘、聘师制作、统一包装和装箱，外设分号，再直销海内外，其中恒德昌茶号既自制也收购茶农的茶叶，由行倌（评茶员）开汤看样开价收购，再分销至各分号，以定制和批发销售为主。

恒德昌茶号始创于乾隆年间，传至清咸丰、同治年间朱葛己掌柜已历六代。此时恒德昌茶号已开始在浮北桃墅、祁门历口和上海、武汉等地陆续设立分号，茶号以生产销售绿茶为主。光绪年间传至第七代，掌柜朱季芳。为顺应市场需要，开始改制红茶，所制红茶，条索紧细匀整、色泽乌润，冲泡时红艳的汤色晕散开来犹如云龙吐雾，且香气馥郁持久，一投入市场，供不应求。

恒德昌茶号成功的秘诀，是它十分注重茶叶品质信誉。为此，专门设立商标，向社会公开质量标准，这一点特别引起外商的关注。恒德昌公开承诺："本号茶叶均采自本域历山高峰，品名有云雾、雨前、白毫、乌龙。不惜重资，延聘名师，讲求新法，研究加工，焙制精益求精，色香味均达优，实为寰球独一无二之精品。卫生益智，饮料中最稀世之珍品。近有影射之徒，鱼目混珠，凡各国洋商，赐颜须认明本号'云龙吐雾'商标为记，庶不致误！"

咸丰十年（1860），在太平军二破江南大营后，清政府在整个长江下游地区已失去最后一支主力。太平军进军苏、杭，势如破竹，江南豪绅地主纷纷逃到上海。为免遭灭顶之灾，在沪士绅买办一面筹备"中外会防局"，依赖西方雇佣军保护上海；另一方面又前往安庆，请两江总督曾国藩派兵救援。曾国藩嘱自己一手提拔的湘军幕僚李鸿章，组建淮军对付太平军。

李鸿章在上海站稳脚跟后，开始从"察吏、整军、筹饷、辑夷各事"入手，进一步巩固自己的地位。

那个时候，沧溪恒德昌茶号主人朱葛己已在上海经商多年，可谓长袖善舞，风生水起，与商界各路都保持良好的关系，尤其是与朱其昂、朱其韶兄弟有着莫逆之交。朱其昂是上海世代以沙船为业的巨商，后成为李鸿章轮船招商局总办。面对兵荒马乱的局势，渴望时局稳定的朱葛己对李鸿章非常敬重并寄予厚望。因此，李鸿章密集筹饷，他不但没有丝毫反感之心，相反，他处处带头响应。朱葛己得知李鸿章嗜茶，于是每到春茶上市，总要请最好的师傅，挑选最好的沧溪高山鲜叶，亲自监制，秘制成上等的好茶，在朱其昂的引领下送给李鸿章品尝。从此，李鸿章对浮梁恒德昌茶留下了深刻印象。

此后，李鸿章政务繁忙。先是被清廷任命为钦差大臣，接办剿捻事务去了徐州，接着兼任湖北巡抚，被派往贵州督办苗乱军务，后又办理天津教案，调任直隶总督，兼任北洋通商大臣。直到光绪二十年（1894），中日甲午战争失败后，李鸿章被拔去了三眼花翎。年已古稀的李鸿章，虽经数起数落、久经风雨，但这次身心受创不同以往。于是，他悄然回到了老根据地上海，准备在那里颐养天年。

光绪二十一年（1895）正月，得知李鸿章回到上海的消息后，年近古稀的朱葛己立即领着侄子朱季芳带上新品红茶登门拜访。当门人禀告说恒德昌老板求见的时候，李鸿章心情十分激动，始于三十多年前的对朱葛己谦逊的为人和恒德昌茶叶名号的记忆仍历历在目。特别是几近退隐的境遇里，竟然还有人来拜访，让他感觉到一种少有的暖心。于是，朱葛己与朱季芳二人顺利见到了李鸿章。

正当李鸿章品茶和交谈的时候，门人进门禀报说，朝廷来人，宣李鸿章进京。

原来，甲午败战后，清廷派张荫桓和邵友濂与日议和。日本人觉得这两人官位太低拒绝谈判，而点名要北洋大臣李鸿章。于是，心灰意冷的李鸿章再次枯木逢春。感觉朱氏父子为自己带来吉利，加之对朱季芳年少英俊的好感，李鸿章对这次见面印象非常好。赴京时，李鸿章特意将朱氏父子送来的恒德昌红茶带上了。

见到慈禧，李鸿章让人把恒德昌红茶取出泡上，两人便品宫廷玉液酒一样细品慢聊起来。慈禧对李鸿章向有好感，对其的评价是"再造玄黄之人"。

在泡茶的过程中，这位喜好红茶的老太太用一种女性的细腻观察到，李老头给她带来的红茶条索紧细匀整、色泽乌润，冲泡时红艳的汤色晕散开来犹如云龙吐雾，且香气馥郁持久。老太太右手翘着兰花指端起杯子，左手宽袖一挡，闻着兰香将那红艳汤汁倒入口中，顿觉口中先觉有些苦涩，继而又如糖蜜，滋味醇厚，回味隽永，老佛爷搁下杯子，甚为茶中"玉液"称赞。李鸿章与慈禧告别后余兴未了，回到住处，他取出纸笔写下了"恒德昌"三个大字，落上款盖上章，嘱人送给上海恒德昌茶号，以示褒奖。并带上口信说，老佛爷甚是喜爱恒德昌的红茶，让以后定期准备一些，他要送给她。

自此，每年开春之时，恒德昌都会挑选一批上好的红茶送达李鸿章，再转呈给慈禧太后，直至1901年李鸿章去世。

新中国成立后，恒德昌茶号、茶园等全部归公，后全部纳入九龙山垦殖场。一百多年来，沧溪朱氏子嗣集"天时、地利、人勤、种良"于一体，利用得天独厚的传统优势，着力打造"恒德昌"品牌。恒德昌以独特的产品、技艺和服务传承并发展着中华民族优秀的茶文化。

30. 民国总理的"浮红"缘

1

汪世卿从邮差手里接过信件的时候，太阳从西山口落了下去。一看信封上的字迹就知道，信是英哥寄来的。邮戳的日期是民国十六年八月十三日，发出地是香港铜锣湾。

他转身进了书房，端起茶杯猛喝了一口，像是冲掉了梗在他心头半年之久的一块石头。

英哥，名许世英，是汪世卿的发小和挚友。他俩都是安徽省至德县官港乡人，许村与汪村相隔两华里，两人一起入的私塾。塾馆里的十多名学生中，世卿和世英走得最近。世英家离塾馆很近，一下课，世英常常带他到家里喝茶、玩耍，偶尔还会让他在自家蹭上一餐饭。世英大世卿一岁，名字中又同一个"世"字，故而就叫英哥了。

光绪十七年（1891），在许殿邦塾馆里学习了十二年的世英、世卿双双考取了秀才。由于家境的不同，获取了初等功名后，他们走上了不同的发展道路。二十多岁的许世英到离家一百多里的望江县，继续求学在童问渠先生的门下。而汪世卿则回到家里，一边帮助多病的父亲打理家里的十几亩田地，一边继续温习功课，准备来年再考。可是，幸运之神依然没有眷顾他们。三年后（1894）的乡试，他们两个依然名落孙山。两人合计，应作长久计，一边赚钱养家糊口，一边温习功课迎考。从此，许世英在家乡许村当上了私塾教师，而汪世卿则在姑父的引荐下，来到了离家三十多华里的江西省浮梁县桃墅镇府前村做了"西席"。虽然也是当私塾先生，但由于是专门给茶商子弟上课，待遇相对要好一些。时年是光绪二十一年（1895），汪世卿二十一岁，一个风华正茂的年华。

永不言弃的许世英，在经历了两次的乡试落榜后，终于等来了机缘。光绪二十三年（1897），许世英被选为拔贡，同年参加礼部廷试，跻身一等生行列。人世间有些事就是这么怪，比如说这考试吧，一个参加乡试都频频落榜的人，参加廷试这样重大的考试，却能一次中的，一鸣惊人，这难免不让人对一考定终身的制度产生怀疑。

走上了康庄大道的许世英，变得一发而不可收，获得礼部廷试一等生后，第二年就以七品官之衔，被送往刑部，一边学习法律，一边协助办案。民国元年（1912）成为民国特任司法官——民国大理院院长，从而走上了民国司法官的巅峰。

此时的汪世卿，在浮梁县府前村塾馆执教已有十八个年头。从当年的小伙子变成了三十八岁的青壮年。这些年，他虽不像许世英那样叱咤风云，却也收获满满，娶了邻村磻溪一同姓女子为妻，并有了两个可爱的孩子，自己也变成了地道的浮梁人。他设在村里祠堂里的塾馆，既是蒙馆，也是经馆；学生既有刚入塾的孩童，也有十几二十岁的成年人。他的学生多时二十几个，少的时候也有十几个。村里其他的塾馆关了开，开了停，四处拉生源，可他十八年如一日，来去自便。他与学生家长建立起友好的关系。如替他们写信、写春联、写契据，帮办婚丧喜事，等等，当然也得到些额外收入。

然而，不管许世英职务如何变迁，也不管他身在何处，十八年来，他们多则一两月，少则半旬都有书信来往，信中无所不谈。一段时期，汪世卿谈论的多是出自当地的一位人物汪澈。这位南宋的枢密使，给他印象最深的就是赤诚忠谏与推荐英才。汪澈向朝廷提出"养民、养兵、自治、预备"的建议，认为"靖康之变可鉴"，要防止将骄卒惰，务选实才，不限资格。他先后举荐名士一百余人。汪澈为人低调，将自己救命建造的尚书府放在村子的后边，"府前"之名由此而生。

许世英读了这样的信后，十分感动。他认为，汪世卿和自己似乎是在做同样的事：为国献策，为国育人。有时汪世卿在信里也和他聊起浮梁的茶文化，认为浮梁茶文化源远流长，浮梁茶与安徽祁门茶之间存在着许多相同之处，因为都出在祁山下，同根同源。特别是磻溪村，是"浮红"的故乡，出过不少知名茶商。这些引起了许世英极大兴趣，表示有机会一定去看看。

许世英在信里有时也谈些时局的变化和自己的苦恼。经济上西方列强入侵，小农经济逐渐解体，政治上清政府依然实行封建君主专制制度，只是，逐渐出现的资产阶级维新派倡导的维新变法和革命派倡导的辛亥革命似乎带来一线曙光。外交上，虽然闭关锁国的政策被打破，建立了外国事务总理衙门专管对外事宣，但国内军阀割据，战祸不断。许世英说人在江湖，身不由己，一着不慎，满盘皆输。

汪世卿知道，许世英历经晚清、北洋、民国三个时期，宦海沉浮几十年，实属不易。

半年前，他从朋友那里获悉，段祺瑞被迫下台后，许世英到了上海。因为参加了组织反对孙传芳的苏浙皖联合会，许世英遭到通缉而逃到香港，为此，汪世卿十分担心他的安全。时隔半年收到老友的一封平安信，而且是从香港寄出的，汪世卿感到十分激动。

阔别三十年来，他们俩仅见过一次面。见面的地点就在自己生活了三十多年的府前。那次见面虽然时间过去了六年，但见面时的情形犹如昨天，历历在目。

2

民国十年（1921）的一个上午，一位家长来到教室里对汪世卿说："有位穿西服、戴礼帽的先生在门口站了有一会儿，好像是找您的。"汪先生摘下老花镜叫同学们自己预习，便走出门来。来人个子不高，人也清瘦，但那双大大的耳朵，那双炯炯有神的眼睛一点也没有变。尽管近二十年不见，汪世卿还是一眼就认了出来。"英哥！"他急步上前去，两人紧紧地相拥在一起。

此行，许世英是作为安徽省省长的身份来到皖南祁门考察的，考察完毕后顺便回了趟老家祭祖。许世英知道汪世卿依然在磻溪村任教，便决定来探望一下多年未曾谋面的发小，顺便也了解一下作为祁红主要产区的浮梁茶叶生产状况。

府前村坐落在一条狭长的山谷地带。四五十户人家分布在村中一条河的两岸，宗祠位于村子中央。南唐时，汪氏从本县隐山迁此建村。村中有十多家店铺，家家有青石板小街相连，古朴、幽静。

汪世卿的家在小河旁，妻贤子孝。晚宴虽不如大户人家的丰盛，但八大碗四小碟，把桌子挤得满满的，也算是色香味俱全。正当他们举杯开饮之际，四五个邻居像约好了似的鱼贯而入。他们手里端着托盘，盘子中间是一盘点心，四个小碟是花生、瓜子、麦芽糖等零食。点心家家不同，有麻糍，有碱水粑，有鸡蛋，还有当地有名小吃安苗粿，有的还提着一壶自酿的白酒。

浮梁农村有个习俗，若是见谁家来了一位客人，不管是中午还是晚上，邻居们就会自发地弄上一盘点心，备上几种零食在主人进餐前送来，以示庆贺。汪世卿夫妇喜不自禁，在一片道喜声中将这些盘子一一摆好，然后邀各位高邻入席。大家也不谦让，与客人见过礼后落下座来一起用餐。这让许世英感觉到了一股浓浓的乡情。

在去世卿家的路上，世英就交代世卿："我不是什么省长，是你的表兄，在南洋做生意。拎包警卫员李参谋是伙计。"世卿连连点头称是。

在推杯换盏中，乡亲们也真切地感觉到世卿这位表哥不仅长得英俊，而且彬彬有礼、落落大方，是一位知书达理、见多识广之人，殊不知，他就是时任安徽省省长，日后还成了民国政府的总理。如果不是考虑到第二天还要去"浮红"故里磻溪考察，拜访汪世卿的老丈人，兄弟俩肯定要度过一个不眠之夜。

在蜿蜒的山道上，三匹马悠闲地走着，清脆的蹄声越过田野，响过山梁，在山坞里上空回旋。磻溪离府前也就二十几华里，汪世卿他们不到一个时辰就到了。

磻溪村位处浮北祁山下的万山丛中。村子四周是一片片蜿蜒起伏的茶园。茶树像是刚刚脱去厚重的棉袄，换上了嫩绿的新衣，远远望去，像一片绿色的海洋，泛起淡绿色的波浪，与粉墙黛瓦的古建筑相映成趣，呈现出来的就是一幅生动的山水画。

　　进了村，三个人牵着马行进在那条铺着青石板、印着车辙的街道上，两边是挂着各色旗幌的店铺、茶号。许世英在一家名叫"泰和"的茶号前停了下来。村民进进出出，肩挑背扛的都是茶叶。许世英进去问了伙计一些茶叶生意上的事情，诸如青茶的价格、产量、销路等，伙计是认识世卿的，便一一做了介绍。出门后，世卿告诉世英："这是一家老茶号，据说康熙那会儿就有了，前店后厂，家里联系着几百户茶户。像这样的茶号，磻溪有十几家，整个浮梁县有二百多家。而这些茶号在全国各地设立的茶行多得无法统计。"

　　巷子里飘来一股茶香，许世英深深吸了一口。

　　当许世英来到村东南一座宅院的门前时，汪世卿的老丈人汪渭璜先生早已候在了那里。

　　汪东嬴，字渭璜，五十多岁，身穿着一件灰色长衫，花白的头发，面色红润，唇下几绺儿胡须，颇有几分仙风道骨气派。这位邑庠生出身的清末昌北议员，民国初的昌北董事，生性耿直，热心公益，在村里村外享有很高威望。他曾听世卿多次提到过这位有胆识、身居高位的发小。接到世卿的口信后，他没有声张，就像接待远方的亲友一样迎接着许世英的到来。

　　许世英一进门就被家里的书香气吸引住了。趁着主人忙着张罗茶点的当儿，欣赏起挂在客厅照壁上的一幅画来。画题为《绿竹禅庵》，画中，翠竹摇曳的小河边上，露出禅庵的一角，古木林中露出一抹斜阳，一条石板小道通向远方，意境清幽。画的右上方题着一首诗，字如行云流水一样。诗云：

　　　　修竹潇潇水一方，绿荫疏处露禅房。
　　　　钟声远引风声和，翠浪空翻闹夕阳。

　　"好一个绿竹禅庵，佳作，佳作啊！请问先生，这个作者龙光何许人啊？"世英问。渭璜说："正是在下，拙作，拙作啊！""不过，这个绿竹禅庵确实是个好地方，它是磻溪村古八景之一。禅庵虽是禅房，更是讲堂，是讲学育才之所。许多学子都是从那里走出去的。"

"我岳父是一位多面手，诗、书、画全能，等会儿带你去看，祠堂后堂壁上那'光绪重恢'四个厚重有力的大字就出自他之手。"世卿补充道。

"过奖，过奖，你们后生可畏啊！"

此刻许世英对眼前的这位乡绅平添了一份钦敬。

午餐后，稍坐片刻，渭璜老先生便端出一本还散发着墨香的丙辰（1916）届《磻溪汪氏宗谱》来。

"中国以丝瓷茶名五洲，吾邑独产其二。瓷莫善于景德，而茶市之盛则首推磻溪。"读着进士出身的汪龙光先生在序中那气势磅礴、先声夺人的语调，看着那如行云流水、气韵流畅的书法，许世英情不自禁地赞叹一声："好文！"他继续读下去："海通以来，磻溪以茶输出外洋，岁赢无艺……"

透过这部厚厚的宗谱，回想着世卿和渭璜断断续续的介绍，磻溪村的茶叶史在他的脑海里有了一个大概的轮廓。

优良的生态、肥沃的土地、湿温的气候和充足的光照，使之成为浮梁优质茶叶的产地。宋代诗人熊蕃的那首诗，一下把他带到了数百年前："红日新升气转和，翠篮相逐下层坡。茶官正要龙芽润，不管新来带露多。"

清代嘉庆元年（1796）后，磻溪村由生产传统的绿茶，开始生产半发酵乌龙茶，并且在对外销售的包装箱上印上"上上乌龙"商标。这种茶上市后立即受到了消费者的欢迎，特别受到"五口通商"后的上海洋商的青睐。同治十三年（1874），磻溪村汪孔杏等一帮年轻的茶商，又成功仿制出红茶，从而赢得了国内外市场先机。

但让他感到惊讶的是，一个村子里，竟然出现了这么多茶商，而这部宗谱也难能可贵地记录下他们的创业经过。细看之下发现，这些茶商都有一个共同的特点：幼小时，都是学业上的佼佼者；长大后，由于受环境的熏陶，最终走上了从商的道路。

由于茶叶的兴隆，特别是红茶的兴起，磻溪走上了一条商业兴隆、人丁旺盛的发展之路。经济的发达促进了人才的培养，知名儒政贤达、商贾名医数十人。商业的繁荣也极大地推动了村政建设。古民居、古戏台、古宗祠应有尽有，且错落有致，俨然有序。

从戏台出发，转过两道弯进入到汪氏宗祠的庭院。前厅门楣上方的正壁上，挂着一块匾额，上书"汪氏宗祠"四个大字，下方是两面黑大理石磨制的石鼓，镶嵌在雕刻着龙凤呈祥的座基上，很有气势。

前厅的两面石鼓，是安徽黟县取来的黑色大理石打磨成的，光滑、平整，可以和隋炀帝的铜镜媲美。石鼓嵌在座基上，座基的正面雕着富贵牡丹，背面是龙凤呈祥，一龙一凤在追逐嬉戏。那凤舞龙腾，象征着汪氏家族人才辈出，龙飞凤舞，龙腾虎跃。

紧靠石鼓边的础石，雕刻的图案，富有韵味，东边的雕着万顷碧波上，一轮红日冉冉升起；西边的雕着波澜壮阔的海上，一轮皎洁的明月挂在碧空。合起来正是"明"字。虽然汪氏宗谱没有告诉子孙此祠堂建设的年代，但这里留下了永不消退的明代印记。

石鼓正面刻着"举人"两个大字，背面则分别是"庚午科""戊辰科"。"举人"是古代科举中位于中间层次的一种功名，在全县历史上三百多名进士、九百多名举人中，倒不算什么罕物，但这两位举人与众不同，他们是武举，这在全县来说是少见的，而且兄弟俩中举相隔才几年。这两名武举的诞生与茶叶有关，与财富有关。

乾隆年间，人称"刚百万"的浮邑巨商，磻溪汪廷埃生有三个儿子，个个勇武刚强。老二名锡桃，人称"桃老二"。嘉庆十五年（1810）参加庚午科会试，中第二十名武举，时年三十二岁。老三汪锡李，人称"李老三"。嘉庆十三年（1808）参加戊辰科会试，中第二十五名试举，时年二十八岁。一门双子，先后两年纷纷跃入龙虎榜，真乃龙腾虎跃，为磻溪汪氏家族增光添彩，耀祖荣宗。安徽歙县宗家获悉，立马制成两对六边形旗杆石鼓，历经曲折，送到磻溪，以表祝贺。石鼓正面刻着"庚午科举人""戊辰科举人"字样。

兄弟二人中举后，先后被县太爷招去就职，并批复磻溪村可成立护村民团，拥有武装。武装组织就设在"刚百万"家，他们家四周做起了围墙；北边来龙降山上和村东的山头分别建有碉堡，每日分人站岗放哨，保护村庄，不受土匪侵扰。

刚百万，乳名启刚，名汪廷埃，字云望，号衡山，生于清乾隆四年（1739），卒于道光二年（1822）。汪公年轻时，志向高远，满怀抱负，受先祖影响，决议从商，在浮城（今景德镇中渡口之上半边街）奋力打拼，经营数十年，获利巨万。一生乐善好施。造浮城，建育婴堂，共捐银三千二百两。家乡建设更不用说，修路建庙，出钱出力，更是倡导主持汪氏总谱的续修出资工作，真是功德无量。汪公一生育三子。长子锡泰，文武双全，成年后，被推举为本村族长。二子锡桃，三子锡李，先后考取武举人，一家两儿双折桂，满门增辉。歙县宗亲都制旗杆石鼓（现仍在宗祠门口）来祝贺，光耀了汪宗门第，为汪氏增光添彩。

宗祠正堂是最神圣的殿堂，平常是议事、论事，处理事务，拜堂、祝寿、祭祖的所在，一般人想登上厅堂，只是一种奢望。

香火壁最高处挂着一块祠堂内最大的匾额，上面刻着三个立体阳文大字"惇叙堂"。寓意为人要敦厚、实在、坦诚、直率。匾额下是越国公容像，是受人们尊敬的四十四世汪氏祖先。平时，用绸布遮掩，只有在每年正月十八越国公诞辰纪念时，大家来祭拜，才露出真容。容像下面，并排挂着两块匾。

祠堂正堂四周梁上，挂满了各式寿诞匾、功名匾、贞节匾。题词多种多样，如，花甲长寿、有德年高、稀龄、必得其寿、贞松不老，此乃祝寿之匾。熙朝人瑞、德寿福齐、匡宗仁寿、泽润杏林、义吾可月，此乃功名义吾之匾。劲节可月、松筠节操、谥慈者，此乃贞节之匾。林林总总，多达五十余块。送匾的人多为各级官员，有邑侯郡守、巡抚、布政使、总督。

其中两块引起许世英的注意，一块是宣统元年（1909）两江总督、南洋通商大臣张人骏赠给汪锡犀的"礼隆就呈"。另一块是太子太保、大中堂、文渊阁大学士曹振镛赠予刚百万的八旬寿诞匾"南山瑞霭"。

张人骏（1846—1927），清末政治家，光绪三十三年（1907），日本侵占了东沙群岛，时任两广总督的张人骏，一方面与日本驻粤领事交涉收回东沙群岛，一方面于宣统元年（1909）四月派水师提督李准、副将吴敬荣、刘义宽等一百七十余人，另乘"伏波""琛航"等军舰前往西沙群岛，查明岛屿十五座，命名勒石，并在永兴岛升旗鸣炮，公告中外，重申南海诸岛为中国神圣领土。张人骏在忠君保国思想基础上，大义凛然，敢于与外强不懈抗争，维护国家主权。后人将南海诸岛中的一块岛礁命名为"人骏滩"，以资纪念。

曹振镛，晚清重臣之一。他一生经历乾隆、嘉庆、道光三朝，从政时间长达五十三年。有人说曹振镛这个三朝宰相一生唯唯诺诺、十分谨慎，"多磕头，少说话"。许世英觉得这种说法过于尖酸刻薄，也不符合实际情况。曹振镛作为首席军机大臣、从政五十三年的京官，政绩颇多，没有贪污受贿的记录，能做到这一点就很难得。他一生小心谨慎、言行得体，五十三年没有大过失，可见官宦文化修炼之深。在他的决策下，平定了新疆张格尔叛乱，三次当学政主持乡试，尽心尽力，嘉庆皇帝出巡，他代君三月，可谓政绩辉煌，令人称羡不已。

正当汪渭璜先生在家宴请许世英一行的时候，门人急匆匆地进来报告，说村口来了一伙扛着长枪的大兵。李参谋霍地站起身来，厉声问道："有多少人？"

来人说："约摸三四十人。"

汪渭璜老先生对门人说："快报告村联防队。"

"是!"门人急速跑了出去。

许世英看了一眼李参谋说："小李,你出去看看。"然后说："大家不要慌!"

过了片刻,大兵来到汪渭璜老先生的门口,领头的下了马,急匆匆地进了门,见了许世英连忙敬了个礼说："报告许省长,小人来迟了,请恕罪!"

"哦,是你啊,谢亭老弟,我当是谁。"

来人是浮梁县县长谢亭,早上得知许省长来到浮北,便带了一班人马急急赶来护卫,兵荒马乱的年代,怕有闪失。

和许世英的那次磻溪会面,虽然过去了六年,但在汪世卿的脑海里宛如昨天的事。

从许世英的来信中可以看出,他对磻溪茶市十分赞赏,对汪渭璜的热情和才情留下了深刻的记忆。民国十四年(1925),当了总理后的许世英依然没有忘记那段经历。得知民国十五年(1926)一月十五日是汪渭璜的六十大寿诞后,便亲手写下了"嘉行笃祜"四个大字,委托汪世卿装裱后奉上。从此,磻溪汪氏宗祠里正堂大梁上又多了一块由内阁总理许世英赠送的寿匾。

不仅如此,民国十八年(1929),当得知由汪世卿总纂的府前《汪氏宗谱》告竣后,许世英以前司法部总长兼中外交通部总长、内阁总理的身份,亲自为之作序。序中,盛赞汪世卿纂修宗谱、策划校正不辞辛苦之为,颂扬当世人竞相尚新、革命潮流日趋月盛之热情,并表达了自己恢民生、扩民权,努力训政的坚强决心。

3

2023 年 6 月 9 日,我驱车沿着 206 国道向北前行,离开浮北桃墅村大约十五公里,便见路边矗立着一座"许村"门楼。藏青色的石坊与青山融于一体。许村被群山环绕，乔木荫荫，风景十分秀美。

　　许世英是中国近代史上的一位名人，历任晚清山西提法使、布政使、大理院院长，民国司法总长、内务总长、安徽省省长，北洋政府中的内阁总理、驻日全权大使、蒙藏委员会委员长等职。他在吁请清帝退位，确立新式法规、法庭，反对帝制复辟，拥护孙中山北上议和，反对军阀孙传芳，赈济灾民，维护国家尊严和民族团结等方面，发挥了重要作用，被孙中山称之为"北方第一人也"。

　　我怀着一种钦敬的心情驱车前往东至县官港镇许村，走进大山深处的许世英故居，感悟名人情怀。许村位于至德县、东流县、彭泽县、浮梁县四县交界处，官港镇许村是古时的交通要道，许世英故居坐落在穿村而过的兆吉河与方坑交汇的地方，故许世英晚号"双溪老人"。

　　许世英一生自律严谨、朴素，不置田产。其故居由老屋、中厅、接官厅三部分构成，建筑面积七百七十平方米，连一般知县都不如。

　　在院子里遛弯儿的一位大爷，自述八十八岁了，姓许。他大着嗓门说："别看这房子不显眼，当年段祺瑞等人都是这里的常客，他们来了，县太爷只有搞服务的份儿。许世英的父亲是教私塾的，就是在那老屋的楼上教书，搞点生活费，我就在那里读过。"

　　门边的牌子上写着老屋建于清顺治年间，上下两层，建筑面积二百八十三平方米，是许世英出生的地方。南侧檐墙两头高出屋面，呈"凹"字状；东西两侧山墙低于屋面，以泄坡面雨水，为硬山式墙体。抬梁兼穿斗式架构，内设天井采光、通风、排水。正堂后壁悬挂匾额一方，楷体阳刻"重德堂"三个大字。房门、花窗的雕刻工艺保存着明代遗风。老屋原布局为门廊、前厅、后厅，三进三开间，三进之间设天井两口，后半部分早已坍塌，室内天井被填平，屋面改为单坡式。

　　老人说："许世英当了省长后，地方上为其建了左边两间，用来接待来访的达官贵宾。"正堂宽敞明亮，厢房六间，较之老屋显得更为开阔、更有气势，门窗上的雕刻工艺也更为考究。与皖南豪宅相比，虽谈不上富丽堂皇，却也不失端庄典雅，从这个侧面反映营造者为官做人的一贯风格。这里给我的第一个印象是干旱。干涸的小溪，裸露的河床。村民说，吃的水都是从山里用细管引到家里的。山里的新许氏宗祠，是 2009 年设立的东至县文物保护单位。

后人写有一副对联：东观狮台南望笔架世有山河之意；西瞻古刹北倚秀峰英名国人皆知。

对联不仅将许世英的名字嵌入联内，还将许宅的地理环境囊括其中，实属一副应景联之佳作。

河道两边由方砖与草坪铺成的路面，让这个小山村变得异常洁净亮丽。一个不大的院落，并列着三栋砖瓦房子。许世英故居的门边挂着的"安徽省重点文保单位"牌子，提醒着每一位造访者，里面尘封着许多鲜为人知的民国故事。

31. 上海滩的"大东家"

民国四年（1915），小寒。当清晨第一缕阳光穿过窗棂洒进房间的时候，弥漫在空气中的冷意让江资甫不禁打了个冷战。

天气虽然有些寒冷，但他一吃完早饭就跟着几个伙计出了门，去后山塔里，看看翻耕后茶园的培土情况。作为浮北严台村"天祥茶号"的老板，他对茶园管理要求近乎苛刻，先是清除杂草，然后在行间挖出一条条的沟来，再将平日堆放在那里的茶籽饼、牛粪填进沟里，再覆盖泥土，对茶树起到抗寒保护作用。

这时，一个中年男子急匆匆地来到他跟前。来人是邻村福港的潘土寿，江资甫的挚友和生意伙伴，也是成立不久的祁门种茶场福港工作站的负责人。他叫江资甫马上回家，挑点好茶去参加一个世界大赛，并说祁门县那边催得急，要马上送去，不然就来不及了。

江资甫将信将疑。评什么奖，还是世界的？难道茶叶好坏是评出来的？不过，朋友大老远来，面子不能不给。一回到家里，就从箱子里称了两斤上等茶交给老潘。他有些心疼，这可是真金白银。

令江资甫万万没想到的是，他的这种不经意的举动，却带来一个意想不到的结果。三个月后，从上海传来消息，他的这两斤茶叶，竟然赢得了一枚金牌。

民国三年（1914），太平洋西岸的美国旧金山，历时十年的巴拿马运河竣工通航，美国人为显摆一下自己的功绩，决定在旧金山举办一次"巴拿马太平洋万国博览会"，让世界各国都来参观。

美国政府于 1913 年就承认了北京袁世凯政府，是西方列强中最早承认的国家。1914 年 3 月，爱旦穆到中国，游说中国派代表团参展。4 月 4 日，爱旦穆得到袁世凯的召见。虽说当时国内政局动荡，北洋政府还是将这件事作为中国走向国际舞台的一件要事，立即成立了农商部，全权办理此事，各省相应成立了筹备巴拿马赛会出口协会，征集物品。

茶叶是中国的重要出口产品，为了将茶叶产品筹备工作落到实处，农工部还在全国重点茶区设立了示范基地。民国四年（1915）初在安徽省祁门县设立的模范种茶场就是其中之一。该种茶场又下设沥口、秋浦、修水、浮梁四个工作站。作为站长，潘士寿一接到通知就来到了严台村。

得了金牌以后，一向谨小慎微的江资甫一点也不敢声张，好像什么事也没有发生。直到二十世纪九十年代初，这枚珍藏了七十多年的金质奖章才得以公之于众。何曾想，金牌的出现却引来了一场笔墨官司。有人撰文称获"巴拿马金奖"的中国食品名单中没有"浮红"，只有"祁红"，并据此推断，这金牌原属祁门，后转售或迁徙于浮梁。有的甚至编故事，说是严台村的一个年轻寡妇和祁门县某村的一个茶号管家私通，后来那个管家将金牌作为礼物私赠予她，于是，金牌便被带到了严台。

其实，稍微探究一下严台村发展史和营茶历史，就不难发现，"浮红"茶获奖绝非偶然。

南宋嘉泰元年（1201），而立之年的江仲仁挑着一担行李，带着妻子和两个儿子，从四五华里外的诰峰村沿着江村河道往上游走，发现这里群山拱峙，林海绵绵，流水环绕，是一个建村立业的好地方。一打听，这里还有一串好听的地名，便更来了兴致。水名严溪，溪上有座富春桥，山名富春山，山上有个天水庵，犹如严家的旧址。

江仲仁自幼喜读诗书，知道严子陵才学过人，是东汉的名士。因此，仰慕之情油然而生，故此，定居后将村名改为严台。

江仲仁像一名设计师，迁居之初就把这里的一切规划好了。他订下家规：以商从文，以文入仕，以仕保商。学有所成，劳有所获，商有所别。这些家规家训，激励着一代又一代江氏子孙不懈努力，从而聚集了巨额财富，滋养了大量的人口。

严台历史上有大批从商者，他们获取财富的途径主要是经营茶叶、瓷土和窑柴。清代同治、光绪年间，浮梁开始生产红茶，大量畅销海外。严台地理位置独特，毗邻安徽省祁门县历口、闪里、平里等村，因此，它不仅是"浮红"的主产区，而且还是"祁红"的核心区，明清两代茶业兴隆。资料显示，清末严台有茶园四千余亩，产量三千多担，茶号七家。

咸丰七年（1857）出生的江资甫，自小熟于珠心算，天生就是块做生意的料。十三岁随父江流芳到上海学习经商。十五岁那年在英租界玩耍时，突患急性阑尾炎病，幸被一对荷兰夫妇救治。病愈后，江资甫随父常去答谢，一来二往建立了深厚的感情。荷兰夫妇见其聪颖机灵，收为义子，江资甫由此结交了一些洋茶商。

光绪三年（1877），父亲江流芳病故，江资甫执掌天祥茶号。他一方面扩大优质山茶的种植，增加自产优质茶产量；另一方面严把红毛茶收购关，提高精制红茶质量。在他的精心打理下，天祥茶号在上海声誉日隆，每年销售茶叶两千余箱。

在一些洋茶商的支持下，江资甫与其他茶商共同发起成立上海茶叶协会，并出任常务会长，人称"大东家"。

江资甫致富不忘家乡，修桥补路，公益慈善样样在先，他还捐资创立北斗书院。难能可贵的是，江资甫将自己的制茶经验编成了一本书。这本凝聚着江资甫治茶秘笈的《制茶要诀》，为茶乡浮梁写下浓墨重彩的一笔！

32. 国礼

新中国成立后的浮梁茶发展，契机源自国家的一个重大外事活动。

1949 年 11 月，斯大林向毛泽东发来密电，邀请他访问苏联。恰逢这年的 12 月 21 日，是斯大林的七十岁寿辰。毛泽东曾经说过："十月革命一声炮响，给我们送来了马克思列宁主义。"苏联是老大哥，又是第一个承认新中国政府的国家，毛泽东决定，借访苏之机给斯大林祝寿。

临行，毛泽东叮嘱有关部门备了一份礼品。礼单中有湖南湘绣的斯大林像、福建的漆器、景德镇瓷器、杭州的纺织品、贵州茅台酒、上海名烟与牙雕，还有山东的白菜、大葱，天津白萝卜以及各地的名茶。礼品中，出自景德镇地区的就有两种，即瓷器、浮红茶。对这份既有阳春白雪，又有下里巴人、烟火味很浓的礼品，毛泽东十分满意。

"浮红"被甄选为国礼这件事，对浮梁人触动很大。那些刚刚从泥田里拔出脚来的市县领导，迅敏地捕捉到了这个商机。浮梁茶发展很快摆上了政府议事日程，干的第一件具有前瞻性的事情，就是借这个东风，在"浮红"主产区——经公桥乡创建了一个"浮梁红茶机器精制厂"，揭牌时间选在 1950 年 2 月 18 日。这是新中国第一批由国家投资建设的十九个重点茶厂之一。这个先进的融生产、加工、科研于一体的茶产业试验区，像梧桐树一样，引来了一大批金凤凰。

黄崇焘，这个在浮梁茶园一待就是半个世纪、被誉为"茶叶寿星"的全国知名专家，就是在那个时候加入"浮梁茶振兴行动"中来的。那是一个"新绿染枝头"的季节，不到三十岁的黄崇焘，斜背着一个挎包，拿着一纸江西省人事厅的调令，坐着长途汽车，从修水县风尘仆仆地来到浮梁。一下车，便领着一个"浮红茶严台工作站站长"的头衔，带着一批同样年轻的小伙伴，一头扎进小山似的茶堆里。一千个日日夜夜，春来秋往，他贪婪地闻着茶香，呷着茶汁。玻璃杯里，茶叶在水中慢慢地伸直、张开，悬在空中，像是跳着欢快舞曲。他一遍又一遍地观赏着，陶醉得不知归路。

很快，一个崭新浮梁茶品种问世了："孚钉"。这一奇怪的茶名，则是出自识字不多的茶厂工人做的一个文字游戏。他们先给出口茶的标签上，将浮梁的"浮"字去掉了三点水，又在表示十个等级的甲乙丙丁左边添了个"钅"旁，结果，习惯成自然了。

1953年，这是浮梁人一个值得收藏的日子。那天，一则喜讯从万里之外的莫斯科传到北京，传到浮梁茶乡桃墅村："孚钉"茶被苏联国家产品鉴定委员会鉴定为茶中"珍品"而予以典藏。从此，"浮红"成了丝绸之路沿线国家的新宠。浮梁茶，紧跟国家发展的步伐一路狂奔。

1959年1月16日中午，浮北山区桃墅村锣鼓喧天，鞭炮齐鸣，口号声此起彼伏。学生鼓乐队在前，后面是排着长龙、手持三角彩旗的村民。他们来到位于村中的大队部门前广场上，簇拥在一个临时搭起来的台子四周。不一会儿，一辆吉普车缓缓停在了广场边上，人们纷纷让出一条道来。最先走下车的是一位身穿蓝色大衣、胸前戴着大红花的中年男子，一手举着奖杯，一手拿着奖状，乐呵呵地向人群走来。他就是刚从北京接受国务院表彰回来的桃墅村党支部书记汪庭杰。

奖状镶嵌在精致的相框里。闪闪发光的国徽两边是谷穗花纹，国徽下面是油亮油亮的五个黑体大字——"国务院奖状"。内容是"奖给农业社会主义建设先进单位，浮梁县卫星人民公社桃树大队"。右下方是周总理的亲笔签名，奖状的颁发时间是"一九五八年十二月三十一日"。

六十五年过去了，年近八旬的汪本黄老师，给我介绍起依然悬挂在村委会墙上的那张奖状时，还是那样兴奋不已。

汪庭杰，1930年出生于本乡杨家坪村，1953年入党，1958年去北京参加人民代表大会，是因为一个小小的桃墅大队竟然完成八百担红茶的生产任务。

解放初期，农业生产建设由"互助组""初级农业生产合作社"走向"高级农业生产合作社"。1958年，"总路线""大跃进""人民公社"成为指引农村走集体化道路的三面红旗。

桃墅大队村民在党的方针指引下，掀起了一场轰轰烈烈的社会主义建设大生产运动。人人都在为"鼓足干劲，力争上游，多快好省地建设社会主义"而奋斗，并提出了"茶叶生产八百担"的响亮口号。但喊口号容易行动难。桃墅村茶叶种植面积虽多，但土地贫瘠，管理不善，产量不高。要想完成年八百担的任务谈何容易。为了实现这一宏伟目标，大队重点发展两个茶园基地——杨石村和桃墅，以这两个重点基地带动其他基地。人们干活不分白天黑夜。即使是寒冬腊月，四更时分，挂在桃墅村中大桂花树上的铜钟就响了。有时浓霜铺地、大雪纷飞、寒风刺骨，人们仍蓑衣裹身、稻草裹脚地来到茶园基地，一日三餐都在地头上完成。收工晚时，伸手不见五指，只好打着火把照着回家。夏季，那明亮的汽灯招来无数的飞虫，咬得人们全身是包，血迹斑斑。

辛勤的劳动，艰苦的创业，终于给人们带来了丰收的喜悦。经过五年的努力，"开垦茶园八百亩，年产红茶八百担"的愿望如期实现了。桃墅村被评为农业社会主义先进单位，大家推选汪庭杰为代表，出席了全国劳动模范先进单位的授奖大会，并带来了由周总理亲自签名的奖状。

浮梁县"劳模报告会"的千人大会场，庄严肃穆，彩旗飘飘，"共产党万岁""毛主席万岁""人民公社万岁"的口号声此起彼伏。

站在主席台正中、戴着大红花的劳模汪庭杰，扯着嗓门，一字一句地喊着。他先讲述了这次全国劳模大会的议程和参观考察时的见闻，接着又介绍了大会上听来的关于社会主义的优越性以及今后要实现的目标，最后谈了自己这次北京之行的最大感受："天安门广场很大，故宫很深，周总理的手很温暖，一直暖到我的心，让我一辈子都不会忘记。"台下响起雷鸣般掌声。

此时，公社书记章燕亮一个箭步跳上台去，大声喊着："同志们，大家静一下，我要报告两个喜讯。一是过去的一年，我们浮红茶区出口红茶六千六百三十一担，折合起来是三百三十一吨。专家说，可为国家换回钢材三千三百三十六吨，用这些钢材，可以造出拖拉机六十七台，喷气式飞机八架。"台下的掌声、口号声再次响起。

"另一个是，这次国务院给我们桃墅村的奖品是：六十匹马力发电机一台、手扶拖拉机一台、自动揉茶机四台。"

会场立时成了一片欢腾的海洋。

时序进入到二十世纪八十年代末期，改革开放的浪潮席卷神州大地，也涌进了浮梁这片古老的茶乡。吉湖项目的引进，酝酿着浮梁茶业变革大潮的到来。

1989 年 10 月，刚刚恢复成立的浮梁县，开始实施了一项前所未有的茶叶技改大动作：世界银行及国家计委批准的江西省吉湖农业综合开发项目落地浮梁。该项目总投资计划为七千八百万元，其中，世界银行贷款一千零五十八万美元。按当时 1：3.71 汇率折算，世行贷款数为人民币三千九百二十五万元。这对一个年财政收入仅有二千四百九十九万元的小县来说无异于是一笔天文数字。目标任务十分明确：低产茶园改造三千八百三十三公顷；新建茶叶初制厂六十五座，年新增茶叶加工能力四千四百四十吨；改扩建精制厂五座，年新增加工能力四千吨；新建茶叶纸箱包装厂一座，年产纸箱一百二十万只。

一石激起千层浪。吉湖项目带来的除了大量的基础设施建设，更重要的是驱动着人们市场思维的发展。随着技术的跟进，人员的培训，品牌意识的增强，新的茶市逐渐兴盛起来，茶叶经营部、商行、土特产经营部如雨后春笋，经营着各种红、绿名茶和大宗茶，浮梁茶在消费者中的知名度也越来越高。

1991 年，浮梁历史名茶仙芝复制成功，被命名为"浮瑶仙芝"，这是当代浮梁名优茶的新起点，同年 4 月，该茶被评为中国杭州国际茶文化节"文化名茶"称号。1994 年、1997 年在中国国际博览会上获得金奖，浮瑶仙芝茶叶有限公司也由此进入"中国茶叶百强"企业行列。产品出口欧盟、俄罗斯等二十多个国家和地区，年出口额达四百万美元。成为浮梁红茶主要外销大户。此后，瑶里崖玉、天祥甘露、西湖珍芝等一大批名茶如雨后春笋般涌现。沉寂了近半个世纪的"孚钉"，再次重出江湖。浮瑶仙芝、孚钉、恒德昌号、天祥号等一批传统品牌得到恢复。崖玉、西湖珍芝、瑶河、昌南雨针、严台、赣森、可得、知云等新品牌破土而出。"中国红茶之乡""中国名茶之乡"的桂冠相约而至，"一带一路"浮梁茶瓷文化节、浮梁买茶节相继精彩纷呈。浮梁茶，沿"丝绸之路"再出发。

在瓷都景德镇，在茶乡浮梁，茶与瓷犹如一对孪生兄弟，它们共同书写着传奇千年的精彩故事。"丝绸之路"成就了江南这座"瓷都""茶乡"的千年梦想，"瓷"的光环、茶的芬芳也让"丝绸之路"变得更加宽广与多彩。

因此，从这种意义上说，"丝绸之路"也是一条"瓷的丝绸之路"，同时还是一条"茶的丝绸之路"。

西北大漠的风沙、红海的滚滚热浪以及印度洋的层层环流，阻挡不了朝圣者的脚步。

高岭山，不仅盛产"莹白如玉"的瓷土，还诞生了一位平民圣人。从"高岭"到"Kaolin"，是"陶瓷之路"与"丝绸之路"直接对话模式的历史印记。

驼铃阵阵，羌笛悠悠，伴随着袅袅梵音，在苍茫寂静的沙漠上空回响。双峰庵的创立，揭开了浮梁信仰之路的序幕。在五方杂处的景德镇，华光大帝，作为陶工崇拜的神灵是一种自然的选择。佛教文化与陶瓷文化的结合，相得益彰。在这里，罗汉、观音不再是神圣面孔，而是一个个充满人情味，趋于世俗化、人性化的人物形象。

毫无疑问，丝绸之路，其实也是一条信仰之路。

33. 因为山在那里

1

那是二十世纪九十年代初的事了。那个夏天，我着了魔似的天天游走在景德镇的大街小巷，寻觅着高岭那位"平民圣人"的仙踪，期望与他再次相遇。

水面平缓的昌江，几条船只上下游动。江边梧桐树下，三三两两的退休工人扇着蒲扇、喝着茶、唠着嗑。我一个人走街串巷地边走边想，八百多年前，那位穿着土布长衫，手握烟杆的何召一是不是也这样急匆匆地穿行？他是否知道，他的那些莹润如玉的粳米土一旦到了窑工手里，就变成了蝉翼、浮云，飞进了皇宫？

我和他的第一次相遇，是在一个枫叶如花的秋天。那时，为了探寻高岭土开发的源头，我蛰居在老家高岭半个多月。一天下午，在翻阅民国《高岭何氏宗谱》时，突然一行端庄而清晰的印刷字映入眼帘，让我连日的疲倦一扫而光。该谱在记载第十三世公何召一时这样写道："初开高岭磁土故业者，庙祀之。"这是何等金贵的十二个字。它至少给我透露出这样几条信息：何召一是开采高岭土的第一人。由于何召一发现了高岭土，并带领大家发了家致了富，带活了一方经济，故此人们感恩他，在他逝世后建庙奉祀他。至于高岭土最早开采的时间，虽然谱上没有明确的记载，但我们也可以根据他生活的时间做出大致判断。认为定在南宋绍兴时期（1131—1162）比较合适。这种推断，比当时学界比较看好的明代万历年间（1573—1619）早了近五百年。

这个发现，让我欣喜若狂。次年初春的一个上午，我怀揣着那篇《高岭山之高岭土始开年代考》手稿叩开了《景德镇陶瓷学院学报》编辑部的大门。在时任编辑陈雨前先生的指导下，我略作修改，很快，这篇文章便在这个期刊上发表了。为此，我应邀出席了1995年上海古陶瓷科学技术国际讨论会，并作了专题演讲。

炎热的八月天，我徜徉在景德镇的弄堂里。这是一个具有两千多年历史的小镇，青砖褐瓦，曲折小径，窑坊相连，居厂一体，到处弥漫着瓷器的气息。兴许，老人累了，此时此刻，他一定是在哪个不被人打扰的地方打盹儿。

景德镇的窑民们是懂得感恩的。对他们有过帮助的人，一定会铭记在心的。有史料为证：

赵慨，一千七百多年前的新平人。他官居五品，先后在今福建、浙江、江西等地为官。因生性刚直不阿，疾恶如仇，为奸佞所不容，遂退隐家乡。但是，他多年在外地为官，熟知宁波、绍兴一带的越窑青瓷的烧造技术，便把这些技术与当地的制瓷技术结合起来，为景德镇瓷业的发展做出了卓越贡献，当地陶人对他十分敬仰，纷纷拜他为师。后世瓷工崇拜他，建庙供奉，尊为师主。明代詹珊撰写的《师主庙碑记》载，明仁宗洪熙元年（1425），少监张善到景冶陶，始在御器厂内建师主庙。成化年间（1465—1487），太监邓原在景德镇，为便于镇民祈祀，便把师主庙迁到御器厂东门外，以后又多次修葺。自明代以后，庙中香火不断，每当陶瓷行业举行重大活动时，都要供奉师主神位。

最让窑工记忆深刻的是四百多年前的童宾。童宾也是浮梁人，一个把桩师傅。明神宗时，内监潘相奉旨督造大龙缸，并限日完成。但大龙缸烧成并非易事，每每失败，限期将至，仍没有烧成，这就意味着，与烧造大龙缸有关人员将受到严惩。童宾心忧如焚。最后，为救这些人，他跳进窑火中，以自己的生命为代价，救了众窑工的命，意外地换来了大龙缸的烧制成功。众人感动，立庙祭祀他，供奉其为窑神。后来，成了习惯，每次烧窑前都要烧香祭祀风火神童宾，以求保佑烧窑成功。清代督陶官唐英曾为之写传。现在景德镇御窑博物馆有他的专门纪念馆，并塑有他的雕像。

高岭土成了景德镇做瓷器的优良原料，"高岭"这座山便像是神仙的圣地，在景德镇红极一时，被传得神乎其神。关于高岭土发现的经过，便有了许多传说。

传说，在某个闹饥荒的年代，庄稼颗粒无收，人们每天为了填饱肚子而想尽各种办法，啃树皮吃野菜，在没有树皮和野菜可以吃的时候，何老汉在观音菩萨的指点下，去后山挖了一小箕土回家煮着吃。后来，消息传开了，村里人争相效仿。有的跑来几十里地，就为这一口。后来，何老汉发现，这土不仅可以吃，还可以挑到镇上卖钱，于是大家又跟着学了起来。渐渐地，人们就把这种土称之为观音土，把何老汉当作高岭土圣供奉起来。

其实，师主赵慨、高岭土圣何召一、风火神童宾是一脉相承的，他们都是景德镇陶瓷行业崇拜的偶像。伴随着高岭土衰竭，高岭土圣曾一度从人们的记忆中消失。

终于在一个风雨交加的下午，在一个名叫蟠龙岗的"风火仙师庙"里与他相逢。也许是心灵的感应，在童宾像周边众多的仙师中，我竟然发现了它——一尊烫金的"高岭土圣"像。

这是一尊半身塑像，须发斑白飘逸，头微仰，两目炯炯有神，右手握着一烟杆斜搭腰际，左手掌微曲搭在眼前，仿佛向远方召唤，和我想象中的高岭老人一模一样。

与全国各地农村一样，高岭也有着各种各样的行业崇拜，如：建土地庙奉祀土神和谷神，木匠尊鲁班为先师，学生尊孔子为至圣先师，等等。高岭人还有一个独特的地方，千百年来，一直在尊奉一名土生土长的村民为高岭土圣，这个人就是何召一。何召一，高岭土圣，也称玉土仙，南宋绍兴时高岭村人，是最早发现并开采高岭土者。他心地善良，乐善好施，谁家遇到难处，他总是竭尽全力帮助。发现高岭土后，他没有自己单独干，谋取个人财富，而是带领村民集体开采、运输，利润平均分给大伙儿。高岭土的开采为提高景德镇陶瓷质量、改善高岭及周边村民的生活做出重大贡献。何召一去世后，景德镇陶瓷工人和高岭矿工（村民）为纪念他的功绩，称他为"高岭土圣"，建庙祀奉。高岭土圣庙原址在高岭水口亭南端，与北端关圣庙遥相呼应。水口是高岭通往外界的主要通道，加上这里是高岭土矿密集的地方，故往来于此或在此休憩者络绎不绝，香火极盛。

2

第六个中国瓷都——景德镇国际陶瓷节之际，在位于景德镇莲花塘的合资宾馆，我接受了节庆组委会的一项任务：陪同参加陶瓷节的日本土岐市三位陶瓷考古专家到高岭考察。之所以将这项任务交付给我，是因为那些年，我在编修《浮梁县志》的过程中，收集整理了一些有关景德镇陶瓷历史方面的资料，并且，在报刊上发表过几篇有关陶瓷考古的文章。

三位专家里，有两位我是见过面的。一位是山内达彦先生，五十多岁，一头银发，戴一副金边眼镜，一条淡蓝色的领带。作为一名大学教授，他对中国古陶瓷文化有很深的造诣，尤其是对景德镇情有独钟。早在 1981 年 8 月，他作为日本土岐市各界访华团的团长，带领着十三人考察过景德镇，并到高岭访问。另一位是副团长纐缬章文先生，他是教授和企业家。他们都是多面手，一边教书和开展陶瓷考古工作，一边经营着企业。1990 年，章文先生参加了首届中国瓷都——景德镇国际陶瓷节。此后，每年的陶瓷节，他都会如期而至。

他们想和我见面的另一个重要原因，就是上一年的陶瓷节期间，得知我与林景梧先生合著了一本名为《国际通用陶瓷粘土命名地——高岭》的书。当时接到市接待办同志的电话后，我与林先生带着几本书来到位于莲花塘的寂静幽深的合资宾馆。

我带着的这本书，是由景德镇陶瓷学院学报编辑部出版发行的，全书共分十三章，内容包括自然环境、生物特产、历史沿革、高岭土开发史、高岭文化研究、文物保护、旅游开发、旅游景点、民情风俗、传说轶事、艺文选辑、人物记略、大事年表等。这是第一本全面系统反映高岭地情的志书。两个日本朋友一见到此书便爱不释手，随即向我们提出，要将此书翻译成日文本的请求。林先生当即表示，能将高岭推介出去自然是件好事，我也当然乐意。没想到，这次一见面，两人就提着书来了。

团长山内达彦用不很标准的汉语对我说，这次哪里都不去，就是专程去高岭，要我这位"高岭专家"讲讲高岭。我说："在去高岭之前，有一个地方您一定要去的。"

"哦？有什么重大发现吗？"

"是的，去了，您就知道了。"

我说的这个重大发现，指的就是我新近在景德镇古窑民俗博览区发现的"高岭土圣"像。

下午两点，我们才从莲花塘出发，向着东北方向的高岭一路前行。

在车内，我们轻松地聊着。山内谈起中国陶瓷对日本的影响时说，历史上中国陶瓷对日本的影响是深入广泛的。中国古陶瓷在日本被用作食器、饮器、容器、装饰器、崇拜器、礼器、艺术收藏品等，上得天皇青睐，下受臣民喜爱。山内借用日本社会活动家中岛健藏的话说："我们可以断言，如果不谈中国的影响，那么根本无法说明日本的传统工艺美术。"我知道，在中国古陶瓷研究领域，日本学者的探究精神更是令世界陶瓷学界钦佩，三上次男、小山富士夫、三杉隆敏、上田恭辅、矢部良明等一连串陶瓷学界熟悉的名字，一次次写进中国陶瓷研究史，他们的研究成果也多次被中外研究学者参考和引用。日本学者对中国古陶瓷研究的贡献，欧美学者是难以企及的，中日文化源远流长的亲和性是日本学者取得这一优势的必要条件。

日本的中国古陶瓷研究成果是很丰富的。日本学者除了对本国（包括近海）出土、流传的中国陶瓷进行了妥善的典藏和深入细致的分类与研究，还对海外出土的中国瓷器也有广泛兴趣，并取得了丰硕的成果。对中国本土陶瓷的研究，是日本学者全方位研究中国陶瓷的重要部分。中国历代的陶瓷典籍、窑口遗址、出土器物、公私收藏、古陶瓷学术研讨会等都是他们关注的对象。景德镇更是重中之重。

海上陶瓷之路这一名称，则是由三上次男教授以著书立说的方式，首先提出来的。他不仅赋予海上丝绸之路时代性，而且为日本战后海外经济发展，找到了一条自古以来与中国交流的海上贸易通道和贸易港。

看着手头上这本装帧精美，并配了插图的日文版《高岭》，我感觉到了日本学者做事的精细和执着。

日本人对高岭情有独钟是出了名的。早在清代光绪三十三年（1907），即日本明治40年，日本政府派遣农商务省技师北村弥一郎来中国考察窑业，归国后他写成了《清国窑业视察报告》，书中称高岭土为明砂高岭。1981 年 1 月 22 日至 27 日，日本的摄影家南川三治郎来景德镇参观，并到高岭考察、摄影，从而开启了日本学者访问高岭新的时代。此后，访问高岭的日本学者络绎不绝。仅 1981 年 8 月，就有日本土岐市各界访华团、日本名古屋商会访问团。日本 NJ20-6 有田窑大学访华团、日本 NJYX92-1008 团等多批次访问团，人数多达百余位。

我曾问过日本的朋友，为什么对高岭的兴趣如此之浓。他笑着说："因为山就在那里。"我知道，他是借用了英国著名的登山家乔治·马洛里的一句话。对于登山者来说，珠穆朗玛就是他们心中的圣殿。同样，高岭就是陶瓷考古工作者心中的圣殿，又怎能不去呢？当然，我更愿意理解成这是日本学者研究的执着。

上午，当我带着他们三人见到这尊圣像后，三人的神情一下变得严肃起来。只见他们双手自然下垂，手指并拢，随着腰部的弯曲，身体向前倾。腰弯到脸部几乎与膝盖齐平的程度，然后慢慢直起身子。这种膜拜礼，让我们这些随行者为之动容。

高岭土圣的出现，更增添了他们去高岭的兴致，称这次为"朝圣之旅"。

3

高岭是座山，它位于景德镇东北与婺源交界处，无论从景德镇市区还是从浮梁县城出发，沿双向四车道的景瑶公路行进三十六公里便进入高岭风景区。

康熙二十一年（1682）《浮梁县志》载："高岭，在县东七十里仁寿都，地连婺源石城山，险峻特甚。"高岭由此得名。

高岭，其实并不高，海拔六百八十米，纵深三十公里，在赣东北的崇山峻岭中，只能算是个"小老弟"。可是，大小二十余座山峰，五百多种动物，四百多种植物，将这里装扮得如一座高山盆景。可谓是：春有百花秋有月，夏有凉风冬有雪。若无闲事挂心头，一年四季好时节。尤其是这大山的肚子里面蕴藏着大量洁白、莹润的高岭土，这对于景德镇那数百座饥肠辘辘的窑口来说，就像天上掉下来的一座粮仓。

南宋绍兴年间，正当景德镇瓷业如火如荼、飞速发展的时候，突然传来一个不好的消息，当地主要原料产地麻仓山瓷土即将挖尽。资源一旦枯竭，作坊停产、窑户关门、工人歇业就在所难免。正在这紧急关头，有人送去了在高岭山上挖出的土。没想到，这种类似于"粳米"的土不仅让景德镇窑业度过了一场空前的危机，而且还使得景德镇瓷器上了一个新的台阶。

进入高岭景区的第一站是东埠街。古街位于高岭山下东河岸边，为古代浮梁县四大名街之一。这里曾是景德镇瓷用高岭土、釉土、窑柴的重要集散地。街长约一公里，街道的两旁店铺林立，道中青石上独轮车碾轧出一条深深的凹痕。三座古朴的码头依然矗立在河边。所有这些，都让人联想到古时"茅舍重重倚岸开，舟帆日日蔽江来"的繁忙景象。

连接高岭与东埠码头的是一条长 2500 米、宽 2 米的崎岖古道。世世代代高岭人就是从这条道上，一箩箩，一筐筐，将高岭土挑运到码头的。银白色的高岭土把古道染成了白色，所以高岭就有了"玉岭"的别称。

据说，"玉岭"这个名字与南宋孝宗皇帝赵昚有关。一天，这位帝王退朝后回到后宫，看到那些"晶莹剔透，光致茂美"的景瓷，就像穿了新装的皇帝一样突发奇想："如果能躺在瓷床上休息该有多好。"他就这么一说，可太监们却认起真来。他们连忙派人将烧制"御床"的诏令送到景德镇。这一下，御窑厂的师傅就犯难了。因为此前他们从没有做过这样大件的瓷器。可君令如山，若是烧制不成，脑袋可能就得搬家了。经过无数次失败后，眼看期限已到，大家急得就像热锅上的蚂蚁。这时，忽然有人送来一种土，并把它和其他瓷土掺在一起，做成坯胎烧制，终于成功了。当孝宗看见这张洁净透白的"御床"时，兴奋不已。在得知此床烧成得益于景德镇附近高岭山所出的这种土时，这位皇帝老儿要来纸笔，立马写上"玉岭云峰"四个大字。想必这既有对这种神奇之土的推崇，也包含着对景德镇陶瓷艺术的赞赏。手谕很快被人送到高岭，村人将字刻之于石，并将石镶嵌在高岭的水口亭上。自此高岭土就改称为玉土，高岭村也就叫玉岭村。"玉岭"这一名称叫了几百年，叫到公元 1989 年，才重新改为高岭，据说这也是为了与国际接轨。

从外表看，那幢立在高岭村口树林里的旧亭子，根本就算不上是什么有价值的建筑。砖和瓦是民国以后各个时期镶补上去的，各种颜色、各种规格的都有，两个大窗口对外敞着毫无遮挡。夏天里，不时还有一些蚊子嗡嗡地追着行人。即便是春光明媚的正午，也需低下头来看路才能放心地移动脚步。但是，文物终归是文物，而且是国宝单位。"水口亭"的价值不在于它的外表，而在于它的文化内涵和精神实质。它是高岭土开发的亲历者，是高岭人文精神的化身，当之无愧的高岭地标。

水口亭的珍贵之处在于里面的内壁上，镶嵌着四块弥足珍贵的石碑。分别是：明万历三十四年（1606）《聚秀桥记》、清康熙二十五年（1686）《永秀桥记》、清雍正元年（1723）《修路碑记》、清乾隆三十六年（1771）《重建庙亭记》。四块碑中，面积大的高达 1.5 米，宽 1 米，小的高 0.8 米，宽 0.8 米。碑记的内容虽侧重点不同，但都与高岭土开发有关联，是高岭土的开发史和景德镇陶瓷史发展印记。

我最推崇的是乾隆三十六年立的那块《重建庙亭记》。不仅面积大，文字多，而且内容丰富，文辞优美，它让我不得不摘录其中部分于此，以飨读者。

> 水口，一村之庇也，亦一村之胜也。有庙焉，有亭焉，有阁焉。向忠烈庙在北，关圣庙在南，后移于忠烈庙并立，而南庙之址缺焉。亭亦颓废无存矣。桥上坐息，殊未雅也。同志者欲建之而难庇材。……捐资者欣为勖勤，因选材兴工，而木工、陶人、石人成相竞举，不数月而竣。美其洞门，颜其额"玉岭云峰"，纪地景也。其亭阁规模宏敞，毕前创也。其南建真君庙，新厥祀也。凡三庙对峙与亭相连，所祀皆有德者于民生

也，皆能御灾捍患以福佑乡村也。且于炎暑憩息亭中，清风徐来，纨扇可捐；悦亲朋之情话，倚林竹以怡颜；溪流沁心，石畔佳鸟，声出树间。其幽趣可挹于亭内，更加畅怀于外也，不亦最胜乐欤！爰述其略，纪首事，乐输芳名，永寿贞珉不朽，是为纪。皇清乾隆三十六年岁次辛卯孟冬月上浣，后学汪胜奎敬撰。

区区两百余字的碑文给我们提供的信息量是巨大的，它不仅为我们描述了庙亭的位置，幽胜的环境，还介绍了它的修建过程。

清雍正元年立的《修路碑记》则对过往的行人加以具体描绘。"水口，为一村出入之门，犹胜通衢，往来之大道，商贾至止络绎不绝。"从这里经过的不仅仅是那些大腹便便的瓷土商人和督陶官员，更多的是来自五湖四海的矿工和为他们洗衣做饭生娃的女人。

水口亭，村人习惯称它水口庙，里面阴森森的。记得小时候放学回家从那里走过的时候，常常紧张得连大气都不敢出。庙里祀奉的除了和他处寺庙一样的关圣、许真君、岳飞外，还有一位出自本村的平民圣人——高岭土圣。

不要成本，也不需要什么技术，将土挖进筐里，挑到东埠街上就是钱。腰包渐渐鼓起来的村民们纷纷解囊，捐资行善蔚然成风。他们首先是在水口旁建了一座庙，供奉何召一，然后建亭子，修桥筑路。

在水口亭西面的一华里的山坳里是高岭土矿坑比较集中的地方。村妇们为了让丈夫节约一点往返的时间多挖土、多赚钱，便常常把中饭送到这里，矿工们吃完饭接着又干。此外，这里树高林密，太阳一落山，挑土到东埠上船的矿工们每到这里，石阶便难以看清。村妇们便丢下家务带着火把到这里等候，迎接丈夫归来。于是，村里人就在这里的路边建了一座亭子，取名"接夫亭"。

高岭土的运输，道路最重要。但在这样的高山上修路耗资巨大，仅靠个人单枪匹马不行。于是，明清两代，高岭几个大户、族祠、义济仓等齐心协力，把原来高岭通往东埠、脚溪、黄家山的几条主要山路，全部翻筑，改用石块砌路，改变了过去那种"下雨翻跟斗，天晴满身土"的状况。明万历、清康熙雍正年间，村民又几次按户筹资，照丁摊派，出工出力，加以整修，当时要求每丁分路一丈，包工包料，一旦完工，便刻石铭记。清乾隆年间，婺源石城村民也集资把婺源石城通往高岭的二十几里山路，全部石砌与高岭相接。因此，高岭成为通往婺源的重要交接点之一。

修建后的高岭到东埠脚下的这条古道长约五华里，宽约两米，两头驮着货物的骡马可以并行，麻石上留下了一串深深印痕。

古道悠悠，寂静，空寥。不时传来的几声鸟鸣，更加增添了大山的幽静。

天嫩蓝，白云涌过来，涌过去，很随意。我的思绪也随着白云飘向远方，大脑中浮现出一幅幅历史的画面：

一个个半裸着上身的挑夫，挑着堆得像白山丘似的箩筐川流不息地从这条路上走过。

一个个头上插着野花，手提着饭桶、茶桶的村姑，成群结队地来到路边的"接夫亭"，为丈夫送来茶水和饭菜。女人们知道，自己是不能进到那个近似裸体世界的坑里的。

"嗒嗒嗒"，那是运送货物的骡子的蹄声，在几道湾外就能听得见。

"卟咚，卟咚"，拨浪鼓声不绝于耳……

让人没有想到的是，一夜之间，高岭村民的这种美好生活被一纸公文打破了。

明代万历年间，作为主要原料的麻仓山瓷土即将挖尽，景德镇瓷业再次面临危机的时刻，官署把眼光投向了高岭。

一天，景德镇御窑厂的管厂同知张化美在镇土牙戴艮等人簇拥下来到高岭，等乡长召来所有村民后，同知大人拿出一纸两尺长的公文，念了起来。村民虽然对这篇满是之乎者也的"檄文"不是很懂，但有一点是清楚的。意思就是征召。村民们一片哗然，只许州官放火，不许百姓点灯。这不是要断我们的活路吗？人越聚越多，有的人闻讯从几十里开外的矿场赶来，个个义愤填膺，吓得土牙们护着管厂同知连连后退。

列为"官土"，而且只许官家挖取，首先财主们不乐意。一旦收为官土，他们就不能像以前那样自主地开采，在哪里挖，什么时候挖就得听上方的，这是其一。第二，也不能像以前那样想卖给谁就卖给谁，想卖什么价就是什么价。一切得听从官家安排。对于老百姓来说，又多了层盘剥机构，自然就更不愿意了。村民纷纷上访、闹事，数千矿工将坑洞围封了，将道路断了。

县志上是这样记载的："陶土出祈正都麻仓山，曰千户坑、龙坞、高路陂、低路陂四处，为上土，亦曰官土。……艇运至镇，冬秋水干四日，至春水一日半。至明万历十一年，管厂同知张化美见麻坑老坑土膏已竭，掘挖甚艰。……万历三十二年，镇土牙戴艮等赴内监，称高岭土为官业，欲渐以括他土也。檄采取，地方民衣食于土者，甚恐，守道叶云仍、知县周起元争之，还其檄。"

事情并未发生到不可收拾的地步。在县署的协调下，"檄文"风波很快平复下来了。原因是御器厂做了妥协，允许村民个体承包，矿工们只需将土运到东埠就可以拿钱，承包商也只需运至镇上瓷土行便可结账。

根据地质工作者对古矿遗址的调查报告，在那遍及一百多平方公里的矿区遗址上，乾隆朝高峰时有矿坑数千条，人员数万，高岭土年均产量约九千吨。

树林大了，什么鸟都有。人多事杂，民事案件蜂起。在高岭流传着一个县令断案的传说。在高岭东北二十里与婺源交界的地方，有一座磨盘山，山下九曲十八弯，迂回环绕，故而人们称之为磨石坞。磨石坞里有田、有地，更盛产高岭土，是高岭众姓的公山，又是浮梁与婺源的咽喉要道，来到这里采土及耕种的外地民工成千上万。

那时，高岭有一户周姓人家，娶婺源石城程氏为妻。一日，新娘回门在磨石坳走失。二位亲家告状来到衙门。婆家说娘家把媳妇久留不回，可能是诈骗钱财，另许他家。娘家则怀疑婆家虐待女儿，迫害致死。县令听完两人的诉说，就派人到现场察看，一连几个月，毫无结果。后来，这里又发生了两起丢失女人的事。一天，县令便乔装改扮，肩挑货郎担，手摇拨浪鼓，口里哼着小曲，一摇一摆来到磨石坳。货郎担一放下，便被人围了个水泄不通。过一会儿，发现这里全是青壮男人，没有老幼妇婴，但是女人所用之物，都被一抢而光。县令见此情形，心中有了主意。回来后，派兵包抄。结果，从暗洞里救出妇女数十人。

原来，在这里的流民中，隐藏着一伙专干坏事的恶人，他们明着是开采瓷土兼开山种田，暗地里却相机拦路打劫，若遇青年妇女，便抢来奸污。破案后，县令发出告示，今后私人一律不许在这里作业，违者追究拿办。从此磨石坳内才得以太平。县令的精明也就流传下来。

为挖土伤"龙脉"，矛盾骤起。《玉岭冯氏宗谱》卷三《冯光发传》记述了清乾隆五十七年（1792）冯氏族人与婺源县民在高岭山争夺山场纠纷："土名麻石坳等处之山，被婺邑在山搭蓬厂数百，人数千余，强取磁土。"可见当时高岭山开采高岭土之盛况。

在村里人的传统思想中，伤人龙脉无异于断人之后。高岭土开发虽然带动了经济的发展，但与龙脉相比，经济利益要放在第二位，何况，取土、淘土势必也会造成水土流失，损毁农田。清代乾隆年间，有一青年，挺身而出，与挖土伤龙脉当事人交涉，结果被人打死。这位青年被村人视为义士，这就是"冯光发舍身为村民"的故事。此事件惊动官府，省、州、县衙门派人到高岭调查侦办此案。案子办结后，官府出示告示，从此，不许任何人在麻石坳挖取高岭土。李黄《勒石严禁开采挖磁土》碑的发现，表明高岭山之高岭土的停止开采，与其说是资源的枯竭，不如说是人为的限制。此处，开采高岭土必然会损毁山场林木、田地，这对本来就田少的村民来说，无疑是难以接受的。为此，村民经常上访，要求禁挖瓷土，有的干脆躺在洞前，阻止开采，最后闹成人命案。鉴于此，乾隆五十九年（1794），县署贴出告示，在东自五花尖，西至大石坞，南自分水岭，北至黄茅岭，不论山场大小，都不许租挖瓷土。

　　自古以来，有人的地方就有江湖，有江湖的地方就有利益，有利益的地方就有是非，就有爱恨和纷争。高岭土被发现后，高岭就是一个角斗场。为了争夺高岭的矿产资源和劳务市场，一些恶霸和地痞流氓经常在这里出没。有时官商勾结，欺行霸市，引发民愤，流血冲突事件时有发生。其中，还打了一场三百年的官司。

　　明代末年，一群饶州转运所负责漕运的兵丁突然来到高岭，他们可不是来游山玩水的，而是带着枪炮来抢饭碗的。他们一到高岭，就在村头安营扎寨住了下来。他们也像当地村民一样，扛着锄头，背着柴刀，挑着箩筐，见到高岭土坑就进去挖采，甚至进到村民的菜园里见菜就摘。他们强采强卖，毫无道理可言。军丁虽然只有数十人，但他们依仗是在籍的军人，经过风雨，见过世面，横行乡里，与高岭原居民争夺矿山，因而在这块原本平静的山村掀起了层层波澜。

　　高岭汪氏，自元末迁居高岭以来，便开始经营高岭土，形成了取土、淘土、运土、销售产业链。可军丁们无视这一传统习俗，到汪氏瓷土山上强占强挖，致使民愤极大，多次发生械斗。明崇祯六年（1633），军丁利用关系，谎报军情，设下计谋，陷害栽赃，逼迫汪氏村民多交军粮，多服兵役。汪氏不堪其扰，只好于康熙三年（1664），将一半的瓷土山拱手相让，以息事宁人。

　　可是，事情并没有像汪姓居民想象得那么简单。他们的忍让被看作是懦弱，军丁们继续压榨，继续侵占矿区，他们唆使、收买村里其他姓氏的人，盗挖军丁所占汪姓的瓷土山，以造成"军民互盗、互抢"的假象，并不断恶人先告状，将汪氏头人告到县衙。在忍无可忍的情况下，汪姓居民协力同心，拿起法律武器，层层上告，终于惊动朝廷。康熙五十七年（1718）五月，饶州府法办了军头，赶走了军丁，因而结束了高岭一场旷日持久的瓷土纷争案。

历史的烟云虽已消尽，但矿工们辛酸的血泪却烙在了这条路的凹痕里。

没有高岭土，何来景德瓷。但高岭之名又是和景德镇、和丝绸之路密不可分的。

最早把高岭土记录在案的人是明代宋应星。他的《天工开物·陶埏·白瓷》在记述景德镇瓷胎原料及配方时谓："若夫中华四裔驰名猎取者，皆饶郡浮梁景德镇之产也。此镇从古及今为烧器地，然不产白土。土出婺源、祁门两山。一名高粱山，出粳米土，其性坚硬；一名开化山，出糯米土，其性粢软。两土和合，瓷器方成。"何曾想，就是这样一位明代大科学家，在世界上第一部关于农业和手工业生产的综合性著作中，却出现了一个明显的错误。

没有任何史料显示，高岭山有过归婺源县管辖的历史。景德镇瓷用原料中也没有粳米土和糯米土之类名称。宋应星所说的粳米土和糯米土，大概是根据从宋代开始使用的瓷石和高岭两种原料特性进行的形象化的表述。但是，这个出"粳米土"的地方本是浮梁所辖的"高岭山"，为什么书中却变成了婺源的"高粱山"呢？

让时光倒回到三百八十年前明崇祯年间（1628—1644）吧，那是一个乍暖还寒的下午，时任江西分宜县教谕的宋应星，只身来到仰慕已久的景德镇。因为他知道，景德镇是自宋代以来声名远播的手工业城市，如果写《天工开物》，景德镇就不可能缺失。

来到景德镇后，宋应星天天逡巡在各个窑厂中，跟师傅们唠嗑，了解制瓷的一般流程和原料名称与产地。一次，当问到瓷土的名称和产地时，老工人操着浓重的景德镇方言告诉他："制瓷需有两种土，一种名高岭土，另一种叫瓷土。高岭土出自浮梁与婺源交界的高岭山。品性像粳米饭一样硬挺。瓷土，出自开化山，是由瓷石舂碎而来，其性就像蒸熟的糯米饭一样粢软。"

宋应星认真地记着，唯恐有遗漏。然而，他不知道，在景德镇方言里，韵母为 ing（英）常常被念成 iang（央）的音，即使是现在，人们也仍然把高岭的"岭"（ling）念作（liang，梁）。于是，在宋应星笔下就把"高岭山"误记成"高梁山"了。而"与婺源交界"则听成了"婺源"了。这不能不说是一个"伟大"的错误。其伟大性，在于它的真实性。

康熙三十七年（1698）七月，一位来自法国西部小城利摩日、汉名殷弘绪的传教士 d'Entrecolles，来到景德镇，并在此逗留了七年，他从信徒那里逐渐了解了制造瓷器的各项工序与技术后，通过写信的方式，向法国介绍景德镇制瓷方法和高岭土的性能。成为第一个向法国也是第一个向欧洲介绍高岭的人。受到他的启发，同治八年（1869），养着一脸大胡子的德国地理学家、地质学家迪南·冯·李希霍芬来到景德镇后，著文介绍瓷石和高岭，还根据汉语高岭一词的读音译成今天通用的英文"kaolin"一词。从此，高岭成为一个国际通用的陶瓷专业术语。八年后，他首次提出了"丝绸之路"这个概念，用以描述从公元前 114 年至公元 127 年间，中国与中亚、印度间以丝绸贸易为媒介的西域交通道路。

今天的高岭，无异于一处原始聚落的标本，一处品味自然、修身养性的人间仙境。游客每来到村前，穿过浓荫蔽日的水口亭后，往往有步入世外桃源豁然开朗的感觉。特别是高岭村坐落在方圆一公里盆地之中。溪水环绕，炊烟袅袅，青山环抱，古树成荫。二百多户人家，一千余人口，食用的是自制的茶油、茶叶、香菇、木耳和无污染稻米，品赏的是大自然的天籁之音。

高岭，一座陶瓷圣山，一处美丽的山村，一个旅游爱好者的天堂。

那天，陪客人行走在高岭古道时，一群景德镇陶瓷大学的学生，唱着《高岭高》的歌曲，将我们带入佳境：

> 高岭高，初心忘不了；
> 高岭高，踏歌东方潮；

高岭高，天下引为傲；

高岭高，华丽转身笑！

瓷都碎片今为宝，

自将拼图认前朝。

古窑火，匣中烧，

烟波浪里，遥遥，迢迢……

34. 缘起双峰庵

1

游览洛阳白马寺，其后殿有一副对联，令我印象深刻：天雨虽宽，不润无根之草；佛法虽广，不度无缘之人。

浮梁人与佛有缘。因为志书上清清楚楚地写着："浮梁之俗，颇喜浮屠，爱掷金钱供佛，布施波罗蜜，士大夫不免也。"然而，当我看到双峰寺的史料记载，浮梁人与佛结缘的历史如此久远，则是我始料未及的。

清乾隆年版《浮梁县志》记载："双峰庵，在大惟都，汉元嘉元年（151）僧如忠创。"如此看来，位于浮北勒功乡莲花山上的双峰寺，可算是全国最早的一批寺庙了。

众所周知，东汉永平十年（67），明帝派遣使臣到西域寻找高僧，并在大月氏遇到了沙门迦叶摩腾和竺法兰。使臣带回了佛像和经卷。明帝为他们建立了白马寺，从而开创了中国佛教的历史。时间仅仅过去了八十四年，悠扬的梵音便从中土传播到了番县东北部这片荒蛮之地。

"新平治陶，始于汉世。"莫不是新平的瓷器与丝路梵音前世有约？

八百多年后，也就是北宋天圣二年（1024），邑人黄淑道在双峰庵旧址上重建双峰寺，同时兴建了一座双峰塔。现在，莲花山上寺已毁，塔却风韵犹存。塔呈六角，共七层，底层每边只有三米五，塔身无平座层，是典型的弧身塔。据专家介绍，这种形式的砖塔，在国内罕见，是研究中国弧身建筑的一个标本。因此，2019 年 10 月，双峰塔及双峰寺遗址被列为全国第八批重点文物保护单位。

癸卯秋，与县历史文化研究会同仁再登莲花山。蜿蜒曲折的羊肠小道傍溪而上，泉水叮咚，秋蝉低鸣。林深处，田畴载绿，茶园扶疏，一派世外桃源景象，怪不得当年高僧选择在这里修行悟道。

在佛教里，"庵"特指女性出家人居住的寺院，最早的庵指的是圆形的草屋。难道最早到浮梁传道的是位比丘尼？路过一处岩壁时，对勒功乡土文化颇有研究的王建来老师指着几个壁眼介绍说，这是四川二龙庙来的男菩萨与双峰庵女菩萨斗法的地方。女菩萨戏耍了他们一阵后，遁入这大岩壁之中。气得男菩萨哇哇直叫，持剑在岩壁上连戳十几个洞。因此，后人称之为"宝剑洞"。听了这个传说，双峰寺由庵到寺的过程，在我脑海里逐渐明晰起来。

继双峰寺后，浮梁寺庙迅速发展起来。据道光《浮梁县志》记载，至清代，全县有寺、观一百四十九座，其中佛教寺院就有一百三十六座。实际存在会远超所记载的数据。著名的寺庙有：晋代有显教寺，北魏年间的高际庵，唐代的能仁禅寺、宝积禅寺、青峰寺，宋代的万寿寺、旸府寺。

2

瓷器是土与火的艺术。因为瓷器自从烧制开始，就一直在创造奇迹。

但奇迹也不是总光顾于人，不少时候也得靠运气。有谚云，做瓷器如"泥做火烧，火中求财"。运气为信仰提供了空间与沃土。

景德镇，移民城市，工匠八方来，五方杂处。他们不仅为这座城镇带来制瓷技艺，也带来了不同的精神信仰和生活习俗。

正如刘毅在《陶瓷业窑神崇拜述论》中所指出的："瓷业生产的成败有很大的偶然性，……不得不仰仗于未知世界，求助于神明。"而且，随着陶瓷产业分工的细致化，行帮行会的建立及发展，对某些技术现象了解有限，对神灵保佑的渴望日益加重。

于是，华光大帝成为景德镇陶瓷工人精神崇拜的自然选择。

华光大帝，全称"五显华光大帝"，在广府传说中，他是一位火神，因其天性喜欢玩火而闻名，是中国民间传说和道教中的神仙，也被称为华光尊皇、三眼灵光。由于他姓马，民间就有"马王爷三只眼"之说，意味着马王爷具有辨别善恶、识别忠奸的能力，象征着正义和公正。景德镇珠山北侧建有华光庙，又称五王庙，供奉华光，香火特别旺盛。

华光从佛教众多神灵中脱颖而出，成为景德镇瓷业行业神，一是因为华光降妖伏魔、神通广大；二是华光本为佛教神祇，佛教宣传的普度众生、救人苦难的教义对瓷工有很大吸引力。道教中的神仙，传说中的火神，成为佛教神灵和陶瓷业的窑神。

据侯会的《华光变身火神考》载，景德镇对华光的信仰最早始于宋代。明代以后，景德镇陶工对师主赵慨、风火仙师童宾的崇奉日渐兴起。景德镇崇奉的神朝着专业化的道路迈进。

为政者的崇佛，对景德镇瓷业崇拜的影响是必然的。明代景德镇御器厂内建有祀奉佛教神灵华光的神庙，表明了国家意志对佛教在瓷业生产中的认可。雍正六年（1728）开始担任景德镇督陶官的唐英，是一个受佛学思想影响很深的人，在近三十年的督陶生涯中，每到一处，都礼佛拜庙，与得道高僧成为知己。还为一些寺庙烧制过大量祀器，捐建寺庙。唐英在景德镇常游佛寺，还留下不少有关佛寺的诗歌。

景德镇的人杰地灵，促成了佛教自古在这块宝地上蓬勃发展，同时，佛教的发展，也使这里的人们安居乐业，和谐相处，推动了本地经济的繁荣和社会的稳定。

3

二十世纪八九十年代，曾流行过一句话：只要有华人的地方，就一定有耳熟能详的"哈哈罗汉"（瓷雕）。在许多人看来，它不仅仅是一件作品，更代表了景德镇陶瓷的一种文化。

"哈哈罗汉"是景德镇中国工艺美术大师刘远长的杰作。它笑口常开，慈眉善眼，恭喜众生，用它的大度感染着不同地域、不同年龄、不同阶层的人。有的人甚至把它当菩萨敬奉。

哈哈罗汉只是佛教文化与陶瓷文化相结合的一个缩影。

来自丝路另一端的佛教传入中国后，就与新平的瓷器结下了不解之缘。佛教文化丰富了陶瓷艺术的表现形式，而陶瓷上的佛教内容又进一步促进了佛教在景德镇的传播和发展。

在景德镇漫长的陶瓷烧造历史中，佛教文化与陶瓷烧造形影不离，它是景德镇陶瓷的重要表现内容。而且，不同的朝代，所侧重的内容也各不同。

在宋代及以前时期，景德镇烧造的是青瓷、白瓷和青白瓷，其装饰手法以刻花为主，刻花内容最多的就是莲花纹和部分八宝图纹，器型有的采用荷叶边等佛教吉祥物造型。所以，从那时起，景德镇的瓷器已经对佛教文化传播起到了重要作用。

宋代景德镇的佛教塑像也达到了很高水平，吸收佛教艺术及石窟造型的精髓，故造型优美、技艺熟练，甚至连衣冠服饰也生动地反映了佛教文化的特点。瓷雕《影青观音》上的观音，头戴宝冠、身披袈裟和璎珞飘带、体态匀称端庄、脸容腴润、神情温雅慈祥，确有一种大慈大悲、降福救难的独特气质。

元代之后，景德镇成为全国制瓷中心，由于高岭土的引入，烧造出更大的瓷器，器形更加多样，陶瓷也进入了彩绘时代，佛教文化更加丰富多彩。

到了明代，明朝皇帝及后妃多信奉佛教和道教，全国各地寺庙道观也很多，从这时开始，官窑和民窑烧造了大量的佛教纹饰的瓷器，特别是皇家信奉藏传佛教，所以在瓷器上出现了梵文装饰图案和八宝图案。

清代，藏传佛教成为国教，所以在清代官窑瓷器中的莲花纹、梵文纹饰、八宝纹饰占据主要地位。

民国时期，景德镇陶瓷艺人的艺术创作得到解放。以珠山八友为代表的一大批陶瓷艺术家，开创了瓷板画的创作，佛教人物故事跃然瓷上。

如今，景德镇已有多家寺院成立了与佛教陶瓷艺术相关的研究院，并创作出大量的佛教陶瓷艺术作品，同时还出现了以寂龙、悟寂为代表的佛教陶瓷艺术家僧尼。走进景德镇的寺院，犹如走进陶瓷的佛国。

35. 佛印道场

1

宋元丰元年（1078）八月十三日，大相国寺里香烟缭绕，幡幢飘扬。文武百官，各地名僧，一个个庄严肃立。随着一声"圣上驾到"，大学士苏东坡与众官僧跪在地上。神宗赵顼头戴前后垂有十二旒的冕冠，外披大裘，内着衮服，缓缓步入大殿。内官捧来内府龙香，神宗御手拈过，在龙王爷神像前行三拜礼后，主僧引驾，神宗登上御座。

智清主僧一声"祈雨仪式开始"，霎时鼓乐齐鸣，百官呼应。接着，苏学士一声长吁后，一串如行云流水似的文疏从他嘴里缓缓流出。

这时，一个侍者托着茶盘来到神宗面前。神宗接过茶杯，不经意间朝侍者一看，突然眼睛一亮，觉得此生长相与其他侍者截然不同。方面大耳，秀目龙眉，身躯伟岸，雍容大度，如弥勒转世。便问智清大师，姓甚名谁，哪方人氏，何时入得宫来。主僧也觉得很陌生，一时答不出来。侍者连忙叩头奏道："臣姓谢名端卿，江西饶州府浮梁县人氏，刚来寺中出家。今日幸瞻天表，不胜欣幸。"

神宗见他声音洪亮，应对明敏，不禁龙颜大喜，又问："卿可通经典否？"

端卿答道："臣自少读书，内典也略知一二。"

神宗知道，内典，指的是释迦四十九年所说的一切法，它包括三藏十二部一切经典。此生说的略知一二，可见其谦逊的背后是底力。没等苏学士念完文疏，神宗便对主僧说："此生人才难得，你好生对待。朕赐他法名了元，号佛印，就于御前披剃吧。"

主僧一声"遵旨"，这下可就苦了这位侍者了，他哑巴吃黄连，有苦说不出。

原来，他是一位来京赶考的士子。出身书香门第，幼习儒书，通古今之蕴；旁通二氏（释道二教），有着天才少年的美称。其时，翰林学士苏东坡闻其才名，便约其谈论，两人十分投缘，便常作诗酒之游，遂成莫逆之交。

其时，因天时亢旱，宋神宗要在大相国寺设坛求雨，由苏东坡制就吁天文疏，命充行礼官，主斋。谢端卿就问苏东坡，能否带他进大相国寺，想看看皇帝长的是什么模样。东坡虽知此事犯上，但友情难却，便将端卿扮成侍者入寺服务，以送茶的名义，让他接近神宗。不料被神宗发觉。面对神宗的发问，谢端卿急中生智，以"新来寺中出家"的身份，侃侃而答，于是便出现了"御前披剃"的结果。谢端卿原来赴京应试，实指望金榜题名，建功立业，如何肯出家做和尚呢？但君命难违，何况假充侍者，本身就有"欺君之罪"，而且还要连累大学士。谢端卿左思右想，只好叩头谢恩。假戏成真，假和尚成了真和尚。

这是明代冯梦龙所著《醒世恒言》第十二卷《佛印师四调琴娘》中的情节。冯氏是写小说的，个中的杜撰或夸张的描写，作为文学作品是无可厚非的。倘若要将其当作佛印这个人的历史，大错特错了。

佛印，历史上确有其人，不过他不姓谢，从僧之路也不是所谓的"假戏成真"。

2

佛印俗姓林，名丁原，出生于饶州府浮梁县浯溪都昌江东岸的明堂山村。父亲叫林阆清，因其在家排行第九，也叫仁九。仁九是个秀才，在本村设馆教书。他的妻子王氏，为人贤淑，夫妇二人相亲相爱。但是王氏都过三十了，依然没有怀上孩子，两人急得团团转。听说离村子三十里的浮梁县城北面有个宝积寺，建寺两百多年了，香火相继，年年不断。信众说，这个寺有求必应，非常灵验，成为许多信女善男的求福祈愿福地。

一天，仁九带着妻子来到宝积寺，上香，磕头，来去忙活了一整天。半年后，妻子王氏果然肚子隆了起来，第二年夏天，生下一个男孩。夫妇俩非常高兴，取名丁原，意思是盼望他像原野上的小树一样茁壮成长。

小丁原，自幼聪颖好学，三岁能诵读《论语》、诸家诗，五岁时能背诵诗词三千首。一日，仁九的先生吕举人路过明堂山，顺便看看弟子和他的儿子。师生之间寒暄一番之后，就谈及小丁原。吕举人见他眉清目秀，活泼可爱，顺手将他抱起坐在腿上，询问一些简单常识，他竟能对答如流。又试着让他背诵古诗，他一口气背了数首，一老一少如此问答了约半个时辰，未见他出半点差错。吕举人大为惊奇，连声称赞："此子如此颖悟，实在罕见，乃神童也。"继而郑重地对仁九说："小丁原前途无量，尔宜善育之。"自此，丁原是"神童"的消息传遍全县。

谁知，八岁那年，林丁原染上了伤寒病，连续几天高烧不退，让他变成了哑巴。仁九遭受到如此打击，加上本来身体就瘦弱，不久便辞世了。母亲王氏含辛茹苦地把丁原拉扯大。

一晃三四年过去了。一日，丁原同母亲去井边提水。他趴在井沿上，望着井里荡漾着的水面，突然感到喉咙发痒，咳嗽一声，咯出一颗肉核来，喉头一松，竟发出声来："母亲，我看见了，看见了！"

母亲一阵惊喜，儿子出声了。她忙问儿子看见了什么。她知道，儿子肯定是看见了井中自己的影子。

"我看见了一只蛤蟆跳入井中，出来一个和尚。"

母亲一听愣住了：儿子是从寺里求来的，与佛有缘，难道真的要回到寺中去？

母亲回家立即将今天发生的事告诉丁原的先生。先生想了想说："看来令郎要出家了！他的发声是佛爷显灵，他说的第一句话里带有一个'出'字，他已经与佛门结缘了。"

母亲叹道："如此说来，只好听凭老天爷的安排了。"

说来也巧，两天后，宝积寺有位和尚化缘来到了明堂山，在村边恰巧遇见丁原。和尚问他住在哪里，叫什么名字。丁原逗和尚，笑着说了一首打油诗："头戴竹丝笠，身穿百草衣，门前数竿竹，便是林家儿。"说罢，哈哈大笑，扬长而去。和尚一打听得知，这个能说会道的小孩便是神童林丁原，更是惊喜万分。心想，若能将他招去宝积寺，日后定能光大佛门，为宝积寺争光。和尚上门拜访，说明因缘。其母王氏，只好含泪目送丁原跟着和尚去了宝积寺。

3

北距浮梁古城三公里的宝积寺，为唐代大中年间（847—860）一位名幽公的僧人所创，后由于兹禅师重建。建寺之所可是一块风水宝地，地下蕴藏着大量金沙，故取名宝积寺。寺庙背倚青山，面临昌江，群山叠翠，风景秀丽。小丁原一踏进山门，便深深地爱上了这里。

住持赐他"了元"法号，让他一面学习佛经，一面帮斋厨干些杂活。谁知，伙房里有个比他大几岁、个子比他高一截的可望和尚，欺负他新来乍到，把上山砍柴的活派给了他。

开始的时候，可望还和他同去同归，后来就索性让他一个人去，自己躲在柴屋内睡懒觉。了元觉得，砍柴也是个锻炼体力的机会，没有一点怨言。经过几个月的磨炼，身体确实比以前壮实多了。可没想到，时间一长，可望得寸进尺，不仅让他干重活，还处处刁难。心智本来就很高的了元，有点受不了了，心想，既然这样，那我就陪你玩一把。一天，他把砍来的一根长长的粗柴，悄悄地横在寺门口。开始，寺内和尚们没有在意，把它搬开就算了事。可是，连续几天都是如此。一问才知道是小和尚了元干的。但大家不知了元这样做是何缘故，便纷纷议论起来。长老知道后，料想其中必有隐情，便找了元问个明白。了元回答："我这样做是含着佛门隐语的！您想，门中有木乃闲字。《淮南子·本经训》云'质真而朴素，闲静而不躁'，可见佛门弟子做到闲静是很重要的。只有闲静，才能使自己不急不躁，容易明心见性。师父，您说对吗？"

众僧听了元侃侃而谈，都很震惊，想不到他小小年纪，竟有如此学问，暗自称奇，长老也觉得十分意外。从此，了元摆脱了繁重的体力劳动，有时间诵吟经典，阅读诗文。

了元在宝积寺修行六个年头，时年十七岁，成了一个饱读经书、身强体壮的帅小伙。了元便有了一个外出云游挂锡、膜拜名山大刹、参禅老佛高僧的念头。主意已定，他借故回了一趟明堂山，探望了年老的母亲。回寺后，向住持表明心愿。

住持心里虽是万般不舍，但面对着这位步履从容，深邃目光里透露着智慧光芒的少年，这位在寺里修炼苦行六年，却始终保持着一颗纯真透明心灵的少年，他没有半点迟疑。他从箱子里拿出一件崭新的袈裟，披在了元身上。清晨的阳光洒落在少年和尚身上，犹如一层柔和的金纱，神圣而温暖。

临行，了元在寺门前栽了两株柏树。他对师兄们说："我在寺中受教多年，无以为报，植柏两株，以作纪念。但愿翠柏常青，香火常旺。待到翠柏枝叶相交时，我再回寺礼拜。"

离开宝积寺的了元，像只小鸟自由飞翔。他先是到庐山，拜见了开先寺的善暹禅师，后又拜见苏州圆通寺居讷禅师，补为书记。他曾挂锡于江州承天寺，曾作为开先寺继承祖师衣钵的人。后来又云游到湖北的斗方寺，润州的金山、焦山寺，袁州的大仰寺，云居山的真如寺，前后游历四十年。担任过开先、真如、金山寺的住持。但无论身在何处，他都致力经义，务求实际，总是想方设法帮助修建寺院，弘扬佛旨。特别是在住持金山寺期间，与大学士苏东坡成了莫逆之交。

4

一天，佛印云游至虎丘寺，闻知任知府的是大文豪苏东坡，便特意去拜访。

在苏东坡早年的意识里，儒、佛殊途，故不太赞成佛学，也不太愿接触僧人。当门子通报"府门外有一僧人求见"时，东坡一听，心中不悦，但又不好直接拒绝，便皱起眉头说："你去告诉他：'府尊火正红——无暇！'"

门子如实转告。佛印一听，心想，此人如此倨傲，拒人门外，我今天还非见上不可！便说："烦请再转告府尊：'门外一块铁！'"东坡听罢，觉得这个僧人不凡，惊讶之后，传令请进。

佛印看见东坡坐在案前，大模大样，不理不睬，便有意挑逗一下。他站在阶下，放下锡杖，抱拳一揖。

东坡见状，招了招手开口道："你是和尚，应合掌为礼才是。山僧何以揖公侯？"言下之意，你一个山僧对我行俗人之礼，是不是有所求呢？

佛印不卑不亢，答道："贫僧慕名揖公侯，大海终当纳细流。昨日虎丘山上望，一轮明月照苏州。"简短四句诗里，既有赞赏，也有规劝。

东坡听后一惊，对佛印印象来了一个急转弯。不过，他面上依然没有改变，还想试试他的才学，便请佛印以吴山为题，作诗一首。佛印爽快地说道："作诗可以。我口述时，烦请公侯提笔记录一下。"

苏东坡同意了佛印的要求，便趋至案前，提笔等候。佛印当即吟出：

> 吴山兀突势峥嵘，险阻崎岖径路横。
> 猛虎出林风激聒，老龙入洞雨打萍。
> 槎牙古树离斜倒，拉挞高岩屈窍生。
> 对景颠纤吟不就，静听流水响嘤泓。

苏东坡没有想到的是，这是佛印悄无声息地给他下了个套，差点让他下不来台。佛印这首诗中，嵌了许多难字，加上两人话音差异，听音记录简直比登天还难。苏东坡虽说满腹经纶，但绞尽脑汁也难以记全。如果搁下笔去，又有失体面。心里想，今天算是碰上了个硬茬儿。罢了，只好放下身段，请问起对方的尊姓大名来。一问才知道，眼前便是大名鼎鼎的佛印禅师。东坡急忙作揖礼让，邀请他到书房细谈。

俩人越谈越投缘，相见恨晚。从此，东坡一改以往对僧人的偏见，儒士与僧侣成了莫逆之交。他俩经常聚在一起，饮酒和诗，参禅打坐，因而留下了许多的千古佳话。

其中，"东坡赠玉带"的故事就成为美谈。

北宋元祐四年（1089），佛印在镇江金山寺当住持。苏东坡以龙图阁学士出知杭州。一天，路过镇江，特上金山寺看望佛印。恰巧，佛印与众僧正在禅房坐禅。佛印见着他后，便开起玩笑来："内翰来了，可这里没有你坐的地方。"

东坡见他如是说，回应说："那就借你这和尚的'四大'来坐吧。"随即，吟了一首偈子：

> 百千灯作一灯光，尽是恒沙妙法王。
> 是故东坡不敢借，借君四大作禅床。

听罢东坡的偈子，佛印立起身来，笑道："山僧与居士打个赌。我出一道题，居士若道得，便请坐；若说不出，就把你的腰带送给我，留作镇寺之宝，如何？"

东坡信心满满地说道："好，请出题吧！"

佛印曰："出家人四大皆空，五蕴非有，请问居士坐何处？"

东坡虽也略通佛典，但对于这样两个关于世界和生命本质的佛教概念，却一下子不知从何说起，他摇了摇头，慷慨地将玉带解了下来赠给佛印。

佛印见他认真起来，反倒有些不安，便把身上的一件百衲衣回赠给东坡。

佛印生性诙谐，幽默中又不失尊严。但面对权贵，刚正不阿。对有关佛门法规之事，从不轻易改变。

　　佛印禅师在金山寺当住持时，有个高丽国（今朝鲜）的僧人名叫统义天，据说他是抛弃王位而出家的。因为他对佛学的信仰，便航海来到大宋。朝廷曾下诏书，让朝奉郎杨次公到客馆去陪同，并令："凡他经过的各寺刹，都要按王位来礼待他。"统义天到金山寺时，按照佛门规矩对佛印禅师行礼参谒，佛印安然接受。杨次公大吃一惊，便问佛印为何如此？佛印坦然地说："统义天，不过是一个外国僧人。凡僧人到佛寺都遵循佛门规矩，不能因为他曾居王位而轻易改变。"杨次公说："委屈下之，略徇常情，以便适合时宜，求异于诸方，这也不是你觉老的思想吗？"佛印回答："不一定是这样。如果不守法规，来屈道随俗，诸方就看不起你，又何以显示华夏的师法呢？"后来这件事传到京师，朝廷听了之后，也认为佛印识大体，卫道严，做得对。

　　有一个叫王观文的人，是个领兵大将军，性情暴躁，非常残忍，动不动就滥杀无辜，所以，一般人都很怕他，更不敢直言劝告，只有在背后骂他是"杀人不眨眼的魔鬼！"。佛印知道了，就想点化他。有一次，王观文要做佛事，以此收买人心，特意请佛印去替他主持斋事。佛印在升座讲经前焚香念道："这支香奉献给佛祖，祈愿眼前的这位扫烟尘博士、护世大王、杀人不眨眼的上将军，立地成佛。"此番言语虽说得委婉，但既一针见血地点出了王观文杀人不眨眼的罪行，又道出了对他改过自新、立地成佛的期望。王观文听明白了，感到一种心灵的震动。从此，他的残忍行为有所收敛。

　　北宋绍圣元年（1094）十月，是苏东坡一生最黑暗的时光。他被贬到惠州荒凉的海岛上。垂老被谪，宦海沉浮，心中自有无限感慨，唯以诗酒自娱。佛印闻知，甚感不安，多次写信安慰他。信中以韩退之《送李愿归盘谷序》中盘谷的隐士李愿的经历勉励他。李愿，不为朝廷所用，但能坐在茂郁的树丛中消磨时光，用清泉来洗涤自己身体，尽情享用大自然的赏赐，无拘无束，听其自然，求得平安舒适。信中说，你子瞻，曾中过大科，进过皇朝金殿。今日被流放到荒蛮之地，没有别的原因，只因那些有权势的大臣怕起用你为相罢了。人生一世，如白驹过隙，万劫常住，永无坠落。你子瞻胸中有万卷，笔下无点尘，到这等地位，不知性命所在，一生聪明要做什么？应能脚下承当，把富贵功名视如粪土。珍重，珍重！

东坡接到书信，感慨万千，热泪盈眶。

信中，佛印还与他回忆起三年前在浮梁一起度过的时光。

元祐年间，佛印一度长住老家。远近僧人慕名来此朝拜，宝积寺俨然成了佛印道场。其时，苏东坡约黄庭坚一道送其子苏迈到德兴县赴任，得知此事，便来浮梁看望佛印。见宝积寺雄伟壮观，群山环抱，昌江碧水如蓝，苏东坡动了游兴。时值月中，秋高气爽，月明如昼。佛印雇来一只小船在江中游了起来。赏月、饮酒、作诗。笑声惊起岸边一群正在栖息的沙鸥。

明代有奇巧人曰王叔远，擅长用径寸之木雕成人物、鸟、兽。他听了三贤在浮梁的故事，便用桃核刻成了一个《月夜泛舟》作品，送给了好友魏学洢。魏学洢见此物虽小，却很珍奇，想起了苏东坡曾被贬黄州，写过一篇《赤壁赋》，于是把它们联系起来，写了一篇《核舟记》。文曰：

> 船头坐三人，中峨冠而多髯者为东坡，佛印居右，鲁直居左。苏、黄共阅一手卷。东坡右手执卷端，左手抚鲁直背。鲁直左手执卷末，右手指卷，如有所语。东坡现右足，鲁直现左足，各微侧，其两膝相比者，各隐卷底衣褶中。佛印绝类弥勒，袒胸露乳，矫首昂视，神情与苏、黄不属。卧右膝，诎右臂支船，而竖其左膝，左臂挂念珠倚之——珠可历历数也。

患难见真情。佛印书信传递的友谊，给予的精神勉励，让苏东坡在惠州安全地度过了两年多的时间。

5

有一天，画师李公麟登临金山寺。谈笑间，说要为佛印画相。佛印说："画我可以，别无所求，只求给我画一个笑相。"画成后，佛印感到十分满意，便提笔为自己的画像作赞了一首诗：

李公天上石麒麟，传得云居道者真。
不为拈花明大事，等闲开口笑何人。
泥牛漫向风前嗅，枯木无端雪里春。
对观堂堂俱不识，太平时代自由身。

元符元年（1098）正月初四日，春节刚过，佛印心情舒畅，与客人聊天十分投缘，聊着聊着，不禁哈哈大笑起来。笑过之后，旋即了无声息。侍者近前一看，原来法师已经坐化。按照佛印生前的遗愿，僧众把他的灵柩送回他的故乡，安葬在浮梁县福港蟠龙山上。

佛印圆寂后，人们对他非常怀念，特别是宝积寺僧众，敬仰佛印和苏东坡、黄庭坚三人的高风，在寺内辟出一室，建起"三贤堂"，用佛印生前手植的柏树雕刻成东坡、山谷、佛印三人雕像。县人汪应兆看了以后，即兴赋诗一首：

古寺云封住了元，苏黄流寓到今传。
故人岂意衲衣赠，幻影应参柏子禅。
千尺松摇僧定后，半天钟落客愁边。
文章慧业同归尽，凭吊虚堂一惘然。

再说，苏东坡从海南岛赦归，回到苏州家里，想起多年不见的老友佛印，于是趁着复职前的间歇，带着儿子苏迈乘船来到浮梁。到宝积寺一问，老友已经西归。东坡几乎晕倒，强忍悲痛，问葬在何处。

次日，在住持的陪同下，苏轼父子又乘船逆昌江而上四十里，来到佛印坟前。面对一堆新冢，东坡叫一声："老友，我来看你了，你可知道？"任凭泪水恣涌，又说道："想当初，你我心心相印，情如伯牙与子期。当我仕途迷恋，是你屡屡赠诗相劝；当我遭贬流放到天涯海角之时，又是你千里迢迢派人送去书信，开导安慰。人情冷暖，世态炎凉，唯独你不避嫌疑。天啊！当今之世，还有谁能像你这样呢？"东坡越哭越伤心，急得儿子苏迈手足无措，只好与众人强撑着父亲下山。

回到船上，东坡又絮叨起来："我要写篇悼文，把心里话向老友倾诉！"

忽见不远处立着一块比人头略高、比肩还宽、表面光滑的千枚岩石。

"何不把你想说的话写在上面。"说这话的时候，苏迈已从河里捡起一块尖锐的鹅卵石递给父亲。

苏轼接过石头，即在岩石上流利地刻写了起来。顷刻间，几行圆润丰满、笔力雄健的字迹，像书简一样展现在了人们眼前。

千年以后，我与同道数人，寻迹到此，只看到半截岩石露在水面之上，字迹亦是一片模糊。唯三个字清晰可辨，乃"三世佛"也。

36. 祈雨神潭

1

初夏的山林充满着浓绿、芳香和热情。在上世纪九十年代初的那个骄阳似火的上午，三个同样激情如火的年轻人，跋涉在浮梁县蛟潭镇西域的那片万山丛中。

在一个名叫外蒋的村边我们下了车，沿着溪边小路上行。镇文化馆的小蒋，是名刚退伍的军人，他家就在这个村子。他身穿一身褪了色的军服，斜背着一个同样褪了色的鼓鼓囊囊的背包，手里拿着一把磨得铮亮的柴刀在前面开路。我和县志办的同事小吴，各拿着一根木棍，左右开弓。我想，"打草惊蛇"这个词语大概就是在这种情景下诞生的。

万寿山，又称江山，距景德镇市区及浮梁县城仅三十公里，面积约十四平方公里，是由十多座小山组成的小型山群。在苍茫的浮西丘陵中，这唯一的山群，犹如凌空落地的仙女，清丽脱俗、风姿绰约，美丽动人。那天到现场一看，果然名不虚传。

我来县地方志办公室工作不久，就听说这里有一个有名的古寺遗址，寺前还有一处祈雨特灵的龙潭。而且，潭前还存有许多摩崖碑刻。查阅县志，上面果然有两处记载：

"江山，在县西三十里下连都万山中。昔江山道者卓锡于此，建万寿寺。有茅仙池，石无罅隙，深不可测。宋邑人金君卿、朱貔孙曾祷雨于此，镌字石上。"

"万寿寺，在下连都。宋江山道者创。有龙池，祷雨辄应。寺后毁。国朝康熙五十八年僧实地重建。"

万寿山、万寿寺、江山道人，一串听来就让人感觉庄严、肃穆的名字。在来的路上，我就想，那位宋代道长是何方神圣，简直吃了豹子胆，竟敢冒天下之大不韪，给自己创建的这座小小的寺庙，取上这样一个高大上的名字。

千百年来，中国有一个奇怪的现象，有一个词语，法律没有明文规定，但老百姓却不敢随便叫，那就是"万岁"。

自从公元前 221 年赢政统一中国后，最高统治者就以"皇帝"来称呼自己了。既然皇帝是地位最高的"大佬"，那么他们就肯定不同于普通人。寻常百姓活一百岁就算高寿了，而皇帝则以"万寿无疆""万岁"来形容他们。有点常识的人都知道，人不可能活那么久，但对皇帝来说还就得用"万岁"来称呼。似乎在两千多年的漫长岁月里，"万岁爷"这么个特殊名词就成了皇帝特有的专属。

当然，与"万岁"相近的词语，如"万寿无疆""万寿宫"等，也都是不能随便用的。

万寿寺之名能安稳地存续上千年，肯定与其无量功德密不可分。

2

突然，一块巨型石壁横亘在路边。小蒋说："龙潭到了！"

近前一看，石壁下方湿泡在水里，上方接近路沿。壁面呈扇形，光滑如镜。上面布满了字迹。字有大有小，在阳光直射下，白花花的，模糊一片。

"龙潭，又称龙池。我爷爷说，以前，每逢天旱，总有人到此求雨。以前这里长着许多茅仙草。寺人称之为茅仙池，故后人又称之为茅仙池。"小蒋一边割着覆盖在上面的藤蔓、杂草，一边介绍说。小吴立即脱掉鞋子，挽起袖子，卷起裤脚，跳进水里，捡起潭边灌木上挂着的一块破布，蘸着水一个劲地抹了起来。别说，这么一弄，字清晰了不少。

首先映入眼帘的是石壁中间刻着的"王茂先臧孝恭乙巳季"几个大字。

王茂先，即王仲舒（1023—1098），北宋庆历二年（1042）进士，家就住在离龙潭二十几里远的浮梁县三龙镇盘溪村，曾在祁门、越州、彭泽、宿州、符离等地为官，"虞烦治剧，有能名；用刑矜恤，多所雪活"。王仲舒的这种敢于碰硬，有错必纠的做法，深得民心，也得到朝廷的赏识。后迁太子中允，赠朝议大夫。

说起王仲舒关心国计民生的事，今江西樟树市一带的百姓最有发言权。

宋时，樟树一带民间酿酒业十分兴盛，朝廷认为这是一种不正之风，便严加限制。《新唐书·王仲舒传》载，德宗建中以来至穆宗长庆年间，"江西榷酒利多，佗州十八"，达"九千万"。而民间私酿之风"岁抵死不绝，谷数斛易斗酒"。时任江西观察使的王仲舒奏请朝廷，建议"罢本区私酿之禁"。理由是，百姓私酿，既活跃了市场，满足百姓需求，又增加官府财税，岂不是一举两得。朝廷很快采纳了王仲舒的建议。他的这项开明政策，无疑有利于江西酒业及其相关经济的发展。

根据王仲舒生平，这个乙巳季，应该是北宋治平二年（1065）三月。那时，县域大旱，百姓庄稼颗粒无收。王仲舒等休假在家，便邀约一同返乡的邑人臧孝恭一同到万寿寺院游历，并进行祷雨活动。臧孝恭，即臧永锡，浮梁县臧湾人，北宋宝元元年（1038）进士，官至光禄寺丞、监录秘书省即尚书。他善篆刻，1069 年，曾为王仲舒的弟弟王仲衍的夫人金华县君朱氏篆写碑头。该碑用小篆体写成，笔画细如铁丝，字体修长舒展。

时人就在石壁上将两人的这次行程记录下来。

尽管年深日久，风雨剥蚀严重，但石壁上"熙宁元年金君卿王仲衍臧浑章琳同游"等字仍清晰可见。这几个可谓是浮梁当时红极一时的名士。沿着他们的足迹，我走进了《浮梁县志》的深处。

金君卿，今浮梁峙滩镇英溪人，与王仲舒是同年进士。其人博学多闻，文思敏捷，下笔顷刻千言，文声甚著。景祐中（1036 年前后），金君卿尚在乡间时，范仲淹为饶州太守，曾礼聘金君卿为师。金君卿中进士后，历任临川知县、江西提刑，入朝为度支郎中。他不仅工作以能出名，著作亦颇丰富，有文集十五卷。他在熙宁元年（1068）秋，游览万寿寺后，写下一篇游记，后人将其镌刻于石壁。字体为行书，笔迹秀丽，年久受风雨剥蚀，已难辨齐全。

臧浑，字子道，又字祖道。浮梁县臧湾人。熙宁三年（1070 年）进士，官至尚书令。

记录宋代吏部朱貔孙行踪的字数较多，也较为明晰，中有"宋咸淳丙寅（1266）龙潭朱貔孙领家人时雩、李午将祷告，祝毕而雨至焉"等字样。

朱貔孙字兴甫，浮东高砂人，南宋理宗淳祐四年（1244）中进士。他为人耿直，不依附权贵，敢于直言进谏，因而为当时奸佞丁大全、贾似道所嫌忌。朱貔孙曾任监察御史兼崇政殿说书，又曾兼太子右谕德、左谕德、国史馆编修官。度宗时为右谏议大夫，并迁为吏部尚书。因奸臣当道，他不愿在朝为官，力辞求归。后以文阁学士知袁州，又以敷文阁学士知福州、福建安抚使。朱貔孙在乡时，时浮梁大旱，他率儿孙辈至万寿寺为民众祷雨。

为方便祈雨者避雨，宋仁宗嘉祐四年（1059），寺院住持于万寿寺前一百米的龙池边方建了一个亭子，取名辄应亭，还写下《江山万寿院龙池亭记》镌刻在石壁上。工整秀丽的笔迹，记载了龙池历史及当时的祈雨盛况。

古代，每逢旱灾频发之时，组织祈雨祭祀活动常常是彰显官员仁政的重要方式。宋代，万寿寺僧客众多，香火甚望，尤以祈雨灵验而著称。我想，这大概就是万寿寺的魅力所在。

据说，谁能将这石刻全文读通，天将降雨。公元1999年7月20日，有县文史人员吴逢辰、李新才等，刚把碑文辨读一遍，天空突然乌云密布，电闪雷鸣，顷刻，瓢泼大雨从天而降。不知是天意还是巧合。

经过两个多小时的跋涉，肚子咕咕地作响，我饿极了。这时，小蒋招呼我们来到河边的一块平展的岩石上坐下，然后打开他那装得圆鼓鼓的包来。一只卤鸭，十多个白花花的馒头，还有三小瓶二锅头。饱餐之后，我才真正理解李白《行路难》中"金樽清酒斗十千，玉盘珍馐值万钱"的含义了。

3

从龙潭出发，沿着青石路往北前行三百米，便走进了一片开阔地。

地广约数公顷，四面山高林密，风和日丽之下，禽兽争鸣。水自山石中溢出，涓涓细流，汇成小溪后蜿蜒而出。有山可依，有水可汲，有地可耕。难怪宋代的那个江山道者看中了这块风水宝地。

从遗址上看，主寺占地面积约四千平方米，内有"两殿一井，四厢一园"。一块面积约两百平方米的青石板铺设的场地，大概就是僧人练功的场所；寺院门前的那棵罗汉松，据说已有两百多岁了，却依然苍劲挺拔。

根据《万寿碑记》上记载得知，清代是该寺的鼎盛时期。康熙五十一年（1712）七月新秋，机先和尚和浮邑侯谢汝梅联手，对万寿寺进行大修；康熙五十八年（1720）又进行了扩建；乾隆三十一年（1766）二月十七日，乾隆下旨，将万寿寺再次重修，直至乾隆三十三年（1768）三月初二日完工。此时，万寿寺的寺属田地遍及方圆数百里，寺僧达三百之众。

然而，岁月无情，日升月落，几度兴废，几声叹息。叹惋声中的2011 年，一位剃度于五台山广济寺的寂龙法师寻茅于此，遂发大愿重修，中兴道场。数年之后，一座纯木构、歇山顶式仿宋大雄宝殿在原址上落成。从此，万寿禅寺重焕生机。

梵音绕谷，隐隐禅机，牵引着我朝寺的后山前行——这里珍藏着历代住持的墓塔和墓碑。

我朝着绿荫掩映下的一尊舍利塔走去，细看才知道是明代万历年间留下的遗迹。塔碑上清晰地记载着圆寂安葬于此的几位住持、寺僧名字，分别是宋代开山江山禅师、明代住持法空和尚、康熙年间机先和尚等，并重点记载着临济宗三十五代禅僧的生平、法脉、境界。碑文末尾有这么几句话让我十分震惊：

"浮梁多有名山、名寺、名僧。名山以瑶里五华山为尊，名寺以县北门宝积禅寺为最，名僧以佛印为贵。"

是的，瑶里五华山，浮梁的主脉山；县北门之宝积禅寺，云门宗祖庭。佛印乃宋代高僧。

寥寥数语，道出了万寿寺僧的真诚感悟和忘我的境界。

37. 归去来兮

1

道光十年（1830），是邓传安最忙碌的一年。这一年，他又多了一个头衔：台湾知府"受代"分巡台湾兵备道。行政级别上也上了一个台阶。"受代",即官吏去职接受他人的替代。前任刘重麟任职于道光七年（1827），到道光十年期满返回大陆。

所谓"分巡台湾兵备道"是"按察使衔分巡台湾兵备道"的简称。这一官衔,是乾隆五十六年（1791）由福建分巡台湾兵备道升格设置的。加授"按察使衔"后,也就是将原来的正四品道员官衔提高到正三品按察使官衔。

邓传安还是台湾"科内监视官"和"提督学政"。他除了要巡查、督导全台科考事务外,还每周两次到府学考核士子的学业,并为其授课。邓传安那种旁征博引、谆谆善诱的教学方法,深受士子们的爱戴,大家都亲切地称他为"古严先生"。

在此期间,他在处理繁冗的政务之余,还得挤时间完成他的文集《蠡测汇钞》的最后审订。

邓传安知道,再过一年,自己台湾知府任期将满,道光皇帝的谕旨已送到了闽浙总督孙尔准手里:"将邓传安留于内地,酌量补用。"（《清道光实录》卷之一百八十一）他要和时间赛跑,把入岛十年一些想做而没有做的事情尽量完成,少留遗憾。

道光十一年（1831）农历三月,邓传安任期届满。继任者吕志恒已经到任,邓传安整理行装,准备返回大陆。

邓传安从初任鹿港同知,到两次署任台湾知府,再到正式出任台湾知府,在台十年,尽管常常"戴星于役",却仍有许许多多的"不了情"。

也许在外时间久了,他的思乡之情与日俱增。

离台那天,许多官员、乡绅与百姓都来为他送行。一些听过他授课的学生,从四面八方赶来。送行的人群中,有送金银珠宝的,有送土特产品的,邓传安均婉言谢绝。在去渡口路上,邓传安看见一座废弃的寺庙遗址上有两尊石龛菩萨。他不由得停下脚步,走近端详起来。一尊是观世音菩萨,另一尊是文殊菩萨。石龛高两尺五,方一尺。雕工细腻,形象栩栩如生。邓传安十分怜爱地抚摸不已,便对众乡绅说道:"我老家城边有座青峰寺,已经荒废多年,这次回去,我想把它重建起来。各位如果看得起邓某，就将这两尊石菩萨赠送予我。我将把它带回家乡，放在那座庙里供奉，以作纪念。"在场的人无不鼓掌赞同。

邓传安提到的那座青峰寺，位于与浮梁县城隔江相望的青峰岭。山高不过百尺，沿着昌江蜿蜒二里许。此山临江瞰城，林木茂密，山下江水深绿，景色秀丽，是历代文人墨客流连之所。

青峰岭上，原有一座青峰寺。史料记载，该寺始建于唐代大中七年（853），是一个名释普的僧人创建的。该寺与一江之隔的宝积寺同年竣工。一城两寺，东西辉映。不幸的是，青峰寺明代毁于战火。清康熙元年（1662），知县萧蕴枢召僧海溁复修。可是，没过多久，青峰寺又遭火灾，剩下的就只是一块让人凭吊的遗址。邓传安在闽北任职期间，一次回家探亲时，与几个友人郊游来到这里。站在这块荒芜的遗址上，看到满地的残垣断壁，他感慨万千。特别是看见那些不同朝代、造型各异的石像，他更是心疼不已。

邓传安对这些文物颇感兴趣，他知道，这些散落在草丛中的石雕不少是唐代的遗物。如唐代弥陀、观音菩萨、罗汉、天王等。弥陀佛像面目慈祥，微露喜悦，给人以亲切之感；天王形象魁伟，犷悍威武；众菩萨造型妩媚多姿，肌肤细腻温润，富有女性的特征。他们姿态迥异，表情不同，雕造刀法圆润，造像清秀华丽。在雕刻技法上或艺术处理上打破了神秘化和程式化的规范，显现了唐代雕刻艺术的风格。

也有明代的文臣石像。这些文臣看上去气质浑厚，须髯飘然，衣纹纤细流畅，质感很强；石虎、石马形象逼真，栩栩如生。这批石雕手法豪放，简约生动，造型优美，独有异彩，是明代盛时石刻的代表作。

更引人注目的是耸立在附近一片林地里的龟驮碑。巨大石龟为碑座，龟甲纹路清晰，鳞爪分明，龟拨动四爪，引颈昂首欲向前爬行。据说，这只石龟背上竖着的巨碑，上面的文字是明孝宗朱祐樘的御笔，共四百余字，记述了时任兵马指挥司副指挥、浮梁籍人士戴星父母的生平事迹，表彰了他们一生的功德。碑文开门见山地写道："奉天承运皇帝敕曰，旌奖贤劳乃朝廷之著典，表彰先德亦人子之至情。"碑文工整秀丽，遒劲有力。碑的上部镌刻着蜿蜒的蟠龙。整座碑石古朴典雅，气势巍峨，熔书法、雕刻艺术为一炉，有较高的历史和艺术欣赏价值。

令邓传安更加难忘的是，青峰寺蕴藏着太多的文化底蕴。

古寺大雄宝殿的左右两边原有两个轩。左边的名"壮图轩"，右边的称"留隐轩"。这座寺庙，既是学子们十年寒窗，挑灯夜读、描绘宏伟蓝图的地方，也是他们功成名遂后的归隐处。

臧浑，上西部都（今臧湾）人，曾在寺中"壮图轩"读书多年，于宋熙宁三年（1070）考中进士官至户部尚书成名后，为报答寺庙僧侣们的帮助，他出资在寺右边兴建了一座"留隐轩"。

2

壮图与留隐，一个出发，一个归来。

我常想，从某种意义上说，我们都是人生路上的行者，在出发与归回中找寻着人生旅程的意义。

出发是对外在世界的探索，而回归是对内心世界的观照。二者同等重要，都是发现人生意义的重要方法。

所有的出发都源自内心的念想，所有的回归都离不开出发后的畅然。出发，为社会做出贡献；回归，让自身提升境界。在这种不断的出发与回归中，我们探求人生，我们砥砺初心，我们成长壮大，为实现中国梦而努力奋斗。

出发是一种拓展，回归是一种修行。行走于江湖，一去一回即是人生。

关于臧浑的这段经历，状元彭汝砺十分清楚。他在《寄臧浑》一首中是这样写的：

> 二月驱车出宋都，转头即是十年余。
> 可怜老大犹为客，莫怪寻常不作书。

蜡屐阮孚人不会，鲈鱼张翰子何如。

寄声莫污青峰地，留与先生作隐居。

　　臧浑卸任后果真归隐这里。臧浑在青峰寺苦读的事影响着一代一代的浮梁学子。宋代的程瑀便是其中一个。

　　程瑀，臧湾府前人，少时家里贫寒。他在县学读完书后，以臧浑为榜样，也住进青峰寺"壮图轩"励志苦读。在此期间，程瑀写下了三首诗。

留隐轩

先生肮脏与谁同，直道何伤竟不容。

欲约故人酬素志，苦求晚节隐青松。

图开胜地诗篇重，客倦僧房野兴浓。

问舍求田端有日，从他百尺卧元龙。

青峰岭

其一

溪流汹涌激溪垠，土木颓移岁月新。

为问寺前圆也未？不应久负壮图人。

其二

寺壁题诗墨未芜，寺前圆脚已相符。

此行定作焚舟计，不夺龙标不出都。

　　诗歌作者以青峰岭为题，抒发对臧浑的崇敬之情，也表明了自己的志向。宋宣和二年（1120），程瑀考中进士，金榜题名，官居二品。告老还乡后，他也隐居在这里。

　　除此以外，邓传安发现，《浮梁县志》中，还载录了不少文人学士以青峰岭为题的诗文。例如：宋代诗人苏东坡游青峰岭凤凰嘴后，曾即兴赋诗一首：

凤凰嘴

娟娟月色欲分流，客立仙槎两岸浮。

雪浪飞鼋趋玉宇，金波顾兔下琼楼。

江心镜朗泛双鬓，地肺轮空写并头。

我欲乘风轻万里，雁声叫破海天秋。

浮梁学子以青峰岭作书名的也很多。如戴琥撰有《青峰拾稿》，明邑人汪柏撰有《青峰存稿》。

邓传安那次游走以后，心里便产生了一个愿望，将来归乡以后，一定要把这座古寺重建起来。

3

海面渐渐起风了，浪潮撞在船沿上溅起一片片浪花。七八个小伙子将两座石菩萨抬到船上。邓传安立在船头与送行的人们拱手道别。没想到，当船调好头正要起航时，忽然一阵海风袭来，船身猛地摇晃了一下，石菩萨立即翻入海里，而船上的人却安然无恙。大家唏嘘不已，邓传安觉得十分惋惜。

令人万万没有想到的是，当邓传安回浮梁老家后，再次来到青峰寺遗址时，发现那两尊菩萨端端正正地摆在寺庙遗址的供台上。人们都觉得十分神奇，给它们取名为"飞来佛"。

邓传安立马开始募捐，倡建青峰寺。一个月后，正当寺庙筹建工作如火如荼地进行的时候，一纸公文传到了他的手上，七十一岁的邓传安被任命为福建省建宁知府。

建宁府，古地名，地处今福建省北部。南宋高宗绍兴三十二年（1162年），升建州为建宁府辖建安（县治在今福建省建瓯市区）、瓯宁（县治在今福建省建瓯市区）、建阳（今福建省南平市建阳区）、崇安（今福建省武夷山市）、浦城（今福建省浦城县）、政和（今福建省政和县）、松溪（今福建省松溪县）共七县。

朝廷将邓传安安排在建宁知府这个位置上，本意是想让他"变繁剧为简静"，不想让他像在台湾那样劳累。但邓传安"禀性难移"。一上任，他对地方治安、教育和公益事业还是件件关心，毫不懈怠。

邓传安虽然公务繁忙，但家乡青峰寺的重建依然是他最大的牵挂。他经常去信过问工程进展情况。在他的督促和协调下，两年后，一座古朴、典雅的青峰寺建成。重建后，大雄宝殿雄伟壮丽，寺的左右还分别建有两个轩。左边的名壮图轩，右边的称留隐轩。从此，"青峰脚圆"成为昌江八景之一。

鉴于邓传安的功绩和声誉，道光十四年（1834）十月十九日，七十四岁的他被授予朝议大夫，享受从四品待遇。妻干氏也被勅命誉为"恭人"。

道光十五年（1835），邓传安应属下之请，为《彭城刘氏宗谱》作序。序中自称："籍贯于盱江（盱江，即抚河，又称汝水，在江西省东部南城县境），奉命闽海，为芝城（芝城，即建瓯简称）郡守，岁在乙未（乙未，即道光十五年）。"序首次透露出他的祖籍地是江西省南城。可惜笔者未能读到这两篇序文。

也就在这一年，七十五岁的邓传安告老还乡。回乡后，邓传安像父亲邓梦琴一样，云游各地，四处讲学。陕西商洛书院、湖南常德嘉山书院、江西南昌友教书院、江西鄱阳芝阳书院和浮梁绍文书院的讲堂上，都留下了他的身影。

道光二十年（1840），七月二十一日辰时，邓传安因病在浮梁与世长辞，终年八十岁。

青峰寺方丈妙一大师在寺里为他做了七天的法事，参加的僧人多达五百人，也算是对这位老施主的缅怀吧。

归去来兮。

一座寺庙，竟能让一个个家庭贫困的学子，将人生坐标规划得如此宏伟，又如此细微，令人叹为观止。

38. 大义旸府寺

佛教圣地旸府山其实也是一座诗山。

山不高，海拔两百余米，但近在咫尺地突兀在景德镇这座都市跟前，像座高高的明珠塔，瞻望着这座城市。登绝顶，观日出，览胜景，诱惑万方。更何况，在这层峦叠嶂的山坳里，隐藏着的一座千年古刹旸府寺，更增添了旸府山的神秘色彩。于是，金君卿、彭汝砺、岳飞、唐顺之、罗洪先、黄龙光、刘迁、计礼、唐英等历代政客文人，先后躬临其胜，并在此留下众多诗文。

北宋状元、吏部尚书彭汝砺，兴致勃勃地游历了旸府山后，欣然作《旸府山》诗一首：

> 丛林乘兴入，胜境出人间。
> 隔断红尘脚，老僧云共闲。

明代诗人、画家计礼游历后作《旸府寺》诗一首：

> 乘闲寻古刹，避俗解烦襟。
> 林下竹筛影，涧边泉漱音。
> 佛临金相重，僧卧白云深。
> 何事红尘里，浮名尚绊心。

在两位诗人看来，旸府山乃是一处与世隔绝、离尘避俗的人间胜境。

与上面两位诗人不同，清代督陶官唐英看到的却是一幅幅凄凉、破败的景象。他在《游旸府废寺题壁》诗中是这样描述的：

> 旸府古寺阳山隈，探幽曲径挥云开。
> 苍藓老木忘岁月，颓垣断壁经风雷。
> 青嶙夜焰琉璃火，香厨野鸟衔花来。
> 扪碑刊缺字半蚀，古墨神护存楼台。
> 名臣贤士感陈迹，满目今古成悲哀。

我更喜欢的，是北宋邑进士、邑人金君卿的诗作《游旸府寺》。

我喜欢它，是因为它为我提供了关于古代浮梁人与自然的海量的信息。"山势萦纤，曲折小径。水烟深处，晨钟暮鼓。鸡鸣笋，雀舌茶。吟客题玉壁，药僧采松花。向晚寻归路，溪口卧古槎。"诗人淋漓尽致地为我们描绘出一幅古代山寺图。

古人所说的"大隐隐于市"，指的是精神层面，意即闲逸潇洒的生活不一定要到林泉野径去才能体会得到，更高层次的隐逸生活是在都市繁华之中，在心灵净土独善其身，找到一份宁静。

但是，我以为，在景德镇这千年窑火不息的瓷都，这样一个繁华闹市之侧，有这么一处幽静胜地，能够让人在那里，在赏心悦目中得到哪怕是片刻的静宁与隔世之感，确实是不可多得的。

一个杜鹃花绽放的季节，我去拜谒旸府山。

从瓷都大桥西桥头，到旸府寺是一条沿着昌江上行、长约一千米的水泥路，路下方悬崖峭壁之下，是静静的一汪江水。四周茂密的树藤仿佛圈成了一个笼子。路的最窄处仅能驶过一辆小轿车。坐在驾驶室里的我担心的是，最好对面不要有车子过来，否则就够费周折的。好在除了小心翼翼地让过几辆电动车外，担心的事没有发生。趁着没人的当儿，我加速前行。

平心而论，要在这陡峭的崖壁上凿出一条这样的路来本就不易。我在想，一千多年前，峨眉山那个唐代云游僧是怎样发现这片圣土的，宋代那位名叫绍溪的和尚又是怎样将建寺的材料一点点地搬运到这隔着一条江的山上来的。

我只能从古诗里找到些许痕迹，清代诗人黄璧在《旸府雪晴》诗中是这样记述的：

> 不令六花封石苔，今朝爽气到崔嵬。
>
> 出看茅屋炊烟起，遥有寒江放棹来。

一条小船，一条羊肠小道，一只云南彝族人身上的背篓。我想，这小小的旸府寺，它凝聚的不仅仅是僧人们的汗水，更多的是他们心中的信念。

在我的打量下，旸府山却是平易的，虽有苍松古柏，修竹高树，以及诸多仙迹，然不像想象中的那么高耸入云，云蒸霞蔚。也许，山不在高，有仙则灵？

山门，通体朱红，酣畅淋漓的红。赭砖赤瓦、凹腰、两头翘，燕尾状屋脊，加之纤长的挑檐，艳丽的装饰，像是一串串跳跃的火苗。这红，在这层峦叠翠、漫天绿野之中，显得格外醒目、骄人。两棵挺拔的青松像宝塔一样立在两旁。门头上"旸府古寺"四个字，雄浑遒劲，堪为精品。仔细一看落款，竟是出自一位自己十分熟悉的友人，集书法家、歌唱家于一身的厦门海关李战和先生之手，这个惊喜大大地拉近了我与旸府寺的距离。

从字义上看，旸，旭日初升之义。古文中，府与俯，互为通假，其本意为低首巡视。"旸府"一词，可以解读为"旭日东升，俯瞰大地"。故《景德镇市地名志》解释说："立此山巅可早望日出，故名旸府山。"这当然是辞通意美的好名字。也许，这就是当代文人望文生义的一种解释罢了，民间依然称其为阳府山。其实，关于"旸府寺"名的来历，当地有一个传说。相传，远古时期，有一位名"旸府真君"者游历至此，见山民要从山脚的昌江里往山上挑水吃，步履艰难，便抽出宝剑砍向岩石，岩石立即冒出汩汩的泉水，后人将其取名"剑泉"，将此山取名为旸府山，当然，在此山中建的庙亦称旸府寺了。

门联堪称一篇即景佳作。

上联是：临昌江观碧水旸府千年佛韵不息。

下联是：采史记岳鹏举抗金留寺大义永存。

好一个"大义永存"！

何谓大义？我理解，正道、大道理，代表正义的道理，它最典型之处就是代表着民族的尊严。大敌当前，民族危亡之际，能挺身而出者，大义也！岳飞、文天祥、于谦、戚继光、史可法、郑成功、林则徐等皆是。我想，还有一种大义叫"褒扬"。褒扬中蕴藏着积蓄与待发。旸府寺里兴许就蕴藏着这种力量。

我问一位在打扫庭院的志愿者，岳飞有一副对联挂在何处。志愿者是一位七十多岁的退休瓷业工人，他热情、开朗，二话不说，便带着我往大雄宝殿走。老人说："这是二十世纪八十年代初，刚开放那会儿，市文化局一位领导，亲自去故宫弄来的，这可是岳飞真迹啊。"嘉许之情溢于言表。

一进大雄宝殿的大门，对联果然呈现在我的眼前：

机关不露云垂地，心镜无瑕月在天。

草书。厚重，激昂，一气呵成。岳飞虽出身行伍，但文武双全，能诗善词，书法以行、草为主，字里行间透露着雄浑与霸气。几年前，我在杭州岳王庙，就曾领略过岳飞书法风采。当时一见到"还我河山"四个字，耳边就仿佛回荡着岳元帅的声声呐喊，洋溢着那种大义豪情。

旸府山真正著名，确实与岳飞的一次游历有关。

宋代绍兴三年（1133）六月，那是一个风和日丽的下午，岳飞领着十几个随从，轻车简从地从九江乘船途经景德镇去临安面圣。见太阳要下山了，岳飞便打算夜泊昌江旸府山下，忽然从山谷中传来隐隐木鱼声。

柔和、淡雅，如梵音，它驱散岳飞内心的烦恼，给了他一种安详的宁静，也让他感到久违的放松和舒适。他不禁心动，便带着几个随从下船，循着声音的方向前往探访。

岳飞沿着陡峭的山径往上走，不觉来到寺前。有位童僧在门前清扫树叶，一见岳飞，便转身向内喊道："师父，有客人来了。"

岳飞连忙摇手示意他不要说话，表示自己站在门口等候就可以了。直至寺内木鱼声息，岳飞才缓步走进寺内。

寺内走出来一位精神矍铄的老僧，看到岳飞，先是一愣，继而眼睛一亮，双手合掌道："我道是谁，原来是岳将军。今日何空，光临小寺，真是难得。请恕贫僧朗日未能远迎，罪过，罪过！"

岳飞一听，大吃一惊，心想，我到景德镇后，并未和当地任何人会面，他为何一见面就知道我的姓名？便忙抱拳道："岳某不才，奔波王命。今因路过，特来宝刹瞻仰，未曾事先通报，已是唐突。想不到老禅师真是高人，竟能知是岳某，真可说是未卜先知了。"

朗日听后，哈哈大笑道："将军谬赞了，贫僧哪能什么未卜先知。实不相瞒，贫僧乃是半路出家。昔年曾供职于宗爷爷处，故识得将军。"

一句"宗爷爷"，立即勾起了岳飞的回忆。

"宗爷爷"是人们对抗金英雄宗泽的尊称。

靖康元年（1126），金兵再次南侵，引退在家的宗泽临危受命，在磁州击退来犯金兵，声震河朔。靖康之变发生后，赵构称帝，宗泽调知开封府，后升任东京留守，兼开封府尹，任用岳飞等人为将，屡破金人。两人一起抗金，成为金兵最惧怕的对手，使开封成为抗金前线的坚强堡垒。因此，宗泽成了岳飞的良师益友，两人的关系十分密切。

朗日把岳飞引到禅房坐下，在僧童递过香茗后说："建炎二年，宗爷爷接连上了二十四道奏疏，恳请高宗北伐抗金，但都杳无音讯。他终于心力交瘁，忧愤成疾，溘然与世长辞。"

"宗爷爷抗金之志难酬，忧国成疾，病危时还不停地吟着'出师未捷身先死，长使英雄泪满襟'诗句，劝勉我等致力于抗金复国的事业。临终时，还高呼'过河'！宗爷爷爱国之心，真是我们的楷模。"说到此处，朗日连连叹息。岳飞当时征战在外，如此细节他是第一次听到，不禁一阵心酸。

朗日接着说："何曾想，朝中奸臣力主议和，众将士空存报国之心，难有用武之地，纷纷愤而离去，另寻出路。老衲自愧无能，故而看破红尘，辗转来到此地，削发为僧。虽说是身居山谷，心却难忘国事，久慕将军英名，今日得见，英姿如昔，故而能一眼认出，并非有未卜先知之术啊。"

岳飞听后，如梦初醒，忙站起身来拱手道："原来是老前辈，望恕岳某失敬。"

朗日忙合掌道："岂敢，岂敢！今日难得遇故人，将军旅途辛苦，今晚何不就在小寺下榻？"

岳飞思忖，住在船上确也拘束，倒不如在寺内宁静，便致谢道："如此甚好，只是打扰了。"便在寺中住了下来。

朗日本是宗泽府中幕僚，胸中颇有学问，对国家事也知道不少。岳飞山中遇故人，与朗日交谈，颇为投机。两人上到国家形势，下至风土民情，无不涉及。

岳飞谦恭下士，虚心求教；朗日也就畅所欲言，尽抒己见，两人一夜未眠，不觉东方泛白。

朗日见岳飞准备下山，便说："今日一别，再难相见。将军能在此逗留，老衲深感光彩。望将军能留下墨迹，以资纪念。"

岳飞见朗日如此恳切，不便推辞，便说："晚辈遵命！"

僧童将笔砚墨纸准备停当。

岳飞笑着说道："某本一介武夫，不敢亮文，就为宝寺写副对联吧，尚望老禅师指教。"说罢，走向案头，提起大笔，满蘸浓墨，在纸上挥毫写起来：

机关不露云垂地，心镜无瑕月在天。

字体挺拔，笔力刚劲，形神兼备，朗日喜不自禁。

岳飞写完，拱手与朗日这位大义之士作揖，领着随从下山。令岳飞没想到的是，他的这幅墨迹竟成了旸府寺一千多年来的镇寺之宝。

旸府寺，里面还有多少"机关"未露，我不得而知。但我知道，岳飞与朗日的爱国之心、忠勇之志已经铭记在了百姓的心里。

对于那些长年累月奔波在丝绸之路上的人，抹不去的是对家的思念。乡愁是什么，是村边的那条小河，是门前那条青石板小路，是外婆住过的吊脚楼。

要知道，散落在浮梁四乡的那些老屋，那些在月光下被风吹动着的门环，无不是他们步履磨出的痕迹。

39. 瓷源瑶里

世上有很多美好的词汇，可以分配给浮梁县众多的古村，例如浑朴、宁谧、原始、悠闲、素雅、唯美……其中不少的村落还会因为风格交叉而不愿意固守一词。只有一个词，它们不会争，争到了也不便受用，只能让它安安静静、坦坦荡荡地留给那个唯一的村落。

这个词叫"瓷源"，这个村落叫"瑶里"。

瑶里，一种隐隐然的文化气象，一首凝固了千年的乐章，从每一个古老的地名里溢出，从每一座水碓里溢出，从每一座古窑遗址里溢出，从每一扇窗棂溢出……

诚然，其他村落也有水碓，也有古窑址，也有窗棂，为什么会心悦诚服地让出瓷源这一光环？

瑶里，作为瓷之源，在于自唐代以来，每一个朝代都有格局完整的制瓷的遗存，每一个遗存都有鲜活的时代气息，每一个气息至今都仍然影响着人们的审美与情怀。而且，这种影响将会随着时间的推移变得历久弥新。这让其他村落自愧不如，只能拱手相让了。

瑶里，古称窑里。一看这名字就知道，这个位于皖赣两省四县交界处的千年古村，带有"瓷"的印记。从唐代开始，这里便有了生产陶瓷的手工业作坊，生性勤劳耿直的乡人直接取了"窑里"这个名字。宋初，窑里的瓷业生产发展十分迅速。窑多，从业人员甚众，因此，当地人将窑里沿河上游片区称之为"内窑"。用来制瓷的瓷土或釉土离不开一种粉碎工具，这就是水碓。位于窑里北偏西约四点五公里的山坳里，是窑里水碓较多的地方，一条小河里就有十多座，于是村里人就将村名称作"水碓坑"。在窑里，不少村庄的村民终身以春瓷土为业，因为水碓一上一下，状似打铁，于是村里人取了个十分形象的村名"铁炉里"。

"家家窑火，户户陶埏。""重重水碓夹江开，未雨殷传数里雷。"这些记录在景德镇陶瓷古籍里的诗句，是瑶里镇绕南村历史画面的真实写照。千百年来，这里的人们周而复始地重复着这首古老的歌谣。

绕南村，位于瑶里镇政府东北四公里的东河南岸的一片谷地。从唐代开始，这里的瓷业生产就十分活跃。这里，不仅遍布着许多窑场，生产着各种各样的瓷器，同时，这里还是景德镇陶瓷原料的主产地，加工后的瓷土、釉土，沿着东河，源源不断地输入到景德镇的各大窑场。于是，瑶里民间就流传一句谚语："高岭土、瑶里釉，景德镇窑场管个够。"

绕南一号龙窑遗址，是瑶里古镇周边三十多处古瓷业遗址的代表，也是景德镇地区目前发现的最大的一座龙窑。这座南宋时期的斜坡式龙窑，长达四十八米，像恐龙一样俯卧在山间，窑床、火膛、烟口，完整无缺，像刚刚烧完一窑瓷器后的间歇，烈日下，似乎熊熊的火焰仍在窑的四周翻滚。

景德镇产佳瓷，浮梁出名茶。自古以来，瓷、茶这两件人间瑰宝，润泽着无数生命之树，成就着多少怀揣的梦想。不少靠经营瓷、茶发家致富的人，在赚得盆满钵满之后，在家乡大兴土木，建筑豪宅，这已是人们的习惯行为。景德镇祥集弄，数百年前瓷商的杰作，至今仍显露出财富的本色。单凭瑶里狮岗胜览一宅，也能让人体悟到古语"瓷茶之利莫大焉"的真谛。

在瑶里古镇数百幢明清建筑中，位于瑶河西畔的"狮岗胜览"确实有些另类。

从外面看，它完全是一座典型的欧洲巴洛克式建筑，前檐墙体及窗棂栏杆上面有很多雕塑，如双狮戏球、麒麟、飞龙等。这些装饰非常突出和生动，体现了建筑的一种动感，一种力度。整个建筑的立面布置得也相当精彩，其手法主要通过窗、阳台、女儿墙及穹顶等元素体现出来，反映出较强的艺术性，尤其是方角窗与小弧形窗檐造型，形成美妙的韵律感。

可是，当你走进里面一看，感觉又是另一番天地。典型的四主四厢、两层的徽派建筑，门窗、房梁上有近百幅木雕，雕刻题材广泛而传统。四大名著、民间传说和吉祥典故为主要内容，也伴有常见的财神、花鸟、山水等图案。工艺精湛，栩栩如生，充分显示出主人的华贵身份、渊博知识和丰厚财力。

屋的主人，是晚清洋务运动时期浮梁商人、瑶里村的吴用舟。吴用舟喝过"洋墨水"、当过乡长。他的经营面很广，陶瓷原料、茶叶、丝绸、百货无所不包。他受过西方教育，骨子里却是烙着儒家传统思想。因此，他的这幢民居被称为中国现存的、中西结合的民居建筑的典范。是近代工业文明和数千年传统农耕文化相结合的产物。

一条一千多米的明清商业街由北向南伴着瑶河，像枫叶的脉络一样，串起两百六十多幢明清古建筑。"上街头、下街头，街面宽悠悠；糖盐醋、绸缎布，店面九百九。"街头丁字路口的一块"徽州大路转弯"的路牌，为那些推车、骑马、坐轿的人们指明着方向。

"张水门楼"是一张独特的名片。瑶里人十分重视门楼的修建，有"千金门楼四两屋"的说法，而且，建门楼也十分讲究风水。"八字墙门"，效仿的是官府之门，显示望族高贵门第，取"宅门八字开，官运滚滚来"之意。而那些临近河边，一律朝东的"张水门楼"，则蕴含着"财源滚滚而来"的意思。

"一步岭"是瑶里古镇的一组建筑群，在这组群落里，各建筑之间道路多为一步岭。其中代表性建筑是一座牌楼。"一步岭"寓意是，人生须知万事开头难，走好人生的第一步至关重要。将哲理寓于大众建筑之中，寓教于行，形成瑶里建筑的又一特征。

"适可屋"是明代吴景山的居室。吴先生"深居简出，朝夕披令"，潜心理学。在其门上嵌有一方石刻，名"适可"。"适可"是他的座右铭。"适者往也""惟适之安"，这是他的交友之道与处世哲学。在吴先生看来，做人做事都要适可而止，邻里遇到纠纷，大家退后一步，便是海阔天空。正如他正堂一对楹联写到的："世事让三分天宽地阔，心田存一点子孙耕种。"这种"作退一步想"，体现了瑶里人的处世哲学。"适可屋"，后来被当作解决族中纠纷的长老议事堂。

瑶里，昔日徽饶古道上的瓷茶工商重镇，两千多年前，吴王夫差的儿子太子友携着家眷避居这里时，辉煌开始铸就。起房屋，辟田地，"摘叶为茗，坯土为器"，将生活过得如糖似蜜。千年的时光过去了，如今，瑶里成了一本刻画着年轮的书：时光在这里度过，岁月在这里流淌。那些村落，那些老屋，那些被步履磨出痕迹的青石路面，还有那些在月光下被风吹动的门环，印证着这里的灿烂文化。我们通过这些散落的遗迹来推论和想象当年的故事，我们坐在时光的流水上凝望着这里的沧桑变迁。

历史和文化，镌刻在那一石一砖、一村一院之中，鲜活如初，等待着你的发现。

40. 独轮车推来的小街

1

我感觉，作家有时好比是齐天大圣，变化多端，活泼可爱。他们时而像只蜜蜂，在花丛中翩翩起舞，寻寻觅觅；有时又宛如一只蝴蝶，在荷塘边、小溪旁捕风弄影，逡巡嬉闹；偶尔又成了一只贪吃的小猫，把村姑晒在矮墙上的小鱼干拿到鼻子下闻闻；恍惚间，又成了一只独角兽，在古村迷宫似的巷弄里东奔西突。在品完了严台村的高山茶、拍过古县衙里的"惊堂木"后，"用一支香烟点燃了瑶里的千年窑火"，然后一声长叹："浮梁气象，风情万种啊！"

这是七年前的一个四月天，"中国作家看浮梁"采风团的作家们给我这位"向导"最深的印象。

按照行程安排，参观东埠古街是这次采风活动的最后一站。

经过了一晚春雨的洗礼，天空蓝得像块蓝宝石，河边的那棵古榕树也显得特别精神。站在高高的石拱桥上，眺望着这一片簇拥在青山与绿水之间的黑瓦、白墙，以及那整齐地矗立在河东沿岸的吊脚楼，范晓波问："这条街最抓人的东西是什么？"

我感觉，这位如日中天的散文家、滕王阁文学院副院长、《星火》执行主编，开始捕捉小街上的文学精灵了。

"独轮车。"我不假思索地答道。

"独轮车？"

"对，独轮车！这是一条由独轮车推来的小街，它在这条小街上穿行了上千年。小街上，无时、无事、无处不和独轮车有关。"

此刻，我好像不是在和作家交谈，仿佛回到了阔别已久的学校讲台。

"独轮车上拉的都是些什么东西？"有人问。

"高岭土。它产自离这里约五华里的高岭，是一种优质的制瓷原料。"

"地质学家说，高岭土是一亿年前地壳运动的产物，是数千年来大自然蚀变、风化的结晶；陶瓷历史专家说，它是一种改变景德镇陶瓷命运、改写中国陶瓷史和人类文明史的'瑰宝'。"

2

头天晚上，一晚我都没怎么睡着。春雨淅淅沥沥下个不停，瑶里梅岭山庄峡谷里的瀑布声，夹杂着丝丝凉意沁入我的被窝，溪水仿佛从床底流过。我的大脑像客栈门前的那辆水车逐着水流整夜转个不停……

实际上，我是将"志家"与"作家"这两个行当做了一个比较。我曾多次参加过地方志研讨会。有省里的，有华东地区的，也有全国性的。学者们大多有备而来，会议主题也十分明确，譬如，方志编纂中如何真正做到"述而不论"，如何做好当代方志体例的继承与创新，等等。无论是小组讨论，还是大会发言，大家往往是旁征博引，各抒己见。遇到意见不一致时，也会引经据典，据理力争，当仁不让。有时甚至会争论得面红耳赤，以至眼镜从鼻尖滑到了脖子也全然不顾。这时，会议主持人常常是用一次次的干咳，或者是不断捋开袖子指着手表暗示。也就是在这样无休止的辩论中，一代代的后学之士开阔了视野，增长了才干，延续着"志业"的辉煌。

可在作家的天地里却是另一番情形。他们的字典上，好像永远没有一个标准答案。而且，他们的理论也仿佛永远是对的。他们尽情地遨游在奇思妙想、异想天开的王国。

位于瑶里镇梅岭村前徽饶古道上那座石拱桥，是一座极为普通的廊桥。可在作家彭文斌的眼里，它却成了"雨水跟山较劲了整整一个晚上／没能动摇桥的信念／和坚守"的勇士；在女作家蔡瑛看来，"莫名觉得这古桥像一个痴汉。坚韧、执拗、沧桑"。"勇士"也好，"痴汉"也罢，古桥在他们的心中，代表的是山里人的坚韧和坚守。我想，这大概就像苏轼《题西林壁》诗句里描写的"横看成岭侧成峰，远近高低各不同"的意境吧。而对于多次与古桥擦肩而过的我来说，"不识庐山真面目"，就"只缘身在此山中"了。

作家的眼光是敏锐的。就拿擅长对联创作的鄱阳作家汪填金来说，晚宴前的瞬间，他便晒出一副对联来："人间烟火，天上云龙。"内容则是我和一位本土女作家的笔名。他们戏称这种即兴创作为"榨果汁"，而称精推细敲为"酿酒"。

我想，"志家"也好，"作家"也罢，虽是分工不同，但本是同根同源，异曲同工。不同的是，一个记录的是人的行为，一个关注的是人的心灵。

正当我信马由缰地想着头天晚上这些事的当儿，队伍已行进到小街口。

<h1 style="text-align:center">3</h1>

一条深似碾槽的车辙，两排略显残旧的石坎，几块突兀在码头的插篙石，它们像是这条古街的年轮，抑或是刻在老车把式额头上的皱纹！然而，这些并没有引起作家们足够的兴趣，他们的眼光落在了街旁的一条隧道上。这是连接浅水码头的通道，也是女人们每天下河浣洗的必由之路。隧道上面住着人家。小街上，像这样的隧道有多处。村姑们把刚刚洗完的被条、毛巾挂在吊脚楼上，阳光下，像万国博览会上的旗帜一样在风中飘扬。两个年轻女作家兴致勃勃地在隧道里走了几个来回，踩踩脚底下的麻石是否结实，用身体感知一下它的空间高度，最后的问题是："就凭下面这道坎，插上几块木板，就能抵挡得住啸如猛兽的洪水侵袭？"看来，作家的忧患意识是与生俱来的。

说话间，大家的眼光又移到了一个老店铺前。这扇门的边上有一堵比人头还高，四五米宽的墙，墙的上端围着五六寸高的木栏杆。

有人问："这是做什么用的？"

大家就猜，有人说是古代晒东西的阳台，有的说是瞭望窗和通风口。最后大家把眼光聚到我身上。

我告诉大家："这是古代专为那些骑马、乘轿的 VIP 设置的特殊售货窗口。古代，每天这里川流不息的除了独轮车和搬运工外，还有众多的地方官员、财主、绅士、瓷土矿矿主和船行老板。他们骑着马，坐着轿，招摇过市。只有他们才能享受这种养尊处优的特殊待遇。"大家连连点头，表示认同。

"这条街上像这样的窗口共有八处，上、下街各四处，而且，这些窗口在街道两旁是配对设置的，形如今天高速公路上的服务区。"大家一看果然如此。

王志远是一个很会讲故事的作家。闲暇时，我就在手机上读他刚刚在《美文》上发表的长篇叙事散文《包围圈》。作为一个从农村走出的"50后"，我们哪个没有经历过那样的包围圈？又何尝没有经历过文中所讲述的那些事？记得法国著名雕塑家奥古斯特·罗丹说过："生活中从不缺少美，而是缺少发现美的眼睛。"王志远的确就有一双这样的眼睛，当我们走到小街中部的十字路口时，他拍了拍我的肩膀，说："云龙兄，这里有故事啊！"

是的，这里是街上老人们摆龙门阵的地方，我曾经是这里一位忠实的观众。

十字路口是古代运送高岭土到码头的唯一通道，也是独轮车分流的关口。在这里，大部分车辆将转向上街深水码头，直接装船；小部分则转向下街浅水码头边上的棚子，储存待运。

连接河东与河西的那座名叫"万年桥"的木桥，桥板宽度相当于普通桥的两倍，两辆独轮车可以并立行走。桥的八字腿是用粗实的杉树做成的，而桥的大梁和二梁则用樟木做成。每块桥板、桥脚均有铁链串着，桥东、西两头各立有一块石柱，专门用来锚住铁链。发大水的时候，桥一旦被冲塌，便一分为二向两岸靠拢。这时，立即就有人摆起渡来。

十字路口建有一个亭子，人们习惯叫"街亭"。亭子是木结构，上面盖着八字分水瓦，横梁穿在旁边的房子墙上。路的两侧摆的凳子五花八门：有用两块木板拼成的长凳子，有几个方形的桑墩，还有扣在三个木桩上的竹子。晚饭后，忙碌了一天的人们，摇着一把蒲扇，端着一缸茶，腰间别着一支竹烟筒颤悠悠地来到这里，听着"桥客们"那永远侃不完的天方夜谭。因此，过街亭成了整条街上最热闹的地方。

在街上完小读五年级的时候，我有一个同桌的同学，父母在外地工作，他跟着爷爷在这里生活。爷爷是一位远近闻名、乐善好施的老中医，家就住在这离桥头不到一百米的街上。我时常到他家玩，有时还会在他家住上一晚，自然就成了这里的听众。

据说，东埠原来叫鸿潭，最早来这里定居的是宋代一个船夫，他就是因高岭土而来的。后来，随着高岭土的大量开采，来这里居住的人逐渐多了起来。从高岭矿区到东埠码头有五华里的山路。前面三华里完全靠人工挑运。劳力好的一天挑三担，每担三十块，每块四斤，每担一百二十斤。全天可挑九十块，三百六十斤。接下来的两华里就可以使用独轮车了。独轮车每次可拉一百块，约四百斤。体力好的每天可拉八车，共八百块，三千二百斤，是人挑的三倍多。后来，从山脚到矿区开辟了一条崎岖小道，两个轮子的大板车可以直接到达矿区，大大提高了效率。

从东埠至景德镇有四十五公里水程。

每天上上下下的数百条船只，除了要把高岭土、瑶里釉土源源不断地送往景德镇外，还要为景德镇送去沿河两岸的土特产品，如烧窑用的窑柴、稻草，瓷工生活用的木炭、桐油、大米、茶油、黄豆、竹笋、茶叶等。

船工们很会盘算，回头船也总是满满的，要捎上乡村百姓生活的必需品，如烟、酒、布匹、煤油、糕点和其他轻工产品。当然，有时也会带来几个女人，遭家庭变故，逃荒要饭的。女人来到这里，为运土工人洗衣、做饭，久而久之就成了一家子。

"其实，你还可以尝试着用文学作品的形式，将这些生动故事表现出来。"中国作协会员、散文高手彭文斌听了我的介绍后建议道。

是的，我也是这么想的，近年，在结束了两轮修志后，我有意识地结识了一些作家朋友，向他们学习、探讨一些有关乡土文学的创作问题。傅玉丽就是其中一位。她是中国作协会员，是一位善于展现"内心深处风暴"和"心理描摹"的勤奋作家。她说:"写散文,其实就是抒写自己的心灵感受。"她建议我多看点阿来和王英的作品。

东埠古街有一个地标似的文物,犹如逛北京必游故宫一样,它就是上街头的一块清代禁碑。清代乾隆年间,浮梁、婺源两地船户为争夺瓷土运输生意,经常发生纠纷,甚至发生械斗。最后由饶州府、浮梁县出面裁决,明确规定,一切运务均由瓷土商自行选择,船主不得妄自分界限。碑刻提供的信息是海量的。我似乎看到了两百多年前出现在码头上的一幕幕精彩画面:

街道上,独轮车川流不息,"咕噜、咕噜"的声音不绝于耳;码头边,人头攒动。几个袒胸露腹的地保横行滋事,阻止外邑船只装载,船民们怨声一片;河中央,数百船只上上下下,争先恐后,船桨掀起的浪花,仿佛是一幅美丽的画卷在水面上展开。

而眼前的东埠古街早已恢复平静,几声棒槌,几只小鸭,搅动得一泓清水,波光粼粼……

41. 巨人的肩膀

我从来没见过这样一本破旧不堪的宗谱。

虫蛀去了三分之一的面积,支离破碎,没有封面,厚厚的书脊被发黄的丝线扎着,像把刷子。只是在勒口的上方"界田李氏宗谱"六个字尚可辨出。翻过厚厚的界田李氏源流、历代谱序后,竟然发现了两幅宋代大文豪兼政治家的题词。一幅是范仲淹题的"百叶宝枝,晋芳千古",另一幅是欧阳修题的"天潢世胄,桐叶名家"。

这是三十多年前,我在浮东乡下走访时的一个意外收获。它让我把目光聚焦在了浮东界田李氏这样一个历史望族中来。范仲淹虽然比欧阳修大十八岁,但丝毫不影响两人的忘年之交。他们政见一致,兴趣相投,彼此欣赏。范仲淹仕途坎坷,几次被贬。受到排挤压迫的时候,欧阳修几次仗义执言,为其打抱不平。两人交情深厚,才情豪迈,几乎是同一时间，分别写下《岳阳楼记》和《醉翁亭记》两篇经世散文。

我在想，是什么样的魅力，让两位宋代文坛巨匠以这种方式走到了一起？

在大唐王朝二十一帝中，宣宗李忱列十七位。根据史书的记载，唐宣宗李忱在位十三年间，颇有一番作为，"河陇归地，朔漠消氛""刑政不滥，贤能效用，百揆四岳，穆若清风，十余年间，颂声载路"。开创了"大中之治"，被司马光誉为"小太宗"。然而，藩镇叛乱时有发生，朋党之争依然激烈，宦官依然把持朝政，唐宣宗没能挽救风雨飘摇中的大唐王朝。而这种动荡不安的结果是，他的子孙们遭受到了非同寻常的厄运。

李佯便是其中一位。据他作于龙德二年（922）的《南徙事略》记载，唐末，祖父宣宗李忱、父亲昭王李汭、长兄李儇先后去世，紧接着，在饶州担任刺史的二哥李佑被黄巢义军杀戮。没办法，处理兄长丧事的担子就落在了自己的身上。正当李佯准备南下饶州的时候，却因四方兵荒马乱不能成行。忽然有一天，听说招讨使宋威"七月奏捷，方取装南奔"的消息，李佯高兴万分。谁曾想，宋威是在"诈功奏捷"，把一个去朝廷路上的尚君长当成义军大将抓了起来，还向朝廷奏捷，说是打了大胜仗。南下路上，李佯目睹了王仙芝、黄巢义军还在大肆杀戮，道路不通。李佯只好换了身百姓衣服，改名为李京。李京历尽千辛万苦，行走数月，刚走进饶州地界时，得知二哥丧事已被歙州刺史、同宗的李擢托饶州朋友颜标办妥了，说是将哥哥李佑安葬于鄱之昌水。于是，李京改变了方向，前往歙州，向李擢表达谢意。其时，四处依然是兵荒马乱，李京只好留在歙州。

但是，歙州也不太平。乾符六年（879）冬，黄巢起义军攻陷歙州。听说黄巢军有"逢黄不杀"之言，李京便躲进了黄墩，以避灾难。中和元年（881）初，黄巢进入长安，杀皇室宗族不遗一人，至此，李京便断了北归之念。

特殊年代，造就了特殊人生。王朝灭亡之后，十九岁的李佯，从黄墩转场到人生地不熟的饶州。途中占了一卦，得"乾九二见田吉"之卜，于是就定居在了浮梁县东部的新田村（今界田村），摘掉了头顶上所有光环，开启了娶妻生子、耕读传家的平民生活。从此，在大中华李氏家族里添了一支后来被称作"三田李氏"的族群，李侁（京）成为这支族群的一世祖。

纵观界田千年历史，科甲联翩，公卿接踵，人才辈出。

李德鹏，李京之孙，出任歙州刺史。进入南唐之后，屡次诏举文学遗逸而不就。后定居祁门新田。李德鸾，李京之孙，因才识卓异，仕散骑常侍，金紫光禄大夫。后定居婺源县严田。李德鸿，李京之孙，人称李八公，留守浮梁县界田。此人才学横溢，著《珠神真经》，被誉为"狷狂的著书人"。由于两兄弟的分迁，兄弟三人分别成为"三田李氏"的支祖。

据统计，宋代至清代，仅界田一村，李氏一族就出进士二十六人。相传，宋代同时在京为官的界田李氏人士九人，外加一名女婿，故有"九子十郎官"之说。

有资料显示，欧阳修为《李氏族谱》作序并题词的时间是北宋景祐二年（1035）。那个时候的欧阳修，虽然行政职务上是个七品的馆阁校勘，做着图书馆工作，但已是一个崭露头角的文学领袖，能请到他题词作序的人肯定有着不一般的经历。可惜笔者没能找到相关的信息。相反，比欧阳修大十八岁的范仲淹的题词经历，却在我的脑海里有着一条明晰的线路。

景祐三年（1036），时年四十八岁的范仲淹贬任饶州太守。就在此前的一个月，范仲淹上疏《论西京事宜札子》，指斥宰相用人失当。吕夷简反诉范仲淹"越职言事，荐引朋党，离间君臣"。于是范仲淹就遭贬了。

范仲淹是一个贬官不贬志的人，每到一处，他都是注重民生，兴学济民，并且身先士卒，带头捐赠。他在饶州任职时间虽然不长，却留下丰富的文物，如府志上记载的得心堂、退思轩、楚东楼、秋香亭、虚静亭、庆朔堂等遗迹，就建于他在任的时期。

　　一天，好友、江南名士李觏来访。李觏，北宋建昌军南城（今江西省抚州市南城县）人，一生以教学为主，四十岁那年由范仲淹荐为太学助教，后为直讲，所以人称他为"李直讲"。此行他是应邀赴浮梁界田指导修谱的。李觏在城府盘桓数日，便随同范仲淹一起来浮梁县视察，并见证了他为浮梁人凿"莲荷塘"，挖"洗心沟"，为民办实事的丰功伟绩。

　　李觏第二次踏入范仲淹府衙的时候，行囊里装来一部《界田李氏宗谱》样稿。李觏之所以将谱稿呈送到范仲淹的案头，不仅因为范仲淹是一个文人雅士，而且知道他与李氏的渊源。

　　跟随着范仲淹来到饶州赴任的嫡妻李氏，系参知政事李昌龄侄女、太子中舍李昌言之女。由于这层关系，范仲淹对李氏文化多了一份关注。

　　翻完那几本厚厚的族谱后，范仲淹对界田李氏繁盛的人文历史有了个大概了解，并感到由衷的赞叹。尤其是对谱中记载的那个"猖狂的著书人"李德鸿印象特别深刻。

　　界田李氏第三代传人李德鸿，排行第八，人称李八公。此人平日特别爱好风水地理，在读圣贤书之余，把时间放在钻研风水术上了。他以平生之体验，用了三十年时间，写成了一部经世之作《珠神真经》。

　　李德鸿曾受过名师指点。所谓学术，领门人很重要。李德鸿的领门人是吴景鸾。吴景鸾是风水祖师爷杨公的亲传第一代弟子。雍正《江西通志》卷一载："吴景鸾，字仲翔，德兴人。聪慧过人，得其书，精究有验。庆历中诏选精阴阳者，郡县举景鸾，入对称旨，授司天监。后以论牛头山山陵不利于至尊，帝不悦，遂下狱。寻以帝崩遇赦。又进言数事不报，遂佯狂，髡发修真于天门西岸白云山洞。往来饶、信二州，数处同日皆有其迹。治平初端坐而逝。"相传，李德鸿得其秘笈后，学问大进。李德鸿的这部书写作时间之长，令人叹为观止。从学习积累，到写作成书，历时三十年。

如此的经历，让李德鸿成了一个狷狂之人。他放言说，风水宗师廖金精号称金精，于风水未算至精；风水巨擘张子微的《玉髓真经》，虽然论述精妙，包罗万象，但还不算变化如神。我的《珠神真经》一书，想效法吕不韦编《吕氏春秋》那样，要悬挂在京师的大门边，让天下高明之士来挑毛病，如果能更改一字，我就一把火烧掉。这种"睥睨天下"的气概和狷狂之态，让人刮目相看。

李德鸿的《珠神真经》，以人体来比喻龙穴，人体的躯干就是龙身，人体的骨骼就是山脉，人体的肌肉就是土壤，人体的毛发就是植被，人体的血液循环就是大地的水循环，人体的经络就是地脉，人体的穴位就是风水的穴位。这种比喻让范仲淹感觉耳目一新。

在李靓的提议下，范仲淹走到书桌前，铺开宣纸，为《界田李氏宗谱》写下了八个大字："百叶宝枝，晋芳千古。"落款为文学士范仲淹题。

在李京后裔编修的各种《李氏宗谱》里，"三田李氏"概念被广泛使用。清代统修谱的谱名甚至就叫《三田李氏宗谱》。

三田，乃浮梁界田、祁门新田、婺源严田三处地名的合称，它们皆源于浮梁界田李京长子李仲皋。李仲皋生有三个儿子。长子李德鹏，迁居新田。次子李德鸾迁居严田，三子李德鸿乃留守界田。

"三田"或"三田李氏"之称谓，应该是出于明代《李氏宗谱》编修人员的思考、归纳和表达。笔者见到"三田"一词最早出现于明朝嘉靖己未年浮梁籍人金达为《李氏宗谱》所撰的序言里。

据不完全统计，"三田李氏"这支人脉，全国现有人口约为八十万至一百万。千百年来，三田李氏瓜瓞绵绵，社会名流、贤达、能工巧匠代有人出，在不同的历史时期、不同的社会层面、不同的行业领域，发挥着林林总总的作用，与各族人民，与其他异姓人士与时俱进、共同发展，创造美好生活。

历史上，界田有过三个称谓，即：新田、界田、丰田。

关于新田。二十世纪九十年代初，笔者下乡收集县志资料时，在鹅湖镇东埠村委会早禾村小组走访过程中，见到了一块被盗墓者抛弃在路边草丛中的残缺的石碑。仔细一看，原来是宋代户部侍郎李椿年父亲李亮的墓志，碑石虽然破损，但上面字迹依稀可辨：

维皇宋宣和二年，岁次庚子十二月乙丑朔十八甲申日，江南东路饶州浮梁县白水乡北管新田里，男迪功郎、前授虔州祠士、曹事李椿年父，五十五承事，于宣和七年元月二十一日身故。今择同乡麻桑里土名宋家坞卜地一穴……

上面文字表明，"新田"是一个村级行政单位"里"，属白水乡辖。这是笔者见到的最早的一处关于"新田"的记载。"新田"一名也出现在康熙版《浮梁县志》中。该志"学校"中载："新田书院，宋绍兴界田李椿年建。"宋人汪肩吾《昌江风土记》中，在例举县域大姓时，有"界田之李"之说。

关于"界田"的来历，《景德镇市地名志》是这样记载的："唐初李氏迁来后，方、陈等姓也迁此，分几处建居。宋初，李氏兴旺，几处村庄连成一片，所建地域较大，乃划田为界，村名源于此。""划田为界"，笔者不知编者这个判断依据出自何处，但觉得不无道理，加上南宋李椿年在全国推行"经界法"之说。现存清康熙、乾隆、道光三个版本《浮梁县志》中，都有"界田市""界田街""界田"的记载。如1999年出版的《浮梁县志》第二章第一节"清宣统元年县内镇市街分布情况一览"中，有"界田街（市）"一名。康熙《浮梁县志》卷六"选举"中也有"李参，界田人""李应时，界田人"的记载。

关于丰田：清康熙、乾隆、道光三个版本《浮梁县志》中，皆同时出现"丰田都""界田市"两种称号。根据以上资料分析，笔者认为，界田最初名新田，南宋李椿年在全国推行"经界法"后改称界田，而后又有丰田之名。当然，也存在这三种称谓并行使用的情况。

界田的真正扬名与李椿年有关。李椿年，一个站在巨人的肩膀上前行的人。

李椿年的家世十分清晰。他的爷爷，名操，字彦明，为界田李氏六世，以孙（李椿年）贵。李椿年的父亲，名亮，字明善，以子贵，赠中顺大夫，加赠通奉大夫。李椿年有兄弟四个，分别是椿年、大年、康年和亿年。李椿年生有一子，名李易，字常民，受父泽官，登从仕郎、江东提点铸钱司干官。易有一子，名有烈。

李椿年，出生于北宋哲宗绍圣三年（1096），他是重和元年（1118）进士，绍兴九年（1139）在堂兄李涧和岳飞的引荐下，到户部任度支郎中（掌管全国财赋的统计和支调）。绍兴十二年（1142），李椿年被任命为左司员外郎。就在这一年，他面呈高宗，言"经界不正十害"。高宗采纳了他的建议，于绍兴十三年（1143），任命李椿年为户部侍郎，在全国推行经界法。那年他四十七岁。那是王安石变法七十四年后的又一次改革运动。

七十四年前，即熙宁二年（1069），四十九岁的宰相王安石在宋神宗的支持下实行变法，旨在改变北宋开国以来积贫积弱的局面。王安石变法以发展生产，富国强兵，挽救宋朝政治危机为目的，以"理财""整军"为中心，涉及政治、经济、军事、社会、文化各个方面，是中国古代史上继商鞅变法之后又一次规模巨大的政治变革运动。王安石变法增加了政府财政收入，推进了军队建设，但由于用人不力及执行出现偏差，变法也带来一些负面效果，加之朝廷"新旧党争"，使得王安石变法受到不少朝臣的非议。王安石被迫在熙宁七年（1074）、熙宁九年（1076）两次辞去相位。

李椿年推行的"经界法"是北宋时王安石推行的"方田均税法"的发展。两者是一脉相承的关系，都是宋廷推动的税制改革和厘正强国与富民关系的重要举措。但两者有相似的地方，也有差异，两者对于土地整理和平均赋税的作用也是不同的，具体表现在"首实与清丈"上。

方田与经界都是履亩而税的产物，但是两者确定土地产权的方法是不同的。方田是以土地清丈确定土地产权，以东南西北各一千步为一方作为清丈土地的单位。方田实地测量，随陂原平泽而定其地，因赤淤黑垆而辨其色，以地形和地色参定土地的肥瘠，以定等级。

经界不实行清丈，只是令土地所有者自行申报田产，称为首实。以举报及查出不登记之地没收入官来保证土地登记不遗漏，土地也不分等级。

总的说来，清丈法手续繁琐，不易操作，所耗费的行政成本也高。相比较而言，首实法简便易行。但是未被登记在砧基簿上的土地，却是无从知晓，以举报和没收入官的做法，不能保证所有的土地尽数登记在砧基簿之上。

但无论方田，还是经界，都涉及一些地主豪绅的利益，遭到不少高层政要的极力反对。宋高宗为了平息众怒，以"寝失本意"，意思是讲没有按原意办之名，罢了李椿年的官。

和范仲淹一样，李椿年贬官不贬志，回家乡后，他创办"新田书院"，教授乡间子弟，潜心易学，著书立说，宋孝宗隆兴二年（1164），李椿年在家病逝，享年六十八岁。史籍上对李椿年的记载颇多，如：

《宋史》本纪第三十高宗七载："绍兴十二年十一月癸巳，以左司郎中李椿年为两浙转运副使，专治经界。""绍兴十四年八月庚寅，以李椿年权户部侍郎，仍治经界。"《宋史》志第一百二十六食货上载："十九年十一月辛丑，李椿年以经界不均罢。"

《浮梁县志》道光版卷二十二"佳话"载："宋绍兴间甘露降。时邑人户部侍郎李椿年母卒中都（京师），千里徒步扶柩归塋，哀慕诚笃，人谓孝感所致。旧省志云：甘露降浮梁李椿年母墓树，是其事也。"

以上史料表明，李椿年不仅是站在巨人的肩膀上前行的又一个改革家，而且是一个笃行孝道、重视教育的乡贤。

让界田扬名的人物，除了说到的李椿年外，还有一个就是岳飞。

"岳飞抄界田"的传说在浮梁可以说是家喻户晓，而故事背后蕴藏着的是一种民心。

相传，从前界田村有位李员外，生有八个儿子，两个女儿。其八子二婿都在朝中为官，故有"九子（婿为半子）十尚书"之说。

李员外不缺吃，不缺穿，也不缺百姓对他的尊重，却时刻感觉缺个儿孙绕膝的天伦之乐。为此，他终日闷闷不乐，长吁短叹。一日，有个道人来访，一见李员外就恭维不已地说道："老员外您样样都好，唯独缺少天伦之乐。"李员外见他说中了自己心事，忙问："道长有何赐教？"道人说："您老想一家人团聚不难，只需修书一封，说贵体欠安即可。当今圣上以孝治天下，一定准奏。"李员外思子心切，没有多想，便修书一封，派人送去京城，谁曾想，这是朝廷奸臣陷害忠臣使出的一条计谋。

李员外"八子二婿"得知父亲病危的消息，心里都十分着急，便纷纷向圣上请假，圣上听说臣子父亲病危，回家探望，乃是人之常情，当场准奏。第二日一早，李家人便拖家带口在京城西门集中，一时间，车马成群，浩浩荡荡向家乡奔来。谁知，有人立即参上一本，弹劾李家兄弟回乡探亲是假，企图谋反是真。皇上听信谗言，便降旨御林军快马加鞭立刻将他们追回押入天牢，待取得证据后，再行定罪。又传旨给镇守九江的岳飞领兵速去饶州浮梁县抄界田李家。

岳飞知道李家兄弟忠于朝廷，绝不会有谋反之心，一定是朝中奸臣有意陷害他们。岳飞不敢抗旨，也不愿做陷害忠良之事，他怀着这种矛盾心理带领本部人马向浮梁进发。当部队刚进入浮梁县境时，岳将军令将士在洗马桥（今洪源镇洗马村）休息，暗中命人去界田送了一封信件。

李员外接信拆开一看，里面没有文字，只有一双筷子，一只干枣。他想，大事不好，这是岳将军暗示自己"快走！"他火速召集族中人，吩咐分开逃命。临别时，李员外拿来一面铜锣，摔地碎成碎块，让四十八支族人各持铜片一块，并嘱道："他日团圆，凭铜锣碎片指认。"

也就过了一个多时辰，岳家军到了界田。岳飞见整个村庄只剩下几位老年人在村中走动，心里十分安慰。他派人进行一番搜查，便匆匆回京复命。圣上见没有谋反证据，也就赦免了李家兄弟，全部官复原职。

很显然，这个故事是虚构的。但故事的背后，透出的是百姓对岳飞这个民族英雄的颂扬。岳飞上对皇帝忠诚，对正直的官员予以坚决保护。从另一个侧面，也说明了古代界田人才兴盛。

42. 蜚英坊前

1

穿过"克己故里"拱门式的村牌，我来到了浮北沧溪村口的蜚英坊前。

三间四柱五楼。据说，这是明代牌坊建筑中的经典之作。八字影壁，像大鹏展开的双翼，"五步架式"的马头墙，像五匹骏马高昂着的头颅，气势不凡。

蜚英坊，是沧溪村的标志性建筑，于明代正德十五年（1520），由时任安徽省池州知府的朱韶筹资兴建。门坊上方"蜚英"两个斑驳的隶书大字，出自时任南京刑部尚书、文林郎、宁海知州颜寒之手。

"克己"是宋代大儒朱熹为朱宏取的号。朱宏，字元礼，是沧溪村人。他和朱熹有三同：同姓，同龄、同道。两人关系密切。朱熹在知南康军（治所在今江西庐山市）期间，在访原籍婺源的途中，曾在沧溪逗留。两人聚首一处，切磋琢磨。朱熹用"高识笃行，鲜与伦比"八个字来评价朱宏的学术造诣和求真务实的精神，并为其书房取名为"克己堂"。由此，人们便称朱宏为"克己先生"。

眼前的这座"蜚英坊"，就像是一本教科书，影响着一代又一代的沧溪人，保持着朴实、儒雅的民风。

"蜚英坊"其实是一座门楼，是通往村里的主要通道，坊前立有石碑一块，上书：文官下轿，武官下马。牌坊正对面是一口"半月形"的水塘，取意于古人"花开则落，月满则亏"和"花未开，月不满"之意，寓意于沧溪的朱氏子孙，无论是在家耕读，还是外出做官经商，都能够生生不息，抢占先机。塘边植有一棵桂花树和两棵柳树，构成"单桂双柳半月池，三步金阶五凤楼"的秀美景观。门坊下面的通道分三段平台踏步，故有"三步金街"之说。沧溪村的古民居、古牌坊很多，无疑，眼前的这座"蜚英坊"是该村作为国家级历史文化名村和传统文化村落的王牌。

2

穿过蜚英坊，便走进了一个庞大的明清古建筑群。斑驳的砖瓦房，蜿蜒的青石街，她的每一个元素，仿佛都在诱导着你前行。

距蜚英坊约二百五十米，是一个祭拜场。我很惊叹：在这拥挤的居民区中，还有一块这么篮球场大的空地。看着地面那些磨平了的铜钱与"卍"纹案，就知道不是当今所为。

场地正中墙上，镶嵌着三块拱形的青石碑。中间一块刻沧溪朱氏十一世祖朱宏画像。右边一块是《乡先生祠增祀宋克己朱公记》。碑文主要记述了浮梁县"乡贤祠"增祀宋代理学士朱宏的缘由、朱宏的业迹及对朱宏的评价。

朱宏年少时期就非常聪明、颖悟，主张"读书求大义，念诗以理为主旨"。成人后放弃科举考试，刻苦研读圣贤之书，四处求师访友，问道解惑。步入中年后，朱宏隐居故里，一边教授村童，一边著书立说。他日记数千言，洞彻子史，出入百家，精研义理。他著述颇丰，有《礼编》《四书图考》《六经礼仪》等多部著作存世。明成祖亲撰序言的《性理大全》一书多引用他的学说。许多名宦重臣都举荐他出仕，但都被他谢绝。

朱宏教学非常重视言传身教，身体力行。他对自己要求很严，即使平日在家也要冠带齐整，对于儒学之外的学术则视为异端，严格防范其影响弟子与乡亲。对佛学的一些观点，他极力进行驳斥。四方学士，敬其品学，纷纷登门求学，从而使朱宏贤名远扬。

如此辉煌的业绩，让时任刑部尚书戴珊为之动容，他在明弘治十三年（1500）腊月返乡的一个夜晚，写就了这篇洋洋洒洒的千字碑文。

左边一块碑刻的是《沧溪朱氏家训》。这首录自《传家必读诗文集》的"倡廉诗"，引起我的极大兴趣。诗是这样写的：

> 人遗子孙兮以钱财，我遗子孙兮以清白。
> 甘守清廉兮报家国，不为贪赃兮羞儿孙。

虽然，这首诗与《三字经》中的"人遗子，金满籝。我教子，惟一经"有着异曲同工之妙。但我想，它还不止于此，还加了另一层含义："清白"。这也是 2017 年中央纪委监察部网站开辟的"中国传统家规"栏目对沧溪家训做了详细报道的缘由吧。

我常想，大凡人们谈及"贪"与"廉"两个敏感的话题时，总是与官与吏有关。

明代，开国皇帝朱元璋登基之后，也没有忘记他的穷苦出身。十七岁时，还被人叫着朱重八的他便失去了父母和兄长，过着乞讨为生的叫花子生活。这样"接地气"的经历，使他对贫民百姓的疾苦感同身受，对贪官污吏恨之入骨。朱元璋深知，曾经叱咤天下的前朝大元，之所以那么快土崩瓦解，其中一个重要原因就是"官吏普遍贪污腐化"。因此，朱元璋在明朝建立之初就特别重视廉政建设，充分贯彻了"治乱世，用重刑"这个基本原则。对于犯下贪污罪行的官员，朱元璋严厉惩处绝不手软。由他亲自主持制定的《大明律》中，特别将有关赃罪条文单独列出，并且明确规定，官员受赃数目达到八十贯（一贯相当于银一两），就要处以绞刑。他还颁布了具有法律效力的《大诰》三编和《大诰武臣》，开列了一些从重惩治贪污官员的典型案例，让大小官员以此为戒。

但是，作为一介书生，一生从事着乡村教育的私塾先生，竟然与清廉如此关联，甚至在临终时也念念不忘，是不是朱宏目睹了南宋后期，腐败之风已是积弊难返而发出的警示？在电视剧《大宋提刑官》中，官场的腐败自上而下，每一个案子都是揭开官场黑暗一角的缩影。在蒙古大军压境的形势下，不认真处理急政要务，唯知享乐宴安，贪鄙好色，挥霍无度。而董宋臣、丁大全、马天骥、贾似道之流窃弄威福，相与始终。此时的朱宏，肯定已经洞察到南宋名臣洪迈提到的"冗官之多，已使南宋社会病在膏肓，扁鹊在也救不了"的情形，看破了"买官卖官"的官场腐败的黑暗。

这种担忧不无道理。在朱宏看来，北宋灭亡原因在于宋朝昏庸君主的军队偏安一隅，苟活富贵，卖国求安。主昏臣庸，统治阶级更加奢侈腐朽。结党营私，贿赂公行，很多通过行贿而得到的州县官员，都争相搜刮民脂民膏。

据说，八十岁的朱宏，临终告诫家人，要清清白白做人。他死后，葬礼不要铺张，要按照理学义理来，不要搞世俗迷信那一套。

我由此想起了另一幕。

1210年1月26日，夜已深沉，可在浙江绍兴的怀鉴湖畔一间半欹斜的茅屋里，烛光从窗口射出，陆游独自在书房里读书。在暗淡的油灯下，他正在兴奋地翻读挚友范成大在二十多年前出使金国回来后写的日记《揽辔录》。读着这本日记，往事又一幕幕地在脑海中浮现，尤其是范成大真实而富有感情地记载出使途中的见闻，使陆游感到无比激动。日记里写到，有一天，范成大经过相州（今河南安阳市）时，沦陷区的男女老幼看到宋国的使者来了，一个个跑到街上跪拜，放声痛哭，泪水沾湿了他们的衣裳。读到这种感人的场景，陆游想到中原遗民是那样地热爱祖国，而朝廷中的主和派却是千方百计地打击主战将领，宗泽被排挤，岳飞被杀害。诗人的满腔愤恨，顿时喷薄而出，大声吟唱道：

> 公卿有党排宗泽，帷幄无人用岳飞。
> 遗老不应知此恨，亦逢汉节解沾衣。

这首《夜读范至能〈揽辔录〉》的绝句，可以说是陆游晚年对主和投降派愤怒的呐喊，是他爱国主义思想的艺术结晶。

第二天就是年三十了，晚上，看着儿孙们忙忙碌碌，准备过年的喜庆，陆放翁心里高兴，免不了喝了点酒。由于平日积愤成疾，加上刚才这样一激动，已经是八十五岁高龄的人了，立刻就病倒了。家里人让他安躺在床上。弥留之际，他紧紧地握住儿子的手，轻声地说："如果大军收复了失地，九州统一的那天，我们家里举行祭祀，你们千万不要忘记把胜利的消息告诉我啊！"说完，老人慢慢地松开了手。可是他还不放心，怕儿子日后忘记，于是示意儿子拿来纸笔，支撑着身子，用微微颤抖的手握笔写下了一首《示儿》诗：

死去元知万事空，但悲不见九州同。
王师北定中原日，家祭无忘告乃翁。

诗写好了，诗人徐徐地闭上了眼睛。一代才华超群的诗人陆游怀着念念不忘收复中原的悲愤与世长辞了。他一生辛勤创作，一共留下了九千多首诗，是我国最多产的诗人。这些充满血泪的诗作，集中表现了诗人伟大的爱国主义精神，千百年来，震撼着人们的心灵，激励和培育着无数爱国仁人志士的情操。

两位，同年，同一的梦想，为实现国家的统一与长治久安，做着同样的事情。

朱宏画像下方摆着一张红色几近褪尽的案几，案几边沿和四只脚都是被火烫灼的痕迹。案几中间摆着一个香炉，两边盛放着苹果、橘子、蔬菜、喜饼和一刀猪肉。五种祭品，寓意五福临门。

春节祭祖是浮梁的传统习俗。以前过年第一件要事就是到祠堂祭祀祖先。二十世纪五十年代，许多村庄都还有过。但到了"文化大革命"

时，此习俗便停止了。看今天沧溪祭祖场面如此隆重，我心里很是期待。我们也跟了进去。

陪同我的是沧溪村小学朱校长，他五十出头，脸上总挂着慈祥而真挚的笑意。他告诉我，近年，每年正月初二，在这里举行的祭祀仪式增加了一项内容，就是发放助学金。这是从旧时的"为取得新功名的人接风"演变而来的。以前，祭祖活动结束后，朱家祠堂要大开中门，迎接取得功名的族人，并举行盛大宴会以示庆贺。现在改革了，凡是村里人考取大学的，无论是不是朱姓，都会得到三千至五千元的助学金。

朱校长说，沧溪祭祖形式一般有三种：一是除夕夜各自在家对着祖先画像或是牌位祭拜；二是每年正月初二族人在族祠或祭拜场集中祭拜；三是三年一次的"七溪"（锦溪、汝溪、樵溪、明溪、流溪、沧溪、北溪）公祭。

朱校长的一席话，让我不得不叹服起传统宗法制度的缜密来。

3

祭祀场旁边街道的正中有一座木坊。严格讲，这是一幢木质结构的过街亭。此坊建于明代，相传由村里三位贡士出资所建，故名"三贡坊"。此坊既可供居民乘凉、路人避雨，也用于议事，还是村里的"训子亭"。若是某个村民的子女干了违反村规民约的事，就会被带到这里，受族长的谴责和处罚。如果出现了违犯纲常伦理、大逆不道的事情，还会被捆在坊柱上，任由路人鞭笞与唾弃。

在沧溪，"马前泼水"的故事可以说是家喻户晓。故事的主人公是沧溪朱氏始祖朱买臣。故事中的崔巧凤不能坚守与丈夫朱买臣的清贫生活，在朱买臣连续两科六年未考中的艰苦日子里，她酒后的"一念之差"，逼丈夫写下"休书"，令朱买臣愤疾出走。崔氏清醒之后非常后悔，日子过得极为孤独，但她还是多次拒绝了纷至沓来的求婚者。两年后，朱买臣高中"探花"，衣锦还乡，崔氏马前迎夫。但朱买臣一时怨起，用马鞭将崔氏手中盆里的水打翻在地，并要她"收起覆水"。可

"覆水难收"，崔氏绝望而去。朱买臣回到故居茅屋，情境一切如初，突然醒悟，决定"认妻"。可是，此时崔氏已投水而亡。朱买臣长跪在地，追悔莫及……

在沧溪人心中，这个故事是老祖宗留给后人的一个最好的寓教于乐的家教范例。讲的就是夫妻在困境中不能朝三暮四、嫌贫爱富，要相濡以沫、同舟共济。

这个故事，让我感觉到了沧溪家风传承的一个独特之处：他们不仅将其刻在了建筑上，还烙在了村民心里面。

4

穿过贡士坊，拐过一个弯，朱校长在一户旧宅门前停了下来，指着一对低俯着头的石狮问："这样造型的狮子见过吗？"

我说："古代衙门和比较殷实家庭的门前，大多有一雌一雄两只石狮。雄狮脚下踩着一只绣球，雌狮身下依偎着一只幼狮。狮子矫首昂视，庄严威武。这种造型确实不多见。"

朱校长说："这房子是明代安徽池州知府朱韶的宅院。"朱韶为政两袖清风，吃的是粗茶淡饭，穿的是补了不能再补的衣服，为人处世十分低调。在池州知府任上，心系百姓，勤廉施政。一次下乡调查案子时，发现当地的百姓要到三四十里外的山里去砍柴烧。天还没有亮就得出门，摸黑才回到家里。力气再好的青年每天也只能扛回百十斤柴火。他看在眼里，急在心里。如何解决他们烧柴问题呢？后来，他终于想出一个办法来。

朱韶在外为官多年，很少回家。这年秋季一到，他决定回去一趟。可他进家门后，屁股刚刚落凳，茶还没来得及喝一口，就对哥嫂说："弟弟有一件事相求！"

哥哥不知道发生什么事，连忙说道："自家兄弟，什么求不求的，有什么要帮忙尽管说。"

朱韶就把自己的想法说了出来。原来，他由池州百姓缺柴烧的问题，联想到了家乡漫山遍野的黄荆树。这种落叶灌木，播种繁殖成活率高，生长速度快。如果在池州大面积播种，既解决本地村民烧柴问题，又能起到保护水土流失、美化环境的作用。

听了朱韶一番话，哥嫂为弟弟这种关心民生的思想所感动，表示要大力支持。

第二天，哥嫂就发动全村百姓，到野外去采集荆条种。村民仅花了两天时间，便采集荆条种子四个大麻袋。朱韶高兴极了。三天后，他辞别了哥嫂和乡亲，把袋子放在马背上，和衙役牵着马徒步走了回去。

朱韶带着黄荆条种子回到池州府后，立刻把种子分发到百姓手中，并给他们讲解黄荆树播种方法及栽培技术。到了第二年夏天，荆条树就长成一片片幼林。两年后，当地百姓再也不用跑几十里的路去砍柴了。当地的百姓为了感谢朱公的恩情，把黄荆树改称为"朱家柴"。

这对石狮造型，充分显示主人"廉政做官，低调做人"的心态。

5

朱宏"以理修身齐家"之法，深得朱熹称道，影响极广。对此，《浮梁县志》有一段明晰的记载：

"邑北乡界去治二百余里，而风俗人文绰有古风。先是有朱公宏者，朱晦翁畏友。晦翁以克己名其堂。公（朱宏）践履笃实，故风之所移一乡，人至今断断如也。"

"儒商并重，品读为先。""家无隔夜粮，送子上学堂。"这是沧溪传统家风的一大特点。正是由于有了这份坚守，沧溪村历史上曾取得过"三举五贡四十八秀"的骄人成绩。

在沧溪茶商的眼中，"诚信"是立命之本。茶叶是沧溪村传统产业。宋明时期，村里茶业发展很快。到了清代，村内茶园数千亩，茶号六七家。光绪二十五年（1899），沧溪村民朱贻泽、朱佩泽兄弟和朱文英等人以参股形式，成立了"恒德昌茶号"。公司有工人三四百人，年产工夫红茶一千五百余箱，重量达十万斤，茶叶通过水路远销上海及海外。恒德昌茶号是江西最早的茶业股份公司之一，也是全国最大的茶号之一。

恒德昌茶号的主人们，历来注重茶叶质量和产品信誉，为此专门设立商标，公开质量标准，取信于人。这不能不说是传统家风的力量！

盘点沧溪制茶历史，至少有两件可圈可点的事件。

一是明末清初，沧溪村的茶号在全县范围内最多。据沧溪史料记载，早在唐代，沧溪先民就开始种茶、制茶、售茶。宋代就有了专门经营茶叶的茶商，明代有了专门的茶号。清中后期，沧溪茶业进入鼎盛时期，有茶号六家，产销量居全县各村之首。沧溪各大茶号皆有分号在相邻的安徽省祁门县，于是就有了"祁门的店，饶州的茶，老板多是浮梁娃"这一说法。

二是它拥有江西最早的茶叶股份制企业，一个现在依然活跃的百年茶号——恒德昌茶号。恒德昌茶备受上海市场的欢迎，尤其是得到晚清名臣李鸿章青睐，民间留有一段李鸿章"专贡"慈禧沧溪茶的故事。

沧溪古代主要制作绿茶。清中后期，中国制茶业发展进入鼎盛时期，沧溪逐渐转向红茶。

6

夕阳下，炊烟在古村的上空缭绕。祠堂门前的斗拱、门当、旗杆石，像是一个个跳动的音符。屋角上，飞檐翘角形如飞鸟展翅，轻盈活泼。

曾经，这些古村中的精灵，这些让人挥之不去的"乡愁"，又何尝不是村官们的心结。面对着空着心的村子、撂着荒的田地、日益老去的长者和留守在家的孤独儿童，他们心焦如焚：传统村落的出路究竟在哪里？

寒露刚过，寒气渐生。然而这次在沧溪的采访中，我却感觉到浓浓的春意。这春意写在了村民的脸上，印在了小巷攒动的人头里。

从村支书朱军全那里得知，近年来，沧溪的村民不仅享受到了免除农业税、种粮补贴的优惠政策，还通过"保护长江源""建设新农村"

"保护传统村落""脱贫攻坚"等多渠道获取政府专项扶持。村民的观念也正在发生变化，"土地流转""生态＋"等模式也渐显成效。据统计，有四十多位外出务工人员先后返村创业，停滞数十年的恒德昌茶号、沧头酒坊等老字号陆续恢复，村里人创办的茶叶专业合作社、生态农庄、旅游公司、网店等新业态有二十余家，传统村落成了沧溪的一块金字招牌。

车子沿着蜿蜒的乡村公路行驶，金黄的田野、茂密的山林、绵延的茶园从窗口缓缓而过。我想，沧溪之美，不仅在于它的建筑本身，更在于其洋溢着的文化传承与清廉之风。

43. 问史英溪

1

"探花故里——英溪"。

在村碑石前，我下意识地正了正背包的肩带和衣襟。我注意到，很多游客路过这块并不精致的石碑时，也都缓了片刻。

殿试第三名。在与两千多名举人、三百多名进士的博弈中，金达脱颖而出。每想到此，不免让人对这个浮北山村多了一份钦敬。

但也有例外。

"浮梁县出过状元吗？"一游客问。

"这倒没有。"村人迟疑了一下答道，声音瑟瑟的，像从地底下发出来。

"哦……"游客流露出一丝遗憾，甚至还有点不屑。

这是一种惯性思维。人们每逢谈论古代名人时，进士一千，也不抵状元一个。就像当今的完中，一年若是不考上一个清华或者北大，校长就好像矮人一截。尽管，浮梁历史上，通过科考录取的人数不少，从宋至清共考取二百九十四名进士，九百零四名举人，四十二名童科，四百四十二名贡生，还有一百九十二名例选。但统统不算，谁让你没有一个状元，就这么现实。

其实，说浮梁没出过状元，这话也不准确。

浮梁曾出过两位状元，一个是宋仁宗嘉祐四年（1059）己亥科状元刘辉，一个是宋英宗治平二年（1065）乙巳科状元彭汝砺。铅山的刘辉、鄱阳的彭汝砺，虽然都不是浮梁本籍人，但他们就像几年前临川一中的借读生一样，是在浮梁的书院，在浮梁先生的谆谆教诲之下培养出来的天之骄子。

其实，在古代，尤其是两宋时期，来浮梁求学的人很多，用志书上的话说叫"络绎不绝"。而在这些外来学子中，刘辉和彭汝砺是他们的杰出代表。那时，浮梁科举风气最为兴盛，仅是景德至宣和年间，本籍人考出的进士就多达五十九名。

刘辉和彭汝砺的求学经历，《浮梁县志》做了记载："西涧草堂，在湖田都，宋彭汝砺读书处。""禅师山，云林别墅，刘辉读书处。"而且，彭汝砺幼年随父母定居浮梁，既是浮梁的外甥，还是浮梁宁氏的女婿，因此，浮梁人一直把他们视为己出。

2

碑石，一人多高，圆柱状，雄浑。黝黑铜体上，烙着三个不对称的凹痕。犹如降落在内蒙古四子王旗的神舟十一号飞船返回舱，又像是伫立在锡林郭勒盟大草原上的一块陨石。触摸着它，让人浮想联翩，一下子把我的思绪带到了久远的汉代，带到了遥远的北方草原——那个英溪金氏起源的地方。

英溪金氏是匈奴人的后裔，关于这一点，金氏族谱里记载得十分明白。

被称为"战神"的匈奴王阿提拉（406—453），最初给人的感觉是：狡猾，残忍。

公元 433 年，二十七岁的阿提拉与他的兄弟布来达一同从他们的叔父罗阿斯手中继承了帝国的王位。或许是想法不同，也可能是一山难容二虎，三年后，阿提拉无情地谋杀了他的胞兄，独自君临帝国。与他的前辈们相比，阿提拉更具有雄心壮志，更富于侵略性，而且，才智也更为超群。他统治下的匈奴帝国，使罗马人蒙羞，日耳曼人丧胆，令西方人沮丧。以至于他和他的匈奴铁骑都被称为"上帝之鞭"。

汉武帝时，原本交好的休屠王、昆邪王密谋降汉。可是，没过多久，休屠王却反悔了。开弓没有回头箭，昆邪王只好把他杀了，将其部下纳到自己麾下，一起归顺了汉朝。休屠王优柔寡断，一死了之倒也怨不得别人，只是害惨了一家老小，他们被放入了大营，过起了奴仆的生活。十四岁的太子日磾，一下子变成了黄门马童。

应了一句老话，是金子总会发光的。日磾，身材高大，机智灵活，从小生活在草原上，精通马性，宫廷里的马经他调养后，匹匹高大肥壮。一天，武帝游宴，诏令阅马助兴。马夫们从神圣的大帝及仪态万方的妃嫔宫女面前走过，一个个心神荡漾。日磾却显示出超乎寻常的淡定。他以高大威武的身姿，庄严俊肃的容貌，旁若无人的神态，在骏马的陪衬下款款而行，昔日王子的气度，引起了武帝的关注与重视。也正是从那一刻起，日磾的人生发生了根本改变。

赐姓，是日磾人生的第一步。因为父亲休屠王曾做金人祭天，武帝故赐日磾姓金。此后，从马监升侍中开始，官位一路飙升。先是驸马都尉、光禄大夫、车骑将军，最后成为汉昭帝的辅政大臣，这一切仅用了三十四年的时间。

有人问日磾成功之秘诀在哪里。他只是淡淡地说了两个字："谨慎"。

日磾因"谨慎"而优秀。优秀得连武帝也认为他是非常人。非常之人，必有非常之心。这往往是帝王的逻辑，何况雄才大略的汉武帝！所以武帝经常试探他，要窥视他的弱点。

作为武帝侍臣，日磾眼光从不敢与武帝对视；武帝赐他宫女，他不敢亲近，纳他女儿为妃，他不肯。谨慎如此，非一般人能做得到。

在金日磾看来，武帝赐给他宫女，是预设的陷阱；要纳他女儿为妃，是以富贵荣华为诱饵；将日磾的长子弄儿养在宫中，带在身边，并和他一起玩耍，以此来考验于他。史载，有一次，弄儿从武帝后背爬上他的脖子。日磾见了，对弄儿怒目而视。弄儿吓得跑开了，回头还哭着对武帝说："老头儿凶我。"武帝当面训斥日磾："干什么，这么凶，吓到了我的宝贝！"或许，武帝年老了，真的喜欢弄儿。但在日磾看来，天意难测，谁又知道武帝心里是怎么想的。由于武帝的宠幸，弄儿长大后，性格变得十分任性，竟然敢在宫里调戏宫女。碰巧被日磾看见了，就把弄儿杀了。都说虎毒不食子，但日磾的异常行为是其谨慎的性格使然。武帝听说弄儿被其父杀死的消息，大怒。日磾跪着陈述："恐其日后淫乱宫廷。"他的这种大义灭亲的行为，让武帝无言以对，只是悲哀得流泪。武帝面对这样一位谨慎的大臣，除了敬重还能怎样呢？

经过了这样一系列考验和天衣无缝的表现后，日磾被武帝封为"秺侯"，"七叶金貂，传家忠孝"，这是水到渠成的事情了。这就不难理解宋代大儒朱熹对金日磾的评价："敦厚固慎""千古懔乎清风"。

3

过了村碑石，我来到了一座古桥上。此桥名"七星桥"，相传为金达退休回乡后所建。桥名源于金达对村子风水的认知。

英溪村落对面，有同脉相连的五座山峰，它们并列地延伸到田畈中，村里人称之为"五狮下畈"。这五座山峰和七星桥南北两端的两座山峰遥相呼应，形似北斗七星，故而得名。

迁居英溪是金氏后人的一种浪漫选择。

浮梁金氏始迁祖金安，出生于歙州黄墩。他虽是匈奴人的后裔，但经过了近千年的同化，无论是性格特征、文化认知，甚至身体形貌，与汉人几无差别。咸通九年（868）考取进士，乾符元年（874）任浮梁县令。时值黄巢义兵逼近浮梁县城。金县令做出一个大胆决策：把市民迁进昌江河东岸的老城，筑险自守，然后自己带领兵丁与之作战。义军久攻不下，弹尽粮缺，只好撤退。此次战役，拯救了数万人的性命，金安也赢得了浮梁人的爱戴。金安治理浮梁十七年，后官至检校尚书右仆射、昭信军节度使。金安有四子，长子金叔彦继任县令。他继承父亲的风格，亲自上阵与犯寇决战，最终寡不敌众，死于战场。朝廷再令金安次子金叔迟为县令。父子兄弟治理浮梁四十年，一门忠烈。浮梁人在县衙边为金氏父子立祠，这就不难理解了。金家人先是定居在浮梁城东的槐里村。从此之后，开枝发族，子孙卜迁各地。其中，叔彦之后于唐朝末期，由槐里（今浮梁镇）迁羊九源（村废），最后，迁至风景秀丽的英溪。

金氏后裔没有忘记祖先的遗训，他们在村口七星桥头，建了一座忠烈庙。神龛上有瓜果供品，香火也经年不断，那冉冉升起盘旋不去的青烟，分明是对祖先的崇拜与敬仰。

忠烈庙门前有副对联：诸仙身坐龙虎地，忠烈门前溪水流。

突然，我也有了为此庙写副对联的冲动。上联：庙虽小神通广大。下联：神不语爱憎分明。横批：一方之主。

英溪人知水、懂水。大源、郑坑、西坑三条溪流顺风而下，泉声如琴如诉。溪口处，拙朴的双桥以"联珠合璧"的一往情深，守候着一方水土的今时和往昔。"长虹卧波""英溪晓月""星桥逐步"在英溪的山水温度里，为我们留下一份份文化原浆。

4

矗立在村子中央的国学师府门楼，是出入庭院及正屋必经的第一个建筑物，也是金达故居的组成部分。该门楼坐北朝南，影壁呈八字形，大量运用重工木雕装饰，梁架上雕刻着云状蚂蚱和纱帽、缠枝牡丹、卷草如意、凤凰戏牡丹等，隔板木雕有缠枝卷草、牡丹、梅花、菊花等图案。这些图案，在不凡的气势中透露着主人不俗的情怀。由于金达故居正屋的独特魅力，二十世纪八十年代，被整体迁到了景德镇历史博览区明清园内，它们只能遗憾地以这种骨肉分离的方式供游人观瞻。

"青云得路"坊和"御赐俸禄"位于村子两头，看着这些泛着岁月温润光泽的墙砖，我仿佛向前穿越了几个世纪。名字似乎有点轻狂，但毕竟是"探花郎""国学师"故里，后代子孙想炫耀一下，想必也没什么可以非议的。

村子里，关于金达的传说很多。感觉一切都缘自旧县志里的一段记载。

道光版《浮梁县志》"金达传"云："金达，字德孚，引京都人，嘉靖丙午乡举第三，丙辰会试第一。时严嵩柄国，江西同榜者邀达私谒，不从。嵩衔之。及廷对（殿试），（严嵩）置（其）二甲。上览其策，称赏，亲擢一甲三名，授翰林院编修。"根据这段记载，人们自然就生发出许多传说故事来。

按旧县志的说法，金达是个"不甘于同流合污"的人，他高中的事实告诉后人是金子总会发光的道理。但民间另一说是，其家贫，无钱送礼，只是送了一副独片的眼镜，本想让严嵩另眼相看，结果弄巧成拙。

还有一说是，金达虽然不是状元，却享受着与状元一样的待遇——"打马游京"。这里面包含着严嵩，面对着才俊的金达，没有让他得状元之份而心存忏悔之意。但这个故事也表现出金达出众的才华，不然，嘉靖皇帝为何下诏，要金达一个晚上作《梅花》诗百首？

金达的才华是不容置疑的，有《腊梅》诗为证："老干曲还伸，花开满树新。来年春雷动，不负探花人。"

金达，几十年的备考，五十五岁才得中探花，道路之艰辛跃然纸上。

行走英溪，我仿佛在读一部史书，一部匈奴后裔励精图治、自强不息的奋斗史，一部浓缩的科举发展史。行走英溪，也让我平添了不少人生的感悟。

护路使臣

"浮梁城下水，清照使臣心。"

漫漫丝路上，清脆而悠长的驼铃声里，也一定夹杂着无数护路使臣的脚步声。他们铁肩担道义，或征战南北，出生入死；或漂洋过海，宣示主权；或改革国瓷，实业兴邦。他们以各种方式，对这条千年商道不断进行保护、夯实和复兴。

44. 义侠的尴尬

在我的记忆深处，有一段十分清晰的儿童影像。

村里的一幢土墙房里，墙壁上挂着一盏昏暗的油灯，灯下放着鼓架，后边一把椅子，鼓架前，村里的男女老幼呈扇形排开，早就等得心急火燎了。一切准备就绪，一个穿着长褂的中年男子终于出场了。只见他往鼓架旁一坐，慢吞吞地端起茶杯，抿上一口，抬眼扫了扫面前的观众，问：

"人都到得差不多了吧？"

"差不多了！"

"好，那就开始吧！"

于是理了理架势，伴着几句熟悉的开场白后，鼓槌在大鼓上一通猛敲，当晚的书场便正式开始了。人们的情绪随着故事的情节跌宕起伏，忽而喜，忽而忧，忽而愤怒，忽而悲伤。说书人唱到动情处，一手抡着鼓槌，一手打着快板，双眼微微眯着，一串串说辞如春雨般尽情地滋润着听众的心田，那情景就像他正身临其境似的。一会儿说到紧张处，只见他不由自主地站了起来，一边狠狠地敲着鼓面，一边绘声绘色地讲述，还不时地比画着动作。那一刻，似乎他又变成了沙场上那个浴血奋战，能在百万军中取上将首级的将军。听书的大气也不敢出，那颗心随着故事的情节都提到了嗓子眼。正在大家如痴如醉时，忽听得大鼓"咚"的一声戛然而止，说书人用手在鼓面上一按，全场登时鸦雀无声，直到听到那句"欲知后事如何，且听下回分解"的说辞后，人们才回过神来，不由得长吁一口气。生产队长赶紧把早就准备好的一杯糖水给说书人递过去。

说真的，那时我对说书人真是佩服得五体投地，真不知他是怎么能说出那么多好听的故事来的。如今好多年过去了，许多往事都在记忆里磨灭了，但在那些喧嚣褪尽的夜晚，我还是会常常想起儿时听大书那个紧张而又格外温馨的场景。

至今，我依然记得，那晚讲的是《天宝图》中的"李三保打华府"的故事。

《天宝图》是创作于明代的一部历史演义小说。这位作者不知道是出于回避，还是故事写完后高兴得连名字也忘了写上去，弄得我们这些后来的读者只知道作者不详。故事讲的是元代成宗铁穆耳时期的事。那时，虽然文有崔彧，武有伯彦，天下升平，四海乐业之景象，但此时的朝中出现了一位名叫华登云的宠臣。他官封太子太师、文华殿大学士之职，为人奸险异常，口蜜腹剑，嫉贤妒能，结党营私，因而使得全国上下危机四伏。

故事围绕着安南国进贡的一幅《天宝图》展开。题材新颖不说，那情节更是跌宕起伏，扣人心弦。

《天宝图》乃是灵霄宝殿南天门旗杆上的两面大图，左名《天宝图》，右名《地宝图》。上有日月星辰，九宫八卦，二十八宿方位，普天群星列宿，照十万八千星斗。天上星宿临凡，图上背面现有朱砂天文篆字，应下届何人，分注明白。此图落在凡间，应上界群宿转劫下凡，保主社稷。更玄乎的是，不管什么人，官居何职，只要拿此图一照，就能辨别出忠奸，这让许多人胆战心惊。是好官，虽说身正不怕影子斜，但也怕此图误照误判。奸臣更不必说，一照就露馅了。成宗见了十分高兴，传旨将《天宝图》交给识得此宝物的镇国将军、观城侯苏定国保管。

华登云心怀嫉妒，觊觎《天宝图》宝贝，暗中定下计策，妄奏一本，说："苏定国私通外国，存心谋反。"糊涂的成宗竟然听信了他的谗言，不仅将苏定国斩首，还抄没他家财物。那张《天宝图》遂落入华登云之手。华登云心犹不甘，奏请下旨差官到山东观城，拿获苏家全家问罪，以斩草除根。多亏都御史施鸿章暗中差人通信，遂逃走了苏定国的一双儿女苏子见、苏鸾姣兄妹二人。作品以此为线索，渐次引出忠奸两派人物。

作者在《天宝图》里，还刻画出以李三保为中心的家族群芳图。三保七岁被神虎叼走后，哥哥李春景外出寻访，未归。接着，舅舅何公亮肩负家人的重托，又踏上了寻访的征程。结果，这两个人都有了非凡出息——李春景、何公亮先后被封为护国军师、大司马。

李三保有九房夫人。妻子御妹苏鸾姣、武探花孟习姣，皆节义可嘉，功劳卓著，各封节烈夫人、一品王妃；妻吴凤姑、祝凤英、刘月红、张玉瓶、唐小英、薛花姑、陆金定，俱封一品夫人。

李霸天，为李三保与苏鸾姣所生，是九房夫人中唯一的儿子。和他的父亲一样，七岁跟赤松洞黄石公习武，学道十一年。李三保西征途中殉国后，李霸天奉师父之令，下山与母亲相聚，被元顺帝封为征南三路大元帅，统兵十万。最终让番主写降书息战，收回被盗走的《天宝图》与神马后班师回朝，从此四海升平。

可谓是，甥舅齐上阵，兄弟同营盘；一门两军师，父子双冠王。皇叔与草寇和平共处，天子与百姓称兄道弟。一张《天宝图》，忠奸两分明。

《天宝图》几无淫秽描写，也少神魔鬼怪，然而在清代也遭到了封杀，可见清代禁书之风何等严酷。我猜想大概是因为书中的皇上、太子与草寇共处，天子与百姓称兄道弟，有违封建纲常。此书写世道不平，也不是依仗状元及第、清官巡查而得以昭雪，而是以遭害之人，共同协力与邪恶势力斗争而维持正义，这在古时小说中少见。虽假皇帝贵戚与民结义，但与《水浒传》《西游记》中的抗恶精神有相通之处。只是此书也未能脱英雄美人之俗，为使英雄人物光彩，不惜重复安排几个女子出场，就使小说在艺术成就上打了折扣。

由历史演义小说《天宝图》衍生出来的艺术种类很多。名字虽有不同，但情节大同小异。最早且影响面最大的当数小人书了。在中国二十世纪初的小人书专业画家中，最出色的是朱润斋。他擅于取材历史演义，并由自己编写，其代表作就是在上海滩风靡一时的《天宝图》，它极大地激发了小人书时代的来临。这部小人书讲述了一个侠义英雄的故事：才貌双全的扬州人李春芳，在江湖上颇有名望，各路绿林豪杰无人不仰慕他。明成化中，国丈华锦章的儿子华子林看中了总兵施洪林之女碧霞，欲娶其为妻，却被施家拒绝。于是，心生仇恨的华家父子先是以莫须有的罪名参倒了施洪林，后又冒李春芳母亲之名，诱碧霞入府逼婚。李春芳闻讯前往，却因寡不敌众，身负重伤，被华府囚于私设的水牢。在他被押赴法场时，被江湖上的英雄所救。几经努力，李春芳和众英雄们终于同心协力扳倒了奸相，就这么一个除暴安良、英雄救美的故事，却满足了当时生活在底层的民众某些心理需求和期盼，在众多的神怪武侠类小人书中脱颖而出，使之成为当时沪上任何人都不愿意错过的阅读时尚。

评书，又称说书，赣东北俗称它为"讲古"。这是一种古老的中国传统口头讲说表演艺术形式。一张桌子，一把椅子，一把扇子，一块惊堂木，这便是其所有的道具。二十八集《大元义侠传》，是唯一一部反映元代野史与侠义相结合的传统评书。元武宗时，国丈花登云为夺国宝《天宝图》，陷害忠良苏定国一家。苏定国之子女苏子见、苏鸾姣兄妹外逃。苏家好友施洪章义愤辞官还乡，病死扬州，其女施碧云被花登云之子花子林骗入府中。施碧云之兄施天图无力救妹，义士李泰见义勇为去花府评理，险遭杀害。好汉李三宝艺满还乡省亲，路见不平，救出李泰等人。经过许多周折，苏、施两对兄妹与绿林众英雄聚集青云山，起义造反。武宗海山之弟爱育黎微服出京，结交绿林英雄，查清花家父子种种罪恶。海山晏驾，仁宗爱育黎即位，招安义军众英雄，铲除奸党花家父子，忠良冤案昭雪，蒙汉团结一心，中兴大元江山。故事情节的曲折，人物悲欢离合的命运，刀光剑影的厮杀，侠肝义胆的行为尽在书中。

鼓书是一种说唱兼有的传统曲艺艺术。演唱者一手敲鼓，一手夹板，配合唱腔、道白，节奏和谐，演唱者唱一段说一段，还伴有动作表情。大鼓书分很多种，分布在中国各个省区，根据地域不同分为河洛大鼓、胶东大鼓、庐州大鼓、广西大鼓等。《天宝图》的故事是其中的传统剧目，笔者儿时常听的就是这种表演形式。现在网上由表演艺术家潘贞卉演唱的"温州鼓词"曲目第十二集《李三保》依然红火。那种道白相间，押韵自然，音节和谐，给人以美的享受。

扬州弹词，是一种历史悠久、影响较广的曲艺种类，2008年被列为国家非物质文化遗产，而《天宝图》《二度梅》等为其经典曲目。

说起长沙弹词，不能不说到长沙弹词艺人舒三和。二十世纪三十年代至六十年代，长沙弹词是市井中一个热闹的景象。舒三和于1900年10月11日生于长沙市一个手工业家庭。父亲舒惟志经营个体户手工业，开着一家"舒森太篾铺"。因家境贫寒，舒三和仅读过四年旧学，十四岁开始随父学篾匠手艺。这时有位姓苍的篾匠师傅擅长说书，舒三和便常跟他外出，帮他提三角煤油灯，听了不少故事，培养了说书的兴趣。十八岁时，他干脆放弃篾匠手艺，拜长沙弹词艺术家鞠树林为师。鞠先生当时在湘剧班虽是武生，但他多才多艺，是名噪一时的弹词演唱家。舒三和天赋条件很好，一经名师指点，技艺进步很快，不久就能演唱《秦雪梅教子》《马金龙访华容》《二美图》等一些短段子。1927年后，当他能演唱《天宝图》《二度梅》等中篇故事时，便开始在大西门怡和码头附近与别人合作搭布棚坐棚演唱，这也是长沙弹词进入书场的开始。

当然，根据《天宝图》改编的赣剧、豫剧、川剧、庐剧比比皆是。

有人认为，李三保是文学作品中，作者塑造出来的一个人物。经过多年的考证，笔者认为，李三保确有其人。

李三保，祖籍浮梁县界田村，出生于浮梁县城北隅。在兄弟三个中他排行第三，故家人称之为"三宝儿"。相传，三宝五岁那年的中秋晚上，他和家人在庭院赏月，被红焰老祖派来的斑虎叼到武当山，并在那里学文习武。十年学成下山，武艺高强。他常骑一匹龙驹马，擅踢一双莲花腿，惯用两柄黑虎锤。在那个奸臣当道、忠良遭殃的动荡年代，李三保侠骨柔肠，除暴安良。三打华府、除奸救嫂、临汾充军、大闹公堂、三打竹家寨。后在元仁宗皇帝统率下，在平定西南叛乱过程中屡建奇功，被封为山海王，尽管他的事迹史书、志书均未作记载，但在民间广为流传。古代绣像小说《天宝图》写的就是他行侠仗义之事迹。

据景德镇文史学者林进军先生介绍，他曾在景德镇附近的清塘村一户李氏人家看见过一部《界田李氏族谱》"支谱"。谱载，十八世李雷泽，字济民，西隅，宋咸淳十年甲戌（1274）王龙泽榜进士，仕元，为江西提举，娶湖田石氏，同葬长山遥场之南山。这个南山就是现在的景德镇东效三宝篷附近。提举是宋代以后所设主管专门事务的职官。刘伯温为官元朝时，曾出任浙江提举。李雷泽之子十九世李理二、李理三。李理三，字雄乡，授元朝武略将军，娶朱氏，亦葬在南山下三宝村。族谱主人向他介绍说，这个"李理三"就是李三保。

"李雷泽"这个人我是有所了解的。道光版《浮梁县志》有两处记载：

其一"选举"载："李雷泽，字济民，西隅人，提举，咸淳十年甲戌王龙泽榜进士。"

其二，"寺观"载："元元观，在西隅，元至元中创，本隅李雷泽舍基，元末毁，明初重建，清朝乾隆五十五年知县何浩率邑人重建。何浩有记。记曰：'上谕亭南，盖元至元间李雷泽捐地而观。'"

依民间修谱惯例，像李三保这样的名望人物族谱里是应该大书特书的。但在族谱里，未见有这方面的记载，那位李氏族人说出了缘由：因为李三保服务的是元朝，帮的是外族人，即蒙古族人。在族人看来是"叛徒"。《三田李氏家训》中有："毋坏名丧节，灾己辱先。善者嘉之，贫难、死丧、疾病周恤之；不善者劝悔之，不改，与众弃之，不许入祠，以共绵诗礼仁厚之泽。"

大概，李三保就是因有"坏名丧节"之嫌疑，而"不许入祠""不入族谱"的。但不管怎样说，这样一位显赫一时的人物，没入族谱，在修谱人心里难免有些尴尬与心碎，对我们这些后世学人来说，也不能不说是一大遗憾。

45. 罗生门

嘉靖年间，作为皇帝的朱厚熜，长年累月沉溺于仙道，不理朝政，谁的话也听不进去。在他看来，修炼仙道可以使他精神上心灵里得到慰藉，可以成仙，可以长生不老，这样就可以永远地坐在龙椅上。

关于这段历史，《明史》上记载得十分清楚："日求长生，郊庙不亲，朝讲尽废，君臣不相接。"终日炼丹药、制金银以求长生不老。可见嘉靖帝信仰道教，可谓达到如痴如醉的地步。

嘉靖帝关注的重点开始从朝政转向道教，甚至不再过问国家之事，朝中大乱是必然的结果。

嘉靖帝朱厚熜在位长达四十五年，是继万历帝之后，明朝在位第二长的皇帝。实事求是地说，他在位期间，扫倭寇、整朝纲、减赋税、裁宦官等，明朝统治又再次回到正轨，创造了"嘉靖中兴"，算得上是一位有为之君。不过，嘉靖帝也是一位功过相抵的皇帝，特别是其在位中后期，因为信仰和推崇道教，做了一些很疯狂的事情。疯狂之中，无意间成就了一个机遇。

一日，嘉靖帝见前来送香的是一位年轻的少卿，就随便问了一下，龙涎香料是从什么地方来的，怎么鉴别它品质的好坏，又怎样保证不断货。这本来是一个比较专业也是比较复杂的问题。哪知道，这位名叫汪柏的年轻少卿竟然对答如流，并且说得头头是道，听得嘉靖帝连连点头。这下汪柏在嘉靖帝的脑海里留下了深刻的印象。

又一日，宰相严嵩前来禀奏广东海盗猖獗之事。没想到，嘉靖帝嘴里却蹦出了一句超乎寻常的话来："叫汪柏去管吧，他行。"严嵩心里咯噔一下，他本不看好这位来自江西饶州的少卿。因为汪柏是前宰相夏言的知己，而夏言是自己的死对头。严嵩转念一想，夏言已是故去之人，何况汪柏与自己也没有什么纠葛，既然皇帝开了口，就做个顺水人情吧。其实，严嵩对汪柏的才情还是比较了解的，汪柏不仅懂仙道，还懂军事，是个难得的人才。嘉靖三十年（1551），时任湖广巡按御史的胡宗宪就曾当面告诉他，汪柏兼有秦汉间郑仙的仙道，又有黄石公的军事帅才。如果不是因为与夏言有旧，自己也许早就提拔他了。

汪柏供职的光禄寺，是一个掌管朝廷祭祀、筵席及宫中膳食的机构，"上至玉食、庆典、祀典，下至各官供具、四夷赏宴，小至禁卫监局，皆出于此"。设卿一人，从三品；少卿二人，从四品。汪柏被安排在光禄寺任职，属正五品。没想到，嘉靖的一句话，让汪柏成为一个正四品的广东按察司副使。

当然，汪柏的晋级，偶然中蕴含着必然。嘉靖皇帝朱厚熜受方士陶仲文等人蛊惑，每天都请僧道设斋坛，祈祷神佛，以祈延年益寿。斋醮，烧炼符咒，每天用来烧炼符咒的白纸、金纸和银纸无数。不仅如此，嘉靖帝还要求大臣都要戴香叶冠。香叶冠是嘉靖皇帝的祭服。他一共做了五套，分给自己最亲近的大臣。宰相夏言和次宰严嵩都获得了一顶。夏言本是嘉靖帝最"宠爱"的臣子，但就因为这样一顶绿帽子而失宠，最后被严嵩陷害而死。原因是，严嵩不仅每次在皇帝召见时都戴上"香叶冠"，而且外边还郑重地罩上一层轻纱。而夏言呢，本来就是一位耿直的人，看不惯皇上不理朝政，终日求神拜佛，还要大家戴什么绿帽子。所以在觐见嘉靖帝时就没有戴"香叶冠"，这让嘉靖帝十分不满，便对夏言渐渐冷落起来，转而对严嵩宠爱。严嵩利用这个机会，便在皇帝面前控诉夏言的不是，最终导致严嵩成功晋升为首辅。夏言不仅被革职，而且后来还成了明朝被斩首的首辅。朝里朝外，上行下效，举国修道。

龙涎香是一种呈阴灰色或黑色的固态蜡状可燃物质，是水中鲸科动物的分泌物，在西方被称为"灰琥珀"，焚之有持久的香气，是修道过程中必不可少之物。而随着朝廷崇佛的兴起，龙涎香料显然供应不足，朝廷便将目光投向了海外，希望掌管海防、市舶的官员从番舶夷商手中征取。汪柏曾长期在光禄寺供职，出任寺丞。光禄寺的职责就是掌管祭享、宴劳之事，对办理龙涎香事自然比较在行。因此，当皇帝问起有关龙涎香的事，他对答如流。

汪柏是一个胸怀大志的人。嘉靖三十二年（1553），汪柏第一次到岭南，他的本职工作是加强海防管理，肃清海盗。汪柏觉得这是自己施展抱负和才华的难得机会，因而雄心勃勃要在广东干一番事业。

史载，汪柏在广东海道副使任期间（1553—1556），主要做了三件事，而每件事在当时都是比较棘手的。一是按照宋朝的遗制创立了"客纲客纪"，第一次给那些想来中国广东和澳门做生意的人定规矩；二是平定以何亚八为首的中外（包括葡国）海盗武装；三是与葡人索萨进行了首次中葡和谈，结束了双方紧张敌对的关系，使守法从善的葡国商人加入与中国友好通商贸易的外商行列之中。

尤其是平定何亚八，影响很大。何亚八为广东东莞人，与郑宗兴等人潜入泰国、大泥国等地经商贸易。嘉靖时"纠合番船前来广东外洋及沿海乡村"，进行内外勾结的走私贸易，并联合沿海一些海盗集团，聚众数千人，劫掠于福建、浙江、广东的海面，成为朝廷的心腹大患。嘉靖三十三年（1554）五月，何亚八一部又流窜到广东海面，汪柏与指挥王沛、黑孟阳分东西两路剿捕，生擒亚八等贼一百一十九名，斩首二十六人。从此，"海岛遂平"。由于汪柏在剿捕中的突出表现，受到了朝廷的诏令嘉奖，官升一级。从此，汪柏"知兵"的名声也随之传开。不久，浙江倭情严重，汪柏转任浙江承宣布政使司左参政，协助赵文华、胡宗宪指挥浙江的平倭行动，取得巨大成功。

然而，汪柏在广东任职期间干的一件影响最大，甚至是深远的事莫过于嘉靖三十四年（1555），与索萨签订的那个《中葡第一项协议》。这项举措，无论是对广东及澳门，还是对汪柏个人来说，都是一件重大事件。

这项协议的原始内容，现存的中文资料中尚未发现。据汪柏的侄子汪思聪、裔孙汪逢源叙述，由于汪柏生前将自己在广东、浙江任职形成的奏疏誉写成帙后，"以呈浙大参王公及广巡海林公，未及领回，而先仲父不幸逝矣，此后无缘取复，而着意留稿之文，又尔散逸"。"其揣度情形，剿抚机宜，条陈数万言，俱不传。"从而留下无可弥补的遗憾。

现存记述汪柏与索萨协议的西文原始资料，只有索萨于公元1556年1月15日致葡王约翰三世的弟弟路易斯（D. Luiz）亲王的信函。索萨是当时葡人在华贸易商船队的指挥，大约在嘉靖三十二年来华，前后在中国待了三年时间。索萨在华期间，正是汪柏出任广东海道副使之任内。1555年，在索萨的船队起程归国前夕，也是汪柏即将赴浙升任之际，他的代表与汪柏的下属达成和平协议。

据西方学者尤塞利斯（Usellis）研究，索萨此信之原件藏于葡萄牙里斯本东坡塔档案馆内，由若尔当·德·弗雷塔斯（Freitas）首次发表在《葡萄牙历史档案》（里斯本，1910）第八卷。近年，又有洛瑞罗（Loureiro）等中文译本问世。这封信为今人了解事件真相提供了不少信息。

香港知名学者谭世宝曾撰文《澳门历史文化探真》指出："从索萨致路易斯亲王的信函来看，汪柏与索萨之间通过代表谈判有一个口头约定，即今人所谓的《中葡第一项协议》。"其内容大致归纳为以下四点：

一是中国允许葡萄牙商船来中国贸易，前提是他们要完全守法自新。为此，今后来华守法经商的葡萄牙人要正名实——"将'佛郎机'一名改为来自葡萄牙与麻剌加的葡萄牙人"，以示他们和以往在中国沿海为非作歹、走私抗税的海盗式"佛郎机"奸商不是同类。

二是来华贸易的葡商必须按中国的惯例交纳货品（或其价值）20%的关税。这是中国皇帝规定的税额，是中国地方官员无权减低的。

三是以上协议，已实时对索萨此次所在的商船及其指挥的船队共十七艘帆船生效，葡人必须吸取以往的教训，对负责上船检查的中国海关税务官员要好好款待和表示高度的礼敬。

四是要使这一口头协议确立并成为有效的条约，就必须分别报呈中国皇帝及葡萄牙国王批准。对此，中国海道副使要求葡王派遣一名使节来华，以便向中国皇帝传达葡王对索萨作为葡国谈判代表的身份资格的追认证明，从而使得口头的和平协议得到正式的订立。

文章认为："虽然，迄今为止，尚没有资料表明葡王曾派遣过使节来华，以及中国皇帝曾下诏令批准这一协议。但是在汪柏任职期间和他离职之后，汪柏与索萨达成的协议得到实施并一直延续下来则是事实。"

汪柏与索萨达成口头协议，同意葡人合法进入澳门口岸经商，在明朝官员中是有分歧意见的。反对派的代表人物就是汪柏的顶头上司按察使丁以忠。据鲁曾煜所编《广东通志》载："丁以忠总宪务，持大体，多平反出枉者数十人。时佛郎机违禁潜往南澳，海道副使汪柏受贿从臾之。谓远人可招徕。以忠曰：此必为东粤他日忧，力争而得。"丁以忠为江西新建人，与汪柏本是同科进士，官职升迁比汪柏要快。按说，丁以忠的反对足以阻止汪柏的开放计划，但汪柏据理力争并最终付诸实施，这与当时朝中决策层的支持是分不开的。

由于这一协议是口头的而没有形成双方正式签订的文件，作为主要当事人之一的汪柏的奏疏又未能存世，后世史家在追溯这段历史时，不仅迷雾重重，也给那些持反对意见的人故意歪曲事实留下了空间，甚至有人将受贿卖国的帽子加在了汪柏的头上。

汪柏成了"罗生门事件"的主角。为此，澳门的谭世宝、江西的曹国庆两位学者联合撰文《对汪柏与中葡第一项协议的再探讨》，对此事进行了深入细致的剖析。文章列举了两种意见：

　　反对者认为，汪柏为了受贿，出于一己私利，不惜出卖国家和民族利益，这种行径为国人不齿。谭世宝认为，汪柏"徇贿说"的始作俑者，是明朝万历间《粤大记》《广东通志》的作者郭棐。

　　郭氏的《粤大记》称："时佛朗机潜往南澳，海道副使汪柏从臾之。"在这里，措辞还比较模糊，既没有提及澳门也没有涉及贿赂。只是说顺从了。而他在《广东通志》中则曰："嘉靖三十二年，舶夷趋濠境者，托言舟触风涛缝裂，水湿贡物，愿借地晾晒，海道副使徇贿许之。"在这里，虽直言"海道副使"徇贿而许之，但并没有坐实"舶夷"就是葡人。后来，鲁曾煜在重修的《广东通志》里，在抄袭《粤大记》时，又将"汪柏从臾之"一语，修改为"汪柏受贿从臾之"之句。这是最早把郭氏的汪柏在濠镜澳受舶夷贿赂之说，与汪柏纵容"佛郎机"（指葡人）潜往南澳之说混为一谈，明确地炮制出汪柏收受葡人贿赂之"新说"。因其言之凿凿，故后之论澳门史者多受其说所迷惑，而认定汪柏为出卖澳门给葡人的千古罪人。显而易见，所谓汪柏收受葡人贿赂而出卖澳门予葡人居住之说，是在完全缺乏原始的人证、物证、史证的情况下，由后人逐步篡改史料，罗织虚构而成的。所以，其中的疑点颇多，是完全经不起严格的复查推敲的。

　　赞扬者认为，汪柏作为主权方的中国广东地方政府的代表掌握着谈判的主动权，其同意葡人合法进入其管辖区内的开放口岸经商，同时又要求葡人遵守中国的法律，接受中国政府管理，礼敬中国官员，交纳相应关税，因而并不存在损害中国主权的问题。作为中方的主要当事人，汪柏在当时特定的历史条件下，面对葡人迫切要求开展对华贸易并有表示改恶从善的诚意的这一实际情况，相机行事，与时迁移，应物变化，既解决了一个颇为棘手的问题，又维护了国家的主权和利益，这在保守僵化的思想占主流地位的封建士大夫中更加显得难能可贵。至于后来葡人入居澳门半岛的中部并且逐步建立其自治机构，在中国广州香山县的直接管治下，于澳门半岛中心地区实行部分自治，以及1848年后葡人以武力夺取和取消了中国广东官府对澳门地区的管治权，则是其后近三百多年的中外历史多种变化因素造成的，并非汪柏之过。将清末的对葡屈辱外交，归咎于三百年前明末汪柏为正确代表的对外开放决策及其对来华葡人的处置政策和措施，是一种相当流行的历史误论。

而且，有关汪柏是清白的正面人物的史料记载至今尚有不少留存，本来完全足以否定那一点由后人炮制的莫须有罪名，遗憾的是以往都被研究澳门史者所忽略或曲解了。现略举证分析如下：

其一，有许多文献表明，汪柏非但不是一个以权谋私、贪婪货利的小人，反而还是一个清廉正直、德才兼备的优秀官员。如自明至民国历修《江西通志》均称他"所至有风裁，淡于嗜欲，所得俸积，尽以均之昆弟"，在平定何亚八后也是"所获货宝，一无所利"。就情理而言，如果汪柏是个大贪官，想长期把握大发国难财、战争财和受贿财的机会，他大可不必与葡人谈判订立正常的和平贸易协议。让所有来华的葡人继续处于非法状态，可能会给他个人带来更多的生财之道。正如汪柏的乡里后进是这样评论他的："读其文益钦其为人。其笔力纵横，光明俊伟之气象也；其议论崇宏如洪钟巨鼓之响答也；其序记赠答则一本于与人忠厚，恒恒款款，切于事情，无一言之不实也。"直至清代，他家乡的父母官汪世泽因拜阅了县志中的《人物贤良传》所载汪柏事绩，称其"才识品望，卓卓邑乘，予每想见其为人"。时至今日，当我们展读汪柏仅存的一部《青峰文集》，也深感前人所言不算溢美之辞。汪氏的文章道德，识见才干，文韬武略，皆已臻上乘。可惜机缘未合，只有几次牛刀小试，不能尽展平生的抱负与才华。更兼命运弄人，过早逝世之后，不但未能"附骥"而扬名于后世，反而因为受某方志所误，被加了一点莫须有罪名，并不断被讹传，以至于在今天仍蒙受着千古奇冤大辱。这不能不令我们为之倍感同情和不平。

其二，嘉靖间对海道副使的权限和责任有明确规定。就在汪柏赴任广东的当年，便发生过这样一件事：前福建巡抚海道副使柯乔，因擅斩海盗而遭到削籍的处分。对此事件，汪柏不会不知道，而允许葡人入居澳门这件事，较之擅斩海盗事体更大，若又是因贿而成，罪责更是不小。况且身为汪柏顶头上司的丁以忠是极力反对这一举措的，汪柏若有受贿之实，丁以忠一定会抓住不放。当然，丁以忠也是一位"慷慨洞达，有用世才"之士，他与汪柏的分歧，实际上只是认识和观念上的分歧，是开放与守旧的问题，他也从未说过汪柏有贪贿之举的话。作为其顶头上司而没能否决下属不合己的意见，可以肯定汪柏得到了来自更上层的支持，这也从一个侧面排除了汪柏受贿的嫌疑。

其三，郭棐是反对与葡人交往的，对汪柏与丁以忠间的分歧，他是明确站在丁以忠的立场上来立论的。由于对汪柏主张的不理解，又试图做出自己的解释，便含糊其词地指责汪柏徇贿，因为嘉靖时期的世风并不好，官员贪污受贿的现象较为普遍，做出这样的解释似乎也能成立，殊不知正违背了史实。实际上，明清时期广东地区其他一些史志家在论及这段历史时，仍有许多著述只是如实记下葡人经汪柏允许始入居澳门，而未牵扯所谓的徇贿、受贿问题。如周广《广东考古辑要》（光绪刊本），印光任、张汝霖《澳门记略》（嘉庆刊本），便没有采纳其说。反之，对《明熹宗实录》论及嘉靖十四年（1535），都指挥黄庆纳贿，请于上官，移泊口于濠镜，岁输课二万金一事，他们则全文照录，足见这些编者对待两条不同的关于广东海防官员受贿的记载是有甄别和取舍的。

由此而观，所谓汪柏受贿而出卖澳门予葡人居住之说的来龙去脉，乃源于清康熙时鲁曾煜将郭棐两条含混不清的资料混合加工，而后世的一些史家，或因资料占有不全但凭借不完整的二手资料立论，或以中西文献转译而生致的歧义，或受自身先入为主的观念主导随意诠释、推断而层层加码、堆砌，从而铸成了历史上极为罕见的一大错案。

嘉靖三十六年（1557），汪柏第二次到岭南，赴任广东按察司（正三品）。三年间，他在"纠官邪，戢奸暴，平狱讼，雪冤抑，振风纪"等方面尽心尽责。三年后，升为浙江承宣布政司布政使（从二品）。未几，辞官还乡，安享晚年。

澳门开埠，是中国古代唯一一次在打败西方欧洲人的情况下，以宽大的政策与败方订立的和平通商条约，它标志着中国对西方各国可以说

"不"的时代的到来。

46. 册封琉球王

明朝景泰五年（1454）的冬天，北京城冷得十分出奇。长安街车马稀少，寂寥空旷。入夜，在位于长安街东侧大明门里的行人司灯依然亮着。一位面目清癯的中年男子正在灯下写着，他在规划着一次代表大明王朝对外宣示的重大行动——册封琉球王尚泰久。他就是行人刘俭。

刘俭，出生于江西省饶州府浮梁县，景泰二年（1451）考的进士。考取功名后的刘俭被选进了行人司任职。行人司，是专门在各大衙门之间联络事情的衙门，所以有人说行人司是一个"跑腿的衙门"不无道理。行人司的职务是"册封宗室，抚谕诸藩"。部分职能有点像今天的外交部礼宾司。明代朱姓宗藩王遍及全国，加之其他如琉球及东南亚等藩属国，管辖的藩属王国众多。行人司每年负责出使、册封、宣旨、授印等工作，任务繁重。那个时代交通不像今天，有飞机、高铁和高速公路的便利，出行靠的是骑马与乘船，甚至是步行。行人就是从京城到江西饶州府来一趟也得个把月，更不用说到边远藩属之国。

行人司设司正一人，正七品，左司副一人，从七品。刘俭属进步较快的人，任职才三年就坐上了左司副这个位子。此外有右司副一人，从七品。正八品的行人三四十人。

刘俭接受此次册封的任务是半个月前的事了。那天，他接到通知后来到少保、兵部尚书于谦的办公室听事。对于于谦，刘俭无论是对他的人品还是处事风格，心里都充满了敬仰之情。

于谦，这个在钱塘江畔长大的少年才子，十二岁作传世之作《石灰吟》，二十一岁考取进士，二十八岁以御史之职随明宣宗平定汉王朱高煦之乱，因而受到宣宗赏识。像石灰一样的励志，清白是他一辈子的人生追求。

六年前，也就是正统十四年（1449）七月，蒙古瓦剌大军南下攻掠明朝边境，首领也先亲率蒙古骑兵攻占大同。大同告急。好大喜功的明英宗，在宦官王振的鼓动下御驾亲征，在土木堡与也先部队交战。由于明朝军队指挥混乱，主动出击后又班师回朝，因而受到蒙古军队夹击，结果，明军大败，王振被杀，英宗被俘。土木堡战役结束后，也先乘胜追击，京城岌岌可危。消息传到北京，朝野震惊。当时还是侍讲，后来与石亨、曹吉祥联手发动南宫之变的徐有贞以天象有变为由，力主迁都南京。时任兵部侍郎的于谦则严厉驳斥了徐有贞。他说："言南迁者，可斩也。京师，天下根本，一动则大事去矣，独不见宋南渡事乎！"于谦力主坚守京师与瓦剌死战。于谦的建议得到了当时已是监国的郕王朱祁钰支持，所谓"监国"，就是皇帝外出留守宫廷代为处理朝政的重要人物。但于谦也因此与徐有贞结下了梁子，为后来徐有贞极尽所能诱导英宗杀害于谦埋下了伏笔。

于谦主动请缨，督战指挥二十二万军队，采用坚壁清野的办法，列阵北京九门外，抵御瓦剌大军。瓦剌太师也先挟英宗逼和，于谦则以"社稷为重，君为轻"，没有答应。也先见无隙可乘，被迫撤回蒙古。

轰轰烈烈的北京保卫战，以瓦剌退兵而结束，京师转危为安，但英宗却身陷漠北。国不可一日无君，但此时的太子朱见深才两岁，年幼无知，难以担负起卫国大任。值此人心不稳、天下不安之际，于谦冒死向孙太后建议，让郕王入承大统，以安民心。朱祁钰为朱祁镇的弟弟，他即位后，对于谦等人论功行赏，于谦擢升为兵部尚书，册封为少保，掌管全国军务。从此，于谦一边继续整饬兵备，积极备战，一边兼理国家军务，因而有了个"救时宰相"称号。

这是一个多事之秋。国外，也先被部下所杀，瓦剌渐衰，于谦心境渐宽。但鞑靼复振，不得不防。淮南、淮北闹饥荒，得派员抚辑。国内，三月，广东泷水（今罗定江）瑶民起事。副都御史马昂奉命总督两广军务，率军往击。于谦每天朝务繁杂，要处理的事情很多。一是强军备战，抵御外侵。二是与瓦剌的交战与谈判。三是全国的抗旱赈灾。让他揪心的是，宫廷斗争暗流涌动。

　　还有一件急需处理的事就是琉球国王的册封。年初，琉球国中山王尚金福逝世，其弟尚泰久暂掌国事后，上奏朝廷，请求册封。奏曰："长兄金福殂，次兄布里与兄子志鲁争立，两伤俱殒，所赐印亦毁坏，国中臣民推臣权摄国事，乞再赐印抚镇远藩。"

　　景泰帝御旨曰："此事关乎国家礼仪宣示，爱卿宜急安排办理。"

　　自明太祖洪武五年（1372）派杨戴出使琉球三国，分别册封琉球三国国王后，琉球三国正式成为明朝藩属。后琉球三国国王即位必须经过明王朝册封。

　　两年前的琉球国王尚金福也是于谦安排的，没想到，金福命短，又得重新册封。此次，他打算安排兵科给事中严诚去。严诚忠诚，耿直，曾任饶州知府，政声颇好。而且，严诚身材魁梧，相貌帅气，声音清秀，作为正使，作为大明形象代言人极为合适。行人刘俭给于谦的印象还是比较深的，他年轻，有朝气，办事严谨，几次重要的藩王册封活动，他都安排得井井有条，有自己年轻时的影子。此次安排他做副使是较为妥帖的。

　　严诚是宣帝的近侍，正七品，任正使，刘俭，从七品，任副使。官大一级压死人，诸多的筹划事宜，自然落到了刘俭的身上。

　　接受任务后，刘俭不敢有丝毫懈怠，他找来历次赴琉球册封的档案，依据惯例，对人员、时间安排，物资配置，气候情况一一进行梳理。方案里，刘俭安排了五百人的队伍，由官员、船员、从役和军士组成。最多的当数从役人员和军士。

　　封舟过海，需考虑到季风问题。一般是以夏至后，乘西南风至琉球，以冬至后，乘东北风回福州。所以航海时间就是夏冬两季。夏日酷热，船上的人极易中暑生病，档案里的资料显示就因"暑气熏蒸，脾胃受疾，寝食弗安"。而其他人也因为"天气颇炎，船面虽可乘风，舱口亦多受湿，染疫痢者十之三四，竟不起者七人"。因此，随船的医生就显得十分重要。

册封队伍自京师到福州，靠的是脚夫、驿马、舟楫，行程上万里，在路上需要耗费七八十天。为了赶在夏至之前抵达福州，刘俭一行于景泰六年（1455）二月二十八日午刻启程。此前，兵部已将先行牌饬发沿途，飞递琉球国，告知准备。明使出京，好不威风：武弁举着奉诏牌在前，仪仗队紧随其后，中间是皇帝赐给琉球国王及王妃的各种缎、锦、纱、罗、绸等各种"赏恤诸物"装了几大车，之后是两乘八抬大轿。前后却是护养的官兵。队伍冗长，既要威仪，又要速度，既受制于天气，又局限于路况，虽有驿车转送，夫役更替，路遥遥迢迢千山万水，行路之难，颇可想见。

谁知道，当车队行进到南京郊外时，一件意外的事情发生了，正使严诚病逝了。队伍不得不停了下来。

消息传到了北京，此时的于谦也正忙得焦头烂额。山东、河南连月暴雨，洪灾泛滥，古城开封黄河决堤，要安排人员治理赈灾；湘广江浙又久旱未雨。等到于谦缓过劲来安排给事中李秉彝为补替正使后，时间已是秋天，错过渡海的好时机。

李秉彝，字好德，永乐二十年（1422）二月二十七日生，祖籍苏州，与刘俭是同科进士，两人搭档赴琉球册封，自然融洽顺利。李氏出身匠籍，这是明代政府将手工业者编入的一种特殊户籍，社会地位低下，但他自幼刻苦读书，入顺天府学习，对研究《易经》颇有心得。景泰二年（1451），时年二十九岁进士及第，三年擢吏科给事中。初，秉彝以貌寝（状貌丑陋，个子短小）不与给事中之选，后在大学士高谷等奏保下，乃获任。

刘俭册封团是次年四月十七日抵达福州的，福建地方官员表面上热情接应，实则应付了事。册使们在福建逗留了一个月，其间，刘俭专门处理核对一些事情，例如封舟规格、船户带货、调兵渡海、海口匪讯，还有取淡水、祭祀妈祖等。

刘俭等人与康熙二十一年（1682）汪楫等出使琉球的做法相同，即雇用浙江宁波府的两艘商船作为此次远航的册封舟。每船分上、中、下三层，前后有四舱。船体巨大，其上除正、副使外，还有随行的各类官员、仆役数百人。船体上装饰具有鲜明中国特色的团形龙纹，显示出皇家气派。

天有不测风云，刘俭册封船离岸第二天，便遭遇风浪，船身颠簸不已。五月初二、初三两昼夜，飓风大作，浪如连山，且阴云黯惨，水天不分，人在舟中，如入暗室。坐风轮船工，不敢持舵与风相斗，随浪漂流。兼有无数大鱼，夹舟而行，舟中人万分恐惧，众人除了祈祷于天妃神前，别无他法。至初八天明，有人报称：看见山了！在确定是那霸八重山后，刘俭的心才稳定下来。

五月十日，自福州出南台，至太平港罗星塔上封舟，二十日开船，二十二日至虎门放洋入东海，经过七昼八夜的颠簸，于六月初一才抵达琉球那霸港。

明清使臣出使琉球，路途艰险，生死未卡，这是一个不争的事实。明代户部尚书李廷机就曾上奏朝廷一篇《乞罢使琉球疏》。文曰："其国海道，浪大如山，波迅如矢，风涛汹涌，极目连天。"请求让琉球人自己到福建来领诏，不要让朝廷命官数百条性命系于一叶扁舟之上。当然，李廷机的建议未被朝廷采纳。但朝廷为了宽慰冒死渡海的使臣们，就出台了一些奖励政策，不仅加封他们一级官阶，还预支两年的俸银。

此外，朝廷规定，册封琉球，除率领政府规定的职司员役外，还可以随带从客若干名随行，这就是"封舟过海，例有从客借行"。这些从客，不外是文人墨客，有的还是高僧、道士、医生、天文生、书画家、琴师等各方面的专家和各行各业、多才多艺的名士。有这些名士相伴，倒是生出些许的闲情逸致来。

清晨，那霸港，海天一色。数百艘独木舟及小艇早已在岸边迎候；又有数百位穿戴齐整的官员在海岸处的"迎恩亭"恭迎，接待仪式热烈而隆重。册封团被迎进了距码头一里地的天使馆。

次日，清晨，尚泰久率领百官来到天使馆，正式接受明帝使臣的册封。

正使李秉彝宣诏曰："帝王主宰天下，恒一视而同仁，藩屏表率国中，或同气以相嗣。朕躬膺天命，抚驭华夷，封建诸侯，无间远近。况琉球国远居海涯，俾统其民，岂可无主。故国王尚金福比袭王封，嗣理国政，敬天事大，系境睦邻，今既已薨，可无承继？其弟尚泰久，性资英厚，国众归心。兹特遣正使右给事中李秉彝、副使行人刘俭，赍敕封为琉球国中山王。凡彼国中，远近众庶，夙夜惟寅，宜悉心于辅翼，务循理分，罔或至于乖违。长坚忠信之心，永享太平之福。故兹昭示，咸使闻之。景泰六年七月十二日。"宣毕，在鼓乐声中，尚泰久与众臣在引从官的指导下，三跪九叩地行过"接诏礼""拜诏礼""谢封礼""谢赐礼""问安礼"以及"谢恩礼"等一系列的礼数，最后确立了王位。

从天使馆到琉球都城中山王府有十余里路程，沿途有官舍、庙宇及自然景观，众官跪迎在道路左侧，恭迎中国使臣来到中山王府，出席欢迎宴会。

盛大而隆重的册封典礼之后，刘俭他们就只能静候季风转向，度过半年海岛生活。除了采风考察、游历览胜，有些文人官吏还与琉球王族的士人交流合作，研究地方风情，编纂史志。直到当年十月二十五日，这才解缆归国，终于在十一月初一安抵福州。刘俭的这次出行，称得上"衔命而去，成礼而归"。

欢送仪式是隆重的。停泊在那霸港的封舟旁跪伏着上百名官员，还有数百名僧侣、道人，他们恭送天朝使节，并诵经念佛做法事，祈祷神灵保佑使团安全返航。刘俭和众人拱手告别上船，正当船上水手拔锚之际，突然，狂风四起，雾浪腾沸，封船飘摇不进，众人大恐。

这时，刘俭和李秉彝来到议事厅，召集大家在一起说："请大家不要慌张，我自有办法。"他叫人取来纸笔，草就诗一首。然后大声念道："贝阙珠宫事必真，圣朝四海久咸宾。若知一箧空来往，幸把清风送使臣。"

这是一首祈求龙王水神保佑的诗。前两句的意思是说，用五彩贝壳及珍珠装饰的水府龙宫，我们相信这必定是真实存在的。我们对你们十分敬畏、尊重。但众神灵们可知，很久以来，四海之内，各个王国都臣服、顺从了我们大明王朝，你们为何还兴风作浪？后两句则是说：若是神灵有知，我们只是用个竹筐，装了册封诰书来安邦定国，并没有带金银珠宝。因此，希望诸位水神助我清风，把我的册封使团一帆风顺地送往大明，另行报答。刘俭念完诗，并把诗稿投入大海。拜了三拜。

说来也怪。诗稿入水以后，顷刻间，风信东来，云开雾散，舟行无阻。众人都夸刘俭诗法力无边。

在船舱，正使李秉彝问何故。刘俭笑着耳语道："我在接受琉球国进贡宝物的时候，发现里面有一个海螺。我问有何用。他说，这个海螺能预测海上天气，只要听听海螺内的声音，便知近日内海上有无大风或海啸等灾害气象，为出海人们预告吉凶祸福。当时我拿着试听了一下，知道了今天的状况是：先暴后缓。不需半个时辰便会平息。现在觉得十分灵验，真是一个稀世珍宝啊！"李秉彝叹服地点了点头。

船顺利回到福州。刘俭刚上岸，就听到了一个噩耗：他仰慕的"救时宰相"于谦被害了。凶手就是当年结下梁子的大将石亨等人，罪名是"于谦谋立襄王之子"。

闻讯后的刘俭，泪流满面，泣不成声。他感叹世道之黑暗，仕途之险恶。不久，他给上司递上一封信，以"渡海之累"为由退隐故里。

返乡后的刘俭讲学、悠游、访友，生活十分充实。一天，当他回到当年就过学的景德镇南山长芗书院时，不禁诗情大发，即兴作诗一首，名曰《书院怀古》。

> 川转峰峦绕，当年诵读乡。
> 惟知依典籍，不敢远宫墙。
> 茂草封前迹，荒藤夹旧疆。

书声还隐约，飞鸟下斜阳。

诗中抒发了自己对童年生活的怀念，表达了对故乡景色的赞美。

47. 活人百余

明代嘉靖十九年（1540）是浮梁县景德镇最灰暗的一段日子。浮梁县和毗邻的安徽祁门县连着下了几个月的大雨，从而引发山洪暴发，昌江水位超出平日几丈。被洪水冲走的人、畜，毁坏的房屋不计其数。尤其是景德镇，大水荡涤着城市每个角落，窑场、房舍被冲荡得四散漂泊。不少来不及逃走的居民，只能抱着房屋横梁漂流在水中，呼号声响彻一片。渐渐地，声音越来越小，有的漂进了鄱阳湖，有的沉入了江中……

洪灾过后，那些逃到山顶上存活下来的人，也是度日如年。他们面临着饥饿和瘟疫的双重威胁。在忍无可忍的情形下，涌向衙门是他们唯一的选择。他们想看个明白，偌大的瓷城，在遭受了这场一百七十多年未遇的洪灾之后，在成千上万个家庭饱受饥饿与疾病折磨的时候，这些平日里只知道派捐纳税的"父母官"们都在干什么。

据史料记载，明嘉靖十九年（1540）三月三十日，聚集在按察司衙门前的景德镇陶工上万人。

与此同时，也有一些人在偷偷地乐着。那是些一向行为不端的人，觉得自己一展身手的时候到了。于是，他们窜到周边一些村子，光天化日之下肆意抢劫，弄得这些刚被洪水荡成了废墟的村子里的人雪上加霜。流寇盗贼们抢完村子后，又盯着景德镇。弄得镇上民众，阻隔街巷道路，在路口结寨，层层设防。

流寇们见镇上民众防守严密，不好直接动手，便扰乱社会治安，制造矛盾，煽动民众对立情绪。景德镇是五方之人云集之处，土居与客居不下十万余众，鱼目混珠。

果然，衙门聚众的第三天，悲剧发生了。居住在景德镇的乐平县民众与景德镇人发生冲突，双方死伤者不计其数。

景德镇的这次被史志称作"民变"的事件惊动了朝廷，嘉靖皇帝诏令，以渎职罪，免除了江西巡抚王昉的职务，停发景德镇兵备副使屠倬等人的俸禄，派按察司副使杨绍芳进驻景德镇理政。

杨绍芳到任后，采取一系列安抚措施控制局面。如立即招募失业佣工，在高山斜坡上另开窑烧瓷，用就业来安定民众；大规模发放仓粮、抚恤银两。百姓虽然得到暂时救助，但民间争斗与盗抢却未能停息。

在这种天灾人祸、瓷城百姓形同热锅上蚂蚁的情形之下，浮梁知县汪宗伊走马上任了。汪宗伊出身于湖北崇阳县一个书香官宦世家，祖父是正二品的资政大夫，但他却没有半点豪门公子的作风。相反，他深感肩上的责任重大。他知道，景德镇，是全国的产瓷中心，洋人眼中的"白色黄金"。大灾过后，这座闻名中外的商贸城，成了这样一座废墟。瓷业的基础是窑场，窑场的支柱是瓷业工人。现在，基础毁了，支柱散了，瓷业还怎么发展起来？

汪宗伊上任后的首要任务就是走访、慰问受灾窑工。窑工告诉他，这里是祸不单行：过去的一年，浮梁发生了旱灾；那些庆幸没成为沟壑里掩埋着的饿死鬼的灾民们，今年又遇到了水灾，房屋或被漂流或被水淹冲塌，村落成了平地荒野，好像打扫过一样，除了泛红的淤泥什么也没有。汪宗伊听了连连点头。

居丧在家已经两年的广东海道副使、浮梁县夏田村的汪柏，宅基虽然地势较高，但是，水还是漫过了屋脊，幸得河水在此回旋，因而没有将房子漂去。汪宗伊来访的时候，他坐在刚刚清扫完的院子里，作完一首记录灾情的诗。汪知县捧起，认真地读了起来：

> 隘津千峡注，暴涨数村平。
> 把盖山头立，乘舟屋脊行。
> 恐饥无宿火，恐夜卜新晴。
> 两岁重逢此，忧时卧未成。

溪水骤闻涨，登楼始悔卑。

无门翻瓦出，巫渡畏舟敧。

浸久青苗死，归迟白屋危。

吾庐破无憾，所虑阻民饥。

汪宗伊读完诗后，感慨万分，真诚地对这位同宗长辈说道："您受累了！"

汪柏又将一封没来得及送出的信递给汪宗伊。这封《上王巡抚书》原是写给奉旨到浮梁治乱的王巡抚王昕的。信里，汪柏婉劝王巡抚，对曾参与械斗、格杀的人不要大开杀戒，否则会激起更大的民变。可是，信还没送出，王昕就被免了职。

汪宗伊十分赞同他的观点。可以说，汪柏的这封信，为他后来处理这个案件起到了至关重要的作用。按理说，作为知县，他不仅拥有治域的行政权、财政权，而且也拥有相对独立的司法权，形同一方诸侯。论罪，那些结伙打劫、格杀斗殴者难逃一死。但他法外开情，不仅没有听从上级命令，反为罪犯争辩开脱，说他们是"饥情所迫"，硬是保下了一百多人的生命。这种赌上自己的前途，为罪民争辩"抗檄""活人百余"的做法，可谓大德无疆，得到了当地百姓的拥护，也得到了朝廷的谅解。

汪县令用废寝忘食的工作精神，殚精竭虑地工作着。凡是了解到的不便利于民众的政策便立即革除掉，一切服务于重建家园、重新开始的大局。一个月后，政令的弊端几乎清理干净；一年后，民众生产生活开始复苏，民众房屋、饮食等得到基本保障；嬉戏游乐的生活场景比以往增多了。人们渐渐淡忘了旱灾、水灾带来的苦痛。每谈及此事，人们总会说："自我大明开国一百七十年以来，没见过这样的大水！一百七十年来也没见过这样的县侯！"情到深处，潸然泪下。

按照从前惯例，县令出巡，各乡、里都要提供帷帐、酒食、菜肴，上行下效，书吏以下各级小吏出行也像衙门长官一样，民众稍有怠慢便立即遭受斥责甚至招来祸端。而这一切开支都是各里负担。汪侯上任后，全部革除这些陈规陋习，每次出巡时自带干粮办公，不要民众负担分毫。这种清廉自守、勤政而不扰民的行政，正是古称的"甘棠之政"。

还有，按制度，招待过往境域的官员也是由地方负担。而汪宗伊却用自己的俸禄来支付，摆上桌的自然都是些清汤寡水，那些过境的官员们脸色都不太好看。可县侯说了，我不忍心用民脂民膏来换士大夫好看的脸色。这个先正己后正人的"教化"故事，体现出汪侯的爱民之心。

大灾之后，县域粮仓大多空虚。一旦遇到变故，只能束手无策。汪宗伊知道，以前县令在断案时，往往重罚罪过者。而罚银又多流入私人腰包。对此，汪宗伊将该判"笞刑、杖刑以上刑罚"的，都改为交粮入仓赎罪。结果，不到一年，就得到了一个"惩罚轻而仓廪实"的结果。

"乡约"是民族文化的宝贵遗产，立乡约的宗旨是要构建亲睦淳厚的风俗，使民众间能"出入相友、守望相助、疾病相扶"。洪武时极其重视乡约作用。汪侯又制定乡约，每一百家结成一个乡约团体，团体中有约长，掌管彰显善行、痛恨恶行的簿子。月底时见面交流，年终时进行反馈总结。很快，城里的争讼案件十去七八，乡里也纷纷仿照城里，踊跃参与，争着奉行。从此，县域风俗大为改观。

浮梁古县衙西面，曾建有贤侯祠，里面祀有明清两朝二十名知县，汪宗伊作为"浮梁第一循吏"位列其首。碑曰：

> 汪侯宗伊，受任于劫难之际，行政于疲困之间。清耿有治才，至则定赋役、申乡约、旌孝节，不遗余力。其诸官舍仓亭为豪民所侵者，悉按复之，营造如故。邑故尚鬼，则毁淫祠一百余，区以抑之。因即毁祠建社学，又为广学宫，凿泮池，时时讲课，士赖以兴。禁令必信，吏民敬惮，势豪武断及诸恶少无不凛凛屏迹，风俗、人心为之一变。在浮梁称循吏之最，官至户部尚书。

每每看到这些史料，我心头总是萦绕着这样一句话：功德自在人心。

48. 督陶与关督

1

唐英与景德镇瓷器结缘是清雍正六年（1728）的事。那时，四十二岁的唐英官内务府员外郎，供职于养心殿，稽查内务府造办处各个作坊的役人，是他每天要做的事情。

这年的二月十三日上午，怡亲王交给他五件瓷器。这些瓷器可都是宋代全国各大名窑的精品。分别是：定瓷小瓶一件，定瓷炉一件，嘉窑小扁瓷盒一件，景德镇官窑珍品——花瓶一件，竹节式瓷壶一件。怡亲王还特别嘱咐唐英，要他照着这些瓷器的样子画下像来，以备将来复制参照。唐英愉快地接受了这项任务。应该说，这是唐英与景德镇瓷器及与官窑结缘之始。

宋代，景德镇名震天下，朝廷便开始在景德镇设官督造，元朝还在景德镇设有督陶机构和官员。明代朝廷在景德镇设立御窑，先后派段廷珪、潘相等官员督陶，但都无建树和影响。而且明代的督陶官员十分残酷，宦官潘相督陶期间因烧造大龙缸甚至酿成窑工猝死、窑民罢工事件。清代朝廷借鉴了明代的经验，在选派督陶官员上比较慎重。

完成描画瓷器这项任务对唐英来说是小菜一碟。唐英好学笃思，不耻下问。他十六岁就开始侍奉内廷，因好学而深得怡亲王赏识，绘画、诗词、典章、篆刻，甚至戏曲，样样都研学探究。在内务府时，其所学内容是："顾检点向时所观之书，经籍庄雅居其半，而稗野僻诞居其半。"从唐英《春典八百序》中的学习经历可看出，其求学视野并没有完全禁锢于经史子集中，而是广泛涉猎、博采众长。沙上鹤在《沈阳唐叔子蜗寄先生传》中有叙道："事益力，学益勤，虽奔驰劳匮，旅灯客帐，吟哦不辍也。"正是他学贯中西,才得怡亲王拨冗委以督陶重任,这为他督陶功成和立言后世打下了坚实基础。

看了唐英的那些绘画,怡亲王爱不释手。唐英对陶瓷的禀赋才能让他有了一个重大决定,他奏请皇帝,将唐英任命为内务府员外郎衔,驻景德镇御窑厂,佐理陶务。雍正六年(1728)秋八月,时年四十七岁的唐英,像一只出笼的鸟儿一样,离开了三十多年的紫禁城,他要协助年希尧管理景德镇窑务。经过一个多月的跋涉,唐英抵景德镇厂署的时候已是初冬时节。虽然是协理,但一切烧造事宜,都是唐英一人操持。因为,总理陶务的年希尧同时还兼理着千里之外的淮安板闸关。

2

有人曾称唐英是"不专督陶而陶为专职的关督"。事实确实如此。

唐英,这个身材不高,甚至有些瘦弱的沈阳人,能文善画,兼书法篆刻,当了八年的协理后,精通制瓷。乾隆元年(1736),接替了年希尧,管理淮安关并兼理窑务。

淮安钞关是明清两朝全国最大的钞关,上缴的关税占全国关税的一半之多。为此,淮安钞关所在的板闸关税有"居天下强半""天下盐利淮为大"之美誉。淮安因此也是明清两朝的盐榷税务中心。

乾隆元年(1736),五十五岁的唐英,因奉命出使淮安关一度停止了在景德镇的陶工般生活。但是唐英立即觉得身体很不舒坦。在他的请求下,第二年,朝廷同意他继续以淮安监督的身份兼理窑务。由此,景德镇御窑厂烧造仍由唐英遥领。

淮安关,位于有着"中国运河之都"之称的今江苏省淮安市。淮安钞关设立于明清两朝,是当时的中央政府设在地方的最大税务机构,向中国大运河上来往的船只收税。景德镇御瓷进京皆由此通关。为此,乾隆四年(1739),唐英向乾隆皇帝提出建议,办理景德镇窑务各项事务开支就近由九江关支出,这样可以减少费用,便于管理,也有利于安全。这个建议得到了乾隆的批准,朝廷并任命唐英为九江关监督兼理窑务。

窑务烧造、税务征收，尽心尽力，诸多事宜，亲自经营。乾隆四年，唐英《奏请赴窑厂经理陶务由九江知府照管关务折》中说，至每年冬季，"泥土凝冻"，窑厂停工，我让工匠全部回家，窑火停歇，而瓷器却需"拣选讲究"，到时我就到厂里亲自经理。

乾隆四年正月十二日，唐英将解淮上色瓷器九千三百七十五件由陆路运送进京，尚有次色瓷器二万一千余件，攒造册籍，收拾装桶，由水路运送进京。

3

专职也好，兼职也罢，纵观景德镇历代督陶官，无疑，唐英是最厉害的一个。

首先是艺术成就上，其他人不能望其项背。

唐英到了景德镇以后，便负责起御窑厂整个生产和监督工作，正如他在奏折中所说："奉差江西督造瓷器，一切烧造事宜，俱系奴才经营。"所以，自唐英到景德镇御窑厂做协理官以后，年希尧虽然名义上还是总理陶务的督陶官，但他对御窑厂的管理，便止于每年春秋两季对御厂的巡视、拨款以及烧成后解送至京等事务。

乾隆继位的第二年，唐英才正式被任命为督陶官，官窑瓷器正式进入了"唐窑"时代。从雍正六年（1728）至乾隆二十一年（1756），唐英实际主持御窑厂的瓷器制造时间长达二十八年之久，可以说他后半生的精力全部奉献给了制瓷事业。由于勤奋好学、多才多艺，他在诗、书、画、印及戏曲等方面都颇有造诣，这与他在瓷器上取得极高的成就有着水到渠成的微妙关系。

唐英在景德镇御器厂督陶期间，在陶瓷工艺上，尊古追贤、创新突破，可谓是成果丰硕、功勋卓著，近三十载的督陶生涯，他将中国的陶瓷工艺尤其是景德镇的陶瓷工艺推向了巅峰。

他在为传承前朝陶瓷名品重器上，称得上是呕心沥血、精益求精，后世对他在仿宋五大名窑、明永宣青花、成化斗彩等各色器上高度首肯，有"复古越古、唐窑为魁"的美誉。

在陶瓷工艺创新上，唐英更是史上最强、功勋卓著。我们从故宫博物院馆藏白地墨彩篆书寿字笔筒等一批唐英亲制的作品中可见，他以瓷为载体，用瓷做地子，将集诗、书、画、印为一体的文人用瓷发挥到极致。唐英还烧制出集十几种釉彩、十二个开光于一身的"各种釉彩大瓶"（故宫博物院藏、国之瑰宝，为公认瓷母），工艺难度达到制瓷史上的顶峰。

据《景德镇陶录》记载，仅颜色釉一项，唐窑就研究出五十七种之多，其中的墨彩、浇黄、抹红珐琅以及西学中用的洋彩等釉色，作为陶瓷釉色装饰，历久弥新、经久不衰。

在纹饰造型方面，唐窑更是新品迭出、奇巧无比。在传承钧窑的胎釉配方基础上，创新烧制出仿钧釉的新品种，如窑变、炉钧、仿生系列作品，在造型工艺上用镂空、转心等方式烧制的夹层玲珑交泰瓶、各色釉转心瓶和轿瓶等作品大放异彩，使人叹为观止。这与乾隆八年（1743）《恭进奉发及新拟瓷器折》中"其新拟各种，系奴才愚昧之见，自行创造……"的表述可相互印证。

督陶官唐英，为千年瓷都景德镇乃至中国与世界的陶瓷发展，做出了前所未有的巨大贡献，《景德镇陶录》评价唐英："厂窑至此，集大成矣。"

4

唐英一生，诗文书画留存后世颇多，他奉旨编撰的《陶冶图说》，向后人图文并茂、详实细微地描述了瓷器生产从采石制泥到束草装桶的二十道生产工艺流程。

《陶成纪事碑记》残碑是唐英在清雍正、乾隆时期督理官窑时留下的珍贵遗物，对研究清初官窑生产与官窑制度有重要的参考价值，也是当今仅存的督陶官督理官窑的重要实物。

　　无可置疑，《陶冶图说》和《陶成纪事碑记》，是研究景德镇御窑陶瓷文化史的重要文献。

　　唐英撰写的个人诗文集《陶人心语》，不仅是全面研究唐英本人的重要史料，更是研究清早期景德镇御窑厂生产管理的重要史料，清雍乾两朝士林领袖李绂在观阅唐英《陶人心语》后，欣然作序评点曰："读《起蛟行》及《甲寅五月》诗，见公忧国爱民之心，读《除夕忆禁中直宿》诗，见公不忘君恩之心，……读《崔节孝诗》《施贞孝赞》，见公重节孝、端风化之心……"今人细读品味唐英《陶人心语》此本集册诗文，足可窥见唐英的思想境界和人生历程。

　　此外，唐英还著有语言文字《问奇典注》、戏曲集《古柏堂传奇》等多样文化史册。

　　唐英留下的文集典史为我们后人保存了一份无比珍贵的陶瓷文化资料，我们应该不断地研读、解析它，因为它们为保留景德镇文化记忆、提升景德镇文化品格建立了不可磨灭的功勋。

　　此外，为了节省烧造费用，唐英对御窑厂进行人事制度改革，推行"慎简朝官"政策，毫不留情地裁撤厂内多余的非生产性人员，力求做到"政善工勤"，建立起一种良性循环的管理秩序。清代御窑厂工匠办事人役与明代相比已有很大变化，明代御窑厂共一千五百人，而唐英督陶时，从雍正至乾隆初，御窑厂一共才三百余人。而到"唐窑"后期，唐英大胆削减非生产性人员。据《景德镇陶录》记载仅有二十八人。这一人事制度的变革，促使每一个人各司其职，各负其责，只有认真工作而无法推诿扯皮，为御窑厂生产带来勃勃生机。

　　为了降低成本，唐英冒违反朝廷定例之险，打破将景瓷运往淮关（淮安钞关）配座、装桶，然后解运进京的惯例，改为就地配座、装桶，直送京师。唐英的这一合理的解运方法，既便民又省开支，对于官窑生产的提高助益不浅。唐英在管理御窑厂的过程中，以其个人魅力和努力以及制度上的改革和完善，很好地完成了督陶官这个角色所赋予的任务，集合皇帝审美思想的体现、造办处设计精英的构思以及景德镇最优秀的制瓷技艺的支持，这一切都促使"唐窑"在陶瓷领域取得辉煌成就。唐英对清初瓷业的贡献，奠定了他作为一名杰出督陶官的历史地位，也让他成为千年瓷都制瓷工匠的杰出代表。

"万里一孤臣，千秋名不朽。"清乾隆二十一年（1756），七十八岁的唐英走到了他人生的尽头。他的名字连同他缔造的艺术王国一起留在了瓷史上。

49. 守望台海

1

道光二年（1822）农历十一月二十六，虽然离春节还有一个多月，紫禁城却开始张灯结彩，灯火辉煌，做着迎新年的准备。这天清晨，一骑邮差从京城出发，以四百里加急的速度，把一纸调令送往福建省福州府闽县县署。邓传安被任命为台湾"北路理番同知"。

对于这次调任，邓传安感到很突然，一点思想准备都没有。他不知道，为了他这次调任，当朝皇帝可是做足了功课。

记得有句古老的谚语是这样说的："人在做，天在看。"意思是说，人们在做事情的时候，无论是好事还是坏事，上天都在注视着。想来，把这句话用在邓传安身上再确切不过。两年来，他自己也没弄明白是怎么回事，走马灯似的，岗位换了三次。嘉庆二十五年（1820），邓传安在老家浮梁县丁忧结束后，被授予福建省武平知县之职。一年后，也就是道光元年（1821），又调任闽县知县。此时的邓传安，像一个匆匆过客。他不知道，就在他东奔西走的岁月里，有一双眼睛却在密切地关注着他。这双眼睛的主人就是道光皇帝。

道光元年十一月五日，道光皇帝下了一道圣旨：

上谕军机大臣等：闽县知县邓传安、同安县知县李振青、惠安县知县姚观、仙游县知县杜绍祁，以上四员，朕访得"官声颇好"。著庆保、颜检悉心察看。如果有出色之处，参酌人地，出具切实考语，以次题请升用。若不确当，亦应据实奏闻。慎勿含混将就，有乖朕用人之本意也。将此谕令知之。

（清《宣宗实录》卷之二十六）

圣旨里提到的军机大臣乃曹振镛。庆保，为闽浙总督。颜检，系直隶总督。

原来，道光元年十月上旬的一天，时值壮年的道光皇帝，到皇太后宫问完安后，就秘密地消失了。而且，一去就是二十多天，直到月底才回宫。曹振镛等大臣直至收到圣旨后才知道，皇上此次去了浙江、福建两省，重点考察福建沿海地区社会治安和禁鸦片情况。

他知道，县级官员在朝廷的大政方略执行中有着举足轻重的作用。暗访中，他注意了解了一些县级官员履职情况，对邓传安等人的"官声"十分满意。他要曹振镛派人考察一下自己了解到的情况。若是情况属实，则可"题请升用"。

接到圣旨后，曹振镛丝毫不敢懈怠，立马布置下去。道光二年正月十六那天，道光皇帝刚从奉先殿行完礼上朝，庆保、颜检便上朝奏报：

"闽县知县邓传安持躬端谨，民情爱戴。同安县知县李振青才识开展，舆情悦服。惠安县知县姚观操守清廉，实心任事。仙游县知县杜绍祁听断勤能，才优守洁。报闻。"这是给四个人的总的评语。另外，还对邓传安特别加了一句："做人宽严相济，处事端正谨慎，深得百姓爱戴。"道光皇帝听了后，十分高兴。不久，邓传安调任台湾鹿港同知，被委以重用。

台湾北路理番同知，其实就是一个救火队长的差使。

早在清代康熙后期，台湾人口急剧增加，土地开拓更加频繁，台南一带已无闲土。新来的移民就开始向北寻找新的垦区，这就势必与那里的原住民"番民"发生摩擦。因此，汉番事务、社会治安、土地纠纷等问题日趋复杂，就必须设立一个专门机构。

乾隆三十年（1765），闽浙总督苏昌上奏，请求设立"鹿港理番同知"。两年后，也就是乾隆三十二年（1767），朝廷批准成立台湾理番同知。

按照区域划分，理番同知分南、北两路。北路理番同知管辖淡水厅、彰化县和诸罗县的诸"番社"，土阔社广，人口众多。"凡有民番交涉事件，悉归该同知管理。"理番同知是一个行政与司法一体的行政机构。

从《清实录》中的一段文字记载，我们不难看出朝廷选调理番同知这一职位人选时的审慎态度。

乾隆五十五年二月二十九日，奉朱批：

> 议得闽浙总督觉罗伍拉纳等奏称，台湾府鹿仔港理番同知黄嘉训丁忧。查台湾府鹿仔港理番同知系要缺，所遗员缺，例应在外拣选调补。臣等与藩、臬两司在内地同知内详加拣选，非本任要缺，即人地未宜，实无堪以调补之员。惟查有漳州府石码通判朱慧昌，人明白，办事强干，以之升署台湾府理番同知，实于海疆要地有裨。仍俟试署期满，另请实授。

北路理番同知为台湾知府的副手，邓传安出任此职，成为一名副府级干部，系提拔重用了。衙门设在彰化县城。农历十一月二十八，还有近一个月就是农历年了，但邓传安接到圣旨后，还是急匆匆带着妻子和两个儿子，一同渡海赴台。

邓传安行程之所以安排得这么紧急有两个原因：

一是时局要求。任命书里说："因台湾械斗骤起，时局动荡，恐日久生变，望速到任。"台湾发生了械斗事件，而且，局势非常严重。所以，邓传安必须尽快到任。

二是受季风影响。长期以来，赴台湾官员都有一个习惯，那就是，若无特殊情况，大多是趁刮北风的时候去台，刮南风的时候返回大陆。这个习惯，连朝廷在安排人事交接时也时常予以考虑。下面这段文字，就记录得十分清楚：

雍正七年，议准，台湾道府同知、通判、知县到任二年，令该督抚于闽省内地拣选贤能之员，乘北风之时，令其到台，与旧员协办。半年之后，令旧员乘夏月南风之便，回至内地补用。政绩优著者准加级，称职者准加一级，以示鼓励。

眼下正是北风渐起的时候，是渡台的最好时机。于是，邓传安一接到任命，便立即起程。

这里有必要交代一下台湾械斗的由来。

台湾械斗由来已久。其最早发生的是康熙六十年（1721）的朱一贵事件。那时，原本是闽粤移民合力抗清，后来闽籍的朱一贵与粤籍的杜君英反目。杜君英率手下数万粤人离去，从此双方互相争斗，久而久之，竟忘了主要敌人是谁。等到清廷派遣福建南澳总兵蓝廷珍率军来剿时，一些原本参加抗清的村庄却竖起了大清旗帜，并主动协助清军平服朱一贵。从此，闽粤嫌隙加深。

据《彰化县志》记载，乾隆四十八年（1783）年关时，有祖籍分别是漳州和泉州的两个年轻人在彰化县城外的一个赌场因赌博而发生口角，继而发生殴斗，渐渐演变成集体械斗。在以后的二十多年里，双方共约两百个村庄遭到攻击。

台湾械斗原因归纳起来有以下几种：一是乾隆后期大量移民，先来后到的人在开垦土地、灌溉用水、建屋盖庙等方面发生冲突；二是同乡移民聚居地相近，遇与外乡移民利益冲突，容易聚众私斗；三是不同宗教分支或不同拜盟的信仰意识冲突；四是清廷及官员任期短，敷衍塞责。而且官衙控制力薄弱，无法禁绝遏止。

对于官衙废弛的现象，朝廷也是知道的。乾隆帝于乾隆四十八年指出：台湾"向例该处总兵、道、府俱系三年更换，即调回内地，该员等因瓜期不远，未免心存玩忽，以致诸务废弛"。

当然，官衙漠视械斗还有另一个原因：两方争斗，甚至分化，造成两败俱伤，以削减反清力量。

台湾械斗大约可分为漳泉械斗、闽粤械斗、县里械斗、异姓械斗、同姓宗族械斗、顶下郊拼、职业团体械斗等等，形式五花八门。

从乾隆十六年（1751）至乾隆四十二年（1777）的二十六年间，台湾发生大的械斗就有四次，而且规模一次比一次大，损失一次比一次惨重。

械斗带来的影响是巨大的。

首先是财产生命损失。之所以称"械斗"，就是指这类冲突动用的武器通常是致人于死的刀械。一场中大型械斗下来，伤亡可以说是难以避免的。而不论是财产还是生命的损失，对于当时社会都造成了无法估计的戕害。

其次是族群迁徙。械斗发生后，胜利者常常霸占落败一方的房屋，并改建庙宇信仰。为了平息纷争或避祸，人口数量较少的落败一方通常迁徙到位置较不好的偏远村庄，或渐次与胜利者同化。

械斗，也导致官方威信尽失。因为在械斗过程中，官方做得最多的只是控制规模与预防民变，致使民众不再相信法制。也正因为如此，社会守法观念始终无法提升。

"清朝统治二百年间，台湾械斗不断发生，时为内乱之因果，妨碍官方秩序，阻碍施政之进行者不少。此弊俗起自康熙末年，延至同治初年，二百年间，为祸全岛。"

到了嘉庆末年及道光初年，台湾械斗更加严重。这些人往往由开始持刀寻衅，后来逐渐演变成反对朝廷，从而引起朝廷的高度重视，不断地派兵，派得力官员赴台围剿。例如：

嘉庆二十五年（1820），海寇卢天赐进犯沪尾，游击李天华率兵回击，卢天赐受伤致死。

道光元年（1821）四月，海寇林乌兴犯沪尾，逐之。

道光二年，噶玛兰樟脑业者林泳春率众反清，达四月之久。

邓传安到任前，他的前任——鹿仔港理番同知黄嘉训丁忧回了原籍。也就在这个时候，台湾发生了械斗事件。从《清道光实录》"圣谕"这条记录里，当时械斗的严重程度可见一斑。

道光元年，谕内阁：印登额奏一折

> 台湾沪尾营水师守备陈得扬，督率弁兵巡缉洋面。当把总刘高山遇贼打仗时脱帮先回，致孤船无应，伤毙弁兵，失去炮位。又不能穷追弋获，实属畏葸无能。且恐有借词，捏饰情事。陈得扬著即革职，交该总兵会同台湾道提集外委林应昌等确审定拟具奏。署艋舺营游击陈鹏飞，捕务废弛，已难辞咎。于兵船失事，迟至半月有余，始行详报，尤属延玩。陈鹏飞着先行摘去顶带，交部严加议处。勒限两月，责令查明盗船踪迹、迅速捡（擒）捕。

此次由械斗引起的兵变，导致把总刘高山和众多兵丁、水手死亡。把总，为清代绿营兵军官，秩正七品，位次于千总，手下有战兵四五百人。发生这样的重大事件，朝廷怎么会不着急呢！

于是，急忙调邓传安前去救急。

2

邓传安心里十分清楚，要解决械斗和各种民番问题，首先得了解台湾历史。而要了解台湾历史，则首先要了解台湾当地的高山族人民真实的生活状态。

邓传安在他的考察日记《台湾番社纪略》中写道："台湾四面皆海，

而大山亘其南北，山以西民番杂居，山以东有番无民。番所聚处曰社，于东西之间分疆画界。"界内番，有的居住在平地，有的居住在近山，不过这些都称作熟番。而界外之番，有的已经归化，有的尚未归化，但不管归化与否，皆称生番。

邓传安觉得，弄清这些情况十分必要，对处理矛盾冲突有重要作用。

道光二年六月至七月，台湾持续下着大雨，有时是风雨交加。一天，发源于阿里山脉、流经台南的曾文溪突然决堤，台江流域遂成平陆。即使在这种恶劣的气候条件下，邓传安也没有停止考察的脚步。在东至彰化界外之水沙连各社，北至淡水之艋舺八里坌、鸡笼山，南至凤山之埤头的广大地区，到处都留下了邓传安的足迹。

邓传安此次进山察访，受到居住内山的高山族人民的欢迎，这让他始料未及。刚进山时，他还是在百余名社丁、四十余名屯丁及田头社、水里社土目"张弓矢，执戈扬盾"的保护下，对水沙连二十四个社开展实地考察，想起来真是可笑。他深深感到"非亲往不能察实况"。

邓传安在《台湾番社纪略》写道："每社有通事、土目约束其众，废置皆由同知"，且与"熟番一样'输饷'（向官府交纳的人丁税）"。很显然，这些生番与熟番没什么两样。他们只是"不剃发，不衣冠"（即不愿接受满族的发式与服饰），但这又有什么关系呢？

考察中，邓传安发现，经过朝廷和地方官员多年的努力，庄社已经出现"今益繁盛，民杂闽粤"的景象。它表明，经过福建、广东两省之移民与高山族民共同开发，已呈现"繁盛"景象，民族关系开始趋于和睦。

邓传安在《台湾番社纪略》中还记述道："今其女官宝珠盛饰，如中华（大陆）贵家，治事有法，或奉长官文书，遵行唯谨。闻其先本逃难汉人，踞地为长，能以汉法变番俗，子孙并凛祖训，不杀人、不抗官，然则虽在界外，又何殊内地乎？"

在这里，邓传安了解到，高山族不仅衣着穿戴发生变化，而且已和汉族数代通婚，族内的生活习惯深受汉族文化的影响，甚至与祖国大陆没有多大区别。

一天，邓传安在考察了社仔、田头、水里、猫兰、审辘等庄社后，在埔里社召集眉里、致雾、安里万、沙里兴四社土目首领开会，了解情况。

有人向他反映，以前，水沙连鸡胸岭以外之地，因汉民占垦，生番奈何不了，只好迁往内山。现在汉民不来了，埔里社本地人却主动招来不少山外的"熟番"进山开垦。

针对这一情况，邓传安作为专门处理北路高山族事务的官员，不偏不倚地指出："此次越入之熟番，实缘生番招来，异乎当日汉民之强占者，不必驱逐熟番。"

邓传安对汉人中占垦者不迁就，严惩不贷。因为，他知道，清政府的分界禁垦政策，并不仅仅是防范起义，也是出于对高山族利益的保护。阻止少数汉民无理占垦内山高山族的土地，使高山族得到生存和发展，民族关系得以融洽和睦。

邓传安决定，不驱赶内山由生番招来的熟番，熟番垦殖虽"不能如汉人之尽地力"，但是熟番曾长期受到汉族文化的影响，必然会把较为先进的生产方式带入内山传播，对生番的民族融合起催化剂作用。

邓传安希望"土番内外和合，汉番杂居无猜"。

对于邓传安深入里社调查之事，台湾史籍上是这样记载的："道光三年九月，北路理番同知邓传安率领绿营兵入埔里社视察，抚循而还。"

3

理番同知之职不掌管军队，他的衙署里面只有皂隶十二名，快手八名，门子二名，轿伞扇夫七名。

采取什么措施去平息械斗，这非常考验他的能力。经过初调查与分析，邓传安决定在联防和规约上做文章。

第一，训练民团，协助绿营兵剿匪。他挑选了十名精明强悍而又熟悉当地情况的皂隶，到里社组建、训练民团，为水师提督许松年的绿营兵引路，并协助进山围剿匪首林泳春。

林泳春大多在台北山区活动。那里林密箐深，人烟稀少。不少游民入山砍斫，政府鞭长莫及，任由采伐。只是对山里的樟树砍伐进行限制，例由官资采办。因为樟树多为官方用于造船的军工材料。

林泳春长年砍伐樟树熬樟脑，利润丰厚，因此，不与官方合作，私自开采。并且纠集游民，在密林深处安营扎寨，霸踞山场。他熟悉纵横交错的山间小路，以此与官兵周旋。他们大多没家室，"围捕则潜踪远遁，宽恩则妄肆凶横"。自嘉庆二十年（1815）以后，就四处横行，抗官夺犯。

道光二年三月，林泳春派手下林黑等人将厅差吴合掳捉入山，百般凌虐。六月，又约同江文魁等八九十人持藤牌、执枪刀，大闹衙署，气焰十分嚣张。

不仅如此，林泳春还阻绝村民上山砍柴，在山路两旁，暗设地弓，以防官兵侦探。各庄民众困苦不堪。也有少数村民被迫参与其中。

据清道光柯培元撰《噶玛志略》载，道光三年（1823）七月，水师提督许松年派人送信给林泳春，"许以投首不罪"。而林泳春则以"宪示勒石，免办军工"为条件，否则不自首。许松年随令整办军需，会同升守胡祖福、升倅吕志恒，率绿营兵进山围剿。

在邓传安派出的皂隶民团的带领下，绿营兵将经过一个多月的搜山围剿，于七月十七日将林泳春擒获。许松年当即下令，将林泳春斩首示众。此时，总兵观喜亦在彰化予以策应，捕得李和等山匪四名，解归审结。从此，林泳春案才算告结。

第二，联防联控，责任到人。为避免械斗，邓传安在社里大力推行"总理董事"制。他要求所属各社里交界处，"着选有家产，有才干，有声望的人担任'总理'，管理各庄事务。各庄也选一位'董事'，管理一村事务"。"总理""董事"均由厅县主官亲笔画押再盖官戳生效。这样一来，如遇有两方有嫌隙挑衅，立即出面处理。"倘已成讼端，即为酌情度势，分断平允，彼此输服。如已成分类，即迅速会营弹押。"

邓传安依法加大对参与械斗的人员处罚力度。早在乾隆三十四年（1769）闽粤发生械斗后，朝廷就发布诏令："闽粤两省人民，侨寓海外，彼此构衅，亦不可不加以整理。务确访该处为首互斗之一二人，遣往他处安插，不得令其仍留故地，再生事端。"并在乾隆五十三年（1788）对械斗案做出从严定拟，案中"起意纠约及杀人之犯，照光棍例拟斩立决，伤人者从重问拟发遣"。

依据这些诏令，邓传安运筹帷幄，严格执行。由此，法制也深得民心。

第三，制定规约，防止游民流窜。邓传安发现，大量游民的存在，是械斗形成的重要因素之一。闽粤移民中，游民占有很大的比重，且多为内地游手无赖及重罪逋逃之人。资料显示："通计内地渡台之匪民，一年不下数百人；台地漏网之匪民，一年不下数百人；习染之匪民，一年又不下数百人。十年之内，匪民盈万，聚蚊成雷，势不能容。"

这些游民为了自身的利益，常卷入分类械斗之中。一方面，制造事端，煽动械斗。每当闽粤发生械斗时，匪人乘此挑拨造谣，鼓动全台。在闽人那里就说"粤人至矣"，在粤人处说"闽人至矣"。"匪人乘此焚其庐舍，抢其家资。"另一方面，游民附和或受雇参与械斗。这些受雇之人"至散时勒价不遂，肆行焚烧南北两处；又有自焚而诬赖他人者"。

为约束游民的不法行为，邓传安实行清庄之法，要求地方如有面生可疑、无亲族相依者，该庄头人立即禀报地方官，讯明籍贯，另造闲民册，由总理、董事、族长严加约束，勿使闲游。而对于参与、挑起械斗并在械斗中抢夺的游民匪徒，依法从严处罚。

道光三年（1823），邓传安还制定了九条规约、三项特殊措施，以防止海寇流窜作案。九条规约包括严查户籍，禁止外来游民栖息，严办私藏枪械武器与火药军品等。三项特殊措施，即制定"连甲法"。即每村甲首，率众轮值守望。一有盗警，附近各村可以同往掩捕，宵小自无从潜匿。把好港口进出关。对进出关人员严加查验，对嫌疑案犯不许放行。加大巡查力度。派舟师在洋上巡缉至晋江、惠安、同安各县渔船。

命令沿海各县往来台湾各港口商船、渔船，在船头、船尾及两面风篷都要用大字印上县名、船号及渔户姓名，以便容易识别。

不少村庄也制定了相应规约。经过反复宣传、严格执行，番人很钦服邓传安的威德。

邓传安的这些做法对后来台湾执政者影响很大，他们纷纷效仿。如道光十六年（1836），淡水同知娄云颁布《庄规四则》《禁约八条》，以此作为乡庄民约，目的就是要严查户籍，禁止游民栖息，严办私藏枪械武器与火药军品，借以杜绝生事乱源。新竹县新港还将有关禁约刻在石碑上，如《劝中垄漳泉同睦碑》。

邓传安对台湾民间械斗"标本兼治、恩威并重"的做法，得到了朝廷的认可和重视。道光四年（1824）一月十一日，邓传安以北路理番同知身份代理台湾知府。

为了平息台湾械斗，道光皇帝采纳并推广了邓传安的做法，并将它写入法律条文公之于众。《台湾通史》载：

> 道光五年七月，皇帝诏曰：台湾向系漳、泉、粤三籍人民分庄居住。上年匪徒许尚等纠众滋事，即有游民从中煽诱。兹据赵慎畛等奏请清庄之法。着照所请。嗣后台湾地方，如有面生可疑、无亲属相依者，该庄头人立即禀报地方官，审明籍贯，照例逐令过水刺字，递回原籍安插，毋许复令偷渡。其投充水夫者，亦令夫头查明，果系诚实安分，具结准充；如来历不明及好勇斗狠之徒，俱报明本管官，一律逐回原籍。并饬漳泉府厅县，如遇递解游民到境，即责乡者等严行管束。

道光六年（1826），台湾械斗又兴起一波浪潮。四月，彰化县有一个东螺堡宣庄，这里有个名叫李通的粤人，偷了闽人黄文润家一头猪，被发现后打了起来。由此，成为械斗的导火索。闽粤两族族群开始斗杀，两族村庄到处火光冲天。这时，一些匪徒乘机散布谣言，唯恐天下不乱。数日之间蔓延数十庄社。在这次事件中，惨遭祸害的百姓不可胜数。与此同时，漳粤嘉义械斗、宜兰械斗，淡水闽粤又发械斗此起彼伏。

就在这一年，道光皇帝就"台湾匪徒四处焚抢，檄调镇将带兵围捕"一事，谕军机大臣孙尔准：

> 台湾嘉义彰化地方有匪徒纠众焚抢。据奏，系贼匪李通与粤民黄文润，挟嫌纠斗起衅。何以数日之间，即蔓延两邑地方？纠夥甚众，竟敢抗拒官兵。是否即系李通黄文润为首，抑另有著名首恶，乘机啸聚，以致附和之众日益增多。必当就地歼除，迅速扑灭，庶不致滋蔓难图。

十月，总督孙尔准赴台，一方面督兵平乱，一方面调查失职官员。

由于没有很好地制止械斗，台湾知府陈俊千被撤职。陈俊千，字萸坪，安徽定远人。他是这年二月，从建宁知府任上接替方传穟任台湾知府的。上任不久，情况还没摸熟，就发生了械斗事件。一些同僚也都感到害怕，都在迟疑观望。陈俊千没想到，在台半年多的时间，就被连降三级，调离台湾。

陈俊千走后，邓传安奉旨再次代理台湾知府。关于邓传安的这个经历，《彰化县志》是这样记载的："邓传安，因台湾北路械斗事件，以鹿仔港同知代理台湾府知府。"

邓传安指挥若定，派绿营兵迅速出击，捉拿首犯。经过一个多月的围剿，黄斗乃、邹阿壬、林阿成、黄阿钱、傅阿相、黄武二等主犯相继落网。邓传安派人对他们进行突击审讯。情节严重者依法处斩。

从此，彰化等地械斗平息，祸害消除，百姓得以安宁。邓传安因而得到朝廷倚重。

就在邓传安平息械斗的第二个月，即道光六年十二月，道光皇帝在太和殿召见他，时间长达两个小时。道光帝给了他极高的评价，称他

"娴练吏治，熟悉地方情形"，并说有"如此好官，海外无忧"。

邓传安返台后，朝廷正在酝酿台湾知府的人选。

道光八年（1828）三月六日，闽浙总督孙尔准到台湾，亲自把圣旨送到邓传安手里。六十八岁的邓传安，被正式任命为台湾知府。他是自康熙二十二年（1683）始设台湾府后的第五十三任知府。

孙尔准转谕邓传安："台湾难治，情形非内地可比。全在地方文武立心公正，执法严明，办理神速。不以事大而存顾虑之私。不以事小而萌姑息之念。"

这是邓传安第三次入住府署"鸿指园"。前两次均为代理知府，第一次代理了四个月，第二次代理时间半年。这次是朝廷正式任命，他感到肩上担子更重了。

台湾府治在东安坊（今台南市）。衙署系明郑时期旧宅。此时的台湾，依然是清康熙二十三年（1684）设置的一府三县，即台湾府、台湾县、凤山县、诸罗县。至清嘉庆十六年（1811），全台民户（未含高山族）十四万余户，两百余万人。

4

道光二年十一月，邓传安东渡台湾，任鹿仔港海防同知。

其时的鹿仔港，可谓是台南重镇，经济十分发达。史籍载："鹿仔港，烟火万家，舟车辐辏，为北路一大市镇。西望重洋，风帆争飞，万幅在目，波澜壮阔，接天无际，真巨观也。"

邓传安深知教育在人才培养、经济发展、维护稳定中的重要作用。他上任还不满月，就把学子们聚集起来，进行摸底考核。没想到，一下子来了数百人，把原本就狭小的衙署挤了个水泄不通。

邓传安想，这样下去不行，既影响正常公务，学子们也不得安宁。他派门子去镇上到处寻找，可找了半天也没找到一个合适的地方。

邓传安纳闷：鹿仔港这样一个偌大的商贸重镇，竟然找不到一处可以供学子们学习的场所。后来，还是鹿仔港镇镇长出面，腾出一家族祠后，学子们才算有了个暂时落脚的地方。

由于生员学业水平参差不齐，书院只得分班开课。每月集中学习两次，每次两到三天，费用全由衙署开支。看到这些从各地背着干粮到这里求学的学子，邓传安心中产生了一种强烈的责任感和使命感。他召集镇长及乡绅们开会商议，打算创建一个书院。

书院是中国古代对士子施行教育的重要场所。早在唐代，书院便已开始在大陆出现，宋代进入鼎盛时期，至清代持续发展。而台湾，到了清代，书院才开始出现。

由于地域关系，台湾书院的发展与福建学人的努力是分不开的。一些具有科举功名的福建士绅积极介入台湾的书院教育、教学工作。尤其是在台湾的闽籍官员的大力推动下，台湾书院教育才渐渐发展起来。例如：

福建省福州人薛士中，是著名理学家张伯行的弟子。清雍正、乾隆年间，他曾两次出任台湾府学的教授，后在海东书院讲学达六年之久。他亲自制定院规，严格管理，促进了海东书院的发展。

福建省南安人杨芳，举人出身，乾隆年间主讲台湾海东书院。他一改以往"视课期为具文"的现象，严立学规，对听讲者谆谆诲之不倦，对学生作业认真批阅，一时"士咸自励，文风大振"。

福建省龙溪人石福祚，于嘉庆五年（1800）以优异的成绩通过了乡试，成为举人，后因数次考进士未成功而绝意功名，前往澎湖主讲台湾文石书院。教学之余笔耕不止，著有《湖心亭新裁》《稻香村杂著》等。

不过，邓传安想，现在全台二百多万人口，却仅有大小不一的书院三十二所，这远远不能满足士子求学的需要。特别是像鹿仔港这样的繁华市镇，竟然一所也没有。于是，他撰文号召社会捐输，并自己首先捐银五百两，在鹿仔港新兴街外左畔与文武庙毗连的地方选择了一块空地，动工兴建书院。鹿仔港众绅纷纷响应。书院于道光四年（1824）开工建设。其间，邓传安两次离开鹿港，去府城代理知府。因此，经过四年建设，到道光八年（1828），文开书院才建成使用。

给这个新书院取名为"文开书院"，这有邓传安的一番考量。

"文开"是中国南明时期的一位官吏、文人沈光文的字。

沈光文，字文开，号斯庵，出生于浙江鄞县，南明弘光元年（1645），沈光文参加浙东的抗清活动，被授予太常博士。后又被封工部郎中、参赞军务等职。1648 年，鲁王北上，沈光文扈从不及，向南去了金门。当时，清朝闽督李率泰闻其大名，派遣使者带聘书和财物来劝降，沈光文不就。1651 年 11 月，沈携带家眷，自金门出海，欲入泉州。可是，船在海中过围头洋时突遇飓风，漂泊到台湾南部，于是就在那里住了下来。

当时台湾为荷兰殖民者占据，岛上推行的是荷文教育。沈光文隐姓埋名，躬耕生活，并尝试以汉文教授子弟，传播中华文化。他不辞辛劳，长年累月勘探地理，考察了台湾的山川、矿藏、港口和道路，以及民俗、风土人情，为后来创作台湾第一部地理志《台湾舆图考》积累了大量资料。

南明永历十五年（1661），郑成功收复台湾，得知沈光文在台湾，十分高兴，以很高的礼节接待了他。

清政府统一台湾后，"游宦寓贤，簪缨毕集"，迁台文人纷纷组织各种诗社。此时年逾古稀的沈光文出面成立台湾第一个诗社——福台闲咏。"福台"是指福建省台湾府之意。后来连清代首任诸罗知县季麒光等人也加入进来，乃更名为"东吟社"。

沈光文寓台三十年，写下大量感时怀身和记述当地风土民情的诗词与散文。那些散文为研究十七世纪以前台湾风土民情提供了大量第一手资料，他是从事台湾文献的第一人。他的诗文成为台湾第一批书面的文学作品，在文学史上具有特殊的意义。他的著述也非常多，有《台湾舆图考》《草木杂记》《台湾赋》《流寓考》《文开诗文集》等。

康熙二十七年（1688），沈光文病逝于台南善化里。作为台湾文化拓荒者，他的功绩永远值得台湾人民纪念。

邓传安创建书院的目的，就是为效法沈光文勤勉治学的精神。此后，台湾许多书院都将沈光文与朱熹并祀，尊奉沈光文为"台湾孔子"。现在台南县还留下了不少以"文开""光文"命名的路、桥、街亭及诗社。

台湾著名爱国诗人和史学家连横对沈光文评价很高："台湾三百年间，以文学鸣海上者，代不数睹。郑氏之时，太仆寺卿沈光文始以诗鸣。一时避乱之士，眷怀故国，凭吊河山，抒写唱酬，语多激楚，君子伤焉！"

文开书院建筑规模宏大。"基甚宽，轮奂具美。辨堂斋舍廓乎？有容，规制深坚，信可经久。"据说规模胜于当时台湾府治的崇文书院。

文开书院的建设结构十分考究：坐坤向艮，兼甲寅，周围六十丈有奇。前列三门，门竖石坊。由门再进为讲堂，高一丈九尺六寸，深三丈五尺。由讲堂而进，联以甬道，复以卷栅。左右夹以两室，是为后堂，为山长居住的地方。左右两旁有学舍十四间，为诸生徒学习的场所。另外，书院前有客厅，后有斋厨。整个建筑规模宏敞，朴实浑坚。台湾学者经考证认为，这个书院的建筑风格与大陆书院的建筑风格极为相似，是由大陆移植而来的。

故此，有学者评价说："这座单檐歇山式的建筑，不但外门砖工精细，而且后厅墙面向内缩入，使之几乎成为前厅的附属轩，这种样式在台湾是独一无二的。"

文开书院位于鹿港镇街尾里青云路二号。右边是文祠，供奉文昌帝君；再右边是武庙，供奉关圣帝。

现在的文开书院是1984年重建的，是一处崭新、亮丽的建筑，已经没有了以前建筑的那份典雅。

头厅前列三门，中门上挂着一块"文开书院"门牌。中门前竖两根石坊。琉璃瓦，顶上立着两对龙凤瓦雕。

后面一幢是祭祀厅。祭祀厅正面上方挂着"万世师表"，下面是"大成文圣先师神位"牌。

在"万世师表"下方还挂着一块牌子，写着"文兴道开"四个大字。这是文开书院荣获台湾省绩优书院受到表扬时的纪念，是 2011 年由"行政院政务委员""台湾省主席"林政则题写的。

好一个"文兴道开"。我想，这四个字是对"文开书院"这一名称最好的阐释，也是对邓传安赴台后倾心创建书院这一举措最好的概括。

神龛上摆着十一个神牌。中间是"宋徽国文公朱子神位"。两旁以沈光文、徐孚远、卢若腾、王忠孝、沈佺期、辜朝荐、郭贞一、蓝鼎元等八位先贤陪祀。朱子为大儒，是宋代以来儒学的正宗。寓贤八人则为中华文化传播台湾的先驱，是台湾文教的拓荒者。

在祭祀大厅，仿佛有一种暗示，它吸引着我的眼球不断地从摆放齐整的牌位中来回搜寻，突然，有一块牌位闯入我的眼帘。上面赫然写着："清台湾鹿港分府邓公传安神位"。

我也很自豪，在异乡以这种方式与这位同乡相逢！

我也替邓传安感到欣慰，鹿港人没有忘记他这位鹿港文化教育的奠基者！

文开书院建成后，每年举行十二次月课，即官课、师课各六次。官课定为每月的十日举行，邓传安若无特殊公务，都会准时参加授课；师课为每月的二十五日举行。应试者为本地的士子、生员，大约一百人，童生约三百人。从生员成绩优异者中选拔超等四人，每人赏给三圆，特等八名，每人赏给一圆五十钱。童生成绩优等者为上，取六人，每人赏给二圆五十钱，中等取十二人，每人赏给一圆。院长、董事的任命，财务收支，等等，仍受官方监督。

文开书院设置院长一名，斋长一名，院丁二名。院长的薪俸为二百四十圆，董事无俸，斋长一百圆，院丁八十圆。斋长或董事由生员充当，院长由举人以上身份的人担任。

"邓传安身为台湾的地方官，在繁忙的公务中时时不忘兴教化，捐资创办了文开书院，显示其对教育的重视，他的这一举动在台湾教育史上具有开创性的意义。"

书院的建成，使得鹿港文风大盛，先后出过六名进士、九名举人及百余名秀才。文开书院百余年来人才辈出，如进士蔡德芳，举人庄士勋、吕乔南等都出自该书院。

书院向海内外搜购经书共计两万多部，三十余万册，供士子研读。文开书院聘请名师执教，设奖学金，振兴文风，是继"台南首学"（台南孔庙）之后，全台最早的学府，堪为鹿港文化摇篮。

邓传安所撰《新建鹿仔港文开书院记》中称："闽中大儒以朱子为最，故书院无不崇奉，海外亦然。"

由于朱熹出生在福建，生活、受学、讲学也在福建，故朱子学也称闽学。渡台为官者在台湾大力宣导理学，促进台湾文化教育和社会文明的进程，可谓功不可没。邓传安就是其中的杰出代表。

邓传安在台通过书院办学，大力倡导理学，有两个重要因素：

一是他有在闽北为官的经历。

闽北是宋朝著名的理学家、思想家朱熹出生的地方。朱熹祖籍江南东路徽州府婺源县（今江西省婺源县），出生于南剑州尤溪（今属福建省尤溪县）。宋代，朱熹在闽北招贤纳士，传授儒学经义，先后创办了武夷精舍、考亭书院、云谷书院、寒泉精舍和同文书院等，培养了一批又一批的儒学门人。受业于朱熹门下的学生数以千计。朱熹是儒学集大成者，闽学派的代表人物，世尊称为朱子。

邓传安自嘉庆十年（1805）开始在福建罗源任知县，后历任武平、闽县知县，直至道光二年入台，所以对理学文化了然于心。邓传安在闽北奉公和生活的阅历，为后来渡台传播理学奠定了基础。

另一个重要因素是，邓传安从小受到理学文化的熏陶。

朱宏，字元礼，南宋浮梁县勒功乡沧溪村人。他年少时就聪明颖悟，读书求理解大义，念诗文以理为主旨。青年时放弃科举考试，刻苦学习圣贤之书，并四处求师访友，问道解惑。步入中年后，朱宏隐居故里，一边教授村童，一边著书立说。日记数千言，洞彻子史，出入百家，精研义理。著有《礼编》《四书图考》《六经礼仪》《有信论异》《惠绥集》《回澜集》等多部著作。朱宏教学非常重视言传身教，身体力行，对自己要求很严，即使平日在家也要冠带齐整，对于儒学之外的学术则视为异端，严格防范，尤其是对佛学的一些观点进行驳斥。四方学士，敬其品学，纷纷登门求学，从而使朱宏贤名远扬。

朱熹曾知南康军（治所在今江西星子县）、提点江西刑狱、江东转运副使等职。在江西任职期间，朱熹常访原籍婺源，并四处讲学访友。婺源与浮梁山水相连，习俗相近。因此，朱宏与朱熹两人常在一起切磋研讨。朱宏非常推崇朱熹这位同龄人。在文学观点上，他与朱熹相近，倡导文道一贯之说，强调文道统一，认为道是文的根本，文是道的枝叶，二者不能分开，反对"文以贯道"；在哲学上，认为在超现实、超社会之上存在一种标准，它是人们一切行为的标准，即"天理"。只有去发现（格物穷理）和遵循天理，才是真、善、美。而破坏这种真、善、美的是"人欲"。因此，他提出"存天理，灭人欲"。这也是朱熹客观唯心主义思想的核心。朱宏与朱熹两人志向相投，交往甚密，常常聚首一处，切磋琢磨，统一认识。所以《浮梁县志》称他是朱熹的"畏友"，即在道义上、德行上、学问上互相规劝砥砺，令朱熹敬重的朋友。朱熹称赞朱宏"高识笃行，鲜与伦比"，并为其书房题名为"克己堂"。由此，学者称朱宏为"克己先生"。

邓传安十分赞赏朱宏著书立说不拘泥于前贤之说的做法，朱宏总是用审视的眼光去读前人的著作，遇有不合自己观点之处，总是结合自己的实践体会写入书中。即使像我国北宋著名的政治家、史学家司马光，宋代理学家程颢、程颐等人的著作，朱宏也是如此。

邓传安从小在父亲身边，耳濡目染。特别是父亲"敷政悉，本儒术"，勤俭治学，修身养性的作为对他影响十分深远。

邓传安在文开书院中不仅崇祀朱子，还祀有理学名流人物"寓台八贤"，以彰显他们在忠义、道德、人格方面的作用。而这八贤都来自大陆，与当时官方倡导及民间流行的崇拜对象有所不同。这种树立新的社会崇拜对象的做法对于新开发的台湾具有多方面的深远意义。

邓传安除了新建文开书院外，还对其他书院进行了维修改造。崇文书院，在府城东安坊，康熙四十三年（1704），知府卫台揆建，属府之义学。它是靠官款、地方公款或地租设立的蒙学。义学招生对象多为贫寒子弟，免费上学。虽经乾隆、嘉庆年间府署多次维修与扩建，但到了嘉庆末期，已是破旧不堪。道光八年（1828），邓传安就任台湾知府后，对崇文书院予以重建。重建后的崇文书院比以前规模更加宏伟，设施更加齐全，为台湾贫困子弟入学提供了便利与保障。

邓传安不仅完成了王功港天后宫的修复，还修复了不少慈善工程与古迹。如府城的同善堂、彰化县城的忠烈祠、凤山县城南魁斗山明五妃墓及明宁靖王墓等等，充分地体现了他的人文关怀。同善堂的建立，对大陆赴台民众和台湾同胞共同开发和睦相处起到很好的促进作用。

5

鹿耳门，位于今台南市安平镇西北，是明清时期台湾岛西南岸重要港口。据清代许清保《大台南的港口》记载："形如鹿耳，分列两旁，中有港门，镇锁水口。"这大概是鹿耳门之名的由来吧！

鹿耳门，古为台湾岛西南沙洲群中较大的潮汐口，因受海潮冲蚀，遂成出入台湾的重要港道。港道迂回曲折，底部坚石堆积，暗礁盘结，大船不易通行，故有"天险"之称。

清顺治十八年（1661），郑成功为驱逐荷兰殖民者，率战船数百艘，水师二万五千人，从金门料罗湾出发，驶抵鹿耳门，趁满潮的时刻顺利进入鹿耳门航道，以一部兵力控制航道，主力渡过大湾于东岸登陆。后经八个多月战斗，击败荷军。

清代，鹿耳门是台湾府城的门户，有水师官兵把守，其位置十分重要。据郑道聪《明郑王朝在台南》记载，康熙五十六年（1717），修建炮台两座，驻水师三百人，并有战船五艘。雍正八年（1730）又将海防厅移驻鹿耳门，使该地有文、武二馆（海防厅、汛兵千总署）。

因为鹿耳门容易发生船难，"康熙五十八年，各官捐俸同建鹿耳门妈祖庙"（陈文达《台湾县志》）。乾隆四十九年（1784），鹿仔港开放与蚶江对渡，极大地带动鹿港繁荣。

蚶江位于今福建省石狮市东北沿海，为清代闽浙总督驻地。蚶江至鹿仔港开通对渡航线以后，海峡两岸航行时间仅需一昼夜，泉州等附近各县的对台贸易，都经蚶江出入。当年，"行郊"（商会组织）有一百多个，运输船有三百多艘。从蚶江运往鹿仔港的货物，以陶瓷、家具、药材、茶叶、布匹、烟叶为主。返程的货物多为大米和木材，有时也运水果、鲍鱼、江贝、白糖等等。

道光三年（1823）七月，台湾台风、暴雨不停，湾里溪（今曾文溪）在暴雨后改道，洪水由鹿耳门出海，鹿耳门港道淤积，内海沙骤变为陆地，鹿耳门也就成为废港。

为此，道光四年（1824）三月，署任台湾知府的邓传安会同总兵观喜、署道方传穟一道，上书朝廷，建议在鹿耳门修建炮台一座。奏议由邓传安起草，共分三个部分：

第一部分介绍了鹿耳门重要的地理位置。其中写道："台湾孤悬海外，屏障四省，郡城根本重地，设险预防尤为紧要。""鹿耳门一口，百余年来号称天险者……为入郡咽喉。"关于鹿耳门的险要，奏议说："其中港门深仅丈余，非插标乘潮不可出入，此险在外者也。……口内出水沙线二道，横亘南北，为其内户。……水深浪涌，舟不能近，无由登陆，此险之在内者也。"

鹿耳门虽然险要，但如果不设防，照样可以为敌人轻易所破。文中举例说："伪郑重兵，皆守安平，恃鹿耳门之险，不为设防。王师平台，乘潮一入，郑氏面缚输诚。朱逆之乱，郡城已陷，贼亦恃此门不为设备；大兵再入，朱逆授首。"

第二部分着重阐述重筑炮台的重要性。奏议称，清代朝廷对鹿耳门的防御是比较重视的。朝廷曾定下编制："鹿耳门口以水师中右两营游击轮巡防守。"嘉庆十年（1805），镇道曾上议奏，请求添置善字号梭船三十只，专守鹿耳门，可谓周密。可是，第二年，蔡姓逆贼还是进了鹿耳门，直逼郡城，这是什么原因呢？这就是说，仅靠天险是无济于事的，何况河道会变迁，地形会发生变化。因此，奏议说："非于鹿耳门对岸埔上，建筑炮台，守以偏师（指在主力军侧翼协助作战的部队），几无屏幛矣。"鉴于此，康熙年间，鹿耳门才筑有炮台。但后来不知什么时候全部消失了，而且一直没有再建。因此，在此重筑炮台十分必要。

第三部分指出前人"不能在浮沙上筑炮台"的错误观点。奏议称，从府志、县志上看，自乾隆年间至今，安平、蚊港、大港、三笨港、海丰港、三林港、打鼓港等均设有炮台，"而鹿耳门重地，独无炮台之设，仅中营有炮架八座，右营有炮架七座，为守鹿耳门之用而已"。

邓传安分析认为，前人定制不应疏忽，而是有其缘由，"盖以鹿耳门口水势浩漫，说者皆谓南北二线海上浮沙，易于陷没，不能建设炮台，亦无处可设营汛"。所以，嘉庆十年（1805），有人向朝廷上奏议后，也只是添造了些船只而已。浮沙成为不能筑造炮台的障碍。奏议称，在那所建的天后宫已百余年，其左右用来稽查商船出入的文、武二馆之建筑，至今也未见沦陷，难道以它来查验商船则可，以之防御外患就不行吗？

最后，邓传安建议，在鹿耳门南线天后宫附近建筑炮台，并筑厚实的围墙围起来，使巡防鹿耳门的士兵有所依靠，实现"以堡卫兵，以兵卫炮台"，让鹿耳门成为坚强的堡垒。

但遗憾的是，朝廷终以"道光元年甫有鹿耳门不能建筑炮台之奏"为由，没有采纳邓传安他们的建议。

笔者查阅了《清实录》，果然找到了那份谕旨。现转录如下：

道光四年。辛丑。谕内阁：赵慎畛等奏，台湾鹿耳门等处，请毋庸添建炮台一摺。台湾鹿耳门等处，从前因海洋未靖，经该省议请添建炮台，并建复卡堆、雉堞、望楼等项。原系因时制宜。兹据该督等查明，鹿耳、淡水两口，并无地基堪以建筑炮台。其鹿耳门口两旁沙汕，海潮冲涨靡定，亦难建筑。且该处前已添造守港快船，由台湾水师历年派定中左右三营知字号船十只。每船各配兵五十名。俱驾赴鹿耳门、常川在港巡防。其鹿港北岸地基早已冲成港道，亦无余地可以建复。现由该厅捐雇巡船。在彼常川哨探。俱各周备。

鹿耳门炮台没能建成，对台湾的设防来说，不能不说是一个遗憾。

6

邓传安既是一位清代名宦，又是一位颇负才情的文人。在几十年的宦海生涯中，他养成了擅于思考，勤于动笔的习惯，一生留下了大量的诗文，其中《蠡测汇钞》是他的代表作。

《蠡测汇钞》是邓传安在台期间写成的一本散文集，是他根据自己在台近十年的所见所闻，并认真参阅、比较了台湾志书、家谱及其他文献资料的异同得失后，写成的各类文章的汇编。

书名冠以"蠡测"。蠡，贝壳做的瓢。以蠡测海，比喻见识浅薄。

自云："非敢谓蠡测可以知海，亦欲来者知区区滥觞，尚非无本之学云尔。"滥觞，本谓江河发源之处水极浅小，仅能浮起酒杯。后比喻事物的起源、发端。语出《孔子家语·三恕》。这是作者的一种自谦之辞。说的是虽然自己见识浅薄，但所写的这些却都是有来由与出处的。

《蠡测汇钞》多为记叙性散文。作者以此来描写台湾的人、事、物，记载台湾的风俗民情，将自己所见所闻，透过此类作品进行记录与传达。作者一方面达到抒发情感的目的，另一方面也完成资料的留存工作。

《蠡测汇钞》也有少数为实用性散文、公文与日常实用文，如疏、议、序等。全书计十八篇，从内容上看，有记"番事"者，如《台湾番社纪略》《水沙连纪程》《番俗近古说》等篇；有考"史事"者，如《海外寓贤考》《明鲁王渡台辨》《文开书院从祀议示鹿仔港绅士》等篇；其他均为题跋与碑记。

道光十年（1830）初伏，邓传安在台湾府署之鸿指园完成了《蠡测汇钞》这部书的编纂工作。

鸿指园是台湾府署里知府下榻的地方。

道光时期的台湾府署使用的仍是明郑时的承天府府署，地址在东安坊也就是现在的台南市区。该城始建于雍正元年（1723），最初是座木栅城，后来城墙改由三合土筑成，一城共有十四座城门。

府署是一处坐北朝南的建筑，康熙、雍正、乾隆间，进行过多次扩建。特别是府署的官厅和后面的四合亭、鸿指园也修葺一新。

邓传安对"鸿指园"这个名字非常喜爱。

"鸿指园"，相传为乾隆二十八年（1763），知府蒋允焄所建。"鸿指"典出宋代苏轼《和子由渑池怀旧》诗：

人生到处知何似，应似飞鸿踏雪泥。
泥上偶然留指爪，鸿飞那复计东西。
老僧已死成新塔，坏壁无由见旧题。
往日崎岖还记否，路长人困蹇驴嘶。

意思是大雁在融化着雪水的泥土上，踏过留下的爪印。比喻往事遗留的痕迹。

蒋知府自书园名于门额之上，又将苏轼的诗勒石立在园中，寄情明志。石碑旁边有一株古梅，相传是郑成功亲自种植。

四合亭侧有老榕三株，根干蟠结，架空成一座长数丈、宽二尺梁桥，人们称之为"仙梁"或"榕梁"，人可以在上面行走。

所有这些，都十分切合邓传安的心迹。邓传安在繁忙的政务之余，或者是在撰写文章的闲暇，就常到园子里来放松一下自己的心情。

康熙二十二年（1683），清朝政府进军台湾，郑成功之孙郑克塽率众归顺。从此，台湾置于清朝政府管辖之下，实现了祖国统一。第二年，也就是康熙二十三年（1684）改承天府为台湾府，标志着台湾府正式成立。

首任知府蒋毓英上任伊始，就开始组织人员编纂《台湾府志》。经过五年的艰辛努力，康熙二十八年（1689），一部十卷本的《台湾府志》问世。此后，台湾历任知府十分重视府志编修工作。至乾隆二十九年（1764），八十年间，共修了五部《台湾府志》，平均每十六年左右便新出一部。

然而，乾隆二十九年后，至嘉庆二十五年（1821）的五十七年间，没有编过一部府志。因此，成书于道光十年（1830）的《蠡测汇钞》，成了我们了解清嘉庆至道光前期这六十多年间台湾社会发展概况的重要文献。

《蠡测汇钞》共收录了邓传安撰写的十八篇文章（内含两篇附文），它的史学价值表现在以下四个方面：

一是反映了台湾高山族社会发展的情况。作为专门负责处理高山族事务的行政长官"理番同知"，邓传安一到任就进行了深入高山族人民聚居地考察了解。《蠡测汇钞》中，就记录了他的考察研究过程与成果，其中有《台湾番社纪略》《水沙连纪程》《番俗近古说》等多篇有关这方面的文章。在此之前，范本《台湾府志》对高山族的资料记载也有不少，但是，如果将两者进行对比，我们了解到，乾隆以后至邓传安在任期间的道光初年，台湾高山族社会生活发生了诸多变化。这种变化，大致有以下两个方面：

首先是台湾番社与清政府的关系进一步巩固，熟番、归化生番增多。例如彰化县，乾隆时熟番共二十六社，道光初年熟番增至三十三社。因为彰化、淡水熟番社增多，故而新设噶玛兰厅。凤山归化生番一百八十九社，比八十多年前的乾隆二年（1737）九十六社增加了将近一倍，意味高山族与清朝地方政府已建立起牢固而密切的联系。

其次是高山族居住生活及生产力水平发生变化。自明末清初郑成功收复台湾后，台湾的农业开发主要是由沿海平原区渐次向内山推进的，西南开发先于北部。噶玛兰厅是台湾开发最晚的地区，故此，《蠡测汇钞》说它原是"人迹罕到之处"，"今又于艋舺、三貂之东南，增噶玛兰厅"，"设官吏如淡水厅"。

从《蠡测汇钞》提供的资料分析可知，淡水厅已全部是熟番社，噶玛兰像淡水一样管理，汉族先进的生产方式必然对哈仔南（县）归化或未归化的番社产生积极影响。

卑南觅社位于今台东县一带，地处海岛东南，东临大海，道光初驻有官员，置番社首领，"民番互市"。早在康熙（1662—1722）末年，蓝鼎元（鹿洲）到此镇压朱一贵等人的起义，见高山族缺少衣冠文物，曾"赏以帽靴补服衣袍等件"。

一百多年后，邓传安来到这里，发现"今其女官宝珠盛饰，如中华贵家，治事有法，或奉长官文书，遵行唯谨。闻其先本逃难汉人，踞地为长，能以汉法变番俗，子孙并凛祖训，不杀人、不抗官，然则虽在界外，又何殊内地乎？"。看来高山族不仅衣着穿戴发生变化，而且已和汉族数代通婚，族内的生活习惯深受汉族文化的影响，甚至与祖国大陆没有多大区别。

道光初，"今益繁盛，民杂闽粤，番甫归化，有司具得通文告"。表明经福建广东移民与高山族共同开发，呈现"繁盛"景象，民族关系和睦。

二是反映了高山族人民开发发展过程。雍正七年（1279），清政府宣布封山命令，在高山族与汉族交界地区，设立界石，不准汉民进入高山族居住区开垦。《蠡测汇钞》载："越界私垦有禁焉。"这就证明，这种禁令一直到道光初期依然存在。

当初，清政府禁垦，也许是为防止汉民以高山族居住区作为根据地，举起"反清复明"的旗帜，故不准汉民进入内山；也许是从维护高山族人民的利益出发，不许汉人与熟番占垦高山族的土地。

嘉庆二十年（1815），淡水司马吴朴庵奉檄曾逐赶越界占垦人员。时隔七年，道光三年（1823），邓传安来这里考察时发现，又有熟番进入水沙连一带垦殖。因此，在邓传安看来，这种政策时过境迁，应该进行改革。他在《蠡测汇钞》里说："气运将开，非人力所能遏抑者。分界禁垦，前人权宜于一时，究竟旧日疆界，无不逾越，所当变而通之。"

在这里，我们不难看出，道光之前，越界开垦虽有历禁，但旧日疆界早已发生很大的变化，即开垦区明显扩大了，所以邓传安说应该考虑新措施。

邓传安的新措施是，不驱赶由生番招来的熟番，允许他们继续在内山垦殖。熟番垦殖虽然"不能如汉人之尽地力"，但是他们曾长期受到汉族文化的影响，必然会把较为先进的生产方式带入内山传播，对生番的民族融合起催化剂作用。

三是反映了台湾市政建设发展变化情况。《新建淡水厅城碑记》说："自南而北，若台（湾府）、若凤（山）、若嘉（义）、若彰（化），或先或后，并仡崇墉（城墙）。"即道光初年，台湾府及三县"或先或后"才完成城墙修建工程，虽不知新城城廓大小，但不应小于旧城周长，从"崇墉"一词估计，规模一定比较宏伟。

作者在《自叙》中也说："迨郡治由假而真，又尝南至凤山之埤头。"凤山在台湾府城之南，"郡治由假而真"，就是说台湾府城由长期以来的临时性围墙，终于建成了真正的城墙，此时府城才成为名副其实的府城。

淡水厅城市建设与府城有相同的背景。淡水厅长期以来也是临时建筑，"厥初环植刺竹为卫，故以竹堑名城，后又增炮台于四门楼上。生聚日久，周遭皆居民，四门如故，竹堑已有名无实"。显然旧淡水城也不适应城市发展，城建必须提上日程。所以，从道光六年至九年（1826—1829），花了三年时间来建淡水城，经费"官捐者十之一，余皆取于士庶捐助"，共耗银十万余两。民间提供的白银占八万两以上，成为经费的主要来源，城市建设得到居民的拥护和支持。

按碑记所说，"淡（水）城周四里，计八百四十丈，即传所谓记丈数略基址也。基底掘深数尺，用石填实，然后层累而筑，下既厚，宅更安矣。计城高一丈八尺，基宽一丈六尺，顶宽一丈二尺，即传所谓揣高卑、度厚薄也。四里之城，约分十二段，每段各派绅士督工。其自下而上，分为三层，石条与细石相间。砌至五尺，乃用长石一道为眉，内外如一，中用三合土，碎石层层坚筑，至第三层乃砖石相间。城面铺砖，粘以石灰，不留罅隙。城垛共九百七十四座，炮台之建如前。其纵横曲直之布置，皆集群策而成"。同时，城外修环城壕沟，砌水涵走潦水，其上架有桥梁，并修理平整城内外各条道路。

从新建淡水城的周长看，其城廓已与乾隆十二年（1747）前后凤山、诸罗、彰化县城相当，比旧淡水厅城的周长几乎增加了一倍，城墙及配套体系的建筑质量与水平很高，成为海岛西北部名副其实的重镇。

修建淡水城，为解决"海外砖石皆松脆"的问题，城墙内外表面采取砌石来加固，而"石条采自内山，石柱运自内地"。这种筑城方法，估计吸收了台、凤、彰、诸等城市建筑"崇墉"的经验，石柱运自内地，意味祖国大陆为支援台湾城市建设曾有一定的贡献。

四是反映了台湾书院建设情况。邓传安执政时期，兴建、整修和扩建了一批文化教育设施。道光二年，邓传安任鹿仔港同知，当时有许多青年背着干粮来鹿仔港求学，所以他把兴办教育当作一件重要事情。"以海外学未盛，课之尤勤，士无远近，咸裹粮而至。越二年，乃谋所以育之。"决定创办文开书院。

据范本《台湾府志》记载，鹿仔港隶彰化县，"在县治西十五里，港口有水栅，可容六七十人，冬日捕取乌鱼，商船在此载芝麻粟豆"。又说："鹿仔港街，在鹿仔港水陆码头，谷米聚处。"可见，乾隆时鹿仔港码头不大，因离县城不远，故街道也不大，附近有渔民捕鱼为业，码头毗邻的小街，聚散谷米。来往船只"运载芝麻粟豆"，是本港进出口的主要货物。

道光初，由于在距县城仅十五里的码头设同知级别的行政管理机构，鹿仔港发展已具相当规模，港口繁华，经济地位提升，人口大幅增长，年轻人有了求学读书的风气。创办文开书院理所当然。

在邓传安撰写《蠡测汇钞》里的《新建鹿仔港文开书院记》等文章中，将文开书院选址、兴建与竣工时间、规模、书院命名及崇祀等介绍得十分详细。

海东书院，位于台湾府之西，建于康熙五十九年（1720），初为每年进行科举考试用的考棚。乾隆五年（1740），台湾御史兼督学杨二酉改建为书院，与崇文书院并称两大书院。《重修海东书院碑记》说"台郡被声教百余年，人文不让内地，诸生挟四书五经以专心举业"，称赞海东书院对台湾教育事业起过重要作用。但书院年久失修，原建筑规模已不能适应教育的发展。道光七年（1827），邓传安对书院进行修葺，"阅两月而落成，讲堂斋舍焕然一新，拓于旧者三之一焉"。就是说，原有讲堂斋社不仅进行了整修粉饰，而且书院规模比原来扩大了三分之一，又增添了新设施新建筑。

《重修螺青书院碑记》说："方今天下入仕，以读书得科第为正途，乡会试糊名易书衡文者以暗中摸索，以示至公。即使因文见道，仅能考其道艺，无由知其德行，此所以名实不相应而竞乞灵于冥漠也。"碑文要求螺青人物不仅要有道艺，而且应该有德行，做名实相应的人，不能仅靠脑袋乞求于考场。对当时唯以科举为正途的封建教育来说，这种道艺与德行并重的教育思想是有一定的积极意义的。

邓传安的《蠡测汇钞》距今已有一百六十余年了。作者在《自叙》中曾说："搜筐得若干首，汇为一编"，使"亦欲来者，知区区滥觞"。

邓氏在台湾做官近十年，颇有实绩。他著作中有关道光初期台湾政治经济、人民生活简况及某些城建工程的记述，可填补台湾未再编修府志出现的空白，其中提及某些碑刻也因中日甲午战争后台湾被日军占领而多已不存。所以，邓氏著作，对我们今天了解道光早期的台湾府情，具有较高的史学价值。

《蠡测汇钞》彰显了邓传安的方志情结。邓传安是一个饱学之士，年轻时就跟随父亲邓梦琴身边，在四川洵阳、陕西宝鸡等地，都曾协助父亲编过县志，如《洵阳县志》《宝鸡县志》等。可以说，他对地方志情有独钟。后来，他在福建任职，每到一处，也总是对志书爱不释手。他爱看志书，也喜欢撰写文章。诸如"议""传""疏""序"。他的文章也常常被编修志书的人奉为宝物。

入台后，为了尽快熟悉台湾社会、经济、民俗等情况，邓传安遍读台湾史志书籍。他不仅查阅了台湾二十多部府志、县志，还查阅了许多私人纂修志书。如清代初期季麒光的《台湾郡志稿》、林谦光的《台湾纪略》、王喜的《台湾志稿》，雍正年间尹士俍所著的《台湾志略》，嘉庆年间李元春删辑的《台湾志略》等。甚至连一些不以府志为名，而有关一府之事或有涉于方志内容的书稿也借来阅读。如：雍正年间黄叔璥所著的《台海使槎录》、乾隆年间朱景英所著的《海东札记》、道光年间姚莹所著的《东槎纪略》。

台湾修志是从清代开始的。清政府收复台湾后，始建台湾府，隶属福建省分巡台厦兵备道，下设三个县，志书的编纂也渐次扩展。台湾地方志工作起步虽晚，但发展较快。据统计，至光绪元年（1875），台湾共修府志六种、县志七种、厅志九种。其中，最早的两部官修志书是康熙二十三年（1684）王喜撰的《台湾志稿》和季麒光撰的《台湾郡志稿》。最后的一部是乾隆二十五年至二十九年（1760—1764），余文仪纂修、黄佾参辑的《续修台湾府志》。

邓传安发现，这最后的一部府志，也有五十八年失修了。按照雍正皇帝的诏谕，省府州县志书六十年一修之例，《台湾府志》也到了续修的时间了。

道光七年（1827），在代理台湾知府期间，邓传安便有了重修《台湾府志》的计划。道光八年（1828），他被正式任命为台湾知府后，便令澎湖通判蒋镛主持，邀集地方士人商量府志编修之事。道光九年（1829）成立了志局。邓传安十分清楚，资料的收集、整理，是编史修志工作的重要环节。而资料正误、真伪是决定方志质量的重要条件。

在此期间，邓传安身体力行，经常深入村野考察、调查，广泛收集资料，回府以后整理出来，撰写成文。在撰写文章的时候，他总是按照方志体例来要求自己。

他说："台湾延袤千里，皆览其山川形势、稽其民风土俗。闲有所得，辄笔于书。公余之暇，手披卷轴，既因见见闻闻，以参考志乘及文集杂记之异同得失。又念圣朝声教被远，虽荒陬士子皆知励学，为导以先河后海。"（先祭河神，后祭海神。比喻治学要弄清源流。）

在一篇题为《彰化县界外狮头社潭中涌现小山记》之末，载有"会余将有修'志'之役，爰记此，以俟载笔"语。由此可知，道光中邓传安有续修"府志"之议，但未见其成。

《蠡测汇钞》对台湾山川地理、社会经济特点、少数民族分布及习俗多有描述。对一些古志上没有记载，人们又不大熟悉的事件，他都加以考证。如"海外寓贤考"。他的目的十分明确："以备修志考证焉。"

《蠡测汇钞》也有少数为实用性散文、公文与日常实用文，如疏、议、序等。这些都为志书编修的记叙台湾府县政务提供线索。

邓传安对地方志虽是一往情深，但终因任期已满，志书未能修成，这不能不说是一件憾事。但是，与台海十年的稳定相比，这点遗憾又能算得了什么呢？

50. 改革悲歌

这注定是一首悲歌。因为，杜重远所推行的"瓷业改革"，撞的不是南墙，而是三座大山。

1

1934 年 7 月，庐山花径。虽是盛夏亭午时分，骄阳喷焰，却透不进半点日光来。

甬道上，两个西装革履的男子一边漫步，一边聊天。

"欲改革瓷业，必先明了瓷业落伍之原因，欲知瓷业落伍的原因，不能不调查中国第一瓷区景德镇。老弟，这可是真知灼见啊！连熊主席都被你征服了。"说话的是左边那个戴着眼镜、穿着蓝色休闲服、身体有些发福的中年男子，他叫张公权，是中国银行的总经理。

"张总过奖了，我哪里有什么真知灼见，不过是有感而发吧。"走在右边的那位身材高挑的年轻人谦逊地说道。他叫杜重远，是位来自东北的陶瓷实业家。

张公权说："昨天在会上你也看到了，江西省政府的意见也是不统一的。他们大多数建议在九江设立大规模的机制陶业工厂，但也有人认为将景德镇瓷业加以全面的改进更有利一些。熊省长是倾向第一种意见的。我非常赞同你的观点，我和子文兄（宋子文辞去财政部部长职后，以全国经济委员会常委身份主持整顿全国财经工作）推荐你这个陶瓷专家来，目的就是希望振兴一下江西的瓷业。本来打算陪你一起去景德镇看看，无奈我这次来江西的时间太长，家里有许多事等着回去办理，就不能与你同去了。不过你放心，陪你去的人员我会安排好的。你这次去，倘能找到救济景德镇方策，我会尽心尽力支持你。"

杜重远看了看这位比自己大九岁的银行家，真诚地说了声："谢谢！"

"九一八"事变后，山河破碎，也碎了他实业救国的梦想，八年的奋斗付诸东流。残酷的现实，让这个学有专长的实业家清醒地认识到，面对帝国主义的侵略，光有一腔悲愤无济于事。因此，杜重远答应了熊式辉的请求，前来江西改革瓷业，既为促进江西地方经济发展，更为重燃自己"实业救国"的希望之火。

昌景公路上，细雨蒙蒙。道路两边，山水环抱，竹木繁生，风景幽雅。两部美式"普八"，一前一后朝景德镇方向急驰。和杜重远一起坐在后一辆车里的分别是南昌中行经理蔡慎斋和景德镇名士孙警中。

在经过乐平地界的一道山坳时，道路被几根杂木拦住了，车子不得不停下来。正当前面一辆车上的几个人下车准备抬走木头时，三四个手持木棍的蒙面人突然围了过来。孙警中对后座的杜重远说：“这几个小毛贼想劫我们的道了，两位不要下车，我出去看看。”

孙警中下得车来，几步就蹿到了前面那辆车子后面，不由分说，左手一把抓住一个毛贼的衣领，右拳猛然砸去。行伍出身的孙警中，拳头带着风，呼呼作响，一拳比一拳狠，对方很快瘫了下来，其他几个见状，知道遇到硬茬了，便灰溜溜窜进了山林。

车里的人看电影似的，直夸孙警中好身手。

晚六时许，车子进入景德镇市区。杜重远推开车窗，望见黑烟绮绕，高入云霄。他脸上露出愉悦的笑容。这种笑，犹如游子回到了故乡，又像是一个虔诚的佛教徒走进了布达拉宫。

车子驶入位于中山路的中国银行门口。早有景德镇中行经理周筱芳率众迎接。握手寒暄之后，一行人便朝着不远处的“公和第一厘”走去，商会要在这瓷都一流的餐厅宴请杜重远一行。

按理说，这么姣好的环境，又有这么多瓷都商界大腕作陪，杜重远应该有宾至如家的感觉。但接下来的交谈，却让他大跌眼镜。

杜重远问会长：“景德镇每年出产多少瓷器？”

会长猝不及防，于是支吾了一下说：“大约……具体的我也说不上。”

杜重远转过头去问一理事：“全镇有多少工人？瓷器销到哪里最多？”

理事的脸一下红了，连忙挠了一下光秃的脑袋道：“这个……”

杜重远气不打一处来地说：“你们商会里都干些什么呢，连这些基本的信息都没有？”

坐在杜重远两旁的蔡慎斋、周达人等人面面相觑，满桌的人个个目瞪口呆。

正在这个时候，忽然，楼下哭哭嚷嚷跑上来一位衣衫褴褛的少女，一进包厢就跪在杜重远的身边，大声叫着：“大老爷，你可要救救我呀！”

杜重远问：“你是谁？为何这般模样？快起来说话！”

少女用手指着坐在杜重远对面的副会长李富贵说：“你问他……”

李富贵的脸一下子就红成了猪肝色，支吾起来：“……哦，……对，她是我的侄女，今天早上内人打了她几下，没想到她竟然跑到这里撒野来了。还不快回去！"李富贵瞪了一眼闻讯而来的店老板。店老板心领神会，不顾女子的苦苦哀求，三下两下把她拖了出去。

杜重远苦笑了一下，摇了摇头。

两天的行程里，杜重远参观考察了十多家瓷厂。从原料到产品，从制作到销售，他看得认真，问得仔细，有时还下到车间，这里摸摸，那里敲敲。

夜深了，喧嚣了一天的瓷城安静了下来，可中行招待所里305房间，灯仍旧亮着。杜重远还在整理着考察的记录。

交通：道路崎岖，车匪路霸横行。

工厂：烟囱虽有百余座，但出烟却不过十之一二；水洗制瓷原料，辘轳做坯，三人一组；水碓粉碎瓷石，晒瓷坯，画瓷、装窑、出窑、包装，全部人工操作。

街道：污秽，脏乱，并有五多，鸦片馆多，私娼楼多，臭虫多，死老鼠多，茅厕多。

百姓：民多菜色，孩童黑瘦。他们围观自己身边这一群肥头大耳、体壮腰肥的行者，惊如异人。

第二天上午，杜重远的下榻处。他拿着一沓厚厚的《景德镇瓷业调查记》手稿，与饶华阶、张浩两位景德镇陶瓷专家交谈。虽然，在两天的行程中，他们介绍了不少的情况，但是，他还是想听听对这份调查稿的意见。

张浩说："在景德镇瓷业生产的旺季，为了提高瓷器的价格，窑户集体停止烧制瓷器，以维护自身利益。许多坯户因为没有窑炉，只能接受这一行规。窑工也只能待在家里无活可干。'窑禁'只是景德镇陋习的冰山一角。还有，打包有专业，印花有专厂，卖柴有专行，种种把持像一把把锁链，禁锢着人们的行动。再加上交通不便，战火连年，到年终常常是忠厚老实的人悬梁自尽，狡黠者流为土匪。"

杜重远突然想起了那天中午吃饭时发生的一幕，就问："那个女孩到底是怎么回事？"

饶华阶说："说来话长。那女孩原是个画瓷器的女工。现在，景德镇瓷业分工种类很细，有彩花、粉彩、刷花、贴花等。女工大多是十多岁的女孩子，没有读过书。镇上像这样的'画红'女至少有千人以上。李富贵是广东人，人称'小老李'，是'太白园'瓷行的主人，常蓄着一二十个女子。这些贱买来的贫家幼女，成年后高价卖给富人为妾，公开职业是画瓷。这些女孩在转售前，稍有姿色的，都要和他的主人发生性关系。一旦被老板娘发现，醋海生波，又会被打得皮开肉绽。"

"还有，景德镇那些窑老板的儿子简直和古书上说的'衙内'一样，到处寻花问柳，作恶多端，天天游荡在烟花馆、里弄小街。因此，景德镇有句俗话叫作'窑户无三代'。那些窑老板一生聚敛的钱财，一旦儿子染上了狂嫖滥赌吸大烟的恶习，用不了几年就会化为乌有。"

听了两个人的叙述，杜重远深深叹了一口气说："景德镇真是老了。"他感觉，景德镇那些陈规陋习就像一张大网，严严实实地笼罩在瓷城的上空。他在《景德镇瓷业调查记》中，提出了自己的主张："景德镇系我国第一产瓷名区，亦世界瓷业之发源地，其景况之隆替，非特繁乎民生之枯荣，抑且关于文化之兴衰，国人对此当甚关心。"他建议："在九江设立一个新式的瓷厂，专事仿造舶来品以资抵制；在景德镇设立一个陶业管理局，改良手工业，冀恢昔日的繁荣。"

"振兴瓷业，实业救国。"这个四年前被毁灭的梦想，能否在这个千疮百孔的瓷都实现呢？

2

晚上，杜重远躺在瓷城最高档旅馆的床上，看这篇四千余言的手稿，他热血沸腾，仿佛回到了十九年前。

1915 年 5 月 9 日，刚在奉天两级师范附属中学毕业的杜重远，在广播里听到了袁世凯接受丧权辱国的"二十一条"的消息后，整天陷在抑郁忧闷的境域中，三四天吃不下，睡不着。恨没有百万雄兵，扫荡三岛以泄胸中积愤。一批又一批的爱国志士高呼"抵制日货"的口号，奔走呼号，很快，杜重远也加入队伍中。

渐渐地，杜重远便感觉到，一时的义愤无以济事，还须继以切实的救国行动才行。此时，他便萌发出"实业救国"的梦想。但实业的范围很广，个人的能力有限，必须要选择一种为我国所需要而又为自己所能尽力的才行。他便开始时常留心考虑。

一天，他偶然在一本窑业杂志中看到了一段文字，内容是关于日本人在大连满铁总社的经营模式，他深有感触。那段文字的大意是，大连满铁总社，内设一中央试验所，每年以数十万的巨款，购置极完备的设备，延聘国内（指日本）专门人才，研究试验满蒙各种农产、矿产以及森林畜牧渔业等等，例如大豆、高粱之如何改良，马牛羊豕之如何变种，无不加以切实的研究和精密的试验。一旦专家研究试验有了结果之后，立即募集资本，设厂生产。研发与生产结合得如此紧密令人叹为观止。

资料还介绍大华窑业会社成立经过。他们先由专家研究、试验某地黏土、长石、交通、年产量及费用，然后计划工厂的配置，窑房的建筑，预备妥当，最后募集资本，把整个的计划次第贯穿起来。杜重远对这种商家运作，政府引导的做法十分震惊。反观我国政府及民众，散漫、糊糊涂涂过日子，宝藏被他国掠夺，内心难以平静。还有，日本人将在其国内生产的瓷器运到我国，还博得"价廉物美"的好评，现在又进而在我国境内设厂制造，加上他们政府的帮助，技术又精巧，机器又良好，设备又完全，我国怎能与之对抗竞争呢？

此时，杜重远便有了创办瓷厂，振兴国瓷的志愿。"天下无难事，只怕有心人"，他想，日本人技术精湛，计划周密，固然不是我们所能一蹴而就的。但是，我国工价低廉，交易方便，也未必没有胜过日本人之处。

但办厂须先学习窑业知识。家境清寒，成为摆在眼前的一道难关。

他不气馁，在等待时机。

机遇来了。1916 年，辽宁省要选送学生到日本去学习实业。杜重远觉得这是千载难逢的机会，怎肯轻易放过？在经过多次考试后，他获选了。于是，他同几十个学友一道踏上了日本的国土。

到日本后，他惊奇地发现，竟然找不出一块撂荒之地，没有一条不能行船的河道，更找不到一个不学无术的人。至于工商业的发达、城市建设规划更是难以言表。他觉得，日本侵略中国固然可恨，但是他们的创造和努力的精神，我们未尝不可效法。

1923 年春，他从日本东京工业学校毕业回国。七年的学习，让他信心满满。他草拟了一张计划书，打算在办瓷厂之前，先办个砖瓦厂。他觉得，办砖瓦厂资本可大可小，并且能在较短时间内收效，坚定投资者的信心。同时，也可以锤炼自己的意志。在得到同学阚宇清六千元投资后，他便在沈阳北门外买了六十亩地，建起五间草屋，掘了一口井，筑了一口砖瓦窑。

一年后，共筹集到资金二十万元，兴建一座德式哈夫曼大轮窑，从而扩大了产量。辽宁一省的大型建筑所用的新式砖瓦，日本人因而不能独占了。砖瓦虽为小道，但能替国家争回权利，他倍感欣慰。

八年后，他所创建的肇新窑业公司，成为沈阳市近代具有代表性的民族企业之一，成为中国第一个机器制陶厂。八年的努力付出，杜重远始终把个人的命运与国家利益紧紧地绑在一起，从而成就了他个人人生与国家的辉煌。

然而，"九一八"事变后，东北失陷，他的心血付之东流，他的梦想成了泡影。

他成了风雨中飘摇的一叶小舟，四处漂泊。

3

景德镇，五月的莲花塘，荷花绽放，杨柳依依，生机一派。

莲花塘畔的一幢小洋楼上，"江西陶业管理局"的牌子十分耀眼。

出任局长后，杜重远心里十分明白，省政府领导的重视和财力保障固然重要，但更重要的是要找到景德镇落后的原因，对症下药。他听懂了座谈会上诸多靡靡之音："哼，要攻下景德镇这座封建堡垒，谈何容易。"

他举起一个茶杯盖对大家说："印度甘地总理的麻布可以救国，难道我们的陶瓷就不能救国吗？为了振兴国瓷，景德镇就是一堵南墙，我也要撞出一个洞来！"

瓷业改革，关键在人才。杜重远发现，在国外大学教育的规模不断扩大，教学内容和方法也不断更新，科系划分日益细致的当下，景德镇瓷业人才培养走的依然是那条传承千年的老套路：或是父子家族世袭，且艺只传子，不传女；或者行帮师徒，结对传教。周期极长，人数也少得可怜。清末以后，虽然也断断续续办过各种陶瓷职业学校，但朝令夕改，校无定所，学校办办停停，效果不佳。

于是，杜重远决定创办"陶业人员养成所"，并把它作为景德镇瓷业改革的第一桩大事。办学宗旨在他呈送给省府的文中写得明白："创办一个陶业人员养成所，将近代的思想和陶业的初步技术灌输于诸同学，毕业后共负改良景德镇瓷业的使命。"

1935年1月，他派人分别在上海和南昌张贴出"养成所"招生广告，然后亲自到上海考试现场监考与面试，先后招收到了来自全国各地的七十多名学生。从一开始，杜重远便把这些学生视作自己的战友、同志。这从杜重远上第一堂课时讲的话中就能看出："好好学习，大家一起来振兴中华，改良陶瓷工业。只有国强民富，才能把帝国主义赶出去。"

为了开阔学生视野，养成所的课程十分齐备：精神讲话、政治学、经济学、社会学、法制学、公司法、会计统计、陶瓷总论、陶瓷分论、筑窑、图画、绘色、瓷业生产调查、应用文等，还开办了英文、俄文、日文选修课。任课教师多数是陶业管理局里喝过洋墨水的干部。

由杜重远亲自主讲的"精神讲话"，讲题极为广泛，有陶瓷、社会、经济以及国内外形势概况、抗日救亡等等。他经常教导同学们："你们能否救国，要看你们怎样地吃苦，要看你们能否严受训练与恪守纪律。"他希望同学们爱我中华，刻苦学习，将来好为国家多出力。

养成所办起来了，管理局工作有了一个良好的开端。杜重远便开始实施第二件大事，向封建陋习发起挑战：取消窑禁。这也是他实现瓷业改革的第一步。

在他亲自撰写的《陶业管理局取消窑禁布告》中这样写道：

> 查景德镇瓷业，历史悠久，中外驰名。只以墨守成规，执一不变，分行立派，各自为谋，致千百年来光荣之历史与广大之销场竟为洋瓷所夺去，言之殊堪痛心。本局长洞悉积弊，力除恶习，以改良中国瓷业为职志。临任以来，细心研讨，觉陋规之大，莫大于窑禁。因一经窑禁，坯场积坯日多，无法工作；瓷商购货缺乏，只得坐守。内妨生产，外失信誉。加之窑身容积放大，倒、爽等弊定多，烧窑次数减少，所耗费用必巨。久之，坯户亏损，瓷商裹足，必至同归于尽而后已。自今以后，永远取消窑禁，不得面从背违，仍蹈以前积习，致于咎戾。仰即遵照，切切此布。局长杜重远　民国二十四年四月四日。

当然，杜重远也明白，景德镇瓷业上的陋规，不止于窑禁，几乎无行不兴，无帮不有。这些陋规，像一层层堤坝，把景德镇围成了一潭潭死水。因而，在取消窑禁以后，杜重远陆续发布告示，对于窑厂、匣厂、红店、瓷行、五行头等方面的其他不合理的陋规，也采取了严厉的限制和取缔措施。其中包括：取消窑工陋规，打破各种宾主制度，取缔白土行把持居奇，取消黄家洲包购脚货，取消限制板头，取消装坯限制。禁止瓷工有一人被辞退即全厂停工。此外，每逢五月半、七月半、年终，匣工均向坯户索取篮钱，端节、中元，装坯工必到匣户吃粽子、麻糍等定例，也经布告取消。

　　以上种种陋规的铲除，实是对形形色色的封建和垄断的打破，从而大大解放了生产力。那些窑户、工人、窑柴商人无不拍手称快。从此，杜重远的名字，在景德镇家喻户晓，人们把他赞为"大救星"。

　　有人欢喜有人愁。以前那些把持着景德镇瓷业命脉的"大佛""金刚"和"罗汉"们，则恨得咬牙切齿，恨不得把杜重远像捻手里的那支洋烟一样，捻得粉碎。

　　杜重远在颁布了一系列改革措施之后，他的内心深处感到了一丝担忧。他感觉到了来自四面八方的威压，他觉得自己像是在孤军奋战，而广大的产业工人如同看客。他觉得景德镇之所以沉沦至此，为政者之懈怠、为商者之贪婪是其主要因素，但更深层次的因素就是，窑工的愚昧、消沉。从大街小巷求神拜佛的香火味里、鞭炮声中，他悟出一个道理：光培养一批懂技术的陶瓷人才是不够的。他要开辟另一个战场，以夜校为阵地，以笔与口为武器，启迪民智，唤醒民众。

　　于是，杜重远决定，与瓷业改革相配合，陶业管理局分别在徽州会馆小学、何家洼小学、福建会馆小学和湖口会馆小学等地，办起了若干个工人训练所，着手对工人进行文化普及教育。目标是，"养成勇敢自信之工人，以期恢复民族精神，灌输瓷工日用常识，以期充实生活能力"。教他们识字、常识、唱歌等，教师全由陶业人员养成所的学员们担任。在1935年内，在训练所学习和结业的瓷业工人有一千六百九十五人。

　　为了使瓷业改革得到更多民众的理解和支持，陶业管理局还利用门口的空地，办起了露天讲演场。作为宣传战的组合拳，为了扩大露天讲演场的影响，陶业管理局还于1935年10月创办了一个刊物，名为《民众月刊》。辟有论著、专载、生活写实、一月记事等五个专栏，内容比露天讲演场的讲演更为丰富。作品的思想清新，文字活泼，可读性很强。《民众月刊》给景德镇带来了时代的信息，传播了现代的思想，撒下了知识的种子。

1935 年 6 月，杜重远在积极推进陶业管理局的各项事业的同时，又腾出手来筹建设在九江的"江西省光大瓷厂"。这个官商合办的股份有限公司，宗旨就是振兴和光大中国瓷业。

陶业管理局和光大瓷厂，是杜重远在江西的两个草创点。前者，是对景德镇的旧式陶瓷手工业加以管理和指导，使之恢复昔日的繁荣；后者，是创办新式瓷厂，用机器制瓷，用煤窑烧炼，用科学方法管理，以生产日用瓷为主，专事仿制舶来品，以与洋瓷相竞争。在他的心目中，陶业管理局和光大瓷厂，好比是一对孪生姐妹。同时，他在上海主办的《新生周刊》办得有声有色，闻名海内。

眼看光大瓷厂正待拔地而起，踌躇满志的杜重远，好像又看到实业救国的曙光了。为了这一天，杜重远以惊人的毅力工作着，每天最多睡四小时。他相信："要能找出一百个像卢作孚一样头脑清醒、踏实苦干的朋友来，中国就有办法。"

旗开得胜，三驾齐驱。此时此刻，他感到了一种到景德镇来快一年的时间里从未有过的满足感。

4

动荡的时局没有给杜重远的"瓷业改革"留下多少时间。

正当杜重远踌躇满志的时候，一件轰动国内外的"新生事件"给了他当头一棒。导火索是他主编的《新生周刊》上刊登了笔名"易水"写的一篇小品《闲话皇帝》。该文泛泛地议论中外的君主制度，其中有一段文字写到日本天皇："本是一位生物学家，如果他不做天皇，而专心研究生物，一定很有成就。"日本帝国主义却借这篇短文故意挑衅，掀起了一场轩然政治大波。先是上海的日方报纸就耸人听闻地用头版头条报道说："《新生周刊》侮辱天皇，妨碍邦交。"接着，唆使日本浪人闹事，向国民党上海当局蛮横地提出：禁止《新生周刊》发行，严惩编辑和作者，要市长向日方道歉，并保证此后不能发生类似事件。

弱国无外交。

国民党政府不分是非曲直，一一允诺，并训令上海市政府向日方谢罪，撤换了上海市公安局局长，封闭了《新生周刊》，并对杜重远提起公诉。迫于日方压力，上海法院决定逮捕杜重远。

奇特的是，审讯杜重远的明明是中国的法庭，日本领事馆特派监审代表和日籍记者却大摇大摆地入座。不顾杜重远怎样慷慨陈词，庭长却悍然宣布："杜重远犯有妨碍邦交罪，判处徒刑一年零两个月。不许上诉，立即执行！"

被关在上海漕河泾监狱的杜重远，最放心不下的依然是景德镇的陶瓷改革。他不知道，他不在景德镇，他制定的那些改革措施能不能进行下去，他办的养成所还能不能继续安心地办下去。

杜重远所担心的事情果然发生了，景德镇复旧势力开始反扑。

1935 年 9 月，江西五区专员公署由鄱阳迁入景德镇后，专员鄢景福更对"陶业管理局"侧目而视，认为妨碍了他的独裁统治，极欲除之而后快。他使出了两招，就让杜重远倾心打造出来的"陶业管理局"处于瘫痪状态：

第一招，除掉了杜重远推荐的、大力协助瓷业改革的浮梁县县长阎模阊，由自己取而代之，兼任县长。

第二招，就是借陶业管理局的大门在翻新时漆上了红色之机，攻击说："这是明显的挂红招牌。"他尤其把矛头指向养成所的青年学生，说杜重远"在上海招来的一批小家伙，其中一定有共产党！"。不仅如此，他还处处干涉陶业管理局的内部行政，借拓宽马路为由，拆掉了颇有影响的陶业管理局露天讲演场。他还怂恿保安队的士兵大闹了陶业管理局举办的宣传抗日救亡的工人文娱晚会。不仅如此，他时不时把局办的人叫去"训话"；要对学生"严加管束""不得胡作非为"，并把两个所谓的"左倾"分子驱除出镇。

陶瓷改革计划取消了，管理局名存实亡，三座大山依然高高地矗立在瓷城大地。

5

1936 年春，国民党当局慑于舆论的压力，将杜重远由牢禁改为软禁。1936 年 9 月 8 日，杜重远刑满出狱了。他完全可以按照江西省省长熊式辉的设计，重整旗鼓，继续为振兴江西瓷业出力。但是，此时的杜重远，在会晤了张学良、杨虎城两位将军后，在和共产党人的交往中，他已开始认识到，在国事日非、民族将亡的情况下，他的"实业救国"的欧文理想，是很难行得通了。要移掉三座大山，靠一己之力，无异于蚍蜉撼树。

于是他丢掉了幻想，坚决地站在共产党人一边了。决定与张学良和杨虎城两将军，共商联共抗日的大计。同时，利用所创的实业为抗日大计筹钱。

1937 年 6 月 23 日，杜重远振作起精神，再一次兴致勃勃地来到景德镇。应浮梁县陶瓷职业学校校长汪乃斌的邀请，在该校作了一次讲演。这次讲演，杜重远从思想意识方面分析了景德镇"一落千丈"的原因。他不再局限于逻辑推理，他已经学会运用马克思主义唯物论来观察和分析问题了。他指出："要复兴景德镇瓷业，第一要破除迷信。过去迷信鬼神与命运，坚持守旧，不敢越雷池一步，此实为瓷业前途发展之最大障碍。第二要自信，要富于创造性，要超越古人的精神。第三，要有恒心与毅力，以自强不息的精神，不断努力以研究……"他号召陶职全体师生："要想拯救国家，复兴民族，增强国家经济力量，首先就要从改良景德镇的瓷业着手。最大限度抵制外洋瓷器输入中国；同时还要设法将我国瓷器远征到欧美各国去。"

杜重远的演讲，博得了陶职师生经久不息的掌声。

杜重远知道，这将是他在景德镇作的最后一次演说，他觉得，多事之秋已经没有办法让他潜心研究陶瓷了，他心中有一团火在燃烧，他有许多重要的事情要做。从那以后，他时而到武汉，时而飞西北，不遗余力地宣传党的抗日民族统一战线，宣传八路军英勇抗日的辉煌战果。

1939 年 1 月，在故友、新疆主席盛世才的邀请下，在周恩来、叶剑英等共产党人的鼓励下，杜重远抱着"为祖国奠定最后抗战基地"的愿望，与自己的家属乘机来到新疆。他婉拒了教育厅厅长、民政厅厅长之职，要求任新疆学院院长之职。

由于杜重远努力办学，积极进行抗日宣传活动，在群众中的威望日高，引起了新疆国民政府主席盛世才的嫉妒。更重要的是盛世才的本质是反动军阀，从 1939 年下半年起，盛世才就以"汉奸""托派""亲苏联共"的罪名接二连三地给杜重远找碴儿，进行打击压制。1943 年 6 月，杜重远被毒死，时年仅四十五岁。杜重远没有死在日军的炮火里，却倒在了国民党反动派的屠刀之下。

杜重远为了抗日救国，献身新疆，壮志未酬，梦断天山。他虽没能实现"实业报国""改良瓷业"的愿望，但他所进行的景德镇窑业改革永远铭记在景德镇人民心中。

"记录历史，传承文化，服务后人。"历代方志人，视之如命。

在其位，谋其事，谓之责任。倘若不在其位而谋其事，并将此事作为毕生事业来完成，这除了用"使命"一词来诠释外，别无选择。

使命高于责任，使命是责任的升华。

51. 贡生的情怀

如果没有《昌江风土记》这篇短小精悍的美文，也许我们对浮梁这片古老土地上农耕时代的社会与经济只会停留在粗浅模糊的认识上。当然，假如不是因为《昌江风土记》，谁也记不起宋代浮梁县有过一位名叫汪肩吾的贡生。

按理说，汪肩吾这样一位出类拔萃的国子监学生，应该有一个大好前程。意外的是，此后他两赴省城试举都没有成功。在一考定终身的残酷环境里，年轻的他产生了自隐的念头。但毕竟他的才识和文笔有过人之处，一些州官县令为他铺了条"辟荫"的路子，给他安排了一份合适的工作，但生性好强的汪肩吾坚决不就。他沉下心来，一边教授村童，以此养家糊口，一边著书立说，以实现更加优秀的自我。让人不可思议的是，县志也好，野史也罢，笔者找遍浮梁史籍，除了一篇三百八十余字的散文《昌江风土记》附在了《浮梁县志·疆域》外，就再也没见到过他的其他任何文章。

不过，有这一篇也就够了。看到这篇词句华丽、内容丰富的文章，我一点也不怀疑他的文才和写作水平，恰如曹雪芹一样，虽只一部《红楼梦》，但丝毫不影响他作为中国文学史上泰斗的地位。

汪肩吾这篇文章的精妙、细腻，令我不得不原文录下来：

> 浮梁之俗洁而居，鲜而食，华而出。其山川林木望之郁郁疏秀，泉甘而土肥，亦美壤矣。人生其间，颖秀者为士，狡猾者为游手，富则为商，巧则为工。盖自县郭达于四境，山甚稠，田甚狭，以故食多不足。士与工商皆出四方以就利。其富家巨室不至于钜万，而贫者亦不至于馁死。虽游手之徒亦皆能自售，以其狡猾故也。其货之大者，摘叶为茗，伐楮为纸，坯土为器，自行就荆湘吴越间，为国家利。其余纺丝布帛负贩往来，盖其小者尔。其食谷麦豆，其肉牛羊鱼鳖，蔬菇果瓠，食之皆甘芳特异于他处。又有冬初，早菘最奇，其种不逾数里，过此则不能植也。其人之大者，自汉以来有吴王芮，与其将梅铂皆生于东北乡，今其故山营垒见其仿佛。至唐五代雄杰崛起，不可胜数，至今为故家者，皆其绪余。若东北里之郑、朱，界田之李，槐里之金，凤栖之汪，湾市之臧、程皆是也。噫！广谷大川异制，民生其间异俗。吾四郊之外，休宁、婺源，吾东南境也，祁门、番阳，吾西北境也。才数百里间，饮食言语皆已不同，况四海之大，九域之广，耳目之所不及接者，吾尚及记之。

"言简而意赅，文约而事丰。"《昌江风土记》如同一部袖珍县志，为我们揭开了浮梁这片沃土之上，一千多年前的神秘面纱。

细读这篇文章，我感知了古代浮梁丰富的物产资源和经济模式。"富则为商，巧则为工。""摘叶为茗，伐楮为纸，坯土为器。"面对山多、田少，粮食自给不足的困难，勤劳、聪颖的浮梁人，探索出一个既符合县情，又可持续发展的经济模式。他们一边耕种，一边制陶，过着半工半农的生活。他们走的是一条农工商一体化发展的道路，把产品卖到了"荆湘吴越"广大地区，足迹遍布大半个中国。正如元代丁鹤年诗里所描述的那样："浪游吴越任荆湘，来往那辞道路长。"读这篇文章，也让我理会了不少古代浮梁的巨室名家和方言习俗。

品读这篇千古华章，也让我感受到了贡生流淌心中的乡土情怀。"其山川林木望之郁郁疏秀，泉甘而土肥，亦美壤矣。""人生其间，颖秀者为士……富则为商，巧则为工。"溢美之词，跳动于字里行间。

因为这篇文章，后人给汪肩吾戴上了一些耀眼光环。如道光版《浮梁县志》卷首"序"中，称他为"高蹈"之士，达到了"超脱了世俗的至高境界"，并将其列在"人物"中的"高士"之例。

52. 德艺双馨的大儒

1

历代诸多的方志学家中，清代的章学诚是很著名的一位。

进士出身，国子监典籍的经历，让他成了一匹黑马驰骋于史志两界。他不仅著作出《续资治通鉴》《史籍考》《文史通义》等史籍经典，创作出《方志辨体》《修志十议》等方志名著，还在长期的修志实践中，对方志的性质、源流、作用、体例和编纂方法等方面，形成了较完整、系统的方志学理论，被誉为方志理论的奠基人。他的"方志乃一方之全史""方志为史"和"经世致用"等著名论断，大大提高了志书的地位和实用价值。

于是，人们就急切地想知道，在这位方志大咖的眼中，我国古代哪部志书堪为典范？

"康熙二十五年（1686）《灵寿县志》"。章学诚多次在笔会上提到这部志书。他认为，这部由陆陇其修，傅维樗纂的志书，最大特点是一改过去重人文，轻经济之风尚，"开志书首重经济之先河"，"其书大率简略，而'田赋'独详，可谓知所重矣"。他的"经世致用"的观点，就是根据此书的特点而提出来的。

从此，这部《灵寿县志》与明代康海《武功县志》、韩邦靖《朝邑县志》并列为中国方志学史上的三大名志。许多修志者将其当作范本，甚至它的编修体例也被一些志书所仿照。

2

然而，令章学诚没想到的是，早在康熙十二年（1673），也就是这部《灵寿县志》出版十三年前，《浮梁县志》的修纂者王临元就做了大刀阔斧的改革。

该志一改过去修志"重人文、轻经济"的传统，将自然、地理与人文、经济融为一体。而"地理"里面的"经济地理"成分十分突显。在"赋役"中增设"陶政"目，较详细地记述了元代景德镇瓷器的生产组织形式、陶工分工情况、原材料的来源和等级；记述了器物的种类和式样、釉色的种类、瓷窑的形式与名目、瓷器的烧制程序与火候；还记述了瓷器的销售情况和区域、封建王朝和官吏豪绅对陶工的剥削情况，并且对当时陶瓷业不振的情况，做了深入细致的探讨和分析。尤其可贵的是，修纂人员凭借一双慧眼，从民间收集到了一篇蒋祈撰写的《陶记》一文。这篇文章对当时景德镇瓷器烧造史、窑业税收制度及税收、瓷器销售、原料产地及用途等方面情况做了系统的、具体的阐释。这些珍贵资料，可以说是研究景德镇陶瓷业史、研究中国造瓷科学技术的重要文献。

该志主修王临元，是一个办事果敢的山东汉子。他康熙九年（1670）来浮梁任知县，康熙十二年（1673）初始纂县志。修志过程中，王临元不是发号施令，颐指气使，而是事必躬亲、身体力行。他"删繁就简，言必征实。凡徭赋之必详其旧，山川之必审其名，城廓、宫室、学校、仓廪、建置之必考其沿革源流"。体现了一种大刀阔斧、求真务实的精神。

古语说，"文如其人"。他的果敢性格、务实作风、经世理念，渗入他的骨髓里，与他为政之道是一致的。

独来独往的人，必有过人之处。王临元在浮梁五年，重建省仓，葺理衙署，百废俱举，从善如流。王临元疾恶如仇，扫黑除恶，匡扶正义，决心还浮梁一个朗朗乾坤。他也由此常遭人暗算。康熙十三年（1674）七月二十二日傍晚，守备王宪突然窜访县署，对他实施疯狂报复，把刀架在王临元脖子上，要他交出县署银库的钥匙。王临元据理力争，誓死不从，最后，以自缢的方式，给自己的生命画上一个句号。

铮铮铁骨，彪炳千秋。事后，上方闻其事，缉拿凶犯，并赠王临元江西按察使佥事，诏谕祭葬，荫子入监，以世其禄。浮梁人则将他祀入"名宦祠"。

客观地讲，章学诚没有见到这部康熙十二年（1673）的《浮梁县志》，并不是他孤陋寡闻，而是因为这部志书本身印量就少，而且，县署里还发生了一次严重火灾，将库房烧了个一干二净。即使在浮梁县，人们也只能在康熙二十一年（1682）续修的版本中看到它的身影。

康熙二十一年版《浮梁县志》"后记"云："兹所续者，沿旧增新，详略咸宜，另成一卷，附前志之末，以成全书，庶足供珥笔者之采择矣。"这就是说，该志前八卷，是重刻康熙十二年本的内容，而第九卷是续志，亦即新增内容。

3

王临元自己也没有想到，这些信手拈来的资料，若干年后，竟然会引起如此大的反响。要不然，三百五十年后，举世闻名的瓷都为何会举办一场大规模、高规格的学术会？

2014年10月20日下午二时，景德镇陶瓷学院湘湖校区国际学术报告厅座无虚席，"蒋祈《陶记》暨景德镇宋元窑业国际学术研讨会"正在这里举行。出席会议的有欧洲著名古陶瓷研究学者柯玫瑰女士（Rose Kerr）、日本大阪东洋陶瓷馆小林仁先生、台北故宫博物院器物处主任蔡玫芬女士、香港中文大学文物馆前馆长林业强教授、北京大学考古文博学院秦大树教授、上海博物馆副馆长陈克伦先生、陕西省考古研究院陶瓷考古专家禚振西女士等一百余位活跃在当今国际古陶瓷研究领域的知名学者。

此次会议主办方也都是中国国内陶瓷考古的权威机构，它由北京大学中国考古学研究中心、景德镇陶瓷馆、景德镇市陶瓷考古研究所、景德镇陶瓷学院、江西省文物考古研究所联合主办，北京大学陶瓷考古研究所等多家单位联合承办。难怪媒体称，这是近年来古陶瓷研究的一次国际盛会。

那么，是什么原因让他们相聚到了一起？北京大学中国考古学研究中心主任、考古文博学院徐天进教授的一席话道破天机。他在开幕式上发言指出：

"南宋蒋祈所著的《陶记》，是中国历史上第一篇关于陶瓷生产的专文，记述了瓷用原料、胎釉制备、成形技术、装饰方法、装坯烧造、瓷器运输以及瓷器交易等诸多方面的精彩内容，为我们清晰地描绘了中国古代制瓷手工业的历史风情和窑业制作的基本知识。这篇不足一千一百字的短文，以成熟规范的文言文写成，词汇鲜活，文笔优美，具有科学性和文学性的双重特点，融工具性与人文性于一体。"

我坐在报告厅里，一边听着专家们慷慨激昂的发言，一边快速浏览着手中这部沉甸甸的论文集。从目录上看，这上百篇论文中，专家学者从不同学科、不同角度对《陶记》展开了多方面的研究。有的重点"解析《陶记》之重要名词"，有的作"《陶记》著作时代之新观察"，有的"从宋元匠籍制度看《陶记》的成书年代"。有的作成《蒋祈〈陶记〉译注》和《宋·蒋祈〈陶记〉校注》。有的提出"《陶记》所记述'作匠'与宋代匠籍制度更吻合""从窑业内部分工问题与窑业行会制度解析《陶记》或能取得新突破"等新观点，引起了学术界的强烈反响。

一篇千余字的短文，引起这么多专家学者的关注，写出这么多份重量级的论文，当政者又召开这样高规格的会议，这是最能让我生出感慨的缘由。

4

而感慨最深的莫过于坐在我身边的年逾古稀的研究员吴铭。大会茶歇的间隙，他边喝着咖啡，边和我讲述了这篇经世短文被他发现的过程。

时间的威力令人畏惧：从宋代咸淳到清代同治，浮梁县共编修过十四次县志，其中，宋代一次，元代一次，明代五次，清代七次。此外，还出过多种与县志相关的史料书籍，如《县志考误》《县志摘谬》《昌南历记》等。可到新中国成立时，市内竟然只剩下清代乾隆、道光年间编的两个版本。

二十世纪七十年代，刚从江西师院文博专业毕业的吴铭，分在景德镇市图书馆工作。十年"文革"刚刚结束，馆舍老旧，刚刚搬迁的图书馆内，书籍、资料散乱地堆着，捆着，麻袋装着，场景狼藉不堪。吴铭和他的同事们，每天的工作就是将这散乱的书籍整理上架。

一个秋雨绵绵的下午，本来就光线不好的储藏室越发变得昏暗，但他依然在坚持着。突然，他从一个麻袋里倒出来的一堆书中，发现了几本线装书。他小心翼翼地掸去有些残损的封面一看，上面赫然显示《浮梁县志》，扉页上印着康熙二十一年。他眼睛顿时一亮，继续寻找，一共找出九本，全套。

夜幕降临，其他人员下班了。但他办公室的灯光依然亮着。

他拿出馆里仅存的两部县志加以比较。发现这个康熙版志，设置了"陶政"一目，其中还有一篇蒋祈的《陶记》。这是编者看似不经意的举动，但他感觉出这是个奇迹。因为，它是景德镇，也可以说是全国最早系统地、全面地记述陶瓷的专著，它为研究景德镇的陶瓷发展史及制瓷技术，提供了珍贵的原始资料。

第二天，吴铭向馆长汇报了这个发现。

1980 年 11 月 20 日，经江西省古籍善本书目验收小组鉴定，认定康熙二十一年版《浮梁县志》是国内的一部珍本地方志，因而入选了 1989 年由上海古籍出版社出版的《中国古籍善本书目》。据资料介绍，入选的这些善本古籍是中国文化的瑰宝，代表了中国古代文化的辉煌和传统的深厚底蕴。属于历史文物性、学术资料性和艺术代表性及流传较少的古籍。2010 年 6 月，该志又与《唐书》《朱子文集》等一起，入选国务院批准颁布的第三批《国家珍贵古籍名录》，被认为是"有特别重要文献价值、文物价值、艺术价值的古籍"。

"人不可有傲气，但不可无傲骨。"这是历代文人的座右铭和行为准则。

王临元或许算不得文人，他是一位官员，但从他修志、热衷文化事业上看，他可以说是一位德艺双馨的大儒。

53. 吃螃蟹的人

1

王临元的傲骨与创新精神，一直影响到一百年后的浮梁志坛。

清代乾隆四十一年（1776），春日的一天上午，训导凌汝绵正在浮梁县学给生员上课。一衙役急匆匆来到教室对他说："郡司马到了县署，过会来县学，稽查违碍书籍及谱牒烧毁情况，老爷请你去县署迎接。"

凌汝绵看了他一眼，说道："没看见我在上课吗？"停了一会儿，又说道："来就来吧，还要去接什么？'师道尊严'他懂不懂？"

衙役走后，凌汝绵立即来到书房和资料室，将一些重要书籍和族谱转移到地窖里藏了起来。不一会儿，郡司马在知县的陪同下来到县学，不仅不以为凌汝绵怠慢了自己，反而对他多了一份钦敬之情。

凌汝绵，九江府彭泽县人，乾隆庚午举人，原任广西柳城县知县，因与柳州知府政见不合，便以近家照顾老母为由，替补为浮梁县训导。七品改成九品也在所不惜。

凌汝绵学识渊博，善于教学。他每个月都要对学生进行一次考核。考核后，对学生的学业进行评估，并将他们的优点和不足之处及时反馈给学生及家长，因而受到学子们的爱戴。

乾隆四十五年（1780），知县程廷济任命凌汝绵纂修《浮梁县志》，并设志局于昌江书院。凌汝绵二话不说，立即担负起责任来。他与本邑绅士方鸣、吴以尚、汪玉锦等人共同"斟酌商榷，参互考订，补所不逮"，历三寒暑，至乾隆四十八年（1783）底，一部共分十二卷，另有卷首一卷，七十二目的志书终于告竣。

2

在修志的过程中，凌汝绵觉得，旧志"人物志"有些缺陷，大多名宦、选举、贤良、忠节、义行及节烈。人们对记述这些正面的形象乐此不疲。这种"传循吏而不传酷吏，隐恶扬善，有褒无贬"的做法，有违"秉笔直书"成例，未免偏颇。

但是，在文字狱案例频发的清代，要做到这些谈何容易。

清朝文字狱有多严重，只要看看该志卷首的《修志规条》就知道了。在这三四百字的文字里，"违碍"与"删削"二字便出现了十余次。文中曰：现经销毁诸书名目及著书人名务须详校，概行删削；诗文记载，其字句文义稍涉疑似闪烁其辞者，均宜严核删除；凡宋人之于辽金元，明人之于元，其记载事迹有用"敌国"之词俱应改正，如有议论、偏谬尤甚者即行删削。诸如此类。

其实文字狱在古代每个朝代都会有，只是看执行的力度严不严格。到了清朝，文字狱变得最为严重，甚至出现封疆大吏因字迹潦草被杀的奇葩。很多知识分子都因此受到了迫害，乾隆年间最为强烈。当时文字狱的风气基本上已经控制不住，很多假的作品也被拿出来当作证据，天下名士都人心惶惶。

因此，要在志书上写"酷吏"，则犹如在刀尖上跳舞。尽管如此，倔强的凌汝绵，还是决定效法一回在《史记》中写《酷吏列传》的司马迁。于是，乾隆四十八年（1783）版《浮梁县志》的"人物志"中有了"酷吏"一目。凌汝绵也由此成了清代志坛少有的敢吃螃蟹的人。

3

在乾隆四十八年版《浮梁县志》"人物志"中，一共记录了"酷吏"五人。其中，宋代一人，明代四人。这五名"酷吏"中，县令四人，主簿一人。

"酷吏"第一名便是"丁大全"。

说起南宋的奸臣，人们首先想到的是秦桧。但南宋有一个奸臣，虽然没有秦桧出名，但是他的所作所为却直接导致了南宋的亡国，这个人就是南宋末年宰相丁大全。

丁大全（1191—1263），字子万，镇江（今属江苏）人。他人长得极其出众，不过可不是漂亮，一张蓝色的脸，配上冷冰冰的五官，令人一眼望去，不寒而栗。丁大全长相很奇特，有一本名为《钱塘遗事》的书称他是"蓝色鬼貌"。

当然，也有喜欢这模样的人。宋理宗嘉熙二年（1238），他中了进士，被派去当了萧山尉。一次，在拜谒安抚使史严之的时候，严之见丁大全长得"出类拔萃"，不类凡人，觉得此人日后必堪大用。于是等众宾客告退之后，独留丁大全一个人攀谈，而且款待得极为周到。

丁大全出身低微，他的妻子又是外戚的一位女婢。这样的出身，使他养成了一种见人总摆出一副想讨好的谦卑态度。不过，他的心里有一种"远大而宏伟"的打算。他极力讨好当时备受宠信的理宗内侍卢允升、董宋臣。果然"功夫不负苦心人"，不久他由萧山尉升职为大理司直，成为全国最高法院的中层干部，不久又改任饶州通判。在此期间，他还兼了浮梁县令。这可是个"肥缺"，一产瓷，二产茶，这些都是他溜须拍马的最好工具。此后，他一路高升，先入为太府寺簿，调尚书茶盐所检阅江州分司，复兼枢密院编修官，拜右正言兼侍讲，旋即改为右司谏，拜殿中侍御史。

最后，在理宗身边最宠信的宦官董宋臣的推介下，宝祐六年（1258）四月，丁大全被拜为右丞相兼枢密使，终于登上了宰相宝座。

丁大全在主持朝政期间，广植私党，贪污纳贿，败坏朝纲，为所欲为。一大批正直之士被排挤出朝廷，很多奸佞小人得到重用。丁大全还制造了有名的"太学生事件"，将上书揭露自己丑行的陈宜中等六名太学生开除学籍，流放边州，一时间舆论哗然。

更加不可思议的是，丁大全还曝出了纳媳丑闻。他给儿子丁寿翁聘定了一户人家的小姐，后来看这位小姐很是美貌，竟然夺儿媳为妻，上演了一幕春秋时卫宣公"筑台纳媳"的丑剧，为时人所不齿。

不过这已经是最后的疯狂了，丁大全的好日子很快就到了头。当时南宋联合蒙古，已灭掉金国。举国上下正沉浸在一雪"靖康之耻"的激动中，殊不知蒙古铁蹄大举南下，积贫积弱的南宋想要坐稳半壁江山，也不是件容易的事了。丁大全的倒台，就和蒙古南侵有关。

宝祐六年（1258），蒙古大军从四川、荆襄、广西这三个方向，向南宋发动了全面战争。在此危急存亡的关头，身为宰相的丁大全竟然置社稷倾覆于不顾，压下了紧急军情，致使理宗一度对这场来势汹汹的战争一无所知。这件事情后来被理宗知晓后，昏聩的理宗才开始紧张起来，他可不想去尝亡国奴的滋味。理宗赶紧拜贾似道为左丞相，督师抗敌。而对隐瞒军情的丁大全，却出人意料地没有进行处理。但是，理宗不处理这件事，朝臣们不答应。最终在朝野上下的一片讨伐声中，理宗于开庆元年（1259）十月，也就是那场科举考试过后不久，下诏罢免了丁大全的相职，让他以观文殿大学士的名衔出判镇江府。到家乡镇江做个太守，在当时的形势下，对丁大全来说，应该算得上是最好的归宿了，可见理宗对丁大全感情还是很深的，才会有这样刻意而精心的安排。不过，朝臣们对这样的处理结果很不满意，大家纷纷再次上书，要求将丁大全罢官法办。面对群情汹汹，理宗这才狠下心肠，罢免了丁大全的官职，将他流放到贵州。

据《宋史》记载，在贵州时，丁大全又被人揭发暗造兵器，图谋不轨。南宋景定三年（1262），理宗再次下诏，将丁大全流放海岛。在押送海岛途中，路经藤州（今广西藤县）时，押送官毕迁因为痛恨丁大全祸国殃民，将他挤落海中溺死了。一代权奸落得如此下场，也算是罪有应得。

丁大全作为酷吏被记在了《浮梁县志》上，是因为他在任饶州通判时还兼任了浮梁县令。

同治《饶州府志·职官》载："丁大全任通判，据宋史补。"时间上面未记。不过，他的前任是绍兴年间的进士郑肇，后任是赵公懋，为"南宋时任"。再后是绍熙年间任者，按这个位置推算，丁大全任职时间应为淳熙。道光《浮梁县志·职官》载："丁大全，淳熙间（1174—1189）县令。"这与前面的推算是一致的。

这里，笔者觉得时间上有很大出入。丁大全，出生于1191年，嘉熙二年（1238），四十七岁被推举参加进士考试，调任萧山县尉。差了六十四年。按丁大全出生时间（1191—1263）及在朝时间推算，嘉熙（1237—1240）或者淳祐（1241—1252）存在可能。但淳祐不可能，原因是《宋史》里的一条记载："嘉熙四年（1240），庚子，以张磻参知政事，丁大全同知枢密院事兼权参知政事。"这就只有"嘉熙间"（1237—1240）一种可能了。

乾隆《浮梁县志》记载的另一位酷吏，是明代的龚淑贲。从他的身上，也反衬出丁大全的贪婪之态。

龚淑贲，崇阳人，隆庆年间（1567—1572）由举人任命为浮梁知县。此人天生凶狠贪婪。刚刚下车，就恣意收纳贺礼。面对种种诉讼，以贿轻重而分曲直。每每听断，日进千金。一个名叫赵鸢芳的外地偷盗惯犯，以重金行贿而被释后，以威逼利诱等手段，霸尽了县里的沙金资源，所得黄金用船运回老家，大造豪华别墅。龚淑贲巧立名目，四处搜刮，索拿卡要。景德镇瓷器，多多益善；绫罗绸缎，无所不收。凡是敢于和他作对者，不死则残。连木匠吴天七、马夫程贞保等百余人，都成为他的手下冤魂。邑人称龚淑贲为丁大全再世。

对于乾隆版的这种做法，五十年后编成的、道光版县志没有继承这种记法。对于没有做的原因，道光《凡例》是这样解释的："人物依年次一概录之。名宦必德泽及民，操持可法，非此不录。旧列'酷吏'一目，非居是邦，不非大夫之义。且志与史例有不同，史美恶并书，志详善而略恶也。虽亦劝惩兼举，然非后人所宜效，故削之。"

虽然编者说了一通冠冕堂皇的话，给自己圆场，但明眼人一看便知，这显然缺的就是凌汝绵的那种韧劲。

54. 蓝浦托"孤"

1

如果说，王临元与凌汝绵修志编史是一种职务行为，出于一种责任感和义务，那么《景德镇陶录》和《陶阳竹枝词》的作者蓝浦与郑廷桂，则完全不同。他们虽然生活在贫困线上，却依然执着地秉承着对历史文化的传承。他们的所作所为，是出于一种使命感，一种舍我其谁的生活态度。从某种意义上讲，这比责任感更高了一个层次，也可以说是责任感的升华。

清嘉庆元年（1796），暮秋。景德镇四图里，烟囱上袅袅上升的蓝烟，被晚霞照成了红色。弯弯曲曲的小巷中，遍布着许多蚁穴、蜂窠一般矮小的瓷器作坊，画坯的女工们正在里面专心致志地画着青花瓷器。突然，一个十一二岁的学童急匆匆地闯进了一家作坊，气喘吁吁地来到一位年轻女工面前说："师娘，先生又喘得厉害了。"

"师娘"一听，立即放下手中的活，跟着学童跑了出去。

"师娘"名江素英，三十多岁，身怀六甲，走起路来步履蹒跚。她的丈夫蓝浦，四十出头，哮喘病得了近十年，一年都要发几次，而且一次比一次严重。当江氏赶到家里的时候，发现蜷缩在床上的丈夫呼吸困难，气促伴着抽搐，已经没有咳嗽的力气。口唇紫绀，面色苍白。急得她又是捶背，又是揉胸，眼泪止不住地往下流，哭道："老蓝啊，你怎么病成这样了，往后我和孩子可怎么办啊？"

听见妻子哭声，缓过一口气的教书先生蓝浦说："快托人去把桂子叫来。"江氏抹了一把眼泪，点了点头就出去了。

"桂子"名叫郑廷桂，是蓝浦的得意门生。他和先生情同父子，十几年来逢年过节，郑廷桂都要到先生这里探访。谈瓷史，聊教学，有时还帮忙做做家务。

大约过了半个时辰，郑廷桂一路小跑来到了先生床前。蓝浦努力地半睁开眼，断断续续地说道："桂儿，我快不行了。我死不足惜，只是两件事放不下。"蓝浦指了指挺着肚子的江氏说："孩子我怕是看不见了，以后，你要常来看看，帮我多照看一下师娘母子。"

郑廷桂连连点头说："先生，您放心吧，我会把他当作自己的小弟弟看。"

蓝浦无力地点了下头，又说："还有……"他指了指书桌上的那一堆摆放得整整齐齐的书稿："你把它端来。"

蓝浦说："这本《陶录》我是没有办法完成了。将来有机会，你把它补充完整，印出来吧。"

这是先生毕生的心血。他这也是在托孤啊！郑廷桂郑重地点了点头说："放心吧，我不会让您的心血白费。"

蓝浦带着一丝笑容闭上了眼睛，再也没有睁开。

太阳光从窗口进来，把一团团的烟气照成虹的颜色，轻淡的影子在地上滑过，也像在讲述着什么。

2

说起景德镇的陶瓷专著，当然首推《景德镇陶录》了。《景德镇陶录》为浮梁县景德镇人蓝浦著、郑廷桂辑。蓝浦，字滨南，号耕余，浮梁县景德镇四图里人。生年不详，卒于清嘉庆元年（1796）。

四图里位于景德镇城区北端，自明代至清代初期，那里为重要产瓷区。明代缪宗周《咏景德镇兀然亭》诗曰："陶舍重重倚岸开，舟帆日日蔽江来。工人莫献天机巧，此器能输郡国材。"写的就是这里的景象。蓝浦生长在这样的大环境里，从小耳濡目染景德镇瓷业情况，比较熟悉其生产过程，看到没有一部专门记述景德镇瓷器的书，感到遗憾。于是平日教书之余，随时记录自己的所见所闻。他博采众家的说法，将景德镇当时的瓷器制作工艺、技术编辑在一起。经过多年的努力，将书的初稿命名为《陶录》。

即使我们稍微涉猎一下蓝浦所撰的六卷《陶录》初稿，也会感到他呕心沥血的程度。

"国朝御窑厂恭记"和"镇器原起"，分别叙述清朝官窑历史概况和景德镇仿古瓷器的概况，并涉及一些产品的销售情况。如唐窑仿永乐瓷，年窑仿宣德瓷等。再如"洋器，专售外洋者，商多粤东人，贩去与洋鬼子载市，式多奇巧，岁无定样"等。

"陶务条目"，介绍景德镇窑业的一些专业名词，并介绍窑业生产组合及产品的造型、釉色品种和各种釉彩的配制情况。如列举"官古器作、上古器作、中古器作、釉古器作"等达十八种之多。再如介绍仿古各釉色有"铁骨大观釉、铜骨无纹汝釉、钧釉、龙泉釉"等达六十八种之多。

"陶务方略"，介绍景德镇陶瓷原料的产地及其性能、用途以及各种造型品种的胎骨、釉彩所使用的原料，并介绍景德镇窑业的管理制度及产品销售制度。如介绍"洋器"，"有滑洋器泥洋器之分。一用滑石制作器骨，工值重，是为滑洋器；一用泥作器质，工值稍次，是为粗洋器"。

再如介绍产品销售情况"商行买瓷,牙侩引之,议价批单,交易成,定期挑货,必有票计器数为凭,其挑去瓷,有色杂第损者,亦计其数,载票交陶户换补佳者,谓之换票,其瓷票换票,皆素纸为之,或印行号、户号,加写器数字,或全用墨写"。此外,关于运输、包装等,也均有详细介绍。

"景德镇历代窑考",详考自唐至清的镇窑概况。如唐代的陶窑、霍窑,宋代的景德窑、湘湖窑,元代的枢府窑、湖田窑,明代的洪窑、永窑、龙缸窑、壶公窑,清代的康熙臧窑、雍正年窑、乾隆唐窑,等等,共二三十个。

"镇仿古窑考",介绍景德镇有仿品的古代名窑,如定窑、汝窑、官窑、龙泉窑、哥窑等共计九个名窑。

"古窑考",介绍景德镇以外的历史名窑,如瓯窑、关中窑、洛京陶窑、寿窑、洪州窑、越窑、宣州窑、临川窑、南丰窑、陇上窑、河北窑等等。并附外国名窑,如:高丽窑、大食窑、佛郎嵌窑、洋磁窑等。

够了,我无须再列举了。很显然,作者的目的,就是想让景德镇的陶瓷技术、瓷业故事代代相传下去。我不知道,一个如此贫困潦倒的书生,是如何获取到这么多资料的。可以说,这部书稿全面、系统地记述了景德镇的陶瓷历史,博采文献,并总结陶工实践经验,深合实际,对今天的陶瓷生产仍有参考价值。

"命随年欲尽,身与世俱忘。"蓝浦因无资出版,还没来得及实现自己的夙愿,便一病不起,他只好托付学生保存,以期未来。

55. 为了先生嘱托

郑廷桂,世居景德镇南门,跟着蓝浦先生学了三年后,继而上了两年县学,并以优异的成绩成为副贡生。在古代,能进国子监这样的全国最高学府读书,意味着成了地方贡献给皇帝的人才。谁承想,命运多舛的他,一年之内失去双亲。沉重的打击使他一蹶不振,两次科考皆名落孙山。为寻求生路，他只好走上了和先生一样的教书之路。

清贫生活，致使无法实现先生的遗愿，书稿放在书箱中一晃就是十五年。

嘉庆十六年（1811），来了一位叫刘丙的知县。刘知县是安徽广德县人，是一位进士出身的文官。此前，他在本省的上高任知县，那里出产名为"无名子"的青花料钴矿子，是景德镇必进的原料。刘丙受理过这方面的讼诉，所以对景德镇有较深的印象。

知县刘丙到任伊始，就展现出了对文化、社会公益的关注。首先是将县署修头门、二门大堂、住房进行了修缮（道光元年）。听说，县内有些乡村有"鬻妻溺女"的恶习，他发布告示，严禁鬻妻溺女。同时，又着手劝捐，建育婴堂。他还建设景仰书院讲堂、兴社学、重修关帝庙、贤侯祠及宝积寺。

刘丙常到陶瓷作坊、坯房、窑场等处察看，日子久了，"其制器之委曲精详，亦遂熟于耳目"。他很想写一部专门记录景德镇瓷业的书，可是一天到晚忙于公务，实在抽不出身。

刘丙的小儿子，正是读书的年龄，正要求师任教，听说郑廷桂是个饱学之士，便聘其为家塾。于是，郑廷桂和刘知县接触的机会多了起来。

一日，刘知县说道，景德镇的瓷业如此兴盛，却没有专书做系统介绍，殊为可惜。郑廷桂趁机将先师的《陶录》遗稿献了出来。刘丙看过后，十分高兴，认为这部书稿里所记载的东西都是他闻所未闻的。他嘱托郑廷桂把它完善一下，以便早日刊刻成书。

天赐良机。本来文学上就有很深的造诣，又熟悉景德镇民情风俗的郑廷桂，决心尽力完成这项工作，以告慰九泉之下的恩师。于是他一面教学，一面着手修订增补，并按知县刘丙的意见，把书名定为《景德镇陶录》。

郑廷桂将其遗稿原来的六卷，调整为八卷，自己又补充了两卷，一共十卷。半年后，一部厚厚的书稿摆在了知县的案头。刘丙十分高兴，亲自写了一篇序言，并嘱郑廷桂作后记。

半年后，这部具有划时代意义的景德镇陶瓷巨著问世。它成为古今中外研究陶瓷、研究景德镇的首选书籍。

郑廷桂是一位十分讲究信誉的人，完成了先生托付的《景德镇陶录》遗著编校印刷任务，同时，他还是一位有使命担当的人。作为一个地道的景德镇人，他知道，昌南镇、景德镇，自汉代以来就以陶事闻名于世，故亦有"陶阳"之称。但是，近些年来，陶瓷风俗渐变，人文古迹也在逐渐消失，将来怕是知之者越来越少。因此，他决定，就自己所知，以通俗易懂的竹枝词形式记录下来，以备将来编史修志者采用。

郑廷桂的这种自觉的使命担当，成就了一幅堪称陶瓷领域的《清明上河图》——《陶阳竹枝词》三十首的诞生。从这组诗里我们不难发现，作者似乎有一种使命感和责任感，创作态度也都比较认真。这组诗歌都是七言绝句，每一首诗下都有简短的原注，诗中有不少作品确实能够再现当时的陶作情景和风土人情。

在这三十首诗中，作者全方位地展示了清代景德镇的山川名胜、社会生活与地域民俗。组诗犹如一幅丰富多彩的景德镇清代风情画卷展现于读者眼前。通过这些朴实生动的诗句，我们可以想象到当年景德镇瓷业的繁荣："蚁蛭蜂窠巷曲斜，坯工日夜画青花。""九域瓷商上镇来，牙行花色照单开。"可以领略到景德镇历代文化遗存的丰富："闲诵岳王楹帖句，旸山寺废几何年。""云影天光遗迹在，此间犹有晦翁书。"可以感受到百姓生活的忧乐："拾翠人来翠云寺，酒旗斜指石亭西。""瓷器菱成船载去，愿郎迟去莫迟还。"可以触摸到社会生活的变迁："衙门观察改同知，三炮还同开府仪。""观音阁又焕衰题，新起文昌更整齐。"这些都有助于我们更好地认识过去，把握现在，以实现复兴千年古镇，重振瓷都雄风的宏伟目标。

然而，让我感觉最深的还是诗对社会的观察和对民俗的记述。

首先表现在对行政管理体制发展变化的记述。《陶阳竹枝词》（其二）云："御窑榷理属江关，派役常川一例删。呈样运瓷仍照旧，半年厂课两回颁。"由于乾隆皇帝崇尚节俭，裁去驻御窑厂的官员，陶务改由九江关榷理，原先征派的各种差役也全都废除。呈献样品、运送御瓷依然照旧，御窑厂采买瓷器的银两与陶工服役的工钱分两次发放。这种精简机构，优化职能配置，关心劳工待遇的做法被诗人敏锐地捕捉到并记录下来了。

景德镇自唐宋以后，瓷业生产日渐发展。明清时，这里以产瓷而富甲一方，由于瓷业生产分工较细，有的工种劳动强度很大，有的则相对轻便，因此从幼年儿童到体弱的成年人在景德镇都能找到活做，残疾者甚至盲人也能靠研磨颜料来维持生活，这就使得周边一些贫困地区，如都昌、鄱阳的不少人来到景德镇从事瓷业生产以谋生。这些从业者，特别是外来的客籍人，为了维护自身的利益，组成了不少的行帮。明清时期，这里大大小小不同层次的行帮数以百计，并形成了以都帮（江西都昌籍人）、徽帮（安徽徽州府六县籍人）和杂帮（鄱阳、南昌等所有非都帮、徽帮人）为代表的三大帮系。其中从事瓷业生产的主要是都帮，其次是杂帮。而浮梁土著者不足十之二三，都昌人在景德镇人多财广，掌握着景德镇大部分陶瓷业务。

《陶阳竹枝词》（其三）做了如下记载："蚁蛭蜂窠巷曲斜，坯工日夜画青花。而今尽是都鄱籍，本地窑帮有几家？"

诗描写的小巷作坊里工匠们的生活，是当时景德镇社会的真实写照。

烧制瓷器难免经常会出现一些质量不尽如人意的产品，残次品瓷器经不住检验，经不起碰撞受不了高温，有些瓷器经营者往往在一些烧裂的瓷器上涂抹清油以次充好出售。然而残次瓷器也存在销售的问题，同时，无法配套出售的瓷器同样需要销售。旧时景德镇的黄家洲就开辟有这样一个专门的瓷器市场。对这一社会现象，《陶阳竹枝词》（其十二）做了细致描绘："轻灵手段补油灰，估得明堆又暗堆。好约提篮小伙伴，黄家洲上走洲来。"

估堆，亦称打估堆，将零散的残次品瓷器成堆估价出售。明堆数量少，瓷器的成色可以看得清楚；暗堆数量较多，瓷器的成色优次混杂，难以看清。黄家洲，景德镇地名，在原市埠渡码头东岸附近，这里原先曾是残次瓷器修补与零散瓷器销售的集散地。如今，"估堆"这一俗语依然流传在百姓的口头上。

《陶阳竹枝词》（其十四），记录着一些古代陶工的口头语和俗字："土物音操土俗余，官窑原起大观初。漫言须辨瓷磁字，不釉何从考字书。"诗原注曰："镇俗操土音，登写器物多俗字，如不砷字，皆不见于字书，又不独瓷、磁、官、观之。当考辨。"

"不砷"，是制作瓷坯的材料，也是个陶瓷行业的专有名词，一般人不知"不砷"读何音，更不知"不砷"为何物。直到今天，一般的字典，包括某些中型的诸如《词源》一类的专业工具书，也未将此字收入。"釉"字字形出现于明清时期，尽管这种物质在殷墟出土的陶片上就已出现，但长期以来是写作"油"字的。宋代蔡襄《茶录》中提及茶具也是写作"珍膏油其面"。直到明代的《正字通》这类字书也还是作"呦"，并未收入"釉"字，现在我们看到较早收入"釉"字的是《康熙字典》。在清代一些陶瓷文献中，"渤""釉""砷"往往混用。至于"官""观"不分，"瓷""磁"不辨，则更是常见。当然，这些俗字，有的已为人们所认可，如"瓷""磁"可通用。

难能可贵的是，《陶阳竹枝词》对景德镇瓷器的销售，尤其是外销记录得可谓是惟妙惟肖。《陶阳竹枝词》（其十一）："九域瓷商上镇来，牙行花色照单开。要知至宝通洋外，国使安南答贡回。"原注曰："御厂所制瓷器，大半备以回贡。故大内颁样烧造，然镇瓷通商天下，迄今来镇贩者络绎不绝。"安南，即今越南。答贡，古代封建朝廷把别的国家所赠礼品称为"进贡"，把自己回赠的礼品称为"答贡"。这首诗告诉我们，世界各国的瓷商纷纷上景德镇来采买瓷器，瓷行按照他们所要求的花色品种开出货单向窑户订货。要知道如今景德镇的瓷器已经成了极其珍贵的宝物，远销海外，朝廷曾把它作为回赠安南国贡品的礼物。

《陶阳竹枝词》三十首，既独立成篇，又相互关联，具有极其重要的史学价值和美学价值。郑廷桂用文字画出了景德镇的风景、风情，给人们打开了一扇了解景德镇、景德镇陶瓷艺术和景德镇文化的窗口。

56. 使命

1

这是一篇迟来的文章，写在瓷都当代方志事业的开拓者林景梧先生仙逝二十年之后。如果不是近期在写一篇关于《景德镇陶录》的作者蓝浦、郑廷桂的文章时，再次拜读了林先生编著的《瓷都史话》一书，也许这个时间还会后延。这不是别的原因，而是我始终没有找到一个可以参照的物象，一个恰当的观照点。

我之所以将林先生与两百年前的两位学人做比较，是因为他们都是生于斯长于斯的浮梁人，都是饱学之士，同时又都是乡土情结很深、对景德镇乡风民俗烂熟于心的人。他们又都倾注了毕生心血，各自完成了一部景德镇史诗般的鸿篇巨著，却又都在其面世之前就悄然而逝。

2

用任何"经典"类的词汇来形容《景德镇陶录》都不为过，因为它记述景德镇陶瓷历史的全面性、系统性无与伦比，它所辑录的文献资料，记录的陶工实践与经验，对今日陶瓷生产仍有参考价值。

《瓷都史话》是一部 2004 年由百花洲文艺出版社出版的历史著作。它不是什么编年史、断代史，它像散文、随笔，却不是主观构想的文艺作品；它有严格的考证辑录，也有家喻户晓的民俗记述。因此，它是一本以历史为脉络，以陶瓷为中心，由自然风光、历史足迹、人文景观、神话传说、民俗风情等部分组成的，丰富多彩的陶瓷历史文化著作。全书约三十万字，由八十个独立成章而又互相联系的典故组成，图文并茂，可读性强，融知识性、趣味性、严肃性于一体，有历史厚重感而无史书的简奥枯燥，有通俗流畅的文笔而非信马由缰的闲谈。

即使是走马观花地浏览一遍，也可以看出这本书内容上的广度与深度。

该书在谈到景德镇的陶瓷历史时，从水土宜陶的远古到浮梁瓷业的兴盛，从景德镇声誉鹊起到瓷都地位的确立，从官窑民窑的状况到中外经济技术的交流，都做了清晰全面的介绍，有经济数据引证，有器物佐证支持。写明资料来源，为专业工作者深究指路；形成通俗文字，使普通读者一目了然。

在探究景瓷精品的奥秘、叙述千年窑火连绵中，本书突出地介绍了一些制瓷工匠的高超绝技。如壶公窑的昊十九、崔公窑的崔国懋、仿古能乱真的周丹泉等等，都是聪明过人、技艺超群的精英人物。作者热情洋溢地为他们树碑立传。由陶瓷而及纺织，顺便介绍了黄道婆的事迹，说明手工艺人在古代对经济发展和文化传播的历史贡献，令人感动。

在宣扬景德镇瓷业工人的代表人物之外，本书也不忽略对发展陶瓷经济和弘扬陶瓷文化有贡献的官府人士，对他们做了实事求是的评价和具体而微的介绍；在宣扬瓷都和浮梁杰出人物的同时，又介绍了向往瓷都的外国商人、实业家、传教士乃至王公贵族中对景德镇瓷器的学习传播和敬仰之情；在广泛搜集有关陶瓷生产制造、经营流通、兴衰曲折的同时，还饶有兴趣地介绍了一些对景瓷情有独钟的美好感情。其中贵州学人李独清的题马蹄樽的诗，把壶隐老人昊十九制作的马蹄樽描绘得有声有色，推崇备至，把购买此樽的欣喜若狂、诗兴大发的心情表露得淋漓尽致。如此痴情地热爱景德镇瓷器，不能不使身在瓷都的人为之感动。

本书介绍历史文化名人在景德镇的活动和浮梁籍名人在外地的贡献，营造了浓浓的乡情民意和清醇的文化风味。如柳宗元写《代人进瓷器状》、白居易咏浮梁茶、王荆公咏听讼轩、岳鹏举题联旸府寺、脍炙人口的苏轼佛印交往故事等等。

可以说，《瓷都史话》是当代瓷都文学艺术的母本。它与《景德镇陶录》一样，是景德镇的史外史，志外志。

3

诚然，林景梧先生与两百年前的蓝浦、郑廷桂所处的社会环境和人生经历迥然不同。

嘉庆朝是清代的一个转折裂变期，承继康熙、雍正、乾隆奠定的盛世基业，开启道光、咸丰以后的衰微颓败。首先表现在国库空虚，嘉庆的老子乾隆六下江南，把国库的银子都花得差不多了。而且，吏治腐败，典型例子是深受乾隆宠信的大贪官和珅之所为。嘉庆四年（1799）正月，乾隆皇帝驾崩，嘉庆帝将和珅惩办，并查抄其家产，在历数和珅二十条罪状中，有八条是关于和珅贪婪无度的。

实际上，吏治腐败不仅仅表现在皇帝亲信的贪得无厌上，还表现在各级官吏对百姓的层层盘剥上。州县官多方娄索、竭其脂膏、剥削小民，督抚大吏勒索属员，层层腋削，像蓝浦、郑廷桂这样的知识分子，都生活在贫困线上，苦不堪言，社会面貌可见一斑。

林先生却不同，作为一名地级市的中层干部，衣食住行自然不是问题。更令他欣喜的是，二十世纪八十年代初，正当国家改革开放、瓷都建设日新月异的当口，他出任了新中国成立后的首任景德镇志官，为此，他以百分之百的热情，投入到修志工作中去。

林先生出生于浮梁县福港樟村，父亲林宗荣是位私塾教师，从小受到良好启蒙教育的他，以优异的成绩考入了景德镇天翼中学。尽管，扎实的文化功底和十余年市人民委员会工作的经历，让林景梧在十年的修志工作中如鱼得水，但他一刻也不敢懈怠。他不抽烟，抿口酒就脸红，简直是"把别人喝咖啡的工夫用在了工作上"。由他主编出版的历史文化名城丛书《景德镇》及《景德镇市志略》，只是市志出版前的阶段性成果，其目的是为总纂《景德镇市志》奠定资料与人才基础，积聚了人脉，所结识的都是当时全国一流的志苑精英，如姚公骞、黄苇、朱文尧、林衍经、左行培、许怀林等。由此，这些活跃在当时志坛的大咖们对这个有着两千年冶陶史的景德镇产生了浓厚的兴趣。1991年11月,《景德镇市志》第一卷,由中国文史出版社出版发行。中国现代方志学创立者傅振伦在序中,称之为一部"突出地方特点,史料完备,文字简明通俗"的鸿篇巨制。

对历史负责,为现实服务,替未来着想,这是史志档案工作者的神圣职责,更是林先生的自觉行为。

八月南昌,骄阳似火。濒临百花洲的江西省图书馆古籍阅览室里,一张宽大的书桌前坐着一位花甲老人,桌子旁边的推车里堆放着一本本厚重的古籍,汗水已经湿透了他圆领的白色汗衫,他就是景德镇市地方志办公室的主任林景梧。

改革开放后,深居内陆的景德镇,没有沿海发展外向型经济的交通、信息、人才、资源优势。陶瓷生产依然是由国营的"十大瓷厂"主导,管理体制、经营体制落后,造成决策迟缓,市场反应滞后;"大锅饭"又造成分配不公,生产经营者积极性下降,技术骨干大量流失到其他陶瓷产区,企业订单随之外流。其结果是景德镇陶瓷工业在经济规模、出口创汇上一步步拉大与国内其他产瓷区的差距,排位上由二十世纪六十年代的名列前茅,到八十年代末将要滑出前十的位置。

为了稳住这一滑落趋势,市委、市政府千方百计扩大招商引资力度,深化改革。作为史志部门的负责人,林景梧也在积极行动,他试图从历史文化方面找到突破口,找到信心。

他知道,宋代,景德镇制瓷技术成熟,陶瓷业规模和质量都有很大的发展与提高。特别是青白瓷的出现,成为昌南镇独有的地方特色,而这一切均与宋真宗有关。由于他的关注,并慷慨地将自己的年号赐予了这个偏隅一方的江南小镇,这里才焕发出勃勃生机。

然而,对于"景德镇哪年得名"这个问题,成为景德镇史学界的一个谜。

林景梧翻遍了手头的史籍,一直也没有答案。

他找来的明代嘉靖和万历刻本《江西大志》,对景德镇置镇年代均记载为："宋景德中，始置镇。"

他又在《景德镇陶录》中找到一段关于景德镇的记述："景德镇窑，宋景德年间烧造……于是天下咸称景德镇瓷器，而昌南之名遂微。"

北宋真宗赵恒在位共二十五年，曾五易年号，其中"景德年号"有四年，即公元1004—1007年。所说"景德年间""景德中"是指这四年中的哪一年，上述文献都没有明确肯定。

此后，一些史籍和书刊也大都按上述说法，如清康熙二十一年（1682）版《浮梁县志》中记载："宋景德中置镇。"由轻工业部陶瓷工业研究所1962年出版的《中国的瓷器》等书文中也称："镇名景德，起于北宋景德年间（1004—1007）。"

作为中国瓷都、中国历史文化名城的景德镇，一个置镇命名的时间长期含混不清，于情于理都是不适宜的。从到地方志办公室上班的那天开始，林景梧在编纂《景德镇市志》的过程中，做了大量细致的调查工作，查阅大量的古籍资料，但均无所获。

这次，他来到省图书馆，铁了心，目标就是查阅《宋会要辑稿》。这是一部卷帙浩繁的宋代官修史书，是研究宋史的重要善本。书共二百册，两千二百余卷，而且字体细小。在没有像现在这样便利的大数据的年代里，要查找这样的信息如同大海捞针，谈何容易。他只能逐本逐卷翻阅、查找。功夫不负有心人。查找工作进行到第三天的下午，终于在该书第八本，第一百九十卷第7528页中，找到了这样一条记载："江东东路饶州浮梁县景德镇，景德元年置。"资料明确指出，景德镇置镇时间是景德元年，即公元1004年。林景梧终于解开了长期以来困惑人们的谜团。

1994年，景德镇第五届国际陶瓷节正式启用这一置镇时间。2004年，景德镇迎来了自己的千年华诞。

我与林先生的相识，缘于他的一次乡间走访。时间是二十世纪八十年代末夏日的一个上午，地点在天保乡政府接待室。那是林先生刚在一位林姓村民家中查阅完《林氏宗谱》——一部与宋代高僧佛印有关的族谱之后。时任天宝中学校长的我，接到乡政府的通知，参与接待这位市地方志办公室领导。

儒雅，谦逊，学识渊博。这是林先生给我的第一印象。

交谈是从"天宝"之名的来历开始的。

"天宝位于浮东丘陵谷地，四面山岭环抱，形若盆地。据说，唐代黄巢起义时，曾两次由婺源县途经此地，俯瞰盆地，上空云雾弥漫，宛如水塘，便誉之为天之宝塘，故得名'天宝塘'，后演变为'天宝堂'。每凡朝代变更之际，社会动荡，匪患猖獗，亘古不变。然而，再猖狂的土匪，在劫掠天宝前也要再三掂量。因为，拥有四十八村的天宝有一个传统，若是一村遇匪，则鸣锣吹号，一村传一村。远近村民闻讯，则从四面八方包抄过来，少则数百，多时逾千，势如瓮中捉鳖。"

林先生饶有兴趣地听我讲述了天宝的故事。在得知我业余时间在收集地方史料，并做了数千张卡片后，他如同哥伦布发现新大陆一样，决意要去我的办公室看看。

在看到我那被卡片塞得满满的五斗桌抽屉后，林先生对陪同的乡里书记说："是块做学问的料子。"

做卡片确实是我多年形成的习惯。记得 1981 年师范毕业，刚走上鹅湖中学讲台的我，就到附近的印刷厂印制了五千张《云龙读书卡》。记载内容可谓五花八门。有文学类的，也有史志类的。史志类又分史学常识、区域历史、人物、姓氏、地名、风物。而"风物"又有高岭土、瑶里釉、天宝大米……

在看了随意抽取的几张卡片后，林先生师长般地对我说："史料是认知历史的基础，也是我们研究历史的基石。史料工作是一项细致的工程，包括搜集、整理、辨析和运用。在使用史料时，要将本地的资料放在全市、全省，乃至全国的大背景下去分析、对比、印证。"林先生的一番话，让我产生了一种豁然开朗的感觉。

我曾在《景德镇报》1987 年 11 月 21 日第四版"读者来信"上，

发表了一篇《收集保护高岭文物刻不容缓》的短文，他看了以后说道："高岭是世界陶瓷黏土高岭土的命名地，又是你的老家，你完全可以利用假期，对高岭文物古迹、风土民情加以收集整理，将来大有用处。"林先生像是在给学生布置作业一样地说道。

在林先生的"浮梁复县，文化先行"的建议下，浮梁县复县一年后，便组建了县地方志编纂委员会办公室，我被调到县政府办公室筹备此项工作。

林先生对家乡的情结之深，对晚进的提携之情像昌江水一样清澈见底。

4

虽然，林先生和清代的蓝浦、郑廷桂所处的社会背景与人生经历不同，但是，这种不同的里面，却蕴藏着他们惊人的相同之处：他们都有一种强烈的使命感。

蓝浦和郑廷桂的职业是教书先生，但他们却耗费毕生的精力去干了件和他们营生不大相干的事情。景德镇瓷历史文化传承的使命，驱使着他们一路前行，义无反顾。

按理说，1992年的林先生退休了，功成名就、妻贤子孝、儿孙绕膝，应该尽享天伦之乐才是。可是，退休，对他来说只是一种形式。他像一辆刹不住的车。他觉得，自己修志十余年，在位时想干而没有时间去干的事很多，修志时没有用上去的边角料也不少，现在他完全可以按照自己的步调一一去实现。

他先是遍阅省志、府志、县志、山志、谱牒、正史、野史、小说、等诸多书籍，把《佛印》这本有关宋代高僧、他的本家的书写了出来，继而又出版了一本反映景德镇民情风俗和坊间俚语的《陶瓷习俗》。

他意犹未尽，觉得蓝浦的《景德镇陶录》，虽厚重、权威，但侧重点在陶瓷文化。而在景德镇的历史文化中，民俗文化、人物故事、自然风光、历史古迹、人文景观、神话传说十分丰富，不记录下来，烂在肚里实在可惜。还有，郑廷桂的《陶阳竹枝词》，内容固然丰富，但诗歌毕竟是一种抽象的艺术，不能形象再现历史面貌。于是，林景梧先生便萌发了撰写一部"景德镇简史"的念头。

他知道，瓷器不仅是丝绸之路上的重要商品，也是促进东西方文明交流的重要载体。千年窑火、万里瓷路，使景德镇始终享誉古今中外。他要将景德镇这个较早的工业化城市，中国最早的、有底蕴的开放型城市全面、深入地展现在世人面前，为后人增添足够的自信和底气。他在书的结尾写道："七十年迈写瓷都，不为名来不为利。"这是林先生生前的自趣诗句，也是他的夫子自道。

2003 年，腊八节，正当人们喝完腊八粥，祭祀祖先和神灵的时候，林景梧—— 一代方志名家与世长辞，享年七十四岁。

我没有看见两百年前蓝浦"托孤"时的辛酸场面，却亲历了二十年前送别林先生时的份感情境。灵堂设在林先生的书房里，整洁的中山装，安详的面容，林先生像是刚写完一个章节后的小憩。摆在灵柩右侧小茶几上的，是一沓足有一尺厚的书稿，封面正中写着四个楷书大字：《瓷都史话》。前来吊唁的领导、亲友，免不了都要翻上几页，感受一下林先生的体温。

值得庆幸的是，林景梧先生逝世一年后，在其长子林进军先生的精心呵护下，通过百花洲文艺出版社的辛勤浇灌，《瓷都史话》一书如绽放在瓷都大地上的一朵艳丽的鲜花，华夏志苑里的一颗璀璨的明珠，光鲜亮丽。

忽然，电视里在播放王菲的《如愿》。声音空灵纯净，歌词真挚感人。这不正是此时的我要告诉林景梧先生的话吗：山河无恙，烟火寻常，这盛世如你所愿……

孕育的苦与乐

　　将景德镇、浮梁县悠久的瓷茶文化，以文学的形式转述出来，是我多年的梦想。它萌发于 2009 年完成了二轮修志之后，催生于 2016 年的一次学术会议。

　　那年的金秋时节，第六届中国地方志学术年会在"黄河之都"兰州召开，主题是"一带一路"与地方志创新。会上我作了《从方志文献看景德镇与"一带一路"文化交流》的发言。讨论会上，专家建议，若将此文拓展开来，增加些故事情节，将是一部独特的地情书。2017 年一次偶遇中，时任江西省作协主席的刘华先生直接给出了名字：《瓷的丝绸之路》。从此，这本书便一直萦绕心头，挥之不去。2022 年，当《台湾知府邓传安》《梦醒他乡》两部长篇相继脱稿之后，我便义无反顾地走上了这条艰辛的创作之"路"。

　　虽然动手之前，我已经做足了克服各种困难的思想准备，但真正动起笔来，其难度之大还是超出我的预想。

　　如何在"一带一路"的视阈下，把如山的资料装进这个框子，这是我遇到的第一道难关。煎熬中，参加了江子的《青花帝国》研讨会。这本书无论是结构还是叙事方式都给我一个很深的启示。它构建了一个"青花帝国"，里面生活着皇帝、督陶官，也有工匠、画师、诗人和江湖。作者将自己融于历史事件之中，并采用小说似的情节，引人入胜。于是，本书的框架就明晰起来：在这条"瓷的丝绸之路"上，有痴迷于瓷的国王，有奔于王命的官吏，有视财如命的商贾，还有诗人、学子、僧侣及芸芸众生。丝路作为一个庞大的商贸、交通体系，源头状况是怎样的，它如何成为皇帝的盛宴，御瓷进京之路、海上丝路的路线若何。还有，漫长的丝路上，肯定飘逸着茶香，萦绕着梵音，充满着乡愁。当然，丝路的畅通，也一定离不开那些默默坚守的护路使者和责任担当的史官。有了这些思路，众多的素材立即变得灵动起来。

史志书籍对事件和人物的记载往往遵循一定格式，许多重大事件，志书上常常就那么寥寥数语。比如，新平县首次贡陶础这件事，志书上就三十二字："陈至德元年，大建宫殿于建康，诏新平以陶础贡。雕镂巧而弗坚。再制，不堪用，乃止。"又如，体现瓷路与丝路交会的"陶玉进京"和景德镇第一次设置陶业管理机构的事情，县志上也仅有十七个字："唐武德四年，里人陶玉献假玉器。由是置务。"再如"高岭土圣"，民国《玉岭何氏族谱》上，也仅为十二字："初开高岭磁土故业者，庙祀之。"而"民国总理的'浮红'缘"一节，仅缘于磻溪汪氏宗祠里的一块贺匾。这位祖籍"祁红"故里的民国总理许世英，缘何对"浮红"故里情有独钟？后来才从他为浮梁县《府前汪氏宗谱》写的一篇序文中找到一点蛛丝马迹。

年代久远，时过境迁，资料匮乏。如何在不违背历史真实的情形下，复活这些历史人物和事件，且让它们丰满、生动起来，这是我创作中遇到的第二个难题。

近三年来，我终日沉浸在想象构思之中，饱受搜肠刮肚之痛，犹如戴着镣铐跳舞。当然，一旦有了个理想解决方案，那种手舞足蹈之景况、道中折返之行状，那种与键盘接触的热切，不啻于母亲在婴儿脸庞上的一次次亲吻。

有段时间，我像一个饿坏了的孩子，贪婪地在文学的海洋中吮吸养分。余秋雨的《文化苦旅》、阿来的《尘埃若定》、刘华的《一杯饮尽千年》、郑骁锋的《为客天涯》、江华明的《景德镇传》成为我案头重点读物。我试图从他们的潇洒纵横、汪洋恣肆、从容淡定中，找到地方史志与文学作品的平衡点。

七年酝酿，三年伏案，四易其稿，终于告竣。望着这洋洋洒洒的三十万字，我自己也倍感惊奇。就在此书煞尾之际，记起一位年轻母亲谈起孕儿过程——与我的编写之路何等惊人相似。创作的痛苦就像母亲孕育与生产的痛苦，出于一种强烈的自然力量，让人痛并快乐着。有朋友戏谑：既然这么痛苦为何还要写呢？我说：只有当过母亲的人才可以完美地回答。

阵痛过后的喜悦是感谢。感谢程新宇、张汉坤、程文芳三位县领导，是他们的鼓励与支持坚定了我写下去的信心；感谢江华明先生，作为长篇散文写作的熟手，他为本书提出了许多宝贵意见；感谢作家出版社领导的厚爱和责任编辑桑良勇先生的辛勤付出。他的润色加工让拙作增色不少。限于本人学识，难免仍有不少差错，恳请读者赐教！

2024 年 4 月 18 日于浮梁县城

图书在版编目（CIP）数据

瓷的丝绸之路 / 冯云龙著 . -- 北京：作家出版社，2024.9.
-- ISBN 978 - 7 - 5212 - 3039 - 0

Ⅰ. I267

中国国家版本馆 CIP 数据核字第 2024GU5196 号

瓷的丝绸之路

作　　者：冯云龙
策　　划：黄　露
责任编辑：桑良勇
美术设计：公　兵
出版发行：作家出版社有限公司
社　　址：北京农展馆南里 10 号　　　邮　　编：100125
电话传真：86 - 10 - 65067186（发行中心）
　　　　　86 - 10 - 65004079（总编室）
E - mail: zuojia@zuojia. net. cn
http: // www. zuojiachubanshe. com
印　　刷：三河市北燕印装有限公司
成品尺寸：165 × 230
字　　数：310 千
印　　张：21.75
版　　次：2024 年 9 月第 1 版
印　　次：2024 年 9 月第 1 次印刷
ISBN　978 - 7 - 5212 - 3039 - 0
定　　价：60.00 元